산문팔이 소녀

LA PETITE MARCHANDE DE PROSE
by Daniel Pennac

이 도서의 국립중앙도서관 출판시도서목록(CIP)은
e-CIP 홈페이지(http://www.nl.go.kr/ecip)에서 이용하실 수 있습니다.
(CIP제어번호: CIP2012001612)

산문팔이 소녀

La petite marchande de prose

다니엘 페낙 장편소설
이충민 옮김

문학동네

디디에 라메종에게

읽히지 않아 죽은 존 케네디 툴과

읽혀서 죽은 바실리 그로스만을 기리며

작가를 인쇄술의 숲으로 인도해준 폴 제르맹,

한어병음자모漢語併音字母의 악보로 인도해준 베아트리스 부비에,

외과 의학의 지하도로 인도해준 리샤르 비예에게

감사의 뜻을 전한다.

차례

"나는 타자다. 하지만 그것은 내가 한 말이 아니다."

크리스티앙 무니에

1부

염소 가죽 앞치마

"자기한테는 정말 보기 드문 결함이 있지.
동정하는 거."

1

첫 시작은 내 머리를 스쳐 지나간 '죽음은 직선의 과정이다'라는 문장이다. 이런 단호한 선언은 영어로 'Death is a straight on process' 어쩌고 하는 게 더 어울리겠다.

거인이 내 사무실 문을 박차고 들어왔을 때 나는 그 말을 어디서 읽었는지 생각하던 중이었다. 튕긴 문이 반동으로 다시 닫히기도 전에 그가 나에게 몸을 들이댔다.

"당신이 말로센이야?"

장대한 골격에 사람 몸뚱이 비슷한 거죽을 두른 자였다. 뼈대는 몽둥이 같고 덥수룩한 머리털이 코밑까지 내려와 있었다.

"뱅자맹 말로센 맞냐고?"

그자가 허리를 활시위처럼 굽혀 상반신으로 책상을 덮고 큼직한 손으로 내 의자 팔걸이를 꽉 쥐는 바람에 나는 의자에 앉은 채로 옴짝달싹할 수 없었다. 선사시대 원시인을 직접 대면할 줄이야. 나는 의자 등받이에 몸을 딱 붙였고, 내 머리통은 어깨 사이로 파고들었다. 말로센이다, 아니다, 대답할 정신도 없었다. 그저 '죽음은 직선의 과정이다'라는 문장을 어디서 읽었는지, 영어였는지 프랑스어였는지 번역문이었는지가 궁금할 따름이었다.

그때 그가 눈높이를 맞추기로 마음먹었는지, 괴력을 발휘해 우리를, 그러니까 나와 의자까지 번쩍 들어 책상에 올려놓았다. 하지만 그렇게 내가 올라앉았어도, 그자는 머리 하나 위에서 나를 내려다보고 있었다. 가시덤불처럼 무성한 눈썹 사이로 멧돼지 같은 눈알을 부라리며 잃어버린 열쇠라도 찾으려는 양 내 머릿속을 뒤졌다.

"사람들을 고문하는 게 재밌어?"

공포 분위기를 조성하려는 듯 부르짖는 말투였지만 목소리는 이상하리만치 어린애 같았다.

"그런 거야?"

옥좌에 앉은 나는 그놈의 문장 말고는 아무 생각도 나지 않았다. 미문美文도 아닌데. 미문은커녕 비문이잖아. 영어 번역투에 젖은 인간이 한 말이겠지. 도대체 어디서 읽었더라?

"누가 찾아와서 상판대기를 날려줄까봐 겁도 안 나던?"

그자의 두 팔이 떨리기 시작했다. 지진 직전 지진계의 진자가 흔들리듯 그의 온몸을 휩싼 진동이 내가 앉아 있는 의자의 팔걸이까지 전해졌다.

일촉즉발의 상황에 불을 댕긴 것은 전화벨 소리였다. 전화기가 울렸다. 현대식 전화기! 그 영롱한 벨소리, 통화 번호 저장 기능, 전자식 설정 기능, 소유한 사람은 누구든 관리자급의 중요 인사가 된 기분이 들게 해주는 만인을 위한 개인 비서……

전화기가 거인의 주먹에 박살이 났다.

"시끄러워!"

순간 자보 여왕의 모습이 눈앞을 스쳤다. 폐하께서는 위층 사무실에서 전화를 걸었다가 이 펀치를 맞고 고꾸라져 양탄자에 처박혔을 것이다.

다음으로 거인은 나의 예쁜 전등, 중간 관리자급 전등을 잡아 열대지방의 목재로 만든 등자루를 무릎으로 쪼개버리더니 내게 물었다.

"누가 사무실에 쳐들어와서 다 때려 부술지도 모른다는 생각은 한 번도 안 해봤냐고!"

화가 나면 언제나 말보다 주먹이 앞서는 부류의 인간이었다. 내가 대답하기도 전에 전등 받침은 열대지방에서 몽둥이로 쓰이던 기억이 되살아났는지 컴퓨터를 덮쳤고, 그 바람에 모니터가 창백한 섬광을 뿜으며 산산조각 났다. 인류의 기억에 공백이 생겼다. 그걸로 부족했던지, 거인은 글자판들이 태초의 카오스 상태로 돌아가 허공을 가득 메울 때까지 키보드를 부숴댔다.

젠장, 그냥 내버려두었다간 정말 선사시대로 돌아가겠군.

그자는 이제 나를 거들떠보지도 않았다. 비서인 마콩의 책상을 엎어버리더니 클립, 탐폰, 매니큐어 등이 든 서랍을 걷어차 날려보냈다. 서랍은 두 창문 사이의 벽에 부딪혀 박살이 났다. 그자는 납을 입힌 반구형 굽이 달려 있어 1950년대부터 우아하게 흔들리고 있는 재떨이를 무기 삼아 쳐들더니 정면에 있는 책장을 차근차근 체계적으로 부수기 시작했다. 그러고는 책들에 달려들었다. 재떨이 굽이 납인지라 피해 규모는 끔찍했다. 거인은 한 방 내려칠 때마다 어린애 같은 신음 소리를 냈다. 치정 범죄의 주제곡에—"나는 마누라를 벽에 밀어붙여놓고 두들겨 패면서 아이처럼 울먹였지" 하는 식의 음악에—반주로 꼭 들어가는 무력한 흐느낌 같은.

책들이 허공으로 날아올랐다가 바닥에 떨어져 죽었다.

학살극을 멈출 수 있는 방법은 하나밖에 없었다.

나는 자리에서 일어났다. 조금 전에 다녀간 불평꾼들(물품 인도가 엿새 늦었다는 이유로 거룩하신 사장님께서 실업자 신세로 만들어버린 여섯 명의 인쇄공 부대)을 달래려고 마콩이 가져왔던 커피 쟁반을 양손으로 꽉 잡고는, 자보 여왕이 최고급 장정본들을 전시해두는 유리문 달린 책장을 향해 냅다 던져버렸다. 빈 찻잔들, 반쯤 찬 커피포트, 은 쟁반, 유리 파편 등이 와장창 소리를 내며 떨어지자 그자는 재떨이를 머리 위로 치켜든 자세 그대로 나를 돌아보았다.

"지금 뭐 하는 거야?"

"나도 원래 커뮤니케이션을 이런 식으로 하거든."

그러고는 지난번 생일에 클라라에게 선물받은 수정 서진을 그자의 머리 위로 집어던졌다. 쥘리위스와 약간 비슷한 개 머리 모양의 서진(미안해 클라라, 미안해 쥘리위스)은 탈레랑페리고르의 흉상을 박살 내버렸다. 탈레랑페리고르는 오늘 이 거인처럼 원한을 풀 일이 있으면 모두가 종이를 이용해 갈등을 해결하던 시절에 탈리옹 출판사를 세운 미지의 인물이다.*

"당신이 옳아. 세상을 바꿀 수 없다면 인테리어라도 바꿔야지." 내가 말했다.

재떨이가 그의 발치에 떨어졌다. 그리고 마침내 올 것이 왔다. 그가 오열을 터뜨린 것이다.

---

* 말로센이 일하는 출판사 이름인 '탈리옹Talion'은 '눈에는 눈, 이에는 이' 식의 '복수'를 뜻한다.

울음과 함께 그는 조각조각 무너져내렸다. 받침대 밑을 누르면 몸이 축 늘어지는 마리오네트 같았다.

"이리 와봐요."

나는 다시 내 의자에 앉았다. 여전히 책상 위에 놓여 있는 의자 말이다. 그는 비틀거리면서 내 옆으로 왔다. 고통을 배출하기 위해 그의 목젖은 목 힘줄 사이에서 경이로운 여행을 하고 있었다. 나는 이런 슬픔이 어떤 것인지 잘 알았다. 처음 보는 일도 아니었다.

"더 가까이 와요."

그가 다시 두세 걸음 더 다가오자 나와 높이가 같아졌다. 그의 얼굴에 눈물이 줄줄 흘렀다. 머리카락까지 눈물로 젖어 있었다.

"죄송합니다." 그가 말했다.

그는 주먹 쥔 손으로 눈물을 훔쳤다. 손가락 마디마디가 털투성이였다.

나는 그의 목덜미에 손을 얹고 내 어깨로 머리를 끌어당겼다. 그는 0.5초쯤 반항하더니 이내 완전히 포기했다.

나는 한 손으로 그를 붙잡아 내 쇄골 안쪽에 머리를 묻게 하고는 다른 손으로 머리카락을 쓰다듬어주었다. 엄마가 정말 잘하던 일이다. 나라고 못할 이유가 없다.

문이 열리더니 비서 마콩과 내 친구 루사 드 카자망스가 보였다. 루사는 세네갈 출신 남자로, 키는 168센티미터에 눈은 코커 스패니얼 같고 다리는 프레드 아스테어* 같은 친구였다. 또한 타의 추종을 불허하는 파리 최고의 중국 문학 전문가였다. 그렇게 그들은 그 장면을 보고야 말았다. 폐허가 된 사무실에 서 있는 거인을 문학팀장이 책상 위에 올라앉아서 위로해주는 장면을. 마콩은 아연실색해 피해 상황을 둘러보았고 루사는 눈짓으로 도움이 필요한지 물었다. 나는 손짓으로 나가달라고 했다. 한숨 소리와 함께 문이 닫혔다.

거인은 아직도 오열하고 있었다. 그의 눈물이 내 목을 타고 흘러내려 허리까지 흠뻑 적셨다. 질릴 때까지 실컷 울라지, 나야 급할 게 없으니까. 고민거리가 있는 사람은 참을성 있게 남을 위로할 수 있는 법이다. 인마, 실컷 울어, 너나 나나 어차피 빌어먹을 상황인 건 마찬가지야. 좀 운다고 해서 더 나빠질 것도 없어.

그가 몸 안의 수분을 남김없이 내 와이셔츠 옷깃에 쏟아내는 동안 나는 사랑하는 여동생 클라라의 약혼을 생각했다. "오빠, 슬퍼하지 마. 클라랑스는 천사야." 클라랑스라니…… 무슨 이름이 그따위야? "예순 살의 천사라니, 너보다 나이가 세 배는 많잖

* 진저 로저스와 콤비를 이루어 할리우드 뮤지컬코미디의 전성기를 이끈 전설적인 배우.

아." 내 누이동생의 부드러운 웃음소리. "오빠, 최근에 두 가지를 알게 됐는데, 천사들에게도 성별은 있대. 그런데 나이는 없더라고." "내 사랑 클라리넷, 그래도 교도소장한테 천사라고 하는 건 좀……" "오빠, 잊지 마, 그이는 감옥을 천국으로 만든 사람이야!"

사랑에 빠진 여자들은 무슨 말에든 답변할 준비가 되어 있고 오빠들은 혼자 걱정을 떠안는다. 내가 제일 아끼는 여동생이 내일 두목 간수랑 결혼한다. 이런 상황인 거다. 근사하지 않나? 거기다 엄마는 몇 달 전 짭새랑 눈이 맞아 도망갔다. 얼마나 홀딱 빠졌으면 그 뒤로 전화 한 통이 없다. 말로센 가족이 얼마나 고상한 집안인지 딱 보이지 않는가? 다른 형제자매들이야 말할 것도 없다. 별점을 치는 테레즈, 다니던 학교에 불을 지른 제레미, 조금이라도 나쁜 꿈을 꾸면 그것이 곧 현실이 되어버리는, 분홍색 안경을 쓴 프티, 그리고 엄마 배 속에서 나오자마자 베르됭 전투처럼 발악하는 막내 베르됭……

이봐, 울보 거인 선생, 댁의 가족은 어떤 부류야? 가족이 없을지도 모르겠군. 글 쓰는 것에 인생을 올인했지, 맞아? 그는 조금 진정이 되었다. 그래서 나는 이미 답을 아는 질문을 던졌다.

"저희 회사에서 원고를 퇴짜 맞은 거죠?"

"벌써 여섯번째예요."

"같은 원고를요?"

그렇다고 고개를 끄덕이며 마침내 내 어깨에서 머리를 뗀다. 그리고 아주 천천히 고개를 젓는다.

"제가 얼마나 열심히 고쳤는데요. 달달 외울 정도라고요."

"선생님 성함이 어떻게 되시죠?"

그가 이름을 말하자, 문제의 원고를 논평하던 자보 여왕의 명랑한 표정이 바로 떠올랐다. "말로센 팀장, 대체 어떤 병을 엄마 배 속에서부터 앓으면 사람이 이 모양이 되는 걸까? '불쌍히 여겨주세요! 그는 뒷걸음치면서 딸꾹질을 했다' 따위의 문장을 쓰질 않나, '라파예트 백화점'을 '벼룩시장'이라고 부르는 걸 유머로 알지를 않나, 게다가 같은 글을 꿋꿋하게 6년 내리 여섯 번을 쓰고 있다고! 상상이 돼?" 그녀는 운명의 장난으로 거식증 환자의 몸뚱이 위에 얹혀버린 거대한 머리통을 흔들어댔다. 그러고는 무슨 개인적인 모욕이라도 되는 양, "'불쌍히 여겨주세요! 그는 뒷걸음치면서 딸꾹질을 했다'라니, 그러려면 아예 '안녕, 그가 들어왔다'나 '잘 있어, 그는 방에서 나갔다'라고 쓸 것이지" 등등 10분 넘도록 문장을 이렇게 저렇게 바꿔보면서 놀았다. 자보 여왕은 재능이야 남아도는 사람이니까……

요컨대 우리는 이 원고를 읽지도 않고 돌려보냈고, 원고를 퇴짜놓은 담당자로는 내 이름을 써넣었고, 그자는 내 사무실을 황

무지로 만든 뒤 비탄에 빠져 내 품에서 죽을 뻔한 것이다.

"원고를 읽어보지도 않았죠? 36쪽, 123쪽, 247쪽을 뒤집어놓았는데 그대로더라고요."

고전적 수법에 당했군…… 영악하다고 으스대는 우리 편집자들이 아직도 이따위 수작에 발목 잡히다니! 빵자맹, 뭐라고 대답하지? 이자에게 어떻게 말하지? 당신이 인생을 걸고 쓴 작품이 유치하고 낡아빠진 쪽으로는 기념비적이라고 해줄까? 하지만 내가 언제부터 '성숙' 같은 말을 믿었다고 '유치하다'는 말을 하겠어? 젠장, 난 아무것도 믿지 않아. 내가 아는 건 타자기는 애들이 갖고 놀기에는 너무 위험한 물건이고 바보에게 백지란 수의壽衣일 뿐이라는 거야. 게다가 이따위 원고를 자보 여왕에게 팔 수 있는 인간은 세상에 없어. 그 여자는 원고를 스캐너처럼 기계적으로만 읽는다고. 그녀가 정말로 눈물을 흘릴 일은 세상에 하나밖에 없어. 바로 접속법 반과거의 순교.* 그래, 이제 이 거인에게 어떤 제안을 할 생각이지? 글 쓰는 건 집어치우고 수채화나 시작해보라고 할까? 좋은 생각이야. 이 건물의 다른 곳도 깡그리 작살이 나겠군…… 나이가 쉰은 됐겠는데, 그렇다면 문학에 모든 걸 퍼부

* 접속법 반과거는 지금은 거의 쓰이지 않는 시제로, 여기서는 교양 있는 고급 프랑스어의 상징이다.

은 지 적어도 30년은 되었다는 얘기잖아. 이런 작자들에게 펜을 꺾으라고 했다간 무슨 짓을 저지를지 알 수가 없지!

남은 수단은 하나뿐이었다. 나는 말했다.

"이리 오세요."

나는 의자에서 사무실 바닥으로 그대로 뛰어내렸다. 난자당한 마콩의 책상을 뒤져 열쇠 꾸러미를 찾아내고는 사무실을 가로질러 갔다. 그는 마치 이스라엘-시리아 분쟁 이후의 사막을 건너듯 나를 따라왔다. 나는 철제 서류함 앞에 쪼그려 앉았다. 열쇠를 돌리자 셔터가 즉시 내려갔다. 서류함은 원고로 꽉 차서 터질 듯했다. 나는 손에 걸리는 대로 원고 하나를 집어 들고 그에게 말했다.

"이거 받으세요."

원고 제목은 '내 갈 곳도 모르고', 저자 이름은 '뱅자맹 말로센'이었다.

"선생님 원고예요?" 서류함을 다시 잠그는데 그가 물었다.

"네, 다른 것들도 전부 제 거예요."

나는 폐허가 된 마콩의 자리로 가서 열쇠 꾸러미를 원래 자리에 두었다. 그는 이제 나를 따라오지 않았다.

거인은 얼빠진 표정으로 원고를 바라보고 있었다.

"이건 왜……?"

"간단한 얘기죠." 나는 대답했다. "제가 퇴짜를 맞아도 선생님보다 훨씬 많이 맞았다는 겁니다. 그게 가장 최근에 쓴 거니까 한번 읽어보세요. 선생님이 보시면 뭐가 문제인지 보일 수도 있겠죠. 저는 꽤 잘 쓴 것 같은데 말이에요."

그자의 표정을 보아하니 가구들이 북새통을 이루며 왈츠를 춘 덕에 내가 정신이 나간 게 아닌가 생각하는 듯했다.

"근데 왜 저한테……?"

"작품 평가는 남이 해주는 게 더 낫잖아요. 그리고 선생님 글을 보니까 선생님이 작품 보는 눈이 있는 건 확실하더라고요."

여기까지 말하고 나는 헛기침을 한 뒤 잠시 등을 돌렸다. 다시 돌아섰을 때 나는 두 눈 가득 눈물을 글썽이고 있었다.

"부탁이에요, 꼭 읽어주세요."

그의 얼굴이 창백해졌던 것 같다. 이번엔 그가 두 팔 벌려 나를 안으려고 했지만, 나는 슬며시 포옹을 피하고는 그를 문 쪽으로 데려가 문을 활짝 열었다.

그는 잠시 망설였다. 입술이 다시 떨리더니 말을 이었다.

"참 끔찍한 일이에요. 언제나 자기보다 불행한 사람이 있게 마련이라니. 선생님 작품에 대한 제 생각을 편지로 보내드릴게요, 말로센 씨. 정말 꼭 편지 드릴게요!"

그는 난장판이 된 사무실을 가리키더니 말했다.

"죄송합니다. 제가 전부 변상할게요. 저는……"

하지만 나는 고개를 저으며 가만히 그를 문밖으로 밀어냈다. 그의 등 뒤로 문을 닫았다. 이 짧은 소동에서 그가 마지막으로 간직할 장면은 눈물범벅이 된 내 얼굴이었다.

*

나는 손등으로 눈물을 닦고 말했다.

"고맙다, 쥘리위스!"

개가 아무 반응이 없기에 가까이 다가가서 다시 말했다.

"진짜 고맙다니까! 주인을 보호하려 하다니, 그게 어디야!"

박제 개에 대고 말하는 게 낫지. 견공 쥘리위스는 일본 화가처럼 창가에 앉아 흐르는 센 강을 고집스레 응시하고 있었다. 옆에서 가구들이 난리법석을 떨며 왈츠를 추고 자기를 닮은 수정 서진이 탈레랑을 박살 내는데도 쥘리위스는 신경 쓰지 않았다. 입이 돌아가고 혀가 늘어진 채로, 흐르는 센 강을, 바지선들을, 그 위의 짐 상자들을, 신발짝들을, 연인들을 바라보고 있었다. 쥘리위스가 얼마나 꼼짝 않고 있었던지, 미치광이 거인은 녀석을 원시 미술 조각품으로 여긴 게 틀림없다. 분노로 불타오르는 와중에도 번쩍 들어 휘두르기에는 너무 무거워 보였던 게지.

불안한 생각이 들었다. 나는 녀석 옆에 쪼그려 앉았다. 조용히 불러보았다.

"쥘리위스?"

아무 대답이 없다. 냄새밖에 나지 않는다.

"지금 너까지 발작하면 난 어쩌라고!"

말로센 가의 사람들은 쥘리위스가 간질 발작을 일으킬지도 모른다는 공포 속에서 살고 있었다. 누이 테레즈 말로는, 녀석이 발작을 일으킬 때마다 우리에게 재앙이 닥친다고 했다. 발작이 일어난 뒤에는 후유증이 남았다. 입이 돌아가고, 혀가 늘어지고……

"쥘리위스!"

녀석을 품에 안았다.

아니다, 멀쩡히 살아 있다, 아주 따뜻하고, 털은 허옇고, 악취를 마구 풍긴다. 견공 쥘리위스는 더할 나위 없이 건강하다.

"그래, 이제 정신 차리고 살아야지. 가자, 자보 여왕한테 사표 내러 가자."

'사표'라는 말 때문이었을까? 녀석이 벌떡 일어나더니 나보다 먼저 문 앞으로 갔다.

2

“말로센 팀장, 그만두겠다는 게 이번 달에만 벌써 세번째야. 5분 있다가 원대 복귀시켜줄게. 딱 5분이야.”

“여왕 폐하, 1초도 필요 없어요. 진짜 그만둘 거예요. 붙잡으셔도 소용없어요.”

나는 벌써 문손잡이에 손을 얹고 있었다.

“누가 붙잡는대? 왜 그만두려는지 설명이나 해봐.”

“설명할 게 뭐 있어요. 그냥 지겹다고요, 지겨워요.”

“지난번에 그만둔다고 할 때도 지겹다고 했잖아. 지겨운 게 만성질환인가보지?”

그녀는 안락의자에 앉아 있는 게 아니라 박혀 있었다. 상체가 워낙 말라서 쿠션을 뚫고 나가진 않을까 늘 궁금했다. 엄청나게 비대한 머리통이 창끝에 박힌 양 이 말라깽이 몸뚱이에 꽂힌 채 까닥까닥 건들거리고 있었다. 자동차 뒷좌석 창가에서 달랑거리는 거북이 머리 버블헤드 인형처럼.

"사장님은 그 불쌍한 인간의 원고를 읽지도 않고 돌려보냈잖아요. 죗값은 내가 치르고요."

"응, 알아, 마콩한테 들었어. 마콩, 개 놀라서 꼴이 말이 아니던데. 그 작자가 페이지를 뒤집어놓는 수법을 썼다면서?"

자보가 볼살을 늘어뜨리고 재미있어했다. 설명하기 게임이 시작되면 나는 이기는 법이 없었다.

"그렇다니까요. 그 사람이 우리 회사에 불을 지르지 않은 게 기적이에요."

"그러게 말이야! 마콩을 잘라버려야겠어. 뒤집힌 페이지를 바로잡는 게 자기 일이잖아. 피해 비용도 퇴직금에서 제해야지."

그 깡마른 팔 끝에 달린 손 역시 바람이라도 넣은 듯 통통했다. 아기 손 비슷한 게 드라이버에 박혀 있다고나 할까. 그래서 내가 감정이 복받쳤나보다. 아기 손이라면 지겹게 봤으니까! 프티도 아기 손이고, 1차 대전의 축소판인 베르됭도 아직 아기이니 당연히 아기 손이다. 그리고 클라라도, 내일 결혼하는 클라라도 어찌 보면 아기 손이다.

"마콩을 자른다고요? 이 상황에서 그런 생각밖에 안 나요? 오늘 인쇄공 여섯 명을 실업자 신세로 만들어놓고도 그걸로 부족해요?"

"말로센, 내 얘기 좀 들어봐……"

변명이 궁색해지니까 인내심도 다 발휘하는군.

"잘 들어. 그 인쇄공들 말인데, 화집이 엿새나 늦게 나온 것 말고도 이것들이 나한테 사기를 치려고 했어. 이거 냄새 한번 맡아봐!"

그녀가 대뜸 내 코앞에 책 한 권을 펼쳤다. 애초에 읽을 목적이 아니라 치과의사의 책장 장식용인, 베르메르의 그림보다 더 예술적인 고가의 호화 장정본이었다.

"책이 아주 예쁘네요." 내가 말했다.

"누가 눈으로 보래? 냄새를 맡아보란 말이야, 말로센. 무슨 냄새 안 나?"

새 책 냄새가 났다. 편집자들에게는 따뜻한 크루아상 빵과 같은 냄새다.

"풀 냄새하고 신선한 잉크 냄새가 나는데요."

"그렇게 신선하지 않아. 그래, 어떤 잉크 같아?"

"네?"

"어떤 잉크 같냐고?"

"장난 그만하세요, 폐하, 내가 그걸 어떻게 알아요?"

"'브넬 63'이잖아. 7, 8년 지나면 글자 주변이 불그스름해져서 책은 못쓰게 될 거야. 화학적으로 불안정한 저질 잉크라고. 재고가 썩어가니까 우리 책에 써먹은 게 틀림없어. 그런데 그 미치광이는 어떻게 떼어놓은 거야? 걸리는 건 다 죽여버릴 기세였나보던데, 어떻게 살아 돌아왔어?"

시치미 뚝 떼고 갑자기 다른 이야기로 넘어가는 게 자보 여왕의 특기다. '이 문제는 끝났으니 다음 문제로 넘어갑시다.' 라는 듯.

"그자를 문학평론가로 만들어버렸어요. 임자 없는 원고를 하나 주면서 내가 쓴 글이라고 했죠. 읽어보고 어떻게 생각하는지 조언해달라고 했고요…… 기운을 다른 데 쓰게 만든 거죠."

(사실 그건 내가 즐겨 쓰는 수법이다. 그러면 나한테 글을 퇴짜 맞은 작가들이 격려 편지를 보내준다. "말로센 씨, 선생님의 글을 보면 독특한 감수성이 느껴집니다. 언젠가는 대성할 겁니다. 그러니 저처럼 포기하지 말고 계속 노력하세요. 글을 쓰는 일은 오랜 인내심이 필요하답니다." 그러면 나는 고맙다며 답장을 보냈다.)

"그런 수작이 먹혀?"

믿을 수 없다는 감탄의 눈빛이었다.

"먹히죠, 폐하, 무조건 먹힌다고 보면 돼요. 하지만 이제 지겨워요. 때려치울래요."

"왜?"

그렇지, 왜 때려치우느냐.

"아까 무서웠어?"

무섭긴. 직선적인 죽음에 관한 문장 때문에 골머리가 조금 아프기는 했지만, 그 미친 거인 때문에 겁이 나지는 않았다.

"말로센, 우리 회사의 비인간적인 경영 방식 때문에 우울한 거야? 그러면 부동산 업계라도 알아보지그래? 석유화학 쪽은 어때? 은행은? 맞다, 국제통화기금도 있잖아. 딱일 거야. 부채 상환 능력이 없다고 후진국 식량 원조를 끊어버리는 일이라면 정말 잘할 것 같은데. 수백만 명을 죽일 수도 있고!"

그녀는 언제나 이렇게 마초스럽고 엄마 같은 말투로 나를 조롱했다. 그리고 언제나 나를 업무로 복귀시켰다. 하지만 폐하, 이번엔 아닙니다. 이번엔 정말 그만둔다고요. 내 눈에서 마음을 읽었는지 그녀가 투실투실한 손으로 책상을 짚고 몸을 반쯤 일으켰다. 거대한 머리통이 익은 과일처럼 압지 위로 떨어질 것 같았다.

"마지막으로 말하는 거니까 잘 들어, 이 꼴통아……"

그녀는 형편없는 조그만 철제 책상에서 일했다. 사무실의 다른 곳도 위풍당당한 사장실이라기보다는 수도사의 골방 같았다. 내가 재능을 발휘하고 있는 루브르풍 접견실과도 다르고, 유리와 알루미늄으로 디자인한, 영업부장 칼리냐크의 사무실과도 딴판이다. 우리 회사는 직원 사무실들이 사장실보다 쾌적했다. 옷차림새로 말하자면, 자보 여왕은 최근 입사한 홍보팀장 밑에서 비서로 일하는 아르바이트생이라고 해도 믿을 판이었다. 자보 여왕은 직원들이 호화로운 사무실에서 사치스러운 옷을 입고 일하기를 바랐다(여기서 '일하다'라는 동사는 접속법 반과거로 써야 한다). 자보 자신은 간소한 제복을 입고서 휘황찬란한 옷차림의 제국 원수元帥들을 거느리던 꼬마 하사* 흉내를 내고 싶어했다.

"이봐, 말로센 팀장, 애초에 당신은 희생양으로 고용된 거야. 나 대신 남들에게 욕을 먹으라고, 적당한 순간에 눈물을 짜내면서 골칫거리를 치워버리라고, 순교자처럼 두 팔을 활짝 벌려 해결 불가능한 문제를 해결하라고, 한마디로 귀찮은 일을 떠맡으라고 고용한 거라고! 게다가 떠맡는 건 정말 잘하잖아! 그쪽으로는 일급이야. 세상에 당신만큼 떠맡는 걸 잘하는 사람도 없어. 왜 그런지 알아?"

자보한테 수도 없이 들은 얘기다. 그녀 말로는 내가 천부적인 희생양이기 때문이란다. 내 몸에 희생양의 피가 흐르고 심장 자리에 화살을 끌어들이는 자석이 있기 때문이라고. 그런데 오늘

* 나폴레옹 1세의 별명.

은 새로운 이유를 끄집어냈다.

"그게 다가 아냐, 말로센. 다른 게 있어. 동정심, 동정심 말이야! 당신한테는 정말 보기 드문 결함이 있지. 동정하는 거. 조금 전에도 내 가구들을 박살 내고 있던 어린애 같은 거인의 슬픔을 함께 느꼈던 거야. 희생자를 사형 집행인으로, 퇴짜 맞은 작가를 전능한 비평가로 바꿔버린다는 천재적인 발상도 그 사람에게 완전히 감정이입을 했으니까 나올 수 있었던 거지. 그자한테 필요한 게 바로 그거였잖아. 간단해 보이지만 그런 걸 감지할 수 있는 사람은 당신밖에 없어."

째지고 날카로운 그녀의 목소리는 들떠 흥분한 말괄량이 같기도 하고 만사에 초탈한 마귀할멈 같기도 하다. 그래서 자보와 얘기하고 있으면 진심으로 열광해서 떠드는 것인지 냉소적으로 내뱉는 것인지 분간할 수가 없다. 그녀는 어떤 것에도 애정이 없지만 이해하려는 욕망은 대단하다.

"말로센, 당신은 세상의 고통을 온몸으로 대신 느끼고 있어!"

그녀의 두 손이 내 코밑에서 뚱보 나비처럼 파닥거렸다.

"심지어 나조차도 당신을 감동시킬 수 있잖아, 그러니 말 다 했지!"

그녀는 통통한 검지로 자신의 빈약한 가슴을 쿡쿡 찔렀다.

"자기가 나를 쳐다볼 때마다 쇠스랑 같은 몸뚱이가 어떻게 집채만 한 머리통을 달고 있는지 궁금해하는 거 다 알아!"

그건 아닌데. 그 점에 대해서는 내 나름의 이론이 있다. 정신분석이 성공한 것이다. 그래서 머리는 치료되었는데 몸은 완전히 파괴된 것이다. 머리는 치유의 성과를 한껏 누리고 있다. 인생의 단물을 저 혼자 다 빨아먹고 있는 것이다.

"자기가 지금 내 고통의 역사를 차근차근 그려보고 있는 거 알아. 처음엔 실연의 상처였고, 다음엔 세상의 부조리를 과민하게 의식했고, 마침내 정신분석 치료가 먹혀서 마음이 없어지고 두뇌는 무감각해졌다, 그런 거 아냐? 비싼 상담료 내고 나르시시즘과 이기주의를 확인했다, 그렇게 생각하는 거 맞지?"

(어휴, 젠장……!)

"폐하, 그게요……"

"나를 대놓고 폐하라고 부르는 건 말로센 팀장밖에 없어. 다른 직원들은 뒷구멍으로만 그러지. 그러니 내가 어떻게 자기를 그만두게 하겠어?"

"저기요, 지겹다고요, 때려치운다고요. 됐어요?"

"그럼 우리 책들은 어쩌라고?"

그녀는 벌떡 일어나면서 소리를 질렀다.

"이 책들은 어쩌라고?"

그녀는 과장된 몸짓으로 사방 벽을 가리켰다. 벽에는 아무것도 없었다. 책이라곤 단 한 권도 없었다. 하지만 그녀는 우리가 갑자기 국립도서관 한복판에 뚝 떨어지기라도 한 것처럼 말했다.

"책들 생각은 해봤어?"

그녀는 화가 나서 얼굴이 벌게졌다. 눈알이 튀어나올 것 같았다. 입술은 푸르스름해지고 움켜쥔 양손은 핏기를 잃었다. 나는 의자에 쪼그라들지 않고 뒤질세라 벌떡 일어나서 고래고래 소리쳤다.

"책들이라고요? 책들? 사장님은 맨날 책 얘기밖에 안 하죠. 그럼 어디 한 권만 대봐요!"

"뭐라고?"

"책 제목 하나만 대봐요. 아무거나 대보라고요. 마음에서 우러나는 대로, 한번 말해보라니까요!"

그녀는 놀라서 잠시 숨을 쉬지 못했다. 그 머뭇거림은 치명적이었다.

"거봐요." 나는 의기양양해져서 외쳤다. "책 제목 하나도 못 대잖아요. 하다못해 『안나 카레니나』나 『비비 프리코탱』*이라도 말했다면 내가 그만두지는 않을 텐데."

그리고 말했다.

---

* 프랑스 만화가 루이 포르통의 만화 시리즈.

“가자, 쥘리위스. 이제 가야지.”

문 앞에 앉아 있던 개가 큼직한 궁둥이를 들었다.

“말로센!”

하지만 나는 뒤돌아보지 않았다.

“말로센, 누구 맘대로 그만둬? 넌 해고야! 넌 그 개새끼보다 악취가 심해. 너는 마음에서 우러나는 말을 한다지만 그건 내장에서 가스가 올라와 입 냄새 풍기는 것하고 똑같아! 이 찌질한 병신, 위선자 새끼야! 너 같은 건 어차피 내 손을 더럽히지 않아도 세상이 알아서 처리해줄 거야. 당장 꺼져. 오늘 사무실 파손된 거 변상 청구서 보낼 테니까 집에 가서 우체부나 기다리고 있으라고!”

2부

클라라 결혼하다

클라라가 결혼하지 않았으면 좋겠다.

3

밤이 깊어진 뒤에야 내가 왜 염소 가죽 앞치마*를 자보 여왕에게 반납했는지 깨달았다.

나는 쥘리의 품 안으로 도피해 쥘리의 가슴에 머리를 파묻고 있었다("쥘리, 부탁이야, 유방 좀 빌려줘"). 쥘리의 손가락들은 내 머리카락 사이에서 꿈을 꾸고 있었다. 나를 깨우쳐준 것은 쥘리의 목소리였다. 대초원에서 포효하는 그녀의 아름다운 목소리.

---

* '염소 가죽 앞치마tablier du bouc'란 도살장이나 정육점에서 쓰는 가슴까지 올라오는 앞치마로 주로 염소 가죽으로 만든다. 참고로 흔히 '희생양'으로 번역되는 프랑스어 bouc emissaire에서 bouc은 '염소'라는 뜻이다. 여기서 '염소 가죽 앞치마를 반납했다'라는 말은 희생양 역할이라는 위험한 임무를 그만두었다는 뜻이다.

"그러니까 클라라가 내일 결혼하는 것 때문에 회사를 그만둔 거네." 그녀가 말했다.

*

젠장, 그 말은 사실이다. 하루 종일 그 생각밖에 하지 않았다. '클라라가 내일 클라랑스와 결혼한다.' 클라라와 클라랑스…… 그런 이름의 커플이 등장하는 원고를 자보 여왕이 봤다면 어떤 표정을 지었을까! 클라라와 클라랑스라니! '할리퀸' 문고에도 그렇게 뻔한 설정은 안 나올 것이다! 하지만 우스운 걸 떠나서 이 일 자체에 나는 죽을 지경이었다. 클라라가 결혼한다. 클라라가 출가한다. 내 귀여운 여동생, 내 영혼의 솜털, 클라라가 떠난다. 이제 클라라는 테레즈와 제레미가 하루가 멀다 하고 툭탁거릴 때마다 중간에서 말리지도 못할 것이고, 프티가 악몽을 꾸다 깼을 때 달래주지도 못할 것이고, 견공 쥘리위스가 간질의 나라에 들어섰을 때 쓰다듬어주지도 못할 것이고, 도피네식 그라탱도 해주지 못할 것이고, 몬탈반식 양 어깨 요리도 해주지 못할 것이다. 어쩌면 일요일에는 친정에 들를지도 모르지. 젠장, 젠장, 젠장…… 그렇다, 나는 하루 종일 그 생각뿐이었다. 들뤼르라는 그 뻰질뻰질한 작자가 찾아와 공항 서점에 자기 책이 금방 깔리지 않았다고 투덜댈 때도(그건 서점에서 이제 네 책을 원하지 않아서 그래. 이 등신아. 꼼꼼하게 문장 다듬어야 할 시간에 텔레비전에 나가서 거들먹거리면서 재미나 보고 있었잖아. 뭔 말인지 모르겠냐?) 나는 클라라 생각을 하고 있었다. "들뤼르 씨, 제 잘못이에요. 사장님한테는 얘기하지 말아주세요. 부탁이에요"라고 징징거리면서도 속으로는 '내일이면 떠나는구나. 진짜 보는 건 오늘 저녁이 마지막이네……'라고 중얼거리고 있었다. 마찬가지로 사기꾼 인쇄공 여섯 놈이 찾아와 말도 안 되는 이야기를 늘어놓을 때도, 미친 원시인이 사무실을 깨부술 때도, 클라라를 떠나보내는 일로 가슴이 미어지고 있었다. 뱅자맹 말로센의 인생이 한순간에 여동생 클라라가 집을 떠나 남의 집에 들어가 살게 된다는 사실로 요약되었다. 뱅자맹 말로센의 인생은 거기서 끝이 났다. 그리고 뱅자맹 말로센은 갑작스레 한없이 무기력해지고 어마어마한 슬픔의 물결(맙소사!)에 생명줄이 끊겨, 도덕가인 척하며 보스인 자보 여왕에게 사표를 내버렸다. (현금함 도둑에게 성직자의 제의祭衣가 어울리는 것만큼이나 도덕가인 척하는 게 나에겐 딱이다.) 말하자면 자살을 한 것이다.

쥘리위스와 내가 회사를 나와 사실은 제 무덤을 판 줄도 모르고 바보같이 승리감에 들떠 걷고 있는데, 회사 동료인 루사 드 카자망스가 빨간색 승합차를 슬며시 옆에 세우더니 우리를 태웠다. 차에는 벨빌 신시가지의 '야생초'*에 부려놓을 중국 책이 잔뜩 실려 있었다. 내가 조금씩 정신을 차리게 된 것은 루사 덕이었다. 그는 세네갈 원주민 부대 소속으로 몬테카시노 전투에 참전했다가 살아 돌아온 백전노장다운 현실감각을 발휘했다. 몇 분 동안 일언반구도 없이 이동도서관을 몰고 가다가 기묘한 초록빛 눈을 반짝이면서 곁눈으로 흘겨보더니 내게 말을 던졌다.

"널 좋아해서 하는 말이니까, 듣기 싫어도 깜둥이 노인네가 주책 부린다 생각하고 들어둬. 넌 진짜 등신이야."

다정하게 놀리는 투의 목소리였다. 그 목소리에, 또다시 클라라의 목소리가 떠올랐다. 앞으로 클라라의 목소리만큼 그리운 것도 없을 것이다. 아기 때부터 클라라의 목소리에는 시끌벅적한 동네 분위기로부터 우리 집을 지켜주는 무언가가 있었다. 클라라의 목소리는 자기 얼굴처럼 따뜻하고 동글동글했다. 그래서 클라라가 빨간 전등 아래서 사진 인화 작업 등으로 바빠 말이 없을 때도 그 애를 바라보면 목소리가 들리는 듯했고, 서늘한 저녁나절에 달콤한 양털 숄로 몸을 감싸는 듯 포근한 느낌이 들었다.

"혹시 내 생각이 궁금할까 싶어서 하는 말인데," 루사가 말했다. "자보 여왕에게 책 한 권을 꼽아보라고 하는 건 비겁한 짓이

* 중국, 아시아 관련 전문 서점으로, 실제로 벨빌에 있다.

야."

루사는 언제나 조용히 자보 여왕의 편을 들었다. 또한 절대 언성을 높이는 법이 없었다.

"'하나만 대봐요, 하나만요'라니. 돌팔이 변호사나 쓰는 비열한 수법이잖아. 더도 덜도 아니고 딱 그 짝이야."

그의 말이 옳았다. 상대를 멍하게 만들어놓고 마비된 틈을 타 제압하는 것은 정정당당한 일이 아니었다.

"재판이야 그렇게 이길 수 있지. 하지만 진실을 묵살할 때도 그렇게 한단 말이야. 중국 속담에 '판공즈싱反躬自省'이라는 말이 있지. 남을 욕하기 전에 자기는 잘못한 게 없나 돌아보라는 뜻이야."

그는 운전을 기가 막히게 못했다. 하지만 몬테카시노의 도살장에서 살아 돌아온 뒤 자동차 따위가 자기를 어쩌지는 못할 거라 믿었다. 내가 불쑥 말했다.

"여동생이 내일 결혼해요, 형님."

그는 우리 식구들을 몰랐다. 우리 집에 온 적이 없었다.

"누군진 몰라도 그 남자, 운도 좋네."

"결혼 상대가 교도소장이에요."

"아!"

그렇다, "아!"가 바로 그의 의견이었다. 그는 빨간불 몇 개를 무시하고 교차로 몇 군데를 아찔하게 통과한 다음 물었다.

"여동생이 나이가 많아?"

"아니요. 아직 열아홉도 안 됐어요. 나이 많은 건 남자 쪽이죠."

"아!"

침묵이 흐르는 틈을 타 쥘리위스의 냄새가 자리를 잡았다. 쥘리위스는 언제나 악취를 풍기는 것으로 의사표시를 했다. 루사와 나는 동시에 손을 움직여 각자 차창을 내렸다. 루사가 말을 이었다.

"그래, 누군가와 얘기하고 싶을 수도 있고 그러고 싶지 않을 수도 있겠지만, 어느 쪽이든 내가 한잔 살게."

어쩌면 누군가에게, 사정을 모르는 사람에게 얘기하는 편이 좋을 것 같았다. 루사의 오른쪽 귀에 대고라면 안성맞춤일 것이다.

그는 이렇게 말하곤 했다.

"전쟁 때 왼쪽 고막이 터진 뒤로 내 오른쪽 귀는 더 객관적이 되었어."

*

1장 작년에 벨빌의 노부인들이 돈 몇 푼 때문에 목이 잘리던 와중에, 우리 가족한테 삼촌이나 다름없는 세르비아-크로아티아계인 스토질코비치는 늑대가 활개 치고 다니는데도 짭새들이 속수무책이 되자 노부인들을 보호하기로 결심했다.

2장 그래서 스토질코비치는 2차 대전이 끝난 후 몽트뢰유의 카타콤*에 숨겨두었던 낡아빠진 고물 총들을 발굴해 노부인들을 완전무장 시켰다. 그는 카타콤 내부의 넓은 공간을 특별 개조해 만든 사격 연습장에서 노부인들에게 별의별 사격 자세를 다 훈련시키더니, 수상쩍은 탄두를 탑재한 미사일만큼이나 어디로 튈지 모르는 이 할망구들을 태평하게도 벨빌 거리에 풀어놓았다.

3장 당연히 이는 살육에 또다른 살육을 더할 뿐이었다. 네거리를 건너는 혈기 왕성한 노부인을 도와주려던 사복형사가 양미간에 총알이 박힌 채 아스팔트 위에서 발견되었다. 실수였다. 속사수였던 할머니가 제대로 보지도 않고 총을 쏜 것이다.

* 저자의 실수인 듯하다. 전작 『기병총 요정』에서 문제의 카타콤은 몽트뢰유가 아니라 몽루즈에 있었다.

4장 그러자 짭새들은 큰 충격을 받고 순교자를 위해 복수하겠다고 다짐한다. 다른 경찰들보다는 조금 덜 떨떨한 형사 둘이 비밀을 밝혀내고 스토질코비치는 감방에 갇힌다.

5장 (이 이야기는 일종의 막간이다. 인생의 밀담이라고나 할까.) 두 형사는 수사를 하면서 벨빌에서 모르는 사람이 없게 되고, 특히 말로센 가족과 여러모로 얽히게 된다. 두 형사 중 젊은 쪽인 파스토르라는 자는 우리 엄마를 보고 첫눈에 반하고, 엄마는 갓 구한 애인과 인생을 새로 시작하기로 결심한다. 엄마가 그런 결심을 한 것도 여덟번째다. 엄마 퇴장, 파스토르 퇴장, 베네치아의 다니엘리 호텔을 향해 출발! 정말이라니까!

두 명 중 다른 쪽은 정년퇴직을 눈앞에 둔 베트남계 혼혈인 반티안 형사인데, 그는 살인마를 추격하다가 총알 세 발을 맞은 뒤 우리 집에서 편안히 요양하며 몸을 추스른다. 티안은 매일 저녁 이 이야기를 아이들에게 한 장章씩 들려준다. 티안은 범상한 이야기꾼이 아니다. 얼굴은 호치민에, 목소리는 장 가뱅*이다. 아이들은 이층 침대에 앉아 피 냄새에 코를 킁킁거리고 밀어에 가슴 설레어하며 이야기를 듣는다. 티안 영감은 이 이야기에 '기

* 허스키한 목소리로 유명한 프랑스 명배우.

병총 요정'이라는 제목을 붙였다. 그는 우리 각자에게 마음에 쏙 드는 배역을 만들어주었고, 그 덕에 라디오에서 흔히 말하는 것처럼 청취자들의 몰입도가 높아졌다.

6장 딱 하나 문제가 있다. 스토질코비치, 청동 같은 목소리의 세르비아-크로아티아계 삼촌이자, 내 체스 상대가 이젠 없다는 것이다. 우리는 오랜 친구를 나 몰라라 하는 사람들이 아니다. 그래서 클라라와 나는 면회를 가기로 했다. 그는 에손 지방의 샹프롱 교도소에 갇혀 있었다. 전철을 타고 오스테를리츠 역에 가서 기차로 갈아타고 에탕프까지 간 다음 다시 택시를 타고 감옥까지 갔다. 놀랍게도 사면이 절벽으로 막힌 흉악범 수용소가 아니라 18세기의 작은 성곽이 우리를 맞이했다. 물론 감옥으로 개조해놓았기에 감방, 경찰, 면회 시간 등 있어야 할 것은 다 있다. 하지만 프랑스식 정원에다 벽에는 오뷔송산 태피스트리가 걸려 있고 눈길 닿는 곳마다 아름답지 않은 곳이 없는 데다 구내는 도서관처럼 조용하다! 시끄러운 소음도 없고 복도에도 소리가 울리지 않는 진정한 안식처였다. 놀랄 일은 더 있었다. 늙은 교도관이 미술관의 고양이처럼 살금살금 걸음을 옮기며 우리를 스토질코비치의 독방으로 데려갔다. 하지만 스토질은 면회를 거부했다. 살짝 열린 방문 틈으로 슬쩍 들여다보니 스토질의 방은 작고

네모났다. 구겨진 종이가 발 디딜 틈도 없이 어지럽게 널려 있고 그 가운데 작업용 탁자가 하나 놓여 있었는데 그것도 사전을 잔뜩 쌓아놓아 쓰러지기 일보 직전이었다. 스토질코비치는 복역 기간 동안 베르길리우스의 작품을 세르보-크로아트어로 번역하는 일에 착수했다. 형기가 몇 달밖에 되지 않아 시간이 충분치 않을 것이다. 그러니 다들 나가줘. 그리고 사람들한테 전해줘. 스토질 삼촌은 면회 사절이라고!

7장 운명적인 만남은 돌아 나오는 복도에서 이루어졌다. 클라라와 클라랑스의 첫 만남은 진정 하늘이 점지한 일이었다. 봄날 저녁이었다. 낙엽 빛깔의 석양이 벽을 물들였다. 늙은 교도관이 우리를 출구로 데려가는 중이었다. 진홍빛 양탄자가 깔린 긴 복도의 정적은 우리의 발소리마저 삼켰다. 디즈니 애니메이션에 나오는 반짝이는 가루 섬광만 있었다면 클라라와 나는 손을 잡고 구름 위 평화와 행복의 천국으로 올라갔을 것이다. 솔직히 나는 그곳을 빨리 빠져나오고 싶었다. 감옥 같지 않은 감옥을 두 눈으로 보고 나니 내 기존의 가치 체계가 뒤흔들리는 느낌이었다. 이제는 바깥에 대기시켜놓은 디젤 택시가 수정 사륜마차로 변해 있고 절대 똥도 안 싸는 날개 달린 말이 그 마차를 끌고 있다 해도 그다지 놀라지 않았을 것이다.

착한 왕자님이 나타난 것은 바로 그때였다.

책 한 권을 손에 들고 복도 끝에 똑바로 서 있는, 비스듬히 기우는 햇빛에 흰머리가 금빛으로 반짝이는 키 큰 왕자님이었다.

대천사께서 친히 강림하신 것이다.

눈 위까지 내려오는 새하얀 머리칼은 갓 접은 천사 날개 같았다.

그가 눈을 들어 우리를 바라보았다.

당연히 눈도 하늘색이었다.

그 앞에 우리 셋이 있었지만 그는 클라라만 바라볼 뿐이었다. 그리고 클라라의 얼굴에는 어떤 미소가 떠올랐다. 언제 보게 되려나 오빠로서 오래전부터 불안해하던 그런 미소였다. 나는 클라라가 그 미소의 초판본을, 운동화를 신고 워크맨을 찬 여드름 소년 아무개에게 헌정할 줄 알았다. 그러면 그 녀석이 내 누이의 매력에 넘어가는 순간 큰오빠가 나서서 관리하고 감시할 수 있었을 텐데. 공부를 잘 못하는 클라라가 거들먹거리는 범생이를 데려왔다면 막 나가는 우리 식구들한테 묵사발이 되었을 텐데. 생태주의자라도 데려왔다면 양 어깨 요리를 잔뜩 먹여서 개종시켜줬을 텐데.

그 어느 쪽도 아니었다.

대천사였다.

하늘색 눈의 대천사.

쉰여덟의 대천사. (58세. 내일모레면 예순.)

교도소장.

두 사람의 강렬한 시선으로 대지는 하늘에 붙어버리고 지구는 자전을 멈췄다. 그 조용한 복도 어디선가 첼로의 신음 소리가 들려왔다. (이 모든 일이 감옥에서 일어났다는 것을 잊지 말기를.) 그 소리가 신호라도 되었던지, 대천사가 우아하게 고개를 돌려 흰 머리칼을 뒤로 넘기며 말했다.

"프랑수아, 면회 온 분들인가?"

"예, 소장님." 늙은 교도관이 대답했다.

그 순간 클라라는 우리 품을 떠났다.

*

"근데 말이야," 루사가 잔을 내려놓으며 물었다. "네놈의 죄수들은 거기서 뭐 하는 거야? 너의 꿈의 감옥에서 말이야."

"이건 꼭 짚고 넘어가야겠는데요, 그놈의 죄수들도, 감옥도 나랑은 아무 상관 없어요. 아무튼 걔들은 예술 분야에서 하고 싶은 건 뭐든지 할 수 있어요. 글을 쓰는 놈들도 있고 그림을 그리거나 조각을 하는 놈들도 있어요. 실내악단도 있고, 현악 사중주단도 있고, 연극 극단도 있죠……"

사실이다…… 생티베르는 **살인범은 직업을 찾지 못한 창작자**(강조 표시는 생티베르의 표현이다)라는 신념으로 1970년대에 이 감옥을 구상했다. 수사판사와 형집행판사를 지내면서 통상적인 감옥의 폐해를 가늠하게 되었고, 해결책을 고안해 관할 지역에 서서히 이러한 제도를 도입했더니 효과가 있었고, 벌써 20년 가까이 잘 돌아가고 있는 것이다. **파괴적인 에너지를 창작 의지로 전환시켜**(강조 표시는 여전히 생티베르의 표현) 60여 명의 살인자를 **예쑬가**(발음은 내 동생 제레미의 것)로 탈바꿈시킨 것이다.

"나도 은퇴하고 나서 그렇게 호젓한 곳에서 지낼 수 있다면 좋을 텐데."

루사는 몽상에 잠겼다.

"나폴레옹 민법전*을 중국어로 번역하면서 여생을 보낸다…… 그 감옥에 들어가려면 누굴 죽여야 하지?"

우리는 잔에 다시 술을 채웠다. 나는 손가락으로 술잔을 돌렸다. 시디브라힘**의 진홍빛 심연에서 클라라의 미래를 읽어보려 했지만 내게는 테레즈가 가진 재능이 없었다.

---

* 나폴레옹 민법전은 그 문체 때문에 작가들의 찬사를 받아왔다. 스탕달은 『파르마의 수도원』을 쓰면서 매일 아침 민법전을 몇 쪽씩 읽었고, 발레리는 '문학의 걸작'이라 칭했다.

** 알제리 술 이름.

"클라랑스 드 생티베르라니, 사람 이름이 클라랑스 드 생티베르라는 게 말이 돼요?"

루사는 말이 된다고 생각했다.

"그거 섬 이름에서 따온 거야. 아마 마르티니크 섬하고 관련이 있을걸." 그러면서 루사는 나를 놀렸다. "이 결혼이 그렇게 맘에 들지 않는 게 혹시 신랑이 백인 깜둥이라서 그런 거 아냐?"*

"클라라가 차라리 형님처럼 빨간색 승합차에 중국 문학을 싣고 다니는 흑인 깜둥이하고 결혼하는 게 낫겠어요."

"됐어, 난 이제 힘 못 써. 왼쪽 불알을 한쪽 귀랑 같이 몬테카시노의 해골 밭에 두고 왔잖아……"

살짝 바람이 일어 벨빌의 냄새를 전했다. 메르게즈 소시지와 박하 향이 코를 간질였다. 우리 탁자 바로 옆에서는 회전식 꼬치 그릴이 지글거리고 있었다. 닭처럼 꼬챙이에 꿰여 있는 양 대가리는 꼬챙이가 한 바퀴 회전할 때마다 견공 쥘리위스에게 한 번씩 추파를 던졌다.

"그래, 벨빌에서는 어때?" 루사가 느닷없이 물었다.

"벨빌이 뭐요?"

---

* 마르티니크 섬은 서인도제도 내의 프랑스령이다. 루사는 생티베르 가문이 서인도제도와 관련이 있다는 점을 빗대어 농담하고 있다.

"벨빌의 네 친구들 말이야, 걔들 생각은 어떠냐고."

*

좋은 질문이다. 내 불알친구 아두슈 벤 타에브, 그 녀석의 아버지인 아마르 아저씨(옛날 옛적부터 우리 말로센 가족은 외식할 때면 아마르의 식당에 갔다), 우리 모두의 엄마인 야스미나 아줌마, 아두슈의 검은 그림자인 모시족* 모, 아두슈의 빨강머리 그림자인 카빌리아** 사람 시몽(모와 시몽은 벨빌부터 구트도르에 이르는 구역에서 본토bonneteau*** 야바위 업계를 주름잡고 있다. 모범적인 시민은 아닌 것이다)은 이 결혼을 어떻게 생각했는가? 클라라가 두목 간수와 결혼한다는 소식에 그들의 첫 반응은 어땠는가?

정답 : 놀라서 낄낄거렸다.

"뱅자맹, 어떻게 너한테는 그런 일만 생기냐?"

"형네 엄마는 짭새 파스토르랑 야반도주하더니, 이제 여동생은 생티베르랑 결혼하는구나!"

---

* 서아프리카의 가나, 부르키나파소 등에 거주하는 흑인 종족.

** 알제리의 지중해 연안 산악 지대.

*** 길거리에서 하는 카드 야바위.

"의붓아버지는 짭새고 매제는 간수인 거네, 정말 죽인다!"

"뱅자맹, 그럼 넌 누구랑 결혼해야 하는 거야?"

"됐어, 한잔해……"

벨빌의 친구들은 나에게 술을 따라주었다.

진심으로 애도하면서……

그러던 중 마침내 클라라 덕에 반격의 기회를 얻었다. 나는 긴급 상황이라면서 친구들을 모두 아마르의 식당으로 불렀다. 내가 도착했을 때는 벌써 다들 식탁에 둘러앉아 있었다. 아두슈가 나를 껴안으면서 물었다. "뱅자맹, 좀 괜찮아졌냐?" (클라라의 결혼 소식을 듣고부터 아두슈는 나한테 잘 지내냐가 아니라 좀 괜찮아졌냐고 물었고, 그러면서 재미있어했다. 병신 새끼……) 시몽은 입이 찢어져라 실실 쪼개면서 말했다.

"이번엔 또 무슨 소식이야? 형네 엄마하고 파스토르가 애라도 낳았어?"

그러자 모시족 모도 뒤지지 않으려는 듯 말했다.

"아니면 이번엔 형이 경찰이 되기라도 한 거야?"

하지만 나는 장례식에라도 온 듯한 표정으로 자리에 앉았다.

"훨씬 심각한 일이야."

나는 숨을 들이쉬고는 물었다.

"아두슈, 너 클라라가 태어났을 때 옆에 있었지, 기억나?"

아두슈는 심각한 얘기라는 걸 바로 알아차렸다.

"그래, 클라라가 태어났을 때 너랑 같이 있었지, 맞아."

"클라라가 아기일 때 기저귀도 갈아주고 똥도 닦아주고 했잖아……"

"그랬지."

"그리고 나중에 클라라한테 벨빌을 알려준 것도 너잖아. 넌 동네에서 클라라의 대부였다고 할 수 있고. 클라라가 우리 동네 사진을 그렇게 멋있게 찍을 수 있었던 것도 다 네 덕이잖아."

"뭐, 틀린 말은 아니지……"

"그리고 시몽, 클라라가 나이가 차서 동네 불량배들이 군침을 흘리기 시작했을 때 네가 친오빠처럼 클라라를 보호한 거 맞지?"

"아두슈 형이 나더러 잘 돌봐주라고 하더라고. 근데 클라라만 그런 건 아니야. 테레즈하고 제레미도 계속 돌봐줬지. 지금은 프티를 돌봐주고 있고. 사실 가족이나 다름없잖아. 우리는 형의 동생들한테 무슨 일이 생기길 원치 않는다고."

여기서 나는 딴 속셈을 품은 자들만이 지을 수 있는 미소를 지었다. 그리고 카빌리아 사람에게서 눈을 떼지 않고 천천히 들은 말을 되풀이했다.

"시몽, 그래, 네 말대로야. 클라라는 너한테 가족이나 다름없지……"

그리고 모시족 모를 바라보며 말했다.

"라몽이 클라라한테 마약을 하게 했을 때 그놈 머리통을 전봇대에 찧은 게 너 맞지, 모?"

"형이 내 입장이었으면 어떻게 했겠어?"

나의 미소는 점점 커졌다.

"그러니까 모, 너도 나처럼 클라라의 오빠인 거잖아. 친오빠는 아니지만 오빠라고 할 수 있는 거지?"

여기까지 말하고 나는 잠시 말을 끊고 침묵이 효과를 발휘하도록 기다렸다. 그리고 입을 열었다.

"잘들 들어. 문제가 하나 있어."

나는 다시 잠시 뜸을 들였다가 다시 말을 이었다.

"클라라가 말하기를 결혼식에 너희가 필요하대."

침묵.

"셋 다."

침묵.

"모하고 시몽은 증인을 서줬으면 좋겠다던데."

침묵.

"아두슈, 클라라가 예배당에 너희 아버지하고 야스미나 아줌마의 손을 잡고 들어가겠대. 그리고 누르딘하고 레일라는 들러리를 서달래."

침묵.

"너하고 나는 자기 뒤에서 따라와달래. 바로 뒤에 붙어서 들어오래."

아두슈는 빠져나가려 했다.

"씨팔, 우리 같은 무슬림들이 기독교 결혼식에 가서 뭘 어쩌라고?"

나는 대답이 준비되어 있었다.

"아두슈, 요즘 세상에 종교는 마음대로 고를 수 있어. 하지만 여전히 가족은 고를 수 없잖아. 근데 너희는 클라라의 가족이야."

함정에 빠진 것이다. 아두슈가 백기를 들었다.

"알았어. 어느 성당이야? 생모르 로路의 생조제프 성당?"

나는 차분하게 최후의 일격을 가했다.

"아니, 클라라는 교도소 예배당에서 결혼하고 싶어해. 그러니까 감방에서……"

4

그렇다, 설상가상으로 나는 어마어마한 종교 문제까지 겪어야 했다.* 이제껏 클라라는 '인간'을 사랑하려면 종교라든지 그런 식의 해로운 믿음은 버려야 한다고 교육받아왔다. 그런데 클라랑스와 그 애가 자기들의 만남을 어디서 빌어먹었는지 모를 '전지전능하신' 놈의 가호에 맡기려는 것이다. 게다가 창조적인 범죄자들의 영적 지도자인 클라랑스는 그 가느다란 손을 내 어깨에 얹고 새 같은 미소를 지으면서(어찌 됐든 천사란 날짐승에 불

* 뱅자맹은 클라라가 성직자의 집전 아래 결혼식을 치른다는 사실에 분개하고 있는데, 무신론적인 성향이 강한 프랑스 사회의 기준에서 보면 이는 특이한 반응이 아니다. 프랑스에서 결혼식은 보통 군청이나 구청에서 하며, 종교적인 결혼 예식은 법적 효력이 없는 추가적인 선택에 불과하다.

과하니까) 이렇게 중얼거리기까지 했다.

"처남, 우리 만남이 신의 은총이라는 걸 왜 인정하지 않으려고 해요?"

한마디로 그동안의 가정교육이 전부 허사가 된 것이다. 청첩장에 적힌 것처럼 새하얀 드레스를 입고 감옥 예배당에서 식을 올리고 교도소 사제의 주례로 혼배미사를 드리다니. 청첩장을 보면 알겠지만 생티베르는 인생이 뭔지 아는 인간이다. 호적상 결혼 두 번, 이혼 두 번, 확고한 실증주의자, 행동주의 심리학의 전투적인 추종자, 세번째 결혼은 순결한 10대 소녀와 교회에서! 클라랑스 드 생티베르……

나는 잠자리로 돌아가 쥘리의 젖가슴을 찾는다. 클라랑스 드 생티베르…… "우리 만남이 신의 은총이라는 걸 왜 인정하지 않으려고 해요?"……빌어먹을 놈.

"뱅자맹, 진정하고 그만 자. 내일 피곤해서 어쩌려고 그래?"

인간적인 온기로 치자면 쥘리의 유방만 한 건 본 적이 없다.

"둘 사이가 오래가지 않을지도 몰라, 클라라는 사랑의 초고를 쓰는 중일 거라고…… 안 그래, 쥘리? 어떻게 생각해?"

파리Paris가 잠자는 소리가 들린다. 쥘리의 검지가 꿈을 꾸듯 내 머리털을 돌돌 감는다.

"뱅자맹, 잘 알면서 왜 그래? 사랑에는 초고 같은 건 없잖아.

처음부터 곧바로 집필 시작인 거지."

(너무하잖아……)

"그리고 클라라가 결혼 상대를 사랑하는 게 그렇게 싫어?"

(그놈은 예순살이야, 젠장, 두목 간수에 골수 예수쟁이라고. 클라라를 만나기 전에 다른 여자들이랑 잤고, 잔 다음엔 차버렸다고!) 이런 말을 해봤자 먹히지 않을 게 뻔해서 그냥 얘기하지 않기로 했다.

"자기 계속 이러면 나 클라라 질투한다?"

별로 무섭지도 않다. 쥘리가 졸면서 한 말이니까.

"언제까지나 널 사랑할 거야." 내가 말한다.

그녀가 벽 쪽으로 돌아눕더니 짤막하게 말한다.

"날 매일 사랑하는 걸로 만족하도록 해."

*

쥘리의 호흡이 유람선의 리듬을 탔다. 우리가 가정집으로 개조해 살고 있는 옛 철물점 건물에서 잠들지 않고 깨어 있는 것은 이제 나뿐이다. 어쩌면 클라라는 깨어 있을 수도. 나는 몸을 일으킨다. 확인차 내려간다…… 무슨 소리야, 클라라는 늘 그런 것처럼 인생을 피해 잠들어 있다고. 다른 식구들도 이층 침대에서 자고 있다. 티안 영감은 '기병총 요정' 한 장을 들려주었다. 제레미는 이야기를 듣다가 입을 벌린 채 잠이 들었고, 프티는 안경 벗는 것을 잊었다. 테레즈는 평소처럼 워낙 빳빳한 자세로 자고 있어서 선 채로 잠든 것을 그대로 들어다 침대에 뉘어놓은 것 같다. 견공 쥘리위스는 선남선녀들 틈에서 사전을 넘기듯 혀를 팔랑이면서 자고 있다.

쥘리위스 위쪽에는 베르됭의 요람이 있다. 막내 여동생 베르됭은 분노를 품고 태어났다. 그 애는 안전핀을 뽑은 수류탄처럼 잠을 잔다. 베르됭이 삶을 감내하게끔 만들 수 있는 사람은 티안 영감뿐이다. 베르됭이 눈을 뜨면 언제나 티안 영감의 얼굴이 그 애의 요람을 굽어보고 있다. 그 덕에 수류탄은 폭발을 미루기로 한다.

의자 위에 놓인 문제의 흰 드레스가 어두운 방 안에서 행복의 환영처럼 하늘거린다. 아두슈의 어머니이자 아마르의 아내인 야스미나는 클라라에게 마지막으로 한 번 더 드레스를 입혀보려고 오늘 밤 우리 집을 다녀갔다. 정말 훈훈한 이야기다…… 말로센 집안다운 풍경이다! 나는 결혼 소식을 알리려고 엄마한테 전화를 걸었다. "정말이야?" 엄마가 전화선 저편 베네치아에서 말했다. "클라라가 결혼을 한다고? 클라라 좀 바꿔줘." "지금 없어. 쇼핑하러 갔어." "그래? 그럼 클라라한테 나만큼 행복하기를 빈다고 전해줘…… 알았지? 식구들한테 안부 전하고. 뱅자맹, 넌 착한 아들이야." 딸깍. 엄마는 전화를 끊었다. 정말이다. "나만큼 행복하기를 빈다고 전해줘"라더니 전화를 끊었다. 그 뒤로 전화 한 통, 편지 한 통 없다. 결혼식에도 오지 않는다. 코빼기도 보이지 않는다…… 엄마는.

그래서 야스미나 아줌마가 엄마를 대신하고 있다. 내 기억이 닿는 한, 우리 가족은 진짜 엄마를 언제나 야스미나의 치마폭에서 찾았다.

나는 부엌에 가서 의자를 하나 가져다가 침실 한복판, 잠든 내 동생들, 엄마의 연애질로 태어난 사랑하는 동생들 사이에 놓고 걸터앉아, 등받이에 몸을 기대고는 팔짱을 끼고 머리를 푹 숙인 채 잠이 든다.

*

그래…… 나는 잠이 든다, 잠이 달아난다, 그러다 결국 기억의 해변에 좌초한다. 생티베르가 우리 집을 처음이자 마지막으로 찾아왔던 때의 기억 말이다. 그러니까 약혼자를 소개하는 날이었다! 두 주 전의 일이다. 다들 모여 앉아 정식으로 저녁을 먹었다. 클라라는 수줍어하면서 진수성찬을 차렸다. "오늘 저녁에 누가 오는지 맞혀봐." 제레미와 프티는 하루 종일 그걸로 장난을 쳤다. "클라라 누나의 죄수" 하고 프티가 대답했다. 두 바보가 낄낄거리며 떠들자, 테레즈는 '상스럽다'고 했고 클라라는 얼굴이 빨개졌다. 하지만 저녁이 되어 대천사를 친히 대면하자 만담꾼 듀오는 조용해졌다. 생티베르는 존재감이 있는 사람인 것이다. 보자마자 말을 놓고 맞먹고 놀 수 있는 보이스카우트 대장 같은 사람이 아니다. 범접할 수 없는 위엄을 갖춘 데다 친절하긴 하지만 건성이어서, 아이들은 예의를 지키는 것 이상으로 거리를 두게 된다. 심지어 제레미 같은 애들도! 더구나 예비 매제는 잘 웃는 편이 아니다. 남들과 어울려 낄낄거리는 사람이 아니다. 약혼녀의 가족을 살펴보려고 잠시 감옥을 떠나오긴 했지만, 파티에 자기가 먹을 스테이크를 들고 오듯 자기 관심사를 그대로 들고 왔다. 자기 일에 대한 사명감이 투철한 사람이었다. 쥘리가 질문을 던지자마자 그는 발동이 걸렸다.

"그렇죠, 제가 관리하는 죄수들은 아주 특정한 부류의 범죄자니까요. 아주 어릴 때부터, 초등학교, 심지어는 유치원 때부터 사회가 자기들과 진정한 자기 자신 사이에 장벽을 세워놓았다고 느껴온 사람들이죠."

누이들의 눈빛이…… 이런! 누이들 눈빛이 완전히……!

"그들은 자기들이 살아 있다는 것을 아주 강하게 느껴요. 그들이 살인을 하는 건 대부분의 범죄자처럼 자멸 행위가 아니에요.

자신의 실존을 증명하려는 거죠. 자기를 가두는 벽을 쓰러뜨리는 거라고 생각하면 될 거예요."

티안 영감의 품에 안긴 베르됭이 그의 말에 귀를 기울이고 있는 것 같았다. 도화선처럼 불타고 있는 눈을 보니 자신을 둘러싼 벽도 다이너마이트로 날려버리려는 듯했다.

"샹프롱에서 제가 보호하고 있는 자들은 그런 사람들이에요, 코랑송 양. 존속살해범이 많고요, 교사나 정신분석가, 훈련 교관을 죽인 사람도 많죠."

"인정받고 싶어서 그랬다는 거네요."

기삿거리의 첫 태동을 느끼신 코랑송 기자께서 마무리를 지었다.

(지금 생각해보면, 그 빌어먹을 저녁식사 때 내가 얼마나 외로웠던지!)

"그렇죠……" 생티베르가 골똘히 생각에 잠겨 말했다. "이상한 건요, 그자들은 그렇게나 인정받고 싶어했는데 그들이 뭘 인정받고 싶어하는지 궁금해한 사람은 아무도 없다는 거예요."

"당신이 궁금해하기 전까지는요." 클라라가 얼굴을 붉히며 지적했다.

다들 입을 딱 벌리고는 '앙코르, 앙코르' 하고 외치는 것 같았다. 클라라는 남편의 열정에서 자기 삶의 이유를 찾는 아내처럼 클라랑스가 하는 말을 듣고 있었다. 그렇다, 그날 저녁 나는 클라라의 큰 눈에서 마르타 프로이트, 소피아 안드레예브나 톨스토이같이 후대를 위해 천재 남편의 뒤치다꺼리를 하는 현모양처들이 줄줄이 스치는 걸 보았다. 클라라의 천재 남편은 고개를 돌려 머리칼을 뒤로 넘기더니 말했다.

"살인자들은 어느 누구에게도 믿음을 얻지 못한 사람인 경우가 많아요."

"독재자들도 그렇죠." 쥘리가 대꾸했다.

(대화는 한껏 무르익고 있었다.)

"맞는 말입니다. 제 수감자 중 몇 명은 남미에 갔으면 꽤 잘나갔을 거예요."

"소장님께서는 대신 그 사람들을 예술가로 만드셨잖아요."

"어차피 세상을 지배해야 한다면 자기 세상을 지배하게 하는 게 낫겠죠."

(그만해! 스톱! 이런 촌철살인까지, 너무하잖아! 제발……!)

그때 너무나 진지하던 생티베르가 짓궂은 미소를 지었다.

"우리 예술가들 중에는 건축가도 몇 있는데요, 지금 우리 교도소의 확장 공사를 계획하고 있어요."

즉시 다들 경악했다.

"소장님 말씀은, 죄수들이 자기네 감옥을 자기들 손으로 짓고 있다는 건가요?" 쥘리가 탄성을 질렀다.

"사실 우리도 다 그러고 사는 것 아닌가요?"

머리칼을 넘긴다, 또 흰 머리칼을 넘긴다……

"단지 우리는 형편없는 건축가일 뿐인 거죠. 우리가 지은 결혼이라는 감방은 숨이 막히고, 직업이라는 교도소는 우리를 갉아먹고, 가정이라는 감옥은 우리 아이들을 마약으로 떠밀잖아요. 그리고 우리는 텔레비전이라는 창을 통해서 바깥세상을 본다고 생각하지만 사실은 우리 자신을 바라보고 있을 뿐이죠."

이때 제레미가 자랑스레 끼어들었다.

"우리 집에는 텔레비전이 없어요!"

"클라라가 지금의 클라라가 된 것도 어느 정도는 그 덕이겠죠." 생티베르의 대답은 지나치게 진지했다.

이놈의 대천사 때문에 슬슬 짜증이 난다. 변호사가 소매를 휘두르듯* 이자는 흰 머리칼을 멋지게 써먹고 있다. 게다가 이자의 번지르르한 말을 듣다보면 옛날에 내가 동생들의 똥을 닦아주고 있을 때 친구들이 우리 집에 떼로 몰려와 나를 '사나이의 인생'으로 복귀시키겠다면서 일장 연설을 늘어놓던 게 생각난다.

* 예전에 법정에서 변호사가 변론이 길어질 때 판사들을 깨우기 위해 법복 소매에 달린 무거운 깃 장식을 부딪혀 소리를 내던 것에서 유래한 프랑스어 표현이다.

가족이란 보아 구렁이처럼 사람을 목 졸라 죽이는 것이고, 회사는 악어처럼 우리를 뜯어먹으며, 결혼이란 비단뱀과 마찬가지고, 텔레비전은 자기를 비추는 거울이다 등등의 얘기는 그때 벌써 신물 나게 들었다. 오죽하면 온갖 제도와 기계의 노예가 되어 소외당한 현대인의 전형적인 삶을 살고 싶을 지경이겠는가! 그냥 평생 가족들이랑 방구석에 틀어박혀서 텔레비전 앞에서 상한 통조림이나 뜯으며 살아야지. 외출은 일주일에 딱 한 번이면 돼. 그것도 애들 손 잡고 성당에 가서 라틴어 미사를 꾹 참고 듣는 거야. 아차! 미사는 안 되겠다! 미사라면 생티베르가 환장할 테니. 생티베르의 목소리는 찬송가 같다. 구름 위의 감시초소에서 내려오는 듯한 달콤한 목소리다. 이 자식 정말 짜증나네! 당장 한마디 해주고 싶다. "생티베르, 공상은 집어치워. 20년은 뒤떨어진 구닥다리 사고방식은 됐다고!" 하지만 그가 즉시 질문으로 맞받아치기라도 하면 끝장이다. "뭐가 구닥다리라는 건데요?"

내가 그 대단한 감옥에 가본 적이 있기 때문이다! 그리고 놀라서 멍해졌던 것도 사실이다! 다시 생각해봐도 정말 말도 안 된다. 감옥에 가는 줄 알았는데 비까번쩍한 강당에 하늘 같은 조명시설이 달린 화가들의 아틀리에라니. 수도원 분위기의 도서관에 가보니, 휴지통에 파지를 잔뜩 구겨넣으면서 일에 몰두하고 있던 사람은 방문객이 왔는데도 고개 돌려 제대로 인사하지도 않았다. 하긴 방문객도 거의 없었다. 생티베르의 죄수들은 그곳에 들어오면 곧 면회를 사절한다. 생티베르의 주장으로는, 자기는 그러라고 한 적이 절대 없단다. (머리칼이 또 흩날린다.) 죄수들은 그토록 그리던 자유를 그 감옥 담장 안에서 얻었으며 바깥세상의 폐해로부터 이 자유를 지켜야 한다는 걸 즉시 깨닫는다는 것이다. 이자들의 말에 따르면, 바깥세상에서 자기들이 살인을 저지른 것은 이 자유를 확인할 권리를 거부당했기 때문이었다.

"그리고 면회 사절은 모든 언론 매체에 대한 거부로 이어지더군요, 코랑송 양." 생티베르가 강한 어조로 밝혔다. "우리 교도소에는 신문도, 잡지도 반입되지 않습니다. 세상 분위기를 전하는 미디어는 하나도 안 되죠. 대신 우리는 구내 텔레비전 방송을 자체 제작하고 있습니다."

그리고 정말 대천사 같은 미소를 짓더니 말한다.

"요컨대 바깥세상과의 완벽한 단절을 선언한 제 수감자들이 예외적으로 감옥에 들어와도 좋다고 허락한 유일한 사람이 클라라인 거죠."

그래, 그래, 그거야…… 바로 그 때문에 내가 이 골치를 썩고 있는 거라고. 그 예술가 죄수들은 나의 클라라와 그 애의 분신이나 다름없는 카메라를 받아들였다. 그리고 클라라는 그 카메라로 곧 그들의 초상을 만들었다. 그들이 일하는 모습을 사진에 담았다. 감옥 담장, 문, 자물쇠를 찍고, 파지로 미어터지는 휴지통, 신축할 새 감방의 설계도를 들여다보느라 고개를 숙이고 있는 두 사람, 구내 텔레비전 방송국, 교도소 안마당의 햇살을 받아 범고래처럼 반짝이는 그랜드피아노를 찍고, 컴퓨터 모니터에 비친 생각에 잠긴 얼굴을 찍고, 망치가 정을 내려치는 순간 조각가의 손놀림을 찍었다. 클라라는 사진을 현상했고 그들, 죄수들은 복도에 매단 줄에 걸어 말리고 있는 클라라의 사진들에서 자기들이 사는 모습을 보았다. 또한 작은 몸짓 하나하나에 의미가 있고 인생이 놀랄 만큼 생생하게 뛰노는 것을, 클라라의 렌즈가 그것을 포착해 확대해놓은 것을 발견했다. 그들 자신의 모습이 외적인 이미지로 변한 것이다. 이제 클라라 덕에 그들은 안인 동시에 밖이 되었다. 그들은 클라라를 좋아했다!

*

이제 가족의 장남인 나 뱅자맹 말로센은 식솔들 한가운데 의자를 갖다놓고 앉아 잠을 청하면서 엄숙하게 질문을 던진다. 클라라가 그렇게 살아야 하는가? 어렸을 때부터 동생들을 키우느라 고생하며 살았는데, 하늘색 눈의 대천사가 맡고 있는 악인들을 돌보는 일보다 더 나은 인생을 살 자격이 있지 않을까?

5

"뱅자맹 오빠, 시간 됐어."

신부 드레스가 클라라 위에 자리잡았다. 천사들은 하얗다. 샹티 생크림처럼 순백색이다. 나는 그 사실을 법정에서도 증언할 수 있다. 순백의 폭포가 정수리에서 떨어져 주위에 거품을 잔뜩 만들어놓는다. 천사들은 증기와 거품으로 이루어진 존재다. 손도 없고, 발도 없고, 흰빛을 두른 알 수 없는 미소뿐이다. 다들 그 흰빛을 밟지 않으려고 조심한다. 잘못하면 천사들이 알몸이 될 수 있으니까.

"뱅자맹 형, 시간 됐어……"

나만 빼고 모두들 소리 없이 채비를 했다. 클라라가 나에게 커피를 가져다준다. 될 대로 되라지. 등을 돌린 채 총살당한 옛 시절의 배신자들처럼 나는 의자에 걸터앉아 커피를 마신다. 완전한 침묵이다. 그 침묵 속에 아두슈가 등장한다. 몸에 딱 붙는 양복을 차려입은, 아스팔트의 왕자 같은 아두슈는 현관에 조화弔花를 놓고 들어온 손님처럼 차가운 표정이다. 그걸 보니 정신이 좀 든다.

"안녕, 아두슈, 좀 괜찮아졌어?"

그가 고개를 끄덕이며 나를 바라본다. 복수를 약속하는 미소다.

"뱅자맹, 여태 옷도 안 입고 뭐 하는 거야? 행복의 순간을 늦추고 싶어서 그래?"

아두슈 뒤로, 모와 시몽이 그의 나들이 수행원으로 나섰다. 모시족은 머리부터 발끝까지 밤색으로 빼입었다. 양복저고리 사이로 순금색 조끼가 보이는데 끼고 있는 반지 세트와 아주 잘 어울린다. 모가 그런 반지를 낀 것은 처음 봤다. 저고리 안쪽 단춧구멍에는 카네이션을 꽂고, 발에는 투톤 슈즈를 신었다. 완벽하다. 펠트 중절모와 크림색 멜빵만 했더라면 더할 나위 없겠다. 그에게서 계피 향이 난다. 카빌리아 사람은 생박하 향수를 뿌렸고 화염 같은 타고난 빨강 더벅머리에 몸에 딱 맞는 번쩍이는 초록색 재킷과 나팔바지를 매치했다. 통굽 신발을 신었는데도 위로 긴 게 아니라 옆으로 퍼져 보인다. 거대한 노린재의 머리에 불이 붙은 것 같다.

"모! 시몽! 진짜 폼 나는데!"

천사들은 날 수 있다. 그것도 난 증언할 수 있다. 카빌리아 사람의 품에서, 벨빌에서 3대째 살고 있는 모시족 청년의 품으로 날아갈 때 천사들의 빰이 기쁨으로 발그레해진다.* 쥘리, 티안, 아이들이 갈채를 보낸다. 하지만 카빌리아 사람과 모시족이 들어오는 걸 보고 반 티안 형사는 잠시 멈칫했다. 티안이 그 깡마른 몸에 딱 붙는 태국식 원피스를 입고 베트남 과부로 변장해 벨빌에서 노부인 살해 사건을 수사하던 시절, 그가 여장한 형사임을 처음으로 눈치챈 것이 바로 모와 시몽이다. 그 일로 티안은 자존심에 상처를 입었고 그 상처는 쉽게 아물지 않았다. 이 두 졸개들 역시 자기들을 자식처럼 속속들이 아는 짭새 앞에 옷을 쫙 빼입고 서 있는 게 그리 편치는 않다. 하지만 무엇이든 뒤섞을 수 있는 사랑의 힘 덕에, 말로센 가옥은 짭새와 깡패의 유엔UN이 되었다. 그때 티안이 가죽 멜빵에 끼워 가슴에 안고 있는 것에 모두의 관심이 쏠린다. 그놈은 아주 조그맣고 화가 나서 얼굴이 퍼렇게 질려 있다. 클라라의 웨딩드레스만큼이나 하얗고 사이즈도 거의 비슷한 드레스를 입었다. 베르됭이다. 인생살이

* 프랑스어에서는 말이 끊기고 어색한 침묵이 흐르는 것을 관용적으로 '천사가 지나간다'고 표현한다. 모와 시몽은 칭찬을 듣고 쑥스러워서 말을 못하고 있다.

여섯 달에 분노도 여섯 달 된 베르됭이다. 조그마한 주먹을 세상 면전에 대고 휘두르는 베르됭이다. 베르됭을 품에 안고 있으면 티안은 살벌한 위협이 된다. 티안이 내려놓으면 베르됭은 폭발한다. 여기 있는 우리 모두가 안다. 그만한 무기라면, 티안은 마음만 먹으면 못 털 은행이 없을 것이다.

그래도 누군가가 입을 연다.

"아이고, 예쁘기도 해라!"

내가 묻는다.

"이 드레스는 왜 입힌 거야? 베르됭도 결혼해? 시몽, 네가 베르됭이랑 결혼하는 거야?"

따지고 보면 그렇게 나쁜 생각도 아니다. 여동생 셋을 한꺼번에 치워버리는 거다. 클라라는 사제에게, 베르됭은 아야툴라*에게, 테레즈는 티안에게 시집보내는 거다. 구색을 맞추려면 티안 영감이 자기 유전자에 내재된 불교를 다시 믿어야 하겠지만.** 한마디로 세계 3대 종교를 통합하는 것이다. 하늘 위에서 설치고 있는 어릿광대의 피부색이 어느 쪽이든, 천국에 내 자리는 확보해두는 셈이다.

---

* 시아파 이슬람교 지도자.

** 반 티안 형사는 베트남계 프랑스인 혼혈이지만 프랑스에서 자라서 베트남에 대해서는 아는 바가 전혀 없으며 불교 신자도 아니다.

"무슨 소리야, 뱅자맹? 기억 안 나? 오늘 베르됭이 세례를 받기로 했잖아."

아, 맞다, 깜박했네. 클라라는 교회에서 결혼하기 위해 세례를 받아야 했는데 그 참에 베르됭도 이 영광에 동참시키기로 한 것이다. 이 소식을 듣고, 분홍 테 안경 너머 프티의 눈이 탐욕으로 휘둥그레지더니 애원했다.

"나도 할래, 나도 세리 받을래……"

하지만 이번에는 나도 태도를 분명히 했다.

"프티, 세리 받고 싶으면 베르됭처럼 철부터 들어!"

확신컨대, 그 원초적인 분노로 볼 때 베르됭은 태어날 때부터 완전히 철이 들어 있었다. 내가 베르됭의 세례에 동의한 건, 베르됭의 동의 없이는 절대 그 애한테 세례를 줄 수 없을 것 같았기 때문이다. 베르됭은 분노의 불길로 성수반聖水盤을 증발시켜버릴 것이다! 오늘 일정 중에 내가 고대하는 건 그것뿐이다. 세례를 한답시고 성수를 뿌렸다간 베르됭이 폭발할 테고, 그 바람에 사도전승 로마 교회가 통째로 날아갈 것이다.

티안 뒤쪽에 있는 제레미와 프티도 그럭저럭 봐줄 만하다. 군청색 블레이저코트에 쥐색 바지, 포마드를 발라 반질반질한 머리, 영성체를 받는 신자의 양심처럼 곧은 가르마. 두 아이의 옷차림을 하나로 맞춰준 것은 테레즈다. 테레즈도 바지 대신 주름

치마를 단단히 조여 입은 걸 빼면 같은 옷차림이다. 물론 그래 봤자 평소의 옷차림과 다를 게 하나 없다. 테레즈가 어디 가겠어? 테레즈라면 삼바 교습 학원에서 반짝이 옷을 입고 맨 앞줄에서 춤을 추더라도 별들과의 우정으로 얻은 변치 않는 뻣뻣한 자세는 굳게 간직할 것이다. 어제 저녁밥을 먹으면서 나는 테레즈의 귀에 대고 물었다. "테레즈, 죽음은 직선의 과정이라는 말에 대해 어떻게 생각해?" 테레즈는 나를 쳐다보지도 않고 대답했다. "옳은 말이야, 오빠. 인생의 길이는 날아가는 속도에 좌우되거든." 그러더니 여전히 사무적인 말투로 말을 이었다. "하지만 그건 오빠랑은 상관없어. 오빠는 아흔세 살 생일에 침대에서 죽을 거니까." (이렇게 말하면 내가 안심할 줄 알았나보다. 하지만 나는 다른 생각을 하고 있었다. 아흔세 살이라니, 그때까지 어떻게 기다려! 그때까지 버티려면 중간에 몇 번 잠깐 죽어야겠다.)

끔찍한 에나멜 구둣발 소리를 내며, 제레미가 이 방으로 건너왔다.

"모, 시몽, 형들한테 줄 선물이 있어!"

제레미가 이 말을 하도 크게 외치는 바람에, 모와 시몽은 곧 좌중의 호기심 어린 시선을 받으며 작고 길쭉한 상자의 포장을 뜯어야 했다. 모와 시몽은 줄을 하나씩 꺼냈다. 강철이라 절대 부러지지 않을, 예리하고 뾰족한 작은 줄칼이었다.

"클라라 누나가 감옥에서 결혼하잖아." 제레미가 태연히 설명했다. "그래서 형들한테 혹시 도움이 될까 하고. 형들이 투옥될지도 모르잖아."

바로 따귀 두 대가 날아갔다. 제레미의 오늘의 얼굴색이 정해졌다. 모와 시몽은 어색한 미소를 지었다.

"뱅자맹, 옷 안 입을 거야?"

쥘리가 내 옆에 와 있다. 쥘리는 랩원피스(내가 제일 좋아하는 원피스다. 내가 목이 마르면 바로 유방을 내어주니까)를 입고서 내 줄무늬 잠옷에게 미소를 보낸다. 내가 왜 옷을 입어야 하는데? 어차피 벌써 제복을 입고 있는데⋯⋯ 그때 갑자기 피로가 몰려와 나는 깊은 절망에, 완전한 어둠에 빠진다. 절망과 어둠이 너무 짙어 그 자리에서 비틀거리다가 본능적으로 쥘리의 어깨를 잡으려 한다. 그때 내 목소리가 들린다. 지금의 프티 목소리 비슷한 내 어릴 적 목소리다.

"야스미나 아줌마가 씻겨줬으면 좋겠어."

그리고

"야스미나 아줌마가 옷 입혀줬으면 좋겠어."

*

야스미나 아줌마는 나를 씻겨줬다. 아줌마는 어젯밤에 이미 테레즈를 비롯해 아이들을 하나씩 씻겨줬다. 내가 어렸을 때도 엄마가 연애하느라 루나와 나를 내팽개치고 집을 떠나면 야스미나 아줌마가 우리를 씻겨줬다.

클라라가 결혼하지 않았으면 좋겠다. 클라라가 생티베르의 죄수들에게 뮤즈가 되어주는 건 단 일주일이라도 싫다. 나의 클라라가 이용당하지 않았으면 좋겠다. 클라라가 자기보다 30년은 앞서 죽을 놈의 품에 안기지 않았으면 좋겠다. 클라라 앞에서 행복의 비극을 상연하지 않았으면 좋겠다. 클라라를 그 감옥에 가두지 않았으면 좋겠다. 야스미나 아줌마가 나를 씻겨준다. 헤나 비누 때문에 노래진 손으로 구석구석 거품을 내준다.

"어이구, 내 아들, 너도 다 컸구나, 뱅자맹."

대천사의 머리칼에 손가락은 도롱뇽 같은 그 광신도가 나의 클라리넷이랑 자지 않았으면 좋겠다. 이제 탈리옹 출판사에서 희생양 노릇도 하기 싫다. 지겹다, 정말 지겹다……

"너 피곤하구나, 그렇다고 의자에서 자면 어떡하니?"

18년 전 클라라가 태어날 때 아두슈와 나는 엄마를 동네 병원으로 황급히 싣고 갔다. 엄마가 반투명의 광채를 발하기 시작했는데 그건 해산이 임박했다는 징조였다. 우리는 아두슈가 급히 훔쳐온 차를 정신없이 몰았다. "얘들아, 너무 겁내지 마, 진통은 이제부터 시작이니까." 조산원은 눈이 동굴 같고 목소리가 질퍽했다. 우리는 외곽순환도로를 한 바퀴 돌기로 하고 나갔다. 하지만 안심이 되지 않아 예정보다 일찍 돌아왔더니, 조산원은 술병 사이에 나자빠진 채 보일러처럼 코를 골고 있었다. 그녀는 술에 취해 인사불성이었고 나의 클라라는 엄마 배 속에서 제 힘으로 혼자 나오려고 아등바등하고 있었다. 머리가 나왔을 때 클라라는 이미 그 기묘한 시선을 세상에 던지고 있었다. 여러 해가 지난 뒤 쥘리가 사진가의 눈이라고 했던, 꿈꾸는 듯한 동의의 눈빛이었다.("클라라는 세상을 뚫어지게 바라보고 그걸 받아들이지.") 내가 클라라를 받는 동안 아두슈는 의사를 찾으러 복도를 달려갔다.

"물기 닦아줄게, 이리 와."

클라라가 결혼하지 않았으면 좋겠다. 하지만 야스미나 아줌마가 나에게 옷을 입혀준다. 클라라가 사진가의 눈을 되찾았으면 좋겠다. 클라라의 눈빛이 사랑에 빠진 수녀처럼 보이는 걸 견딜 수 없다. 클라라의 시선이 필요한 곳에 클라라가 있었으면 좋겠다. 하지만 나는 옷을 다 입었다.

6

최악 중에서도 최악은 최악의 일을 기다리는 것이다. 결혼식에서 최악의 일은 자동차들이 일렬로 달리면서 경적을 울려 이 아가씨가 곧 신부가 된다고 온 세상에 알리는 것이다. 나는 적어도 그 일만은 피하고 싶었다. 하지만 그랬다면 동생들이 엄청 실망했을 것이다. 샹프롱 교도소가 파리에서 60킬로미터 떨어져 있으니 60킬로미터를 가는 동안 경적 소리를 견뎌내야 했다. 우리와 마주쳐 지나간 차의 운전자가 조금만 주의를 기울였더라면, 리본으로 장식한 차를 타고 그렇게 시끌벅적하게 결혼식에 가면서도 장례식에라도 가는 듯한 표정들인 것을 보고 웃기다고 생각했을지도 모른다. 테오가 애들(제레미와 프티, 들러리를 하기로 한 레일라와 누르딘)을 태우고 간 마지막 차를 빼면 다들 우거지상이니. 테오는 내가 탕플 로路의 백화점에서 희생양 노릇을 하던 시절에 알게 된 최고의 친구다. 결혼식에 초대해도 괜찮겠냐고 묻자 테오는 이렇게 대답했다.* "난 결혼식을 좋아해. 내가 걸려들지 않고 피한 게 어떤 건지 볼 수 있는 기회라면 절대 놓치지 않아. 게다가 감옥에서 하는 결혼식이라는데 말할 것도 없지!"

제일 멋진 차는 당연히 신부가 탄 차다. 아두슈가 특별히 렌트한 새하얀 샹보르인데, 렌터카 대리점에서 아두슈가 차를 고르는 동안 나는 담당 직원이 권총 자살이라도 할 줄 알았다. "안 돼요, BMW는 안 돼요." 아두슈가 말했다. "그건 기둥서방 같잖아요. 메르세데스도 안 돼요, 무슨 떠돌이 집시 같아, 안 돼. 이 트락시옹도 안 돼요, 게슈타포 영화 찍을 일 있나? 뷰익도 안 되지, 영구차 같잖아, 좆나, 결혼식이지 장례식이 아니라고, 그게 그거지만 하여튼……" 몇 시간 동안 그러다가 마침내 "저기 저 샹보르, 저거 빌릴 수 있어요?" 그러더니 엄청 심각하게 "뱅자맹, 흰색 샹보르는 말이야, 뭔가 클라라 같잖아. 안 그래?"

클라라는 흰색 샹보르를 타고 내 뒤에서 오고 있다. 클라라는

* 말로센 시리즈 1탄인 『식인귀의 행복을 위하여』에서 뱅자맹은 백화점 직원으로 나온다. 테오는 동성애자다.

아마르 영감의 손을 잡고는 클라랑스의 손을 잡을 때까지 그 손을 놓지 않겠다고 했다. (클라라와 클라랑스라니! 젠장 젠장 젠장!) 야스미나 아줌마가 맞은편에 앉았고, 아두슈는 앞자리에 혼자 앉아 진짜 흰색 상보르 기사처럼 옆문에 팔꿈치를 얹고 차를 몰고 있다. 쥘리와 나는 쥘리의 노란색 르노 4CV를 타고 선두에 섰다. 4CV는 견인차량 보관소에 들어가 있지 않아 신이 났는지* 특별 외출을 나온 죄수처럼 기분 좋게 굴러가고 있다. 나는 쥘리와 단둘이 있고 싶어서 우리 차에 아무도 태우지 않았다. 그 굵은 목에 프티가 매어준 분홍 리본을 달고서 뒷자리에 당당히 자리잡고 있는 견공 쥘리위스만 빼고. 오라비의 슬픔을 존중하는 의미에서 쥘리는 경적을 울리지 않는다. 쥘리는 1920년대에 길쭉한 컨버터블을 몰던 자유분방한 여인들의 활기차면서도 말랑말랑한 태도로 차를 몬다. 쥘리는 아름답다. 원피스의 앞가슴 트인 곳에 슬쩍 손을 넣었더니 그녀의 유방이 대뜸 이불을 깔고 누웠다.

"전에 얘기했나? 옛날에 서머힐에서 A. S. 닐을 인터뷰한 적이 있다고."

아니, 그런 얘기 한 적 없다. 쥘리는 일 얘기는 잘 하지 않는

* 전작 『기병총 요정』에서 쥘리의 자동차는 견인차량 보관소에 있었다.

다. 사실 다행이다. 안 그래도 세계 곳곳을 누비면서 기삿거리를 찾느라 몸이 열 개라도 모자랄 지경인데 그 과정까지 얘기했다간 사는 게 사는 게 아닐 것이다.

"근데 오늘 생각난 건데, 닐이 생티베르 얘기를 했었거든."

"진짜야? 생티베르가 A. S. 닐을 만나러 서머힐에 갔었어?"

"응, 자기가 아이들에게 쓰는 방법을 중범죄자들에게 적용해 보겠다는 프랑스 판사가 있다고 했어."

모시족 모와 카빌리아 사람 시몽은 승합차로 클라라의 뒤를 따르고 있다. 승합차에서는 꼬챙이에 꿰인 양 일곱 마리가 어서 통구이가 되기만을 기다리고 있다. 예술가 죄수들은 파티에 초대받았고 당연히 간수들도 초대받았다. 아마 그들을 잡은 짭새들, 그들을 감방에 보낸 판사들, 그들을 훌륭히 변호한 변호사들도 불렀을지 모른다. 양고기 통구이와 함께 쿠스쿠스 500킬로그램도 나온다.*

"그래 A. S. 닐은 우리 귀염둥이 클라랑스를 어떻게 생각하는데?"

"클라랑스의 계획이 성공할지 궁금해하더라고. 아마 회의적이었던 것 같아. 닐은 이런 종류의 제도가 성공하려면 방식보다는

* 양고기와 쿠스쿠스는 북아프리카 아랍 국가들의 대표적인 음식이다.

사람이 중요하다고 생각했거든."

"지당하신 말씀! 중요한 건 교육법이 아니라 교육자인 거죠."

쥘리가 곁눈질로 나를 보며 미소 짓는다. 하지만 그녀의 머릿속에서 뭔가가 움직이기 시작했다. 나는 이런 분위기를 잘 안다. 여기자께서 냄새를 맡으신 거다. 아무렴, 누구 코인데! 사회 문제에 관한 쥘리의 후각은 종이에 관한 자보 여왕의 후각에 필적한다. 절대 채워지지 않는 호기심과 절대 틀리지 않는 진단의 스캐너.

"그래도 한 가지 궁금한 게 있는데……"

"뭔데, 쥘리?"

"생티베르가 어떻게 했기에 그 감옥 프로젝트를 샤보트에게 승인받을 수 있었을까? 샤보트 기억나? 당시 법무부 차관이었잖아. 샤보트를 거치지 않고 결정되는 일은 아무것도 없었어."

당연히 기억한다. 긴 곤봉으로 무장한 경관이 뒷좌석에 탈 수 있게 만든 경찰용 이인승 오토바이를 발명한 자다. 1970년대에 머리가 깨져서 우리 집에 와서 치료를 받은 녀석들 대부분이 샤보트의 오토바이 곤봉에 다친 것이었다.

"공을 좀 들이면 랑드뤼*도 렘브란트가 될 수 있다는 얘기가

---

* 재산을 가로채기 위해 10여 명의 여성을 살해한 프랑스의 범죄자.

샤보트 같은 인간한테 쉽게 먹힐 리 없잖아."

그 말에 나는 반론을 제기한다.

"예순 살 나이에 클라라를 유혹하고 5분 만에 애를 골수 예수쟁이로 만들 수 있는 놈인데, 누구한테 뭔들 못 팔아먹겠어?"

그리고 시치미를 뚝 떼고 슬쩍 덧붙인다.

"예를 들어 그 천국 같은 감옥에 대해 기사를 쓰고 싶어 죽을 지경이던 쥘리 코랑송은 결국 기사를 안 쓰기로 했잖아."

쥘리가 대답하려고 입을 여는데 갑자기 사이렌 소리가 터지는 바람에 말문이 막힌다. 오토바이 한 대가 우리를 추월하더니, 배를 깔고 엉덩이를 치켜든 오토바이 경찰이 결혼식 행렬에 신호를 보내 높은 분께서 지나가셔야 하니 길을 비켜 도로변 도랑으로 꺼지라고 지시한다. 그때 내부가 전혀 보이지 않는 새까만 유리의 관용 리무진이 우리를 추월하더니 순식간에 지평선 너머로 사라진다. 그리고 다른 오토바이가 조금 전 못지않게 발악하면서 리무진 뒤를 따른다. "V.I.P.라 이거지." 나는 속으로 빈정거렸다.

*

"안 돼요!" 쥘리가 뜻을 분명히 밝혔을 때 생티베르는 이렇게 대답했다. "안 돼요! 우리에 대한 기사를 쓰시면 안 됩니다!"

그의 목소리에는 방화벽 같은 구석이 있었다. 그가 곧 말을 이었다.

"물론 언론의 자유라는 게 있죠, 코랑송 양. 그리고 저는 뭘 금지하는 걸 좋아하는 성격이 아닙니다."

(그래도 금지하고 싶지? 안 그래?)

"하지만 기사를 쓴다고 생각해보세요……"

그런 짓은 하지 말아달라고 애원하는 목소리였다.

"기사가 나왔다고 해봐요. '**프랑스 수형 시스템 속의 예술·공예 단지**'…… 제가 제목 같은 건 잘 못 짓지만(진짜 꽝이네!) 뭐 이런 제목이라고 해봐요, 소위 특종 아니겠어요? 그것도 요즘 사람들의 흥미를 돋울 신선하고 도전적인 특종 아닌가요?"

사실이다. 쥘리는 입맛을 다시면서도 동의할 수밖에 없었다.

"그래요, 그러면 기사가 실리고 나서 그다음 주에 무슨 일이 일어나겠습니까?"

쥘리는 말을 하지 못한다.

"우리는 온갖 속물적인 호기심의 표적이 될 겁니다. 안 그런가요? 호의적인 기자들이 우르르 몰려와 찬사를 퍼부을 테고 다른 기자들은 국가 예산 낭비라며 악을 쓰겠죠. 그러면 어떻게 되겠어요? 이념적 경쟁이죠! 또 별의별 평론가들이 제 화가, 작가,

작곡가 들에게 달라붙어서 바깥세상의 예술가들과 비교하겠죠. 그러면 어떻게 되겠어요? 예술적 경쟁이죠! 우리가 만들어낸 작품을 상품화하려는 사람도 나올 겁니다. 경제적 경쟁이죠! 일부 수감자들은 유명세에 도취되겠죠. 나르시시즘적 경쟁이죠! 그런데 잘 아시겠지만……"

갑자기 그가 손가락을 떨면서 아주 천천히 말한다.

"잘 아시겠지만 제가 데리고 있는 사람들이 살인을 저지른 건, 바로 도처에 널린 경쟁의 분위기를 견디지 못했기 때문입니다……"

식탁 위에 침묵이 깔렸다.

"코랑송 양, 시험하려고 하지 마세요. 기사를 쓰지 마세요. 제 수감자들을 사자 우리에 집어넣지 마세요."

"……"

"그들은 사자를 죽일 겁니다."

7

샹프롱 교도소 주위에는 수많은 경찰차가 다닥다닥 붙어 서 있다…… 우뚝 선 교도소 건물을 철판 장갑裝甲이 에워싼 형국이다. 고인 물에 사물이 비치듯 그 철판 장갑 위로 교도소의 허름한 담장의 영상이 어려 있다.

"사람이 이렇게 많은데 양고기가 모자라진 않을까 모르겠네." 내가 말한다.

쥘리는 말이 없다.

"저거 봐, 바비큐 준비하려고 감옥 안마당에 벌써 불을 피웠잖아."

사실이다. 교도소 한복판에서 가느다란 띠 모양으로 연기가 올라 티끌 하나 없이 푸른 하늘로 흩어지고 있다.

"결혼식을 못하게 되는 건 아닐까 걱정이네." 이윽고 쥘리가 말한다.

"무슨 소리야?"

머리 위에서는 헬리콥터 한 대가 굉음을 내면서 하늘을 휘젓고 있다. 방재청의 빨간색 헬기로 프로펠러 날개가 감옥 위로 피어오르는 연기 띠를 자르고 있다. 헬기가 담장 뒤 어딘가로 사라진다.

"무슨 일이 일어났나봐."

쥘리가 경찰 차단선을 가리킨다. 철침판, 오토바이 순찰대, 경기관총을 들고 서 있는 경찰기동대 등이 있고 은색 작대기 네 개의 후광을 입고 오케스트라를 지휘하는 경관이 보인다. 그 경관이 우리에게 다가온다.

"경위잖아." 쥘리가 시동을 끄면서 말한다.

침묵.

저쪽에서는 띠 모양의 연기가 감정에 북받쳐 다시 솟고 있었다. 연기는 똑바로 하늘로 오른다. 더 위로 올라가 소용돌이 비슷한 것이 된다. 기동대의 경위가 가까이 다가와 허리를 굽힌다. 계급장처럼 눈썹도 은색이다.

"신부 되십니까?"

쥘리한테 이런 질문을 하다니, 웃기다. 내 신부니까 넘보지 마!

하지만 눈썹 밑의 눈빛에는 애도의 뜻이 그득하다. 장난할 때가 아니다. 나는 차에서 뛰어나와 클라라를 붙잡으려 한다. 너무 늦었다.

"제가 신부인데요, 경관님."

클라라는 아마르의 손을 잡고 하얀 드레스 차림으로 하늘에서 내려오기라도 한 것 같다. 클라라를 마주 보면서 경위가 말을 고른다.

"무슨 일이라도 생겼나요?"

매우 공손하면서도 흐릿한 미소가 클라라의 입술에서 떨리고 있다. 아두슈, 모, 시몽이 이어받는다.

"무슨 문제라도 있어요?"

진짜 궁금해서 그렇게 물은 게 아니다. 문화적인 조건반사라고나 할까. 녀석들이 경찰 제복을 보고 좋은 일이 생긴 적은 거의 없으니까.

"경관님, 부탁이에요." 클라라가 말한다. "대답해주세요."

신부의 목소리는 그곳에 와 있는 공권력 전부—경찰, 철침판, 경기관총, 오토바이—를 합친 것보다 권위가 있다.

"생티베르 씨께서 사망하셨습니다." 경위가 말한다.

그는 같은 말을 세 번 되풀이한다. 그는 당황하고 있다. 이런 어려운 일을 부하에게 떠넘기지는 않겠다는 생각으로 나섰을 것이다. 지금은 부하 중 한 명이 되고 싶을 거다. 오토바이가 되고 싶을 거다.

*

클라라가 아마르의 손을 놓았다.

"그이를 봐야겠어요."

"절대 안 됩니다."

"봐야겠어요."

유전학적으로 말이 안 되는 걸 알면서도 경위가 아마르 영감에게 묻는다.

"신부의 아버님 되십니까?"

그 질문에 아마르는 특유의 말투로 대답한다.

"내 딸내미 맞아, 근데 난 이 애의 애비는 아냐."

"따님을 설득해야 합니다……" 경위가 말한다.

"클라라……"

이제 내가 말한다. 나는 몽유병자를 깨우듯 최대한 조용히 부른다.

"클라라……"

클라라가 은빛 눈썹의 경관을 볼 때와 똑같은 시선으로 나를 쳐다본다. 클라라가 다시 말한다.

"그이를 봐야겠어."

클라라가 태어날 때 이 애를 받은 게 나다. 클라랑스를 보기 전까지는 클라라가 이 말밖에 하지 않으리라는 걸 모를 리 없다.

햇빛 쨍쨍한 길로 아이들이 벌써 달려오고 있다.

"시몽, 애들을 다시 차에 태우고 다른 사람들한테도 꼼짝 말고 있으라고 해!"

시몽은 언제나 그렇듯 아두슈의 명령에 즉각 따른다.

"경위님 말고 여기 지휘관이 누굽니까?"

그의 제복에 꽂힌 공수부대 마크가 불꽃을 튀기며 불만을 표시한다.

"제가 오빠입니다, 큰오빠요." 내가 말한다.

경위는 머리를 끄덕여 알았다고 한다.

"저랑 얘기 좀 하시죠." 그가 무뚝뚝한 목소리로 말한다.

그는 내 팔을 잡고 한쪽 구석으로 끌고 간다.

"제 말 잘 들으세요……"

그가 급히 말한다.

"생티베르는 살해되었어요, 고문도 당했고요, 난도질당했다고 보면 됩니다. 꼴이 말이 아니에요. 동생분께서 봤다간 충격으로 죽을 겁니다."

경찰 차단선이 열린다. 언론사 차량 한 대가 휙 지나가는 바람에 우리 모자가 벗겨진다. 차는 파리로 향한다. 나쁜 소식은 빨리 퍼지는 법이다.

"그러면 신문에서 사진을 보는 건 괜찮고요? 온 세상 사람이 다 볼 텐데 제 동생만 보지 말라고요?"

침묵. 우리는 클라라를 바라본다. 아두슈와 모는 뒤로 물러나 있다. 아마르는 다시 흰색 샹보르에 앉아 있다. 클라라는 머리 위의 태양을 정지시켜놓았다.

"이 상황을 벗어나시려면 저 애를 체포하시는 수밖에 없어요."

대화는 속삭임으로 진행되었다. 정체된 대화. 얼어붙어 빙산이 된 밀밭 속에서 꼼짝 않고 있는 하객들, 부동자세의 경찰들, 움직이지 않는 감옥(처음으로 거대해 보인다), 연기가 수직선을 그리며 올라가는 정지한 대기. 누군지 솜씨가 대단하다. 자로 그은 듯한 수직선이라니. '죽음은 직선의 과정이다……'

"폭동이 있었어요." 경위가 말한다. "감옥 안에는 못 들어갑니다."

하지만 주위가 너무 고요한 것이, 설사 폭동이 있었다 해도 난동 부린 사람들에게 지독한 재갈을 물린 게 틀림없다.

"폭동치고는 너무 조용한데요." 내가 말한다.

그리고 그에게 더 가까이 붙어 말했다. 더 가까이 붙을 수 있었다면 말이다.

"무슨 일이 일어난 겁니까? 죄수들이 생티베르를 죽였나요?"

작대기 네 개짜리 계급장은 곧바로 부인한다.

"딱히 그런 건 아니고요."

"그게 무슨 말입니까? 딱히 그런 건 아니라뇨? 죄수들이 딱히 생티베르를 죽인 게 아니란 말인가요?"

경위의 인내심은 둥근 태양 아래 홀로 서 있는 신부의 인내심과 판박이다. 어쩌면 경위에겐 딸이 있을지도 모른다. 금발에 클라라와 동갑인 데다 내일 수사판사와 결혼하는 딸내미가 있는지도……

"제발 어떻게든 동생분을 설득해서 집으로 데려가주세요."

쥘리는 4CV의 유리창 너머로 내가 교섭을 벌이고 있는 것을 보고 있다. 쥘리는 차에서 내리지 않았다. 쥘리는 클라라를 위로하러 가지도 않았다. 쥘리는 나만큼이나 클라라를 잘 안다. "뱅자맹, 분명히 알아둬, 클라라는 결정 내릴 일이 있으면 무슨 일이든 혼자 결정할 거야."

"제 동생은 생티베르의 시신을 보겠다고 결심했어요."

*

기동대 경위의 뒤에서 차 문이 쾅 소리를 낸다. 소리가 크다. 통거미처럼 길쭉한 사람이 성큼성큼 우리 쪽으로 온다. 상황을 반전시킬 구세주는 기다리면 나타나게 되어 있다…… 이자는 우리(경위와 나)를 쳐다보지도 않고 지나치더니 사람 몸을 뚫고 가기라도 하겠다는 듯 클라라를 부딪칠 듯 스쳐 지나간다. 그러더니 마침내 아두슈 앞에 선다.

"아니, 벤 타예브 아냐! 너도 결혼식에 왔냐, 벤 타예브?"

통거미가 대답을 듣지도 않고 모와 시몽을 손가락으로 가리킨다.

"모시족하고 카빌리아인이 기독교로 개종이라도 했나보지?"

시몽이 해맑은 미소로 대답한다. 앞니 사이에 틈이 있다. 전설에 따르면 그 틈으로 예언자의 바람이 분다고 한다. 역사에 따르면 이 바람이 성채 따위는 우습게 날려버렸다고 한다. 아두슈는 시몽의 미소를 알고 있다.

"시몽, 움직이지 마, 그냥 '안녕하세요, 형사님'이라고 해."

시몽은 움직이지 않는다. 시몽이 말한다.

"안녕하세요, 형사님."

그의 미소도 꼼짝하지 않는다.

"베르티에! 클라마르!" 형사가 외친다.

차 문 두 짝이 쾅 소리를 낸다. 베르티에와 클라마르다. 둘 다 상관보다 머리 하나는 작지만 행동거지는 똑같이 우스꽝스럽다. 원숭이처럼 상급자가 하는 건 뭐든 따라 하는 바보들이다.

"경위님, 괜찮겠죠?" 통거미가 멀리서 외친다. "벨빌이 저를 찾아왔네요! 벨빌은 제 담당 구역이거든요. 제 밥벌이 도구이자 존재 이유죠. 이렇게 알아서 납셨는데 일 좀 해야죠!"

경위는 대답하지 않는다. 침묵으로 불만을 표시하고 있다. 도시 경찰과 시골 경찰의 영원한 알력인 것이다. 통거미는 줄지어 선 결혼식 차량들을 거슬러 올라가기 시작했다. 한 걸음에 차 한 대씩이다. 차 지붕마다 족족 손바닥으로 친다. 탕!

"다들 차에서 내려! 불심검문이다!"

"도난 차량이 있을지도 모르죠." 원숭이 한 놈이 경위 옆을 지나가면서 이죽거린다.

밀밭 한가운데 갇혀 있는 자동차들에서 사람들이 천천히 내린다. 너무나 고요한 풍경 속에서 키다리가 자동차 행렬을 따라가면서 지붕을 두드린다.(탕! 탕!) 곧디곧게 뻗은 도로가 대지를 두 개의 노란 지평선으로 가르고 있다. 그리고 신부는 너무나 동그란 태양 아래 서 있다…… 빠진 건 신의 목소리뿐이다……

그때 신의 목소리가 그 위를 덮친다.

그 소리에 밀밭이 전율한다.

"베르톨레 형사, 그 사람들 귀찮게 하지 말고 차로 돌아가게!"

통거미는 애들이 탄 차를 두들기려다가 그 목소리를 듣고 멈칫했다.("그 자식이 벼락 맞고 그 자리에서 타버린 줄 알았다니까!"라고 나중에 제레미가 말했다.)

신의 목소리는 폼 나는 경찰 메가폰 소리다.

"이 감옥에서 폭동을 일으키더니 그걸로 부족한 건가?"

베르톨레 형사는 이 목소리를 잘 알고 있다.

"교도소 바깥에서도 폭동을 일으키고 싶나?"

그의 경력이 끝장났다는 게 만천하에 알려진 것이다.

베르톨레가 꼬리를 내리고 개집으로 돌아가는 사이, 신이 사람의 모습을 하고 관용차에서 내린다. 조금 전 앞뒤로 천사를 하나씩 달고 결혼식 행렬을 추월했던 관용 리무진이다.

"말로센 씨, 안녕하시오, 이런 상황만 골라서 뛰어드는 데는 선생을 따를 사람이 없군요."

새하얀 이마에 내려온 쉼표 모양의 기름진 머리칼, 짙은 초록색 양복 사이로 보이는 벌집무늬 조끼, 뒷짐 지고 배를 내민 자세…… 티안 영감의 상관인 쿠드리에 총경이다. 나는 총경을 만난 적이 있다. 한두 번이 아니다. 경이로울 만큼 뛰어난 경찰인 쿠드리에 총경은 나에 대해 나보다 더 잘 알고 있다.

"여동생 클라라 맞죠?"

클라라는 여전히 햇빛 속에 서 있다.

"불쌍한 것."

쿠드리에 총경은 인생에 흔히 닥치는 참극으로 인해 도로 위에 못 박힌 듯 서 있는 신부를 진심으로 '불쌍한 것'이라고 생각하는 듯 보인다.

"신부가 기필코 생티베르를 봐야겠답니다, 총경님." 기동대 경위가 말한다.

"당연하지……"

총경이 슬픈 표정으로 고개를 끄덕인다.

"말로센 씨, 피해자의 상태만 아니라면 막을 이유는 전혀 없습니다. 하지만 생티베르 씨의 몰골이 말이 아닙니다."

다시 클라라를 쳐다본다.

"하지만 피할 수 없는 일이겠죠."

그리고 숨을 깊이 들이쉬더니 말한다.

"그럼 갑시다."

*

기동대 소속 경찰 둘이 철침판을 치웠다. 그 바람에 정적에 흠이 생겼다.

나는 클라라의 팔을 잡았다. 클라라는 팔을 뺐다. 클라라는 혼자 걷고 싶어했다. 앞장서서 혼자 걷고 싶어했다. 생티베르의 거처라 길은 알고 있었다. 쿠드리에와 나는 뒤따르기만 하면 되었다. 우리는 뒤를 따랐다. 어린 신부가 국가경찰기동대를 열병하는 것 같았다. 경찰기동대는 고개를 숙이고 서 있었다. 기동대는 상을 당한 신부를 보며 눈물을 흘렸다. 프랑스 경찰기동대 위로 눈이 내렸다. 다음은 폭동 진압 부대의 차례였다. 부대는 신부가 대열을 가르며 걷는 것을 세워총 자세로 바라보았다. 폭동을 일으킨 죄수들을 신 나게 두들겨 패던 부대가 이제는 헬멧 속에서 심장이 뛰는 것을 느꼈다. 신부는 어느 쪽도 쳐다보지 않았다. 신부는 높다란 잿빛 문을 응시했다. 문이 저절로 열리더니 감옥 앞마당이 나타났다. 마당 한복판에서는 널브러진 의자들 사이에서 그랜드피아노가 천천히 전소全燒되고 있었다. 곧은 연기가 피아노를 승천시키고 있었다. 신부가 지나가자 간수들의 모자가 땅에 떨어졌다. 콧수염 몇 개가 떨렸다. 손등이 눈물을 눌러버렸다. 이제 신부는 버려진 건물이 아닐까 생각될 만큼 적막한 감옥의 복도로 접어들었다. 흰옷 차림의 신부는 허름한 담장들의 추억처럼 홀로 떠다니고 있었다. 주위의 가구들은 옛날 옛적부터 너부러져 있던 것 같고 바닥을 뒤덮은 찢어진 사진들(고개 숙인 플루트 연주자, 끌을 쥔 조각가의 손놀림…… 빽빽한 글씨 위에 자를 대고 삭제 선을 그은 놀랄 만큼 깨끗한 파지들로 넘쳐나는 휴지통)은 해묵은 사진처럼 보였다. 신부는 그렇게 조용히 부유하면서 복도를 가로질러 나선계단을 올라 회랑을 통과해 마침내 여행의 종착지인 문 앞에 도착했다. 눈시울이 붉어진 늙은 교도관이 떨리는 손으로 신부를 막으려 했다.

"클라라 양, 안 돼요……"

하지만 그녀는 교도관을 밀치고 방으로 들어갔다. 가죽점퍼 차림의 남자들이 무언가를 측정하고 있고, 장갑 낀 손으로 작은 솔을 들고 먼지를 하나하나 털고 있는 사람들도 있고, 죽어가는 사람처럼 안색이 창백한 의사도 있었다. 사제 한 명이 기도를 하다가 벌떡 일어나더니 눈부시게 흰 제의 위에 걸친 상제의上祭衣를 활짝 펼치고 스톨라를 펄럭거리면서 신부 앞에 우뚝 서서 그녀가 보려는 것을 가로막았다.

그녀는 교도관을 밀칠 때보다 더 거칠게 사제를 밀쳐내고 망가진 형체 앞에 홀로, 완전히 홀로 섰다. 시신은 뒤틀리고 경직되어 있었다. 시신은 뼈가 보였다. 시신은 얼굴이 없었다. 하지만 아직도 비명을 지르고 있는 듯 보였다.

신부는 보려고 한 것을 오랫동안 응시했다. 그 자리에 있는 사람들은 숨도 못 쉬고 있었다. 그때 신부가 한 가지 행동을 했다. 그 행동은 의사와 사제를 포함해 그 자리에 있던 사람들 모두에게 평생 수수께끼로 남을 것이다. 새하얀 드레스 어디에 숨겨두었던 것인지, 신부는 순식간에 검은색 소형 카메라를 꺼내 눈에 댔다. 신부는 난자당한 시신을 잠시 바라보았다. 그리고 찰칵 소리 내며 터진 플래시. 영원의 빛이었다.

3부

클라라를 위로하려고

"말로센 씨, 이제 어쩔 작정이오?"
"클라라를 위로해야죠."

8

아, 그래? 클라라를 위로하겠다고? 어떻게 할 건데? 이 결혼을 그렇게 못마땅해할 땐 언제고 이제 와서 무슨 말로 위로하려고? 어쩔 작정인지 한번 얘기해봐…… 자기도 모르게 깊은 안도감을 느끼고 있으면서 그걸 클라라한테 어떻게 숨길 작정이야? (뱅자맹, 솔직히 마음이 놓이잖아, 아냐? 좀 안심이 되지 않아?) 출판을 거절당해 화가 난 거인한테 한 것처럼 개수작을 부려서 될 일이 아니잖아…… 이건 차원이 다른 일이야, 고통이라고, 진짜 고통, 크기를 알 수 없는 고통, 이름도 붙일 수 없는 고통이야, '오, 신의 교묘한 안배여' 하고 외칠 만큼 가혹한 하늘의 장난이라고. 생티베르가 말이야, 밥 먹다 체해서 죽는 것처럼 감정이 복받치고 기쁨이 과해서 관상동맥이 터지는 바람에 세상에서 제일 행복한 표정으로 결혼식 당일에 심장마비로 죽었다면 더할 나위 없이 좋았겠지…… 하지만 이건? 응? 이게 뭐야? 어쩌라고? 매제가 될 뻔한 고인은 아주 천천히 공들여 살해당한 거라고! 교과서적으로 차근차근 고문한 거야, 아주 끝장을 본 거지. 생티베르가 죽기 전에 마지막으로 클라라를 생각했을 거라는 식의 위로도 할 수가 없어…… 생티베르의 마지막 생각은 어서 끝났으면 하는 것이었을 거야. 그전 생각도 마찬가지고. 어서 끝나라, 빨리 죽여줘 하는 것이었겠지. 생티베르를 죽인 자들은 조금도 사정을 봐주지 않고 증오를 풀어댔다고…… 근데 클라라를 위로하겠다고? 정말이야? 멋진 결혼식을 마치고 돌아오자마자 현상실에 틀어박혀서, 가족들이 잠든 지 오래인데도 졸음을 참아가며 혼자 빨간 전등 밑에서 실시간으로 순교자의 모습을 현상하고 있는 클라라를? 그 사진을 현상하면서 자기만의 방식으로 애인을 기리려는, 애인이 어떤 일을 당했는지 이해해보려는 클라라를? 고문이 계속되는 내내 완전히 버림받아 혼자였던, 그렇게나 외로운 처지였던 애인 곁에 가보려는 클라라를……? 고문이란 건 고통을 주는 게 다가 아니야, 고문이란 건 전 인류와 유리되어 세상 어디에도 기댈 곳 없이 고독으로 울부짖도록 사람을 외롭게 만드는 거야. 아마 생티베르는 많이 아팠을 거야. 너무 아파서 죽음도 위안이 되지 못할 거라 생각했을 거야…… 근데 이 모든 걸 깨달은 클라라를, 빨갛게 밤을 새우면서 그걸 하나하나 다 깨달은 클라라를 위로하겠다는 거구나. 아마르 아저씨도 집에 간 지 한참 되었는데……

"괜찮을까?"

"괜찮을 거예요, 아마르 아저씨."

"야스미나가 뭐 도울 일이 있겠니?"

"드레스를 가져가라고 하세요. 누굴 줘버리든지, 알아서 하시라고 하세요."

"그래, 알았어. 아두슈가 뭐 도울 일은 있을까?"

"샹보르를 돌려주라고 하세요. 같이 드라이브는 못할 것 같다고 전하시고요."

"그래, 얘야, 나는 뭐 할 일이 없을까?"

"아저씨……"

"응."

"아저씨, 고마워요."

"됐다. 얘야, 인 니즈 베구자레드, 다 지나갈 거야……"

그럼, 당연히 지나가겠지. 하지만 그래도 지금의 현상 작업보다 더 빨리 지나가는 일들도 있는데…… 아이들은 잠들었고, 전등도 다 꺼졌고, 내 침대 시트는 땀투성이가 되었고, 현상실의 빨간 전등은…… 클라라가 바깥세상으로 나오면 위로해줄 만한 게 뭐라도 남아 있으려나? 말로센, 네가 그 쓸쓸한 마음에 뭐든 새로 심을 수 있을 거라고 생각해? 넌 사람의 감정이라는 걸 정말 쉽게 생각하는구나. 역겨워…… 오빠가 조금 다독여주면 다 잘 풀릴 것 같지? 사실 클라라를 위로해준다는 생각만 해도 입에 군침이 도는 거 아냐? 클라라가 힘들수록 그녀를 위로하는 건 더 달콤하다 이거지, 안 그래? 야, 솔직히 얘기해, 그렇잖아! 여동생을 그렇게 품에서 떼어놓기 싫었는데 이제 품에 안을 수 있게 되었으니, 이 기회를 이용하지 않으면 억울할 것 아냐……

*

밤새도록 이렇게 생각이 이어지는데 전화벨이 울렸다.

"여보세요!" (꽥꽥꽥 악쓰는 소리다. 자보 여왕이다.)

얼마나 소리를 질러대는지, 나는 깜짝 놀랐다.

"폐하, 목소리를 조금만 낮춰주세요, 옆에서 식구들이 다 자고 있다고요."

"이 시간에?"

오전 10시다. 쥘리는 벌써 나갔다.

"한잠도 못 잤어요, 이제 막 동이 트는 줄 알았어요."

"불면증은 게으름뱅이들의 착각이야, 말로센. 사람은 자기가 생각하는 것보다 훨씬 많이 잔다고."

아무렴…… 자보가 대화를 시작하는 건 늘 이런 식이지. 서브를 톱스핀으로 넣었군. 오늘 아침은 탁구 칠 기분이 아니다.

"지난번에 얘기 다 한 거 아니었어요?"

"다 하긴, 말로센, 할 말이 더 있어."

"뭔데요?"

"애도의 뜻을 표해야지."

맙소사, 애도라니. 맞아…… 이제 디저트로 애도사들을 받아먹어야겠군.

근데 자보가 이 일을 어떻게 알지?

"죽음은 금방 소문이 나는 법이야, 말로센. 신문에는 날개가 달렸다고! 아침마다 신문이 내 책상 위로 팔랑거리며 내려앉는다고."

수다나 떨고 있을 기분이 전혀 아니다.

"그 감동적인 애도사 말고 다른 용무가 있으신가요, 폐하?"

"사과."

(뭐라고?)

"내가 사과할 게 있어."

자보가 이런 말을 하는 건 평생 처음인 게 틀림없다. 나는 놀라서 말을 잇지 못한다.

"내가 자기를 경솔하게 해고했어. 사과할게. 루사가 회사에 돌아와서 알려주더라고. 여동생 얘기 말이야. 동생 결혼 때문에 걱정이 많았다면서……"

("걱정이 많았다면서……")

"말로센, 자기는 우울증에 걸렸던 거야, 나는 신경쇠약에 걸렸다고 직원을 해고한 적은 한 번도 없어."

"사장님이 절 해고한 게 아니에요. 제가 그만둔 거죠."

"그렇지, 자살하고 싶었던 거지."

"성숙한 성인으로서 심사숙고해서 내린 결정이었다고요!"

"성숙 어쩌고 하는 소리는 입에 담지도 마. 하루살이라도 자기보다는 철들었겠다. 그러면서 무슨 결정을 내린다고……"

(이거 봐, 또 시작이지……)

"그 나이쯤 되면 사표 같은 건 내는 게 아니라는 걸 알아야지, 그만두는 게 아니라 보상금을 받고 퇴직하는 거라고, 성인이라면 그래야 하는 거야, 말로센!"

"알았어요, 그럼 2년치 연봉을 받는 걸로 할까요?"

"안 돼, 한 푼도 못 줘. 대신 제안할 게 있어."

자보 여왕의 제안은 절대 수락하면 안 된다.

"저기요……"

"저기요, 제 얘기나 들으세요, 말로센, 해가 벌써 중천에 떴어.

먼저 한 가지 짚고 넘어갈 게 있어. 작년에 꾀병으로 병가를 냈을 때도 그렇고 그저께 그만둔다고 방방 뛴 다음에도 그렇고, 자기가 나한테서 도망가려고 할 때마다 걷잡을 수 없이 곤란한 상황에 빠져들었잖아. 별의별 끔찍한 일이 다 일어났고. 내 말이 틀려?"

(그런 식으로 보면 틀린 말은 아니다……)

"어쩌다 우연히 그렇게 된 거죠, 폐하."

"우연이라고? 놀고 있네! 자기가 탈리옹 출판사를 떠나는 건 둥지를 떠나는 거나 마찬가지야. 그다음에는 전속력으로 추락하는 일뿐이라고."

출판사가 둥지라니, 웃긴 비유다. 출판사라는 것은 복도, 모퉁이, 계단, 지하실, 고미다락 등 뭐가 뭔지 알 수 없는 회로로 이루어진 '창작'의 증류기다. 새로운 아이디어가 부글거리는 작가를 출판사 현관에 투입하면 그 안에서 복잡한 화학작용을 거쳐 여러 권의 책이 만들어진 다음, 쥐가 침범할 수 없는 시 외곽의 대성당, 즉 창고로 방출된다.

"말로센, 내 말 듣고 있어? 알았어. 그러면 다른 얘기를 하자. 이제 희생양 짓은 하기 싫다 이거지? 알았어. 그렇게 해. 밤새 생각해봤는데 승낙하기로 했어. 남들 대신 욕먹는 일도 평생 할 수 있는 건 아니잖아. 자기는 기독교 신자도 아니고 마조히스트도 아니니까. 그렇다고 돈 되는 일이라면 무슨 일이든 하는 사람도 아니고. 그래서 말인데 다른 일을 제안할게."

바로 그때 내 목소리가 들렸다.

"또 뭘요? 소인에게 무엇을 제안하시겠다는 겁니까, 폐하?"

오! 물론 나는 '너는 짖어라, 나는 신경 안 쓴다'는 식의 비꼬는 어조로 말했다. 하지만 그녀는 걸려들지 않았다. 그녀는 승리의 탄성을 질렀다.

"사랑이야! 사랑을 제안하겠다고!"

(사랑? 난 줠리가 있는데, 동생들도 있고, 줠리위스도 있고……)

"이건 확실히 해두자고. 나랑 자자는 게 아냐. 그 애매모호한 매력을 여기저기 흘리고 다니면서 사람들을 홀리라는 것도 아니고. 내가 주려는 건 진정한 사랑이야, 온 세상의 사랑을 받게 해주겠다고!"

그녀는 깔깔거리며 넘어간다. 말하면서도 깔깔거리는 게 여기서도 들린다. 하지만 말 자체는 진지하다. 자보 여왕은 머릿속에서 뭔가를 굴리고 있고 그건 나와 관계된 일이다. (진정한 사랑이라고? 진정한 경계심을 품어야겠군.)

"그래, 어떻게 생각해? 증오에서 사랑으로 곧바로 건너뛰는 거잖아, 죽여주는 승진 아냐?"

"폐하, 지금 제게 필요한 건 따끈한 터키식 커피거든요. 아주

진한 커피요."

"회사에 나와서 마셔!"

초대하는 걸 보니, 낚시꾼께서는 물고기가 미끼를 물었다고 확신하고 낚싯대를 끌어당기는 중이로군.

"죄송합니다, 폐하, 오늘의 첫 커피 타임은 사법경찰 총경하고 잡혀 있어서요. 경찰청사에서 11시 정각에 약속이에요."

*

약속은 진짜였다. 하지만 나는 쿠드리에 총경을 만나기 전에 아이들 침실로 내려가 내 커피포트로 내가 마실 커피를 만들었다. 예전에 스토질코비치가 고향인 이모트스키에서 가져다준 길쭉한 주둥이의 터키식 커피포트였다. 스토질 삼촌은 지금도 생티베르의 감옥에서 태평하게 베르길리우스를 번역하고 있을까? 죄수 폭동과 교도소장 암살 때문에 한바탕 거센 바람이 몰아쳐 스토질의 가피오 사전*이 엄청 펄럭거렸겠지.

거품이 올라왔다 내려갔다 다시 올라와 금빛 벨벳처럼 되었다가 다시 내려가게 둔다. 이걸 세 번 반복하면 터키식 커피가 된

* 권위 있는 라틴어-프랑스어 사전.

다. 찌꺼기를 찻잔 밑에 끈적끈적하게 가라앉힌 다음 입술을 살짝 대고 천천히 마셔야 한다. 빈 커피 잔을 테레즈에게 주었더니 잔을 다시 컵 받침에 놓고 갈색 침전물로 오늘의 운세를 봐준다.*

"오늘 오빠는 두 가지 제안을 받을 거야. 하나는 수락하고 하나는 거절해야 해."

제레미와 프티는 학교에 갔다. 쥘리는 어디를 나갔는지 없다. 티안 영감은 베르됭을 데리고 페르라셰즈 묘지에 산책하러 나갔다. 남은 것은 별들의 친구 테레즈, 그리고 클라라뿐이다……

"테레즈, 근데 클라라는?"

"침실에 있어, 오빠. 야스미나 아줌마가 또 왔어."

누가 아랍어를 컬컬하다고 했던가? 모래와 가시덤불 때문에 숨을 헐떡이는 사막의 메마른 소리라고 그 누가 말한단 말인가? 아랍어는 샘물이 멀지 않음을 약속하는 비둘기의 언어다. 야스미나는 비둘기처럼 구구 하고 운다. "우아 엘라드지나 아마누 우아 아밀루 에살라트……" 야스미나는 이야기꾼 티안의 등받이 없는 의자에 앉았다. "리누바우아나움 민 엘자나트 구라판……" 야스미나의 엉덩이가 의자 밖으로 흘러내린다. 야스미

---

* 터키식 커피를 마신 뒤 잔에 남은 찌꺼기로 점을 치는 것은 중동 지방의 오랜 관습이다.

나의 모이주머니에서도 위로의 노래가 흘러나온다. 죽은 왕자인 클라랑스를 찬송하는 노래다. 그 노래에 젊은 과부는 처음으로 잠이 든다. 그렇게 해서 클라라는 잠이 들었다. 아직 미소는 보이지 않는다. 아직 평화가 돌아오지는 않았다. 하지만 그래도 잠이 들었다. 야스미나의 손을 잡고 팔을 늘어뜨린 채로. "타즈리민 타티아 엘란나르 알리드진 피아……"

"쥘리위스, 가자."

견공 쥘리위스는 현상실 문가에서 밤을 새웠다. 하지만 그것도 이제 끝이다. 클라라는 잠이 들었다. 견공 쥘리위스가 일어나 나를 따라온다.

*

턱뼈가 뽑혔다. 턱뼈가 가슴으로 떨어졌다. 조간신문 1면마다 입천장이 부서진 치관齒冠과 함께 울부짖고 있다. 오른쪽 눈알이 눈구멍 입구에서 시계추처럼 흔들린다. "모범적인 교도소 소장, 수감자들에게 참혹히 살해." 시체가 온몸으로 사방을 긁어대고 있다. "자신의 관용주의에 희생당한 것인가?" 두 다리는 뒤로 꺾여 있다. 죽은 왜가리.* "재소자 인권? 용서를 말했는가?" 멋진 백발은 이제 없다. 머리 가죽도 함께 사라졌다. "살인자라는 말로는 부족하다!"

색상은 또 어떻고…… 4도 인쇄 기술이 얼마나 진보했는지! "행복의 감옥은 증오의 감옥이었다." 당연히 지하철은 동의한다. 지하철은, 그 불쌍한 녀석은 수많은 머리를 끄덕여 동의한다. 불쌍한 사람이야…… 그리고 지하철은 의심한다. 어떻게 이런 일이 일어날 수가 있지? "어떻게 그럴 수가 있는가?" 이처럼 지하철 승객들이 신문 헤드라인의 표정을 짓는 아침이 있다.

신앙심을 가지고
(야스미나의 복소리가 노래했나.)
선행을 베푼 사람들을
우리는 영원히
정원에 머물게 하리라……**

---

* 생티베르의 시체를 프랑스 화가 알프레드 시슬레의 〈날개를 펼치고 죽은 왜가리〉에 비유한 것.

** 114~115쪽에서 야스미나가 클라라를 위로하기 위해 아랍어로 부른 노래의 느슨한 번역이다. 야스미나의 노래를 그대로 옮기면 다음과 같다. '신앙심을 가지고 선행을 베푼 사람들에게 / 우리는 천국에 거처(방)를 마련해주리라. / 그 방 밑에는 강이 흐르고 그 방에서 그들은 영생을 누리리라.'

이것은 코란의 일부로, 원문은 다음과 같다. "믿음으로 선을 행하는 이들에게 기쁜 소식을 전하라. 그들을 위해 천국이 있고 그 밑에는 강물이 흐르노라. 그들에게 일용할 양식이 주어질 때면 '이것은 이전에도 저희에게 베풀어졌던 것이옵니다'라고 그들은 말하노라. 또한 그들에게는 그와 유사한 것들이 주어지리니 그

(야스미나는 이렇게 노래했다. 그녀의 목소리를 듣다보면 넓은 방 밑을 흐르는 맑은 시냇물이 떠오른다……)

곳에 순결한 동반자가 있어 그 안에서 영생하리라."(〈바카라〉, 25절)

9

"커피 드시겠습니까?"

쿠드리에 총경의 사무실은 예전 기억 그대로다. 가구도 바뀌지 않았다. 책장과 온갖 골동품은 물론이고 바닥에서 천장에 이르기까지 온통 제정기 양식으로 꾸며 키 작은 코르시카인의 영광을 기리고 있다. 심지어 내 손에 들린 커피 잔에도 대문자로 황제의 'N' 자가 찍혀 있다.

"제 기억이 맞는다면 선생께서는 커피 애호가셨죠."

그 말은 사실이다. 나도 쿠드리에 총경의 종신 비서인 엘리자베트의 커피가 기억나는 것 같다. 터키식은커녕 부드러운 맛도 없는, 니트로글리세린과 흑색 화약을 섞어 만든 듯한 커피를 엘리자베트는 그 큰 키에 허리도 굽히지 않고 아무렇게나 잔에 따른다.

"고마워, 엘리자베트."

엘리자베트는 늘 그렇듯 일언반구도 없이 총경을 공화국 전체로부터 고립시키고 있는 고릿적 폴딩 도어로 나간다. 그녀는 가죽 장정의 서류철 옆에 놓인 은 쟁반에 커피포트를 두고 나갔다. 쿠드리에 총경과는 대화가 길어질 수도 있으니까.

"말로센 씨, 상황을 정리해봅시다."

총경은 볼륨을 줄이듯 스위치를 발로 눌러 전등 조도를 낮춘다. 쿠드리에 총경의 사무실은 밤이 될 때까지 커튼을 쳐두어 제정식 초록색*으로 어둑어둑하다.

"재작년에 선생께서 희생양으로 일했던 백화점에서는 연쇄 폭탄 테러가 있었습니다. 하필이면 선생이 지나가는 곳마다 폭탄이 터졌고요. 제가 하는 말에 틀린 게 있으면 말씀하십시오. 모두들 선생이 범인이라고 생각했지만 선생은 죄가 없었습니다. 그렇죠?"

(그렇고말고.)

"좋습니다. 작년에는 벨빌에서 경찰공무원 한 명이 살해당했고, 그 지역 노부인들의 목이 잘렸습니다. 파리의 노인들은 너나

* 진초록색.

할 것 없이 마약에 빠졌고, 선생 친구인 쥘리 코랑송은 살인미수 사건의 피해자가 되었죠. 거기다 보기 드물게 잔인한 고문까지 당했고요. 그리고 이 모든 사건과 관련해 선생의 혐의점은 셀 수 없이 많았습니다. 온갖 혐의란 혐의는 다 받고 있었지요. 하지만……"

(이때 시선이 말줄임표가 된다……)

"선생께서는 죄가 없었습니다. 그뿐 아니라…… 이렇게 말해도 좋을지 모르겠지만 선생은 순수의 화신이었지요."

(순수는 나를 사랑한다*.)

"그런데 어제 교도소장 한 명이 몹시 잔인하게 살해당했다는 보고를 받았습니다. 현장에 부하를 한 명 보냈더니 대뜸 죄수들을 범인으로 몰다가 폭동을 유발했지요. 그래서 사태를 진정시키려고 제가 직접 그곳에 갔습니다. 그런데 일을 마치고 사무실로 복귀하려던 참에 제가 그 자리에서 누구를 만났을 것 같습니까?"

(나지 뭐.)

"바로 선생이었습니다, 말로센 씨."

---

* '순수의 화신l'innocence même'과 '순수는 나를 사랑한다l'innocence m'aime'는 발음이 같다.

(내 말 맞지!)

생각에 잠겨 커피를 한 모금 마시더니 화제를 바꾼다.

"우리가 서로 알게 된 뒤에 느낀 것인데, 선생은 동생 클라라를 무척 아끼시더군요."

(맞아, 우리는 다들 클라라를 아껴……)

총경은 한참 동안 고개를 끄덕였다.

"클라라가 생티베르와 결혼하는 게 썩 내키진 않으셨겠죠?"

(어휴! 그래……) 나는 신경이 곤두선다.

"썩 내키진 않았죠."

"이해합니다."

조명이 조금 더 옅어진다.

"교도소장인 데다……"

정말 이해가 된다는 목소리다.

"나이가 예순이 다 됐으니……"

그때 총경이 향수에 젖은 미소를 보낸다.

"그러느니 첫영성체를 받는 소녀를 은퇴 직전의 총경에게 넘기는 게 낫겠죠."

(이럴 땐 어떻게 해야 하지? 예의 바르게 웃어야 하나, 아니면 아직도 잘생겼다고 증명서라도 발부해줘야 하나?)

"죄송합니다, 선생을 놀리고 있었군요. 커피 좀 더 드시겠습니까?"

(좋지. 머리가 빠릿빠릿하게 돌아가려면 진한 블랙커피가 좋겠지.)

"그 결혼을 왜 반대하지 않으셨습니까?"

(말로센 가의 자식이 뭔가를 하겠다고 하면 아무도 못 막으니까 그렇지! 그 애들은 우리 엄마의 자식이거든. 정열의 열매들이란 말이야!)

"클라라는 그 사람을 사랑하고 있었으니까요."

"그렇군요."

(내 대답이 만족스럽지 않은 모양이다.)

"게다가 클라라도 성인이죠."

"형법상으로는 그렇죠. 하지만 그 많은 동생들 중에서 선생이 가장 친자식처럼 아끼는 게 클라라 아니었던가요?"

이 말에 나는 놀라 자빠진다. 이봐, 총경 나리, 그걸 어떻게 아는 거야? 나는 즉시 실토하듯 말한다.

"클라라가 태어날 때 제가 그 애를 받았거든요."

그리고 덧붙인다.

"친구 벤 타예브랑 같이요."

그는 대꾸하지 않는다. 하던 말을 계속한다.

"하지만 선생 댁에서는 모친이 안 계실 때 어머니 역할을 하는 게 클라라 아닙니까?"

(우리 엄마는 파스토르 형사와 눈이 맞아 도망갔다. 쿠드리에 총경의 부하, 쿠드리에의 귀염둥이 파스토르 말이다! 결국 이건 쿠드리에와 나 사이의 집안문제인 것이다. 게다가 이제야 깨달았는데, 티안 영감이 그에게 정보를 흘리고 있는 게 틀림없다!)

"제 말이 틀렸습니까?"

(아니, 맞아. 심지어 루나가 결혼하기 전에도 클라라가 야스미나 아줌마를 도와서 엄마 노릇을 했으니까.)

"그러니까 클라라가 생티베르와 결혼한다면 선생께서는 자식과 어머니를 동시에 잃는 것이 되겠지요."

(그러니까 생티베르를 죽일 동기가 두 가지나 있다는 말이군…… 생티베르를 죽인다, 웃기지도 않아. 왜 사람들은 늘 나쁜 말을 뒤로 미뤘다가 나중에야 꺼내는 걸까?)

"그러니까 총경님 말씀은……"

그가 대뜸 말을 내뱉는다.

"제 말은 선생이 인생이 고달파지는 쪽으로는 재능이 대단하다는 겁니다."

만일을 위해 이 시점에서 한 가지 지적해주는 게 좋겠다.

"생티베르는 그저께 밤에 살해당했잖아요. 그런데 그날 밤에 저는 집에서 잤거든요. 아래층에서, 동생들 옆에서 잤어요."

(의자에서 잤지.)

"압니다. 반 티안 형사한테 들었습니다. 의자에서 주무셨다고요."

(내가 뭐랬어…… 티안 영감일 줄 알았다니까.)

"하지만 그날 밤 벤 타예브나 모시족, 카빌리아 사람이 뭘 하고 있었는지는 모르잖습니까?"

(앗! 아냐, 씨팔, 그건, 아니라고!)

"말로센 씨, 그들은 우직하고 의리 있는 사람들입니다. 다들 선생이 이 결혼을 마음에 들어하지 않는다는 걸 알고 있고요. 실사 그들이 훌륭한 친구일지는 몰라도, 천사처럼 착한 사람들은 아니죠. 그들이 선생을 도우려 했다면 그런 행동을 하고도 남았을 겁니다. 게다가 두목 간수를 죽이는 것쯤은 벨빌 사람들에겐 양심의 가책이 될 일도 아니죠."

"걔들이 클라라한테 그런 짓을 할 리가 없어요!"

나는 소리쳤다. 그만큼 확신했다. 총경은 메아리가 흩어지기를 기다렸다가 말했다.

"저도 그렇게 생각합니다. 하지만 평범한 수사관이라면……"

(비범한 수사관들 만세!)

"선생이 정말 별난 사람이란 건 알고 있습니까?"

(그의 음성에 갑자기 감탄의 기색이 서린다.)

"여태껏 이 일을 하면서 선생 같은 분은 처음 봅니다! 수사관 교육에 몇십 년은 써먹을 수 있을 겁니다."

(응? 뭐라고?)

"선생이 가는 곳마다 선생이 무슨 일을 하든 어떻게든 살인이 일어나고 시체가 잔뜩 생기잖습니까. 그것도 폭탄에 찢기고 포탄에 가루가 되고 말도 못하게 고문당해서 눈 뜨고는 차마 볼 수 없는 처참한 시체들 말입니다. 그리고 모든 면에서 선생이 범인으로 보이죠. 동기, 면식 관계, 동선, 알리바이, 가족 관계……"

(신 났네.)

"초보 경찰들에게 선생은 최고 난이도의 훈련 코스입니다! 선생이 아니라고 해봐야 다 말도 안 되는 소리죠. 유죄로 추정되는 일이 그렇게 많고 혐의점이 완벽하게 한 곳으로 모이는데 선생이 무죄일 거라고는 도저히 믿을 수가 없는 겁니다……"

원뿔 모양으로 비치는 나폴레옹식 조명을 머리에 받은 채 팔을 쭉 펴서 두 손을 책상에 얹고 엉덩이를 치켜든 모습이, 전투 장면을 이야기하다가 그 긴장감에 정신이 나가버린 역사학자 같다.

"다들 인면수심의 악마를 잡았다고 생각하겠죠. 누구보다 악랄하고 교활한 살인마라고요. 그런데 수사를 마치고 보면, 이건 성인군자란 말입니다."

(그래서 뭐, 나랑 결혼이라도 하고 싶다는 거야?)

"나무랄 데 없는 착한 아들에, 희생도 마다 않는 헌신적인 오빠, 최고의 친구, 충실한 연인……"

(개도 한 마리 키우는데 그 녀석도 꽤 잘 돌봐주고 있다고……)

"그러니 수사관들은 놀라 자빠질 수밖에 없죠."

(이제 좀 그만하시지……)

정말 그만한다. 너무나 갑자기. 그의 엉덩이가 풀무처럼 천천히 안락의자의 가죽 커버로 돌아간다.

침묵. 커피. 다시 침묵. 그리고 더할 나위 없이 차분한 목소리로.

"선생 때문에 슬슬 짜증이 나고 있소. 그것도 아주 많이."

(뭐라고 하셨죠?)

"선생은 우리 수사에 막대한 혼선을 일으키고 있소. 선생의 잘난 재능 때문에 우리가 어마어마한 시간을 낭비하고 있단 말이오!"

책상 뒤의 남자는 이제 농담하는 분위기가 전혀 아니다.

"혹시 우리나라 경찰이 매년 한 번씩 선생의 무죄를 밝혀주려고 설치된 특별 기구라고 상상하고 있는 건 아니오?"

(나는 아무 상상도 안 해, 상상력이라곤 전혀 없다고……)

"내 말 잘 들어두시오."

나는 열심히 듣는다. 저쪽은 무시무시하게 화가 나 있다. 나는 잘 들으려고 열심히 듣는다.

"말로센 씨, 나는 누가 생티베르를 죽였는지 찾아낼 작정이오. 좌파, 우파, 양쪽의 장관 대여섯 명이 무슨 일이 있어도 범인을 찾아내라고 나를 들들 볶고 있소. 그러니 선생은 이 사건에서 최대한 멀리 떨어져 계시오. 그럴 수 있도록 내가 명령을 내리겠소. 선생도, 벨빌의 친구분들도 이 일로 심문받는 일은 없을 거요. 언론도 선생을 절대 귀찮게 하지 않을 거요. 선생은 이제 내 질문에 대답하고 나서 그 감옥과 죄수들에 대한 기억은 완전히 지워버리도록 하시오. 만약 선생이 파리를 떠나 상프롱 방향으로 간다면, 본의든 아니든 우리 수사에 조금이라도 혼선을 가져온다면, 이 사건과 관련해 내 부하 수사관들에게 조금이라도 의심 살 짓을 한다면 수사가 끝날 때까지 미결구류 형식으로 선생을 구치소에 처박아두겠소. 무슨 말인지 알겠소? 어쩌면 죽을 때까지 구치소에서 썩을지도 모르오……"

(죄를 짓지 말라 이거지……)

"착각하지 마시오, 말로센. 나는 경찰이오. 나는 공공질서를 지키는 사람이고 공공질서를 어지럽히는 것이라면 무엇에든 맞서 싸우는 사람이오. 그런데 선생 같은 사람들이 저지르는 어리숙한 짓은……"

(알아, 무슨 말인지 안다고……)

그가 돌연 차분해진다. 하지만 웃는 낯으로 돌아가지는 않는다. 그는 묻지도 않고 커피를 다시 따라준다.

"좋소. 그럼 이제 생티베르에 대해 말해보시오."

*

암, 말하고말고. 나는 이야기한다. 생티베르에 대해 아는 건 모조리 얘기한다. 이 말인즉, 별로 할 말이 없다는 얘기다. 클라라와의 만남, 자기 일에 대한 열정, 샹프롱을 현대사회의 시선으로부터 보호하겠다는 의지, 시미힐 방문, 팰러앨토에 있는 스탠퍼드 대학 방문, 행동주의심리학에 대한 일장 연설, 마카렌코*의 저작에 관한 해박한 지식, 그러니까 생티베르가 나한테 한 얘기를 죄다 늘어놓는다……

긴장된 분위기가 조금 풀리자, 나는 총경에게 이 사건에 대한 의견을 묻는다. 죄수들이 저지른 짓이 아니죠? 그는 모르겠단다. 현지 기동대는 사건 현장에 도착해 놀라운 광경을 목격했다. 죄수들이 안마당에 정장 차림으로 집결해 있었던 것이다. 늙은 간수장 조제프가 생티베르를 찾아가 예식에 대한 최종 지시를 받기 전에 죄수들을 모아놓은 것이다. 모두들 비탄에 잠겨 있었다.

* 소련의 교육자. 11월 혁명 이후 부랑아나 미성년 범법자의 교육을 주장했다.

기동대 경위의 증언에 따르면, 죄수들 대부분이 소리 없이 눈물을 흘리고 있었고 몇 명은 오열하고 있었다. 잔혹한 살인을 저지른 죄로 종신형에 처해진 자들이 말이다! 물론 연기였을 수도 있다…… 단체로 연기를 하고 있었을 수도 있다……

어찌 되었든 베르톨레 형사가 도착할 때까지는 별일 없었다. 그런데 병신 같은 베르톨레는 싸움질을 한 학생들을 벌주듯, 재소자들을 교도소 안마당에 세워놓고 그 자리에서 심문하기 시작했다. 베르톨레는 죽을 뻔했다. 기동대는 상황을 통제할 수 없게 되자, 에탕프에 주둔하고 있던 폭동 진압 부대에 지원을 요청해야 했다. 폭동 진압 부대는 당연히 무차별적으로 최루탄을 발사하면서 진입했고 유탄이 그랜드피아노에 떨어졌다. 죄수들은 건물 안으로 도망쳤고, 폭동 진압 부대는 이들을 추격해 들어갔다. 죄수들이 만든 작품들은 파괴되고, 이 교도소의 창작 활동을 담은 사진들은 벽에서 뜯겨나갔다. 말하자면 생티베르를 두 번 죽인 셈이었다……

여기까지 말하고 쿠드리에는 골똘히 생각에 잠겼다.

"바보짓이었소, 말로센, 바보짓…… 결국 세상의 골칫거리는 두 가지뿐이오. 당신 같은 사람들이 저지르는 어리숙한 짓과 경찰들이 저지르는 바보짓."

요컨대 쿠드리에가 범행 현장에 도착했을 때 그곳은 전쟁터가 되어 있었다. 담장으로 둘러싸여 피할 곳도 없는 전쟁터. 쿠드리에는 싸움을 진정시켰고 그곳을 나오다가 베르톨레가 결혼 하객 행렬을 세워놓고 또 사고를 치려는 것을 발견했다.

"그러면 생티베르에 대해 더 할 말이 없는 거요?"

응, 아는 건 다 말했어.

"마지막으로 질문이 하나 있소."

(응?)

"클라라 양이 찍은 사진 말이오……"

(아……)

"왜 사진을 찍은 것 같소?"

대답하기 어려운 질문이다. 제대로 설명하려면 클라라가 태어나 세상에 던진 첫 시선까지 거슬러 올라가야 할 것이다. 이상하리만치 주의 깊은 시선이었다. 클라라는 남이 자신에게 무언가를 보여주는 것을 싫어했다. 자기 스스로 발견해야겠다는 듯. 나의 클라라…… 아무리 나쁜 일이라도 뚫어지게 쳐다본 뒤에 그것을 받아들이고야 마는. 클라라는 처음부터 그랬다.

"그러니까 클라라 양은 그 죽음을 견디기 위해 시신을 사진에 담을 수밖에 없었다는 거요? 그 난자당한 시신을?"

"그 '난자당한 시신'은 총경님의 팀이 활약한 덕에 꼭두새벽부터 전국의 신문 가판대 갈고리에 주렁주렁 매달리게 되었죠."

한 방 먹은 표정이다. 내 말은 사실이다. 베르톨레 형사는 다른 바보짓으로는 부족했던지 생티베르의 시체를 언론사의 하이에나들에게 던져주었다.

"어차피 신문 가판대들이 그 끔찍한 모습을 적어도 일주일은 강제로 보여줬을 거예요. 클라라는 그걸 직접 보고 싶어했던 것이고요. 뭐 잘못된 게 있나요, 총경님?"

*

클라라가 사진을 찍고 나서, 우리는 재빨리 감옥을 벗어났다. 클라라는 다시 지상으로 내려와 있었다. 이제 복도에서는 클라라의 하이힐 소리가 울렸다. 교도소 사제는 죽을상을 한 채로 우리를 따라왔다. 교도소 바깥으로 나오니 다들 차에서 내려 있었다. 가족들이 클라라를 맞이했다. 벨빌의 친구들이 클라라를 둘러쌌다. 클라라가 마침내 울음을 터뜨렸다. 클라라는 아마르의 품에 안겨 울었다.

슬픔이 표출되는 것을 보고 긴장이 풀렸는지 교도소 사제가 무모한 짓을 했다.

"신의 자비가 있기를……"

클라라가 사제를 돌아다보았다.

"신의 자비라고요, 신부님?"

열광적으로 설교를 늘어놓으려던 사제는 묵언 수행에 들어갔다. 그때 사제가 티안의 품 안에 매복해 있던 베르됭을 발견하고 중얼거렸다.

"이 아기의 세례는……"

이번에도 친절하게도 그의 말을 끊어주었다.

"꿈도 꾸지 마세요, 신부님. 이 애를 잘 보세요."

티안 영감은 검열을 받을 때 총기를 보여주듯 베르됭을 쳐들고 흔들었다. 베르됭의 시선이 튀어나와 사제에게 들러붙었다. 사제는 본능적으로 한 걸음 물러섰다.

"그것 보세요." 클라라가 말했다. "베르됭이 보기에 신부님이 모시는 신은 좀……"

그녀는 잠시 표현을 골랐다. 그러더니 미소를 지으면서, 바로 자비의 미소를 지으면서 말했다.

"신부님이 모시는 신은 좀 제정신이 아니라는 거죠."

*

"어쨌든 내가 한 말을 잘 기억해두시오, 말로센 씨. 이 짓을 저지른 자들을 나는 잡고야 말겠소. 하지만 그러려면 선생은 절대

이 사건에 개입해선 안 되오."

쿠드리에가 문을 열고 출구를 가리킨다.

"선생 본인이나 선생의 친구인 코랑송 양이 이 사건 쪽으로 고개만 까딱해도 감방에 처넣겠소."

내가 그의 앞을 지나는데 그가 묻는다.

"이제 어쩔 작정이오?"

"클라라를 위로해야죠."

10

그 말이 사실이라면, 그러니까 출판사라는 곳에 둥지 같은 면이 있다면? 물론 포근한 둥지는 아니다. 당연히 부리와 발톱이 찔러대는 둥지이고 떨어져 추락할 수도 있다.(누가 평생을 둥지에서 살겠는가?) 하지만 그래도 둥지는 둥지다. 부리가 긴 자보무리가 최신 유행에 맞춰 끊임없이 종잇장과 글을 물어와 다시 꾸며놓는 둥지, 문장을 촘촘히 엮어 만든 100년 넘은 둥지, 새끼 유망주들이 늘 다른 곳에 가서 둥지를 틀고 싶으면서도 배 속에 거지가 들었는지 줄곧 입을 벌리고 밥 달라고 짹짹거리는 둥지. 사장님, 제가 재능이 있나요? 제가 천재인가요?

"주앵빌, 이번 건 꽤 쓸 만한데, 인정해줘야겠어. 내 충고를 따르면 더 높이 날 수 있을 거야. 어, 말로센 팀장! 출근했네!"

자보 여왕이 젊은 작가를 내보낸다. 들고 온 원고를 더 고치라고 반년치 일거리를 줘서 쫓아낸다. 그리고 나를 자기 사무실에 들인다. 아니, 어망으로 끌어들였다고 해야 하나?

"앉아, 팀장…… 주앵빌 말이야, 저 친구 글 읽어본 적 있어? 어떻게 생각해?"

"제가 그렇게 냄새를 잘 맡으면 그 친구가 어떤 면도 로션을 쓰는지 정도는 알았겠죠."

"그 친구가 쓰는 건 전형적인 프랑스 문학이야. 지금은 그냥 사변적인 관념에 불과한데 그걸 감정이라고 착각하고 있더라고. 하지만 나는 그 친구가 제대로 된 이야기를 쓸 수 있을 거라는 희망을 버리지 않고 있어. 말로센 팀장, 당신한테 맡길 정말 죽이는 프로젝트가 있어."

견공 쥘리위스가 내 궁둥이 옆에 그 널찍한 궁둥이를 내려놓았다. 견공 쥘리위스는 나처럼 자보 여왕이 대단하다고 생각한다. 견공 쥘리위스는 목을 꼬고 혀를 늘어뜨린 채 궁금해하는 것 같다. 이 여자는 태어나느라고 허비해야 하는 시간을 몇 초나 허락했을까 하고 말이다.

"근데 말이야, 먼저, 그 사건 때문에 경찰이 귀찮게 굴지는 않아?"

"아뇨, 오히려 제가 경찰을 방해하고 있죠."

"그래? 그러면 그 짓은 당장 그만둬, 말로센. 우리 계획에서 굉장히 중요한 문제야. 경찰하고는 한시도 노닥거리면 안 돼. 당신은 이 일에 전력투구해야 해."

그러더니 말을 마치기가 무섭게 인터폰을 든다.

"칼리냐크? 말로센 팀장이 왔어. 회의실에서 봐. 고티에하고 루사한테도 알려. 루사가 있을지 모르겠네."

그리고 수화기를 내려놓으려다 문득 생각난 모양이다.

"아 참, 칼리냐크, 커피도 준비해."

그러더니 나에게 말한다.

"아침에 내가 당신한테 커피 마시러 오라고 한 거잖아, 안 그래?"

*

조금 뒤 복도에서였다.

"말로센, 한 가지 더 있어. 내 제안을 수락할 수도 있고 발로 차버릴 수도 있고 우리가 또 서로 죽어라고 멱살잡이를 할 수도 있는데, 어떤 쪽으로 결론이 나든 이 얘기는 아무한테도 하면 안 돼. 알았지? 회사 기밀이야."

*

장소가 다르면 풍습도 다르다. 탈리옹 출판사의 커피는 사무실 커피다. 동전 구멍에 1프랑 20상팀을 넣는다. 펄펄 끓는 일회용 컵을 잡는다. 다 마시고 나면 컵은 무게가 전혀 나가지 않는다…… 그러니까 작가는 일회용 컵이나 다름없다. 재능이 빨리 고갈되지 않는 편이 이롭다. 쓰레기통이 바로 옆에 있으니.

루사, 칼리냐크, 고티에가 우리를 기다리고 있다. 젊은 고티에가 견공 쥘리위스를 보고 얼굴이 새파래진다. 그에 질세라 쥘리위스가 고티에의 엉덩이에 주둥이를 틀어박는다. 내가 예의를 지키라고 하니까 겨우 주둥이를 뺀다. 쥘리위스의 똥침은 백발백중이다. 고등사범학교씩이나 나와서 책장사를 하고 있는 이 젊은이한테서는 도대체 어떤 냄새가 날까? 영업부장인 칼리냐크는 럭비선수 같은 평소의 소탈한 표정으로 껄껄대더니 창문을 열어 쥘리위스의 냄새를 빼낸다. 견공 쥘리위스는 고티에의 신원 확인이 끝나자 내가 친구를 잘 골랐다고 인정해주려는 듯 루사 드 카자망스에게 가서 손을 핥는다.

"그럼 이제 자리에 앉읍시다."

자보 여왕은 이렇게 말한다. 각료회의를 주재할 때 늘 "그럼 이제 자리에 앉읍시다"라는 말로 시작한다. "앉아볼까?"도 아니고 "어이, 친구들, 다들 잘 지냈어?"도 아니다. 언제나 똑같이 "그럼 이제 자리에 앉읍시다"다.

우리는 의자를 조용히 빼서 '이제 자리에 앉는다'.

"말로센 팀장, '바벨' 하면 뭐가 생각나?"

회의가 시작되었다.

"바벨 말입니까, 폐하? 탑이 생각나죠. 인류 최초의 아파트요. 편집증 환자를 신으로 모시는 한 떼거리의 인간들이 사방에서 몰려와 디엔비엔푸*의 똥통으로 굴러 떨어졌다가 떠돌이 생활이 지겨워져서 같이 살려고 엠파이어스테이트 빌딩을 지은 거죠."

자보가 웃는다. 여왕이 웃더니 말한다.

"그럴듯해, 말로센. 그러면 이니셜 두 자를 추가해서 '바벨'이라고 하면, J. L. 바벨, J. L. B.라고 하면 뭐가 생각나?"

"J. L. B.요? 우리 회사의 J. L. B.요? 그 베스트셀러 기계요? 황금 알을 낳는 소설가요? 제 여동생들이 생각나죠."

"뭐라고?"

"여동생 클라라하고 테레즈가 생각난다고요."

그리고 또다른 여동생인 간호사 루나도 생각난다. J. L. B.는

* 베트남 해방전쟁의 마지막 전투가 벌어진 곳으로, 프랑스는 이 전투에서 대패해 식민 지배를 포기하고 베트남에서 철수했다.

내 여동생들이 좋아하는 작가다. 몇 년 전 루나가 의사 남편인 로랑을 처음 만났을 때 나는 그들에게 내 침실을 빌려주었다. 그들은 침대에 들어가더니 366일 후에야 밖으로 나왔다. 1년 내내 섹스만 한 것이다. 1년 내내 섹스와 책 읽기만 했다. 나는 매일 아침 먹을 것과 읽을 것을 올려다주었고, 클라라와 테레즈는 매일 저녁 더러운 접시와 다 읽은 책을 들고 내려왔다. 가끔은 애들이 숙제할 게 있는데도 꾸물거리고 내려오지 않을 때가 있었다. 내가 찾으러 올라가보면 두 아이는 두 어른 사이에 누워 있고 루나가 아이들에게 J. L. B.를 한참 동안 큰 소리로 읽어주고 있었다.

보모 소피아가 악셀질을 데리고 물러나자마자 타니아와 세르게이는 동시에 서로에게 달려들어 침대에서 뒹굴며 감격스러운 재회의 기쁨을 누렸다. 18시 12분이었다. 3분만 있으면 세르게이는 국립 유도탄 회사의 지배주주가 될 터였다.

바로 이것이다. (독자들에게는 J. L. B.로 알려진) J. L. 바벨은 양면에 버터를 바른 작가다. 연인들은 아침에 마시는 코코아에 J. L. B.를 적셔 먹고 보바리 부인은 매일 밤 J. L. B.를 베고 잠이 든다. J. L. B.는 탈리옹 출판사의 최고 히트 상품이다. 우리는 모두 J. L. B. 덕에 월급을 받고 있다.

"작품당 구매 독자가 1400만 명이야, 말로센!"

"그 독자들이야 사장님이 어떻게 생각하든 신경 안 쓸걸요……"

"도서관 평균 대출 비율 4를 곱하면 독자가 5600만 명이 되죠." 갑자기 머리가 팽팽 돌아가기 시작한 칼리냐크가 덧붙였다.

"14개 언어로 27개국에 소개되었고요." 고티에가 첨언한다.

"소비에트 시장도 있어. 페레스트로이카 때문에 시장 개방은 시간문제야."

"나는 지금 J. L. B.를 중국어로 번역하고 있어." 내 친구 루사가 결론짓더니 세상일이 다 그런 것 아니겠냐는 투로 덧붙인다. "인생에는 문학만 있는 게 아냐, 등신아. 돈도 벌어야지."

그러니까 상업적으로 성공을 거둔 작가임에 틀림없다. 이 성공에는 자보 여왕의 독창적인 아이디어도 한몫했다. 작가의 정체를 비밀에 부친 것이다. 이 테이블에 앉아 있는 사람 중 여왕 폐하를 제외하고는 J. L. B.가 누구인지 아는 사람이 아무도 없다. 광택지로 된 큰 판형의 표지에는 심지어 출판사 이름도 찍혀 있지 않다. 책 상단에 이탤릭체 대문자로 *J. L. B.*라고 쓰여 있고 하단에는 소문자로 *j. l. b.*라고 찍혀 있다. 이걸 보면 저자도 J. L. B.이고 출판사도 J. L. B.이며 그의 천재성은 오롯이 J. L. B.만의 것이라는 인상을 받는다…… 자기 책에 나오는 주인공들처럼 자수성가한 남자, 유통망을 비롯해 모든 것을 직접 통제하는 남자, 자기만의 탑을 건설했고 그 높은 곳에 앉아 신을 비웃고 있는 남자. J. L. B.는 성姓보다 낫고 이름보다 나으며 어느 언어로도 읽을 수 있는 세 글자의 이니셜을 택했다. 그리고 사장님은 으쓱해져서 이쑤시개 같은 몸뚱이를 내밀고 우쭐댄다.

"신비주의 마케팅이 신화를 만드는 거야. J. L. B.의 소설이 묘사하고 있는 재계 인사들은 다들 궁금해하고 있다고. 이 작가는 대체 누구일까? 우리를 얼마나 잘 알기에 이 세계를 그렇게 정확히 묘사하는 걸까? 이런 호기심과 경쟁심은 재계 인사들뿐 아니라 구멍가게 수준의 자영업자들에게까지 파급되고 있어. 그리고 그건 우리 판매 수치에서 무시 못할 요인이야. 정말이야!"

판매 수치가 깃발처럼 펄럭인다.

"1972년부터 지금까지 2억 부 가까이 팔렸다고, 말로센. 커피 마실래?"

"예, 좋죠."

"고티에, 말로센 팀장한테 커피 한 잔 뽑아줘. 동전 있어?"

기계 배 속으로 동전이 와르르 들어간다. 김이 나고 콸콸 소리가 나고 가루 설탕이 떨어진다.

"말로센 팀장, 우리는 J. L. B.의 신작 출간에 맞춰서 큰 건수를 준비하고 있어."

"큰 건수라뇨, 폐하?"

"그의 정체를 밝히는 거야!"

상사가 신 나서 흥분해 있을 때는 절대 반박하면 안 된다.

"대단한 아이디어인데요. 근데 J. L. B.가 대체 누구예요?"

잠시 한숨 돌리고.

"말로센 팀장, 커피 좀 마셔, 충격이 클 거야."

요란한 쇼를 벌이지 않으면 인생이 살 가치가 있을까? 신사 숙녀 여러분, 이러한 쇼를 벌이는 재주가 인간을 짐승과 구별해주는 수많은 특성 중 하나 아닌가요? 다작하는 작가 J. L. B.의 정체를 알게 되는 순간 내가 놀라 엉덩방아를 찧을 거라고 다들 기대하고 있을까? 알았어, 궁금해 죽겠다는 표정을 짓기로 하자. 목구멍을 데면 안 되니까 커피는 살살 마셔야지. 아주 천천히…… 테이블에 앉은 사람들은 다들 얌전히 기다리고 있다. 그들이 나를 바라본다. 내 눈앞에 다시 불쌍한 클라라가 떠오른다. 2, 3년 전의 일이다. 내가 고골을 읽으라고 권하던 때인데 클라라가 몰래 두꺼운 J. L. B. 책을 읽다가 나에게 들켰다. 클라라는 깜짝 놀라 책을 던져버렸다. 나는 염탐한 셈이 되어 부끄러웠고, 잘난 척하면서 계몽주의자처럼 로랑과 루나에게 화를 낸 게 창피했다…… 클라리넷, 읽고 싶은 걸 읽으렴, 눈이 가는 걸 읽어, 오빠는 신경 쓰지 말고, 뭘 좋아해야 한다고 오빠가 이래라저래라

하면 안 되지, 촘촘한 체로 거르듯 네 작은 욕망들은 네 인생이 알아서 골라야지.

됐다. 이제 커피를 다 마셨다.

"그래서 J. L. B.가 도대체 누군데요?"

그들이 마지막으로 서로 눈짓을 주고받는다.

"말로센, 바로 자기야."

11

집에 오니, 클라라는 아직 자고 있고, 야스미나 아줌마는 여전히 노래하고 있고, 쥘리는 요리를 하고 있다. 별일 아닌 것 같지만 별일이다. 쥘리가 전기레인지 앞에 서 있는 건 처음 본다. 쥘리 같은 기자들은 요리를 거의 하지 않는다. 이런 기자들은 쇠고기도 스튜를 끓여 먹지 않고 통조림을 사다 먹는다. 쥘리는 세상에서 눈을 떼지 않으려고 식사도 서서 때운다. 작년에 지독하게 다치지 않았다면(치사량의 약물을 주입당했고 다리는 삼중 골절을 당했으며 양측 폐렴에 걸렸다) 지금도 아마 아열대 지방의 어느 숲에서 누가 누구를 속이고 있는지, 얼마나 속이고 있는지, 그로 인해 무슨 일이 생길지를 캐면서 병아리콩을 씹고 있었을 것이다…… 다행히도 악당들에게 걸려 중상을 입은 덕에 쥘리는 내 품으로 돌아와 건강 회복에만 힘쓰면서 나를 행복하게 해 주고 있다.

그러니까 쥘리가 요리를 하고 있다. 향로 모양의 구리 그릇 위로 몸을 숙이고 있다. 그릇 안 설탕 분화구들에서 적갈색 즙이 톡톡 튄다. 쥘리는 눌어붙지 않게 젓는다. 손목만 움직여도 숙인 어깨, 팔 관절, 유연한 척추를 타고 움직임이 전해져 엉덩이가 춤을 춘다. 지난 몇 달 동안 강제로 휴식을 취한 덕에 쥘리는 통통하게 살이 붙었다. 입은 옷이 어느 때보다 빵빵해 보인다. 옷을 벗으면 군데군데 남은 황갈색 화상 흉터 덕에 표범 여인이 된다. 옷을 입으면 여전히 3년 전의 나의 쥘리가 된다. 3년 전 그녀를 처음 본 순간 나는 즉시 느낌이 왔다. 묵직한 갈기(J. L. B.라면 그렇게 말했을 것이다), 원숙하게 반짝이는 눈빛, 물건을 슬쩍하던 상냥한 손가락, 포효하는 목소리, 그 엉덩이와 유방 등은 내 인생의 여인이 있다면 볼 것도 없이 이 사람이라고 속삭여주었다. 순전히 외모에 반했다. 내가 사랑하는 여인은 완벽한 짐승, 훌륭한 고등 척추동물, 이상적인 포유류, 100퍼센트 암컷이다. 나는 염복도 많지, 그녀의 내면은 외모의 약속을 확인시켜주었다. 쥘리는 마음도 곱다. 그녀의 심장에서는 온 세상이 뛰고 있다. 세상뿐 아니라 그 세상에서 뛰노는 아이들 하나하나도. 쥘리는 클라라를 사랑한다, 쥘리는 제레미와 프티를 사랑한다, 쥘리는 테레즈를 사랑한다, 쥘리는 루나를 사랑한다, 쥘리는 베르됭을 사랑한다—그렇다, 심지어 베르됭도!—, 쥘리는 쥘리위스를 사랑한다, 쥘리는 나를 사랑한다.

그런데 이제 보니 금상첨화로 쥘리는 요리까지 할 줄 아는 것이다. 괜한 사족이라고? 설마! 모든 여성지에서 강조하는 것처럼 맛있는 요리의 비결은 행복이다.

"접시꽃 파이야, 뱅자맹."

"접시꽃?" 아스팔트의 아이인 제레미가 깜짝 놀란다.

"우리 아빠가 개발한 요리법이야. 베르고르의 우리 집은 접시꽃이 마구 자라서 정원이 엉망이 되었어. 그래서 어느 날 총독 나리께서는 접시꽃을 먹어치우기로 하셨지."

견공 쥘리위스가 미식가답게 침을 흘린다. 프티의 안경은 식욕으로 김이 서렸고, 설탕을 넣고 뜸을 들이는 접시꽃 냄새가 온 집 안을 채운다.

"근데 쥘리, 클라라가 상중인데 파이를 만든다고? 그래도 될까 몰라……"

(말로센 집안과 예법이라……) 그렇다, 나는 정말 슬쩍 그렇게 물었다. 쥘리는 뒤도 돌아보지 않고 대답한다.

"뱅자맹, 눈치 못 챘어? 야스미나 아줌마의 노래를 들어봐."

아이들 방에서는 야스미나가 아직도 노래를 부르고 있다. 클라라는 야스미나의 손을 잡고 여전히 자고 있다. 하지만 노래에는 이제 슬픈 기색이 없다. 클라라의 얼굴에는 미소가 설핏 돌면서 긴장이 풀려 있다.

"게다가 야스미나 아줌마가 쿠스쿠스를 가져왔어."

*

우리는 야스미나 아줌마의 쿠스쿠스와 쥘리의 파이를 먹었고, 그동안 티안 영감은 베르됭에게 저녁을 먹였다. 베르됭이 태어난 뒤로 티안 영감은 한쪽 팔을 잃었다. 그래서 일상의 모든 일을 베르됭을 안지 않는 다른 팔로 처리한다. 젊은 남자들이 다들 깨닫는 사실을 티안 영감은 60대가 되어 베르됭을 맡은 뒤에야 깨달았다. 아빠가 된다는 것은 팔 병신이 되는 것이라는 사실을.

생티베르 유령의 접근을 막으려는 야스미나의 단조로운 노래를 들으면서 우리는 식사를 했다.

한 줌의 평온이었다.

꼭꼭 씹어 먹었다.

하지만 제레미는 뭔가 걱정이 있었다. 걱정이 얼굴에 보였다. 제레미의 얼굴에 그런 기색이 보이면 항상 최악의 사태에 대비해야 한다.

"제레미, 무슨 일 있어?"

어차피 "아냐, 아무 일 없어"라고 대답할 게 뻔해서 나는 건성으로 물었다.

"아냐, 아무 일 없어."

그것 봐. 또 몇 번 포크질을 하고 나서 이번엔 테레즈가 나선다.

"제레미, 무슨 걱정이 있는데 그래? 얘기해봐."

이 뻿뻿하고 어색한 목소리 때문에 테레즈는 말이라는 것을 처음 내뱉은 순간부터 세상과 고립된 자기만의 요새가 되었다. 피복이 벗겨진 전선처럼 예민한, 건느리면 바로 짜증을 내는 테레즈.

"누나가 무슨 상관이야? 누가 점이라도 봐달래?"

테레즈와 제레미는 동기간 우애의 표본이다. 서로를 견디지 못하지만 무슨 일이 있으면 서로를 무척 걱정해준다. 제레미가 학교에 불을 지르고 통닭 신세가 되었을 때 테레즈는 처음이자 마지막으로 직업적인 죄책감에 시달리며 난리를 피웠다. "오빠, 내가 어떻게 그걸 미처 몰랐을까?" 테레즈는 머리를 쥐어뜯었다. 비유가 아니라 러시아 소설에서처럼 진짜로 한 움큼씩 머리카락을 쥐어뜯었다. 앙상한 팔을 허공에 휘둘러댔다. "이딴 게 다 무슨 소용이야?" 테레즈는 책, 타로 카드, 부적, 부두교 인형 따위를 가리켰다. 회의가 찾아든 것이다. 평생 처음이자 마지막으로. 하루는 영화를 보고 나오는데(우리는 〈더 레인스 케임〉을 보러 갔었다. 처음에 위스키를 잔뜩 마시던 남자가 끝에 가서 물을 잔뜩 마시는 이야기였다*) 제레미가 말했다. "형, 내가 남자라면, 그러니까 동생이 아니었으면 난 테레즈 누나랑 사귈 거야." 내 시선이 "왜?" 하고 물었던 게 틀림없다. 제레미가 바로 덧붙였으니까. "누나 정말 대단하잖아." 그리고 조금 뒤 집으로 돌아오는 길에. "형, 남자들이 너무 바보 같아서 테레즈 누나가 대단하다는 걸 모르는 걸까?"

아무튼 지금 제레미는 걱정이 있다.

접시꽃 파이를 한창 먹고 있는데 프티가 차분히 안경을 벗더니 안경을 닦으면서 말했다.

"난 알아."

내가 물었다.

"뭘 아는데?"

"제레미 형이 왜 그러는지 알아."

"너, 입 닥쳐!"

소용없었다. 악몽을 꾸는 것 말고 프티가 무서워하는 것은 아무것도 없다.

---

* 1939년 영화로, 남자 주인공이 홍수로 익사한다.

"제레미 형은 티안 삼촌이 오늘 저녁에 '기병총 요정'을 들려줄까 궁금한 거야."

다들 고개를 들어 티안을 쳐다봤다.

픽션의 힘을 절대 과소평가하지 마라. 특히 티안 영감의 '기병총 요정'처럼 확실하게 현실의 양념을 친 경우라면 더욱! 픽션은 최악의 참극을 겪는 동안에도 끊을 수 없는 마약이다. 생티베르의 죽음 때문에 또 이 신화적인 모험담을 듣지 못할지 모른다는 생각에 제레미는 금단증상이 나타나 거의 실신할 지경이 된 것이다. 티안 영감이 나를 슬쩍 쳐다보았다. 거기에 언제나 티안과 같은 방향으로 눈빛을 쏘아대는 베르됭의 시선이 겹쳤다. 나는 슬며시 고개를 끄덕여 '괜찮아요'라고 했다.

"알았어, 얘기해줄게." 티안이 대답했다. "그런데 오늘 밤이 마지막이야."

"안 돼요! 씨팔, 벌써요?"

안도와 번뇌가 제레미의 얼굴에서 지그재그로 얽혔다.

"게다가 아주 짧아." 티안이 매정하게 말을 이었다. "오늘 저녁 시간도 다 못 채울 거야."

"그럼 그다음에는요? 그다음에는 무슨 얘기 해주실 건데요?"

불안한 것은 제레미만이 아니다. 모두들 궁금해하고 있었다.

지금 생각하면 내가 '그 문제'에 대해 결정을 내린 것은, 온 가족이 앉아 식사를 하다가 이렇게 침묵이 찾아든 순간이었던 것 같다. 나는 잽싸게 해결책을 찾지 못하면, 티안이 새로운 이야깃거리를 찾지 못하면, 담임 선생님인 내가(진짜라니까!) 항상 맞서 싸워온 최악의 사태가 닥칠 거라고 생각했다. 모두들 전신마비가 되고, 죽은 사람이나 다름없이 최면에 빠져, 평생 텔레비전의 노예가 되어야 하는 것이다.

제레미의 얼굴은 파멸 직전이고, 프티는 눈이 튀어나오려 하고, 테레즈는 말없이 불안해하는 것을 보니, 클라라도 곧 깨어날 것을 생각하니, 느닷없이 유일한 해결책을 택할 수밖에 없었다.

나는 말했다.

"'기병총 요정' 다음에는 티안 삼촌이 두꺼운 소설 일곱 권을 읽어주실 거야. 못해도 육칠천 페이지는 될 거야."

"육칠천 페이지나!"

프티는 흥분했다. 제레미는 믿지 못하는 눈치였다.

"'기병총 요정'만큼 재밌어?"

"비교도 안 돼. 훨씬 재밌어."

제레미는 나를 한참 동안 쳐다보았다. 마술사가 어떻게 첼로를 그랜드피아노로 바꿔놓았는지 알아채려고 애쓰는 그런 눈빛이었다.

"그래? 그 재밌는 책의 저자가 누군데?"

나는 대답했다.

"나야."

12

"저라고요, 폐하?"

"수락한다면, 당신이 J. L. B.가 되는 거야."

"제가 수락하다니요?"

그녀는 고티에를 쳐다보았다. 그녀가 말했다.

"고티에……"

애송이 고티에는 교수 자격시험을 준비하는 학생들이 들고 다니는 낡은 책가방을 열어 조그마한 종이들을 꺼내고는 본격적인 설명에 앞서 건조한 목소리로 상황을 요약했다.

"말로센 팀장님, 간단히 말해서 J. L. B.는 지금도 굉장히 잘 팔려요. 하지만 해외 시장에서는 하락세를 보이고 있죠."

"그리고 국내 시장에서도 겨우 30만 내지 40만 부를 예상하고 있어."

칼리냐크는 낡은 책가방 같은 건 들고 다니지 않는다. 휴대용 계산기도 없다. 대신 가스코뉴 사람의 어마어마한 기억력을 억지로 쑤셔넣은 커다란 머리통이 있다.

"몇 년은 그냥 두고 볼 수도 있겠지, 말로센. 하지만 그건 우리 회사 스타일이 아니잖아."

"더구나(뒤질세라 고티에가 나선다) 유럽 통합이 실현되면 막대한 시장이 열릴 테니까요."

여왕이 자비롭게 동의한다.

"J. L. B.의 신작 출간에 맞춰서 큰 이벤트를 벌여야 해. 그러면 매출이 엄청 뛸 거야."

나는 당연히 애초의 질문으로 돌아온다.

"죄송한데요, J. L. B.가 대체 누구예요? 한 명이긴 한 거예요?"

그러자 자보 여왕이 즐겨 쓰는 무기를 꺼내 든다. 그녀는 그 앙상한 상체를 루사 쪽으로 숙이더니 말했다.

"루사, 설명해줘."

루사는 자보 여왕이 회사에서 유일하게 성이 아니라 이름으로 부르는 사람이다. 루사가 흑인이라고 무시하는 게 아니다. 둘이 죽마고우이기 때문이다. 그들의 아버지들은 한 사람은 새까맣고 한 사람은 새하얗지만, 둘 다 넝마주이였다. "우리는 쓰레기장에서 함께 글을 배웠어."

"그래, 등신아, 마음 가라앉히고 내 말 잘 들어봐."

*

그래서 루사 드 카자망스가 설명한다. J. L. B.는 지금으로서는 얼굴 팔리는 유명 인사가 될 생각이 없다. "바보같이 자기 이름을 드높이고 싶은 마음" 따위에 사로잡힌 사람이 아냐. 알겠어? 루사도 그가 누구인지 모른다. 이 회의실에 있는 사람 중에 그를 개인적으로 아는 사람은 자보 여왕뿐이다. 익명의 작가라니 술꾼이 술을 끊은 것 같잖아. 마음에 드는걸. 탈리옹 출판사의 복도는 오직 유명한 3인칭 단수가 되고 싶은 마음에서 글을 쓰는 1인칭 단수들로 늘 붐빈다. 그런 작가들은 비평가와 분장사들을 쫓아다니다가 펜이 시들고 잉크가 마른다. 그들은 카메라 플래시가 터져야 드디어 작가가 되는 것이고 후세에 남길 멋진 사진 앵글을 위해 얼굴을 4분의 3쯤 돌리는 게 습관이 되어 목 근육에 이상이 온다. 이런 작가들은 글 자체에 욕심이 있는 게 아니라 작가로 대접받고 싶어서, 남들 입에 오르내리고 싶어서 글을 쓴다. 그러니 결과물이야 어떻든 J. L. B.가 익명으로 글을 쓴다는 것은 고상해 보인다. 문제는 요즘 세상은 이미지의 세상이라는 것이다. 시장조사를 해보면 독자들이 J. L. B.의 얼굴을 보고 싶어하는 것은 분명하다. 책 표지에서, 길거리 광고 포스터에서, 주간지 기사에서, 텔레비전에서 J. L. B.의 얼굴을 보고 싶어한다. 독자들은 J. L. B.의 얼굴을 가슴에 품고 싶어한다. 독자들은 J. L. B.의 얼굴을, J. L. B.의 목소리를 원한다. J. L. B.가 직접 나와 이 책들을 자기가 썼다고 인정해주길 바란다. 독자들은 열다섯 시간씩 줄을 서서라도 J. L. B.의 책에 저자의 친필 사인을 받고 싶어한다. J. L. B.가 그들에게 한마디 해주기를 바란다. 그들의 사랑에 미소로 답해주길 바란다. 그들은 수많은 평범한 사람들이다. 클라라, 루나, 테레즈, 그리고 수백만 명의 독자들이다. "아무개 작가의 책을 읽었어"라고 말하기 좋아하는, 문학에 조예 깊은 젠체하는 독자가 아니라 "나 그 사람 봤어"라고 말할 수 있다면 입고 있던 셔츠라도 벗어줄 수 있는 소박하고 단순한 독자들이다. 그들이 J. L. B.를 보지 못한다면, J. L. B.가 이야기하는 것을 듣지 못한다면, J. L. B.가 텔레비전에 나와 세상 돌아가는 것에 대해, 인간 운명에 대해 자기 견해를 밝혀주지 않는다면 그다음은 불 보듯 뻔한 일이다. J. L. B.의 판매량은 점점 줄어들 것이며 J. L. B.는 이미지가 되지 못한 탓에 조금씩 세상의 관심을 잃을 것이다. 우리 회사에 돈을 벌어다주지 못할 것이다.

그래, 나도, 이제 나도 이해가 되는 것 같다. 하지만 천천히 체계적으로 돌아가는 내 두뇌에 의문이 떠오른다.

"그런데요?"

"그런데" 자보 여왕이 말을 받는다. "한 가지 문제가 있어, 말로센. J. L. B.는 말을 들을 생각이 전혀 없어. 절대 자기 신원을 노출하지 않을 거야."

아……!

"하지만 누가 자기를 대신하는 것에는 반대하지 않아."

"대신하다뇨?"

"그러니까 J. L. B.인 척 연기하는 거지."

침묵. 원탁이 갑자기 쪼그라들었다. 그래, 알았다.

"그러니까 저더러 그 일을 하라는 건가요, 폐하?"

"응. 어떻게 생각해?"

*

"그래서 하기로 했어?"

쥘리가 우리의 헝클어진 침대에서 용수철처럼 튀어오르며 묻는다.

"생각해보겠다고 했어."

"수락할 거야?"

그녀가 손가락들을 내 머리카락에서 빼냈다. 목소리가 딴사람 같다.

"생각해봐야지."

"그 쓰레기 장사꾼의 꼭두각시가 되겠다고?"

이제 쥘리는 진짜로 소리를 지르고 있다.

"쥘리, 왜 그래?"

그녀가 몸을 일으켰다. 나를 위에서 내려다본다. 조금 전에 우리가 흘린 땀이 그녀의 앙가슴에서 반짝인다.

"'왜 그래'라니? 지금 네가 무슨 소리를 한 건지 모르겠어?"

"내가 무슨 소리를 했다고 그래?"

"잘 들어……"

조금 전 그렇게 같이 땀을 뻘뻘 흘려놓고 불시에 공격하다니. 이런 건 싫다. 집에 돌아왔더니 강도가 서 있는 격이다. 궁지에 몰린 셈이다. 정당하게도 방어적이 된다…… 최악의 일이다.

"무슨 말을 하려고 그래?"

나도 목소리가 변했다. 내 목소리도 이제 딴사람 같다.

"넌 병신 짓 하고 사는 게 지겹지도 않니? 평생 한 번이라도 자기 자신이 되고 싶지 않아?"

안 그래도 자보 여왕에게 똑같은 말로 반박한 터였다. 하지만 그녀는 자보다운 웃음을 터뜨렸다. "'자기 자신'이라고? 말로센,

자기 자신? '정체성'이라니 웬 속물주의? 당신은 이 회의실에 있는 사람들이 다들 '자기 자신'이라고 생각해? '자신'이 된다는 건 체스 판에서 적절한 순간에 적절한 칸에 놓인 나이트가 되는 거야! 아니면 퀸이든 비숍이든, 그것도 아니면 아무짝에도 쓸모없는 폰이라도!" 그런데 벌써 내가 딴사람 같은 목소리로 신랄한 혀를 놀려 쥘리에게 대답하는 게 들린다.

"그래? 내가 나 자신이 아니라 이거지?"

"한 번도 그런 적이 없잖아! 단 1초도 없다고! 넌 한 번도 너 자신이었던 적이 없어! 넌 아빠도 아니면서 동생들한테 아빠 노릇 하고 있잖아! 회사에서도 너랑 상관없는 일로 남들한테 얻어맞잖아! 그런데 이제는 쓰레기 작가 역할까지 하겠다고? 네가 그 작가야? 엄마한테 착취당하고 직장 상사한테 착취당하는 걸로도 모자라서 이제 그 개자식한테까지 착취당하겠다고?"

나는 대꾸한다.

"그래서 사자 갈기에 암송아지 유방을 한 미모의 기자분께서는 자기 자신이세요?"

맞다, 나는 그렇게 말했다…… 한번 뱉은 말은 주워 담을 수 없다. 이미 해버렸다. 하지만 쥘리는 쥘리다. 쥘리를 열 받게 하는 것은 사자 갈기니 암송아지 유방이니 하는 말이 아니라 기자 운운하는 거다.

"기자는 적어도 진짜로 존재하는 거야, 씨팔. 기자는 진짜 현실에 몸을 담그고 있어, 게다가 기자는 현실을 위해 일한다고! 기자는 J. L. B. 행세 따위는 하지 않아. 대중을 바보로 만드는, 불쌍한 인간들의 어리석음에 편승해서 저질 스테레오타입이나 만들어내는 공장형 작가와는 차원이 다르다고!"

나 뱅자맹 말로센이 화가 끝까지 치밀어오른 것은 카멜레온 같은 내 성격을 언급했기 때문이 아니다. "불쌍한 인간들의 어리석음"이라는 오만한 비난 때문에 뚜껑이 열린 것이다.

"그래? 그래서 현실에 뿌리박고 계신 기자 양반께서는 어디에 편승하는데? 너 오늘 바깥에 나갔지, 쥘리? 안 그래? 생티베르가 아가리 벌리고 이가 부러지고 눈알이 뽑힌 채로 신문 가판대에 걸려 있는 거 봤지? 봤어, 못 봤어?"

(우리의 유일한 언쟁거리는 저널리즘이다…… 하지만 이 문제로 언쟁이 시작되면 한 치의 양보도 없다. 고성능 폭탄이다.)

"그게 무슨 상관이야? 나는 그런 선정적인 기사는 한 번도 쓴 적이 없어!"

"넌 더한 것도 썼어!"

"무슨 소리야?"

이제 그녀도 나도 화가 나서 얼굴이 하얗게 질렸다. 차라리 침대 시트가 안색이 좋아 보인다.

“그런 선정적인 기사야 쓴 적이 없지. 너야 항상 공들여 주제를 선별하니까. 지구 반대편의 빈곤이라든지, 처참하게 살해된 게릴라들이라든지, 처형 전날의 사형수 인터뷰라든지. 선정성 플러스 이국 취향 플러스 양심 자극이잖아. 보트피플에게 렌즈를 들이대고, 익사한 멕시코 소녀의 사진으로 눈물을 쥐어짜고. ‘독자들에게 이 사실을 알릴 의무가 있다고 생각합니다’라면서 도덕적으로 흠잡을 데 없는 쓰레기를 강요하잖아. 순수하고 아름다운 피바다를……”

그녀는 옷을 입었다.

그녀는 떠났다.

문 발치에서 단지 이렇게 말했다.

“오늘 저녁에 먹은 파이는 접시꽃이 아니라 대황으로 만들었어. 접시꽃은 너하고 똑같아, 말로센, 성가시기만 하지 먹을 수가 없다고.”

*

이렇게 된 것이다. 한 번의 화재로 3년의 행복이 다 타버린 것이다. 내가 왜 자보 여왕의 제안을 수락할 생각을 했는지에 대해서는 말할 틈도 없었다. 수락할지 안 할지는 아직 알 수 없지만.

사실은 절대 수락하지 않을 텐데. 어쨌든 이런 대가를 치르면서까지 수락하지는 않을 것이다. 어떤 일을 맡을 때는 그로 인해 얻을 것과 잃을 것을 모두 가늠해야 한다. 그리고 쥘리와의 이별은 너무 값비싼 대가다. 내가 도대체 무슨 정신으로 그런 말을 해댄 걸까? 세상을 바라보는 기자 쥘리의 눈이야말로 세상이 거꾸로 돌아가지 않게 막아주는 유일한 방패라는 것을 모르기라도 한 것처럼…… 알았어, 쥘리, 알았어, 내일 탈리옹 출판사에 가서 자보 여왕더러 나 대신 J. L. B. 역을 하라고 할게. 아니, 사실은 자보가 J. L. B.인 게 아닐까? 그렇다면 자보 혼자만 J. L. B.를 알고 있고 그 대문호께서 카메라를 피하는 것도 설명이 되잖아. 그 부지깽이 같은 몸뚱이에 얹힌 밥솥만 한 대갈통을 보면 장님 독자라도 도망갈걸. 그래, 이 일은 하지 않겠어, 다른 일을 찾아볼게. 확실히 결심했어. 이젠 흔들리지 않아.

그렇게 생각하자 마음이 조금 편해졌다.

나는 자리에서 일어났다. 침대를 가지런히 정리했다. 다시 누웠다. 천장을 바라보았다. 누가 문을 두드렸다. 소심하게 세 번. 쥘리다. 화해하자고 조용히 세 번 두드린 것이다. 나는 벌떡 일어났다. 문을 열었다. 클라라다. 클라라가 나를 올려다본다. 미소 짓는다. 방 안에 들어온다. 클라라가 말한다.

"쥘리 언니는 없나봐?"

나는 거짓말을 한다.

"약속이 있어서 나갔어."

클라라는 그러려니 한다.

"하긴 언니도 일을 너무 오래 안 했지."

나도 말한다.

"응, 줠리가 몸이 절반이라도 회복된 건 정말 기적이야."

서로 딴소리를 하고 있다.

"보름쯤 후에 새 기사를 들고 돌아오겠네." 클라라가 말한다.

"석 달은 걸릴지도 모르지."

침묵.

침묵.

"앉아, 클라리넷. 앉아."

그녀는 침대 귀퉁이에 걸터앉아 내 두 손을 잡는다.

"오빠, 할 말이 있어."

그러고는 당연히 입을 다문다.

내가 묻는다.

"야스미나 아줌마는 가셨어?"

"아니, 아직 아래층에 계셔. 티안 삼촌이 들려주는 이야기를 듣고 계셔. 오늘 밤에는 내 옆에서 주무시겠대."

그러더니

"오빠?"

"응, 왜?"

"나 임신했어."

그리고 내가 못 알아듣기라도 할 것처럼 덧붙인다.

"아기를 낳을 거라고."

13

"폐하, 수락하겠습니다."

"좋았어! 팀장의 연기력, 임기응변, 언변, 대중친화력 등이 합쳐지면 대성공을 거둘 거야. 부동의 신화가 될 거야."

"수락하는 대신 조건이 몇 가지 있어요."

"얘기해봐."

"먼저 보수 문제인데요, 판매 부수에서 권당 1퍼센트의 인세를 받아야겠어요. 공식적으로 제가 저자가 되는 거니까 지금까지 팔린 책들도 전부 소급해서 적용하고요. 그리고 해외 저작권의 5퍼센트, 언론 인터뷰를 할 때마다 인터뷰 수당도 주세요. 그리고 제 여동생 클라라를 전속 사진사로 써야 해요. 물론 회사에서 원래 받던 봉급도 계속 받고요."

"돈 얘기라면 칼리냐크하고 얘기해. 나는 그쪽으론 소질 없어."

"명령을 내리는 데는 소질 있으시잖아요."

"다른 조건은?"

"있어요. 진짜 J. L. B.를 만나고 싶어요. 제 뒤에 있는 사람이 누군지도 모르면서 모험에 뛰어들 순 없잖아요."

"그야 당연하지. 오늘 오후에 J. L. B.를 만날 거야. 16시 30분 정각에."

"오늘 오후요?"

"응, 벌써 약속 잡아놨어. 내가 당신을 얼마나 잘 아는데. 거절할 리 없다고 봤지."

*

클라라의 몸 안에 누가 살고 있다고? 클라라의 배 속에 아기가 들어 있다고? 생티베르가 창문으로 돌아온 건가? 또 정열의 열매*야? 아비라는 짐을 지지 않고 지상에 착륙하는 말로센 가의

* 말로센 시리즈 중 한 권의 제목이기도 한 '정열의 열매'는 사생아, 유복자 등을 뜻한다.

아이가 또 한 명 생긴 거야? 그놈은 태어날까? 애를 낳을 생각도 없이 사고 쳤다가 쓸데없이 고통만 겪고 있는 건 아닌가? 그놈도 인생에 뛰어들까? 그놈도 언젠가 길거리로 나갈까? 그놈도 신문 가판대 앞을 지날까? 그놈도 4도 인쇄로 찍혀 나오는 인생의 드라마를 겪게 될까? 사랑에 빠져 대책 없이 허상을 쫓은 결과가 이거야? 그 덕에 이 녀석이 난데없이 생겨나서 똥통으로 떨어지게 된 거야? 이 녀석도 사랑의 이름으로 세상의 아가리에 맨몸으로 던져진 열매인 거야? 정말 아름다운 사랑이네! 그놈도 나중에는 이해해주려고 할까? 그놈도 자기 집을 지을까? 골조는 환상과 착각으로, 토대는 회의懷疑로, 벽은 형이상학으로, 가구는 덧없는 신념으로, 양탄자는 하늘을 나는 감정의 양탄자로 깔까? 무인도에 처박혀 살면서 지나가는 배들에 불쌍하게 신호를 보낼까? 그래…… 그놈은 자기가 알아서 다른 섬들을 멀찌감치 피해 갈 거야. 그놈은 밥을 먹겠지, 술을 마시겠지, 담배를 피우겠지, 생각을 하겠지, 사랑을 하겠지, 나중에는 음식을 가려 먹고 술도 덜 마시고 담배도 끊고 생각 같은 건 안 하고 감정도 무시하고 살겠다고 결심하겠지. 현실적인 사람이 되겠지. 제 자식들한테 충고를 하겠지. 그래도 충고가 도움이 될 거라고 조금은 믿겠지. 그러다 안 믿겠지. 이제 자기 몸의 배관 문제나 신경 쓰고 볼트가 꽉 조여져 있나 감시하고 배수구가 안 막혔나 보겠지…… 또

터질 걸 알면서도……

하지만 한 가지는 확실해. 이건 나 하기에 달린 일인데. 클라라의 몸속에 누가 살고 있는 게 사실이라면, 클라라가 아기를 낳는다면, 물론 낳겠지, 그 아이는 부자로 태어날 거야! 마음이 부자라거나 감정이 풍부하다거나 뇌세포가 많다거나 한 게 아니라—이런 건 내가 어쩔 수 있는 게 아니지—돈이 많을 거란 말이야, 젠장, 화폐, 쩐, 현찰이 아주 많을 거야, 배춧잎, 쩔렁이, 실탄, 땡전이 풍족할 거라고! 로스차일드 가문의 은행 잔고 따위는 학생들 버스 값 정도로 여겨질 막대한 지참금을 만들어줄게. 알아, 그런다고 행복해지는 건 아니겠지, 하지만 적어도 돈이면 다 된다는 생각은 하지 않을 수 있을 거야, 하기 싫은 일은 안 해도 될 거고, 노동이 신성한 거라고 생각하지 않아도 될 거야! 클라라의 자식은 평생 빈둥거려도 되겠지. 그리고 J. L. B.는 세계 시민이니까 조카놈은 달러, 마르크, 루블, 피아스터, 엔, 리라, 플로린, 프랑에 심지어 에퀴 은화까지 들고 빈둥거릴 수 있을 거야! 그래, 자기가 좋으면 유로화를 들고 빈둥거릴 수도 있어! 녀석이 그 노다지를 가지고 뭘 하든 난 아무 상관 없어. 투자를 하든 남들한테 나눠 주든 탕진을 하든 불쌍한 사람들을 위해 쓰든 백금으로 자기 동상을 세우든 상관없다고! 내가 늙어서 벽에 똥칠할 때가 되었을 때 나를 양로원에 처넣어도 나는 기쁜 마음으로 들어갈 거야. 인생에 의미가 있다는 걸 마침내 확실히 알았으니까!

*

하지만 지금 자보 여왕과 함께 차를 타고 베일에 싸인 J. L. B.의 비밀스러운 자택으로 이동하는 동안 넋을 잃은 나의 눈앞에 보이는 것은 하나뿐이다. 발그레한 알몸의 아기가 친절한 바람에 실려온 막대한 지폐 뭉치를 순진무구한 엉덩이로 깔고 앉아 웃으면서 방방 뛰는 모습 말이다.

"저기서 세워요!"

"어디요? 여기요?" 택시 운전사가 으르렁거린다.

"저기요, 크레디리오네 은행 앞에요."

"크레디리오네에서 뭘 하려고 그래, 말로센?"

"여동생 이름으로 계좌를 열려고요. 당장 해야 해요."

"그러다 늦을 텐데."

"저 좀 내버려두시죠, 폐하."

*

J. L. B.는 16구의 라퐁프 로路*에 거주하고 있다. 그의 거주지

는 베들레헴의 초가집보다는 헤롯 왕의 궁전에 가깝다.** 지은 지도 오래되었고 유사한 예도 많지 않아 문화재급으로 꼽힐 만한 저택이다.

우리에게 문을 열어준 하인은 이런 종류의 문 뒤에 있을 법한 하인의 모습 그대로다. 그는 주인께서 기다리고 있다고 확인시켜주고는 우리를 데리고 들어간다. 그래도 주인께서는 징두리로 벽을 두른 서재에서 우리를 기다리게 한다. 서재에는 알파벳 순서 덕에 생시몽, 솔제니친, 수에토니우스, 한수인Han Suyin*** 등이 한 줄로 꿰여 있다. 인생이 정말 재미가 없어지면 이렇게 된다 구역질이 나서 방의 다른 부분은 도저히 묘사를 못하겠다.

"어서 와요, 여사님, 잘 지냈어요?"

매우 쾌활한 남자 목소리가 들린다. 자보 여왕과 나는 문 쪽으로 고개를 돌린다. 문이 활짝 열리더니 호리호리하고 활기찬 60대의 자그마한 남자가 매력적인 미소를 앞에 달고 서재를 대각선으로 건너오는 게 보인다.

"장관님, 안녕하세요?"

---

* 16구는 파리의 대표적인 부촌이다.

** '거주하다crécher'와 '거주지crèche'라는 단어의 본뜻은 '구유'다. 아기 예수가 태어난 베들레헴의 초가집을 언급한 것은 이 때문이다.

*** 벨기에계 중국인 의사이자 베스트셀러 작가.

자보 여왕의 목소리에는 꾸민 태가 전혀 없다. 진심으로 반가워하고 있고 서로 친한 사이인 게 훤히 보인다. 사람을 직위, 관직, 계급 따위로 부르는 게 어떤 이들에게는 친근함의 표시인가보다. 둘은 같은 계층의 사람이다. 아마 업무 외적으로도 자주 만나 서로 낄낄대면서 브리지 게임을 했을 것이다.

"말로센 씨 맞지요?"

맞다, 자식아. 어디서 본 듯한 얼굴이다. 하지만 어디서? 나는 장관들이랑 자주 노는 편이 아닌데.

"고민하지 마세요. 난 샤보트예요, 선생이 질풍노도의 청춘기를 보낼 때 악몽 같은 존재였던 샤보트 장관, 경찰용 이인승 오토바이를 개발한 샤보트 장관이요. 뒷좌석의 경관이 긴 곤봉을 휘둘러 애송이들을 골병들게 만든 오토바이가 내 작품이죠."

이렇게 말하면서 샤보트가 힘차게 악수를 한다. 어안이 벙벙할 정도로 젊은 기색이다. 그사이 나는 생각한다. '샤보트라고? 맙소사, 이걸 쥘리가 봤으면 완전히 의기양양했겠네.' 잠깐 애인 생각하느라 내 눈빛이 어두워졌나보다. 샤보트가 걱정해주는 척한다.

"걱정하지 마세요. 시대가 변했어요. 나는 이제 그 오토바이가 내 대표작이라고 생각하지 않아요. 이제 내 관심은 글을 쓰는 것뿐이죠. 그리고 선생도 동의하시겠지만 소설 쓰는 사람이 그렇게 나쁜 사람일 리는 없잖아요."

(뭐 이런 인간이 다 있어?)

"내 서재로 갈까요?"

그러지 뭐. 샤보트는 굴렁쇠를 굴리는 어린아이처럼 종종걸음으로 앞장서서 다시 서재를 대각선으로 가로지른다. 고급 커피잔에서 빠져나온 스푼처럼 우아하다.

"됐어요, 여기예요, 들어오시죠, 앉으세요. 차? 커피? 위스키? 다른 걸로? 여사께서야 또 비시 수水일 테죠? 인간적으로 어떻게 그런 걸 마실 수가 있어요?"

자보 여왕은 성질 급하고 단도직입적인 면에서 그가 자기를 능가한다고 느꼈을까? 어찌 됐든 그녀는 동요하지 않는다. 그녀는 제일 탄탄해 보이는 의자에 앉는다. 완전히 수도원 분위기인 루이 13세풍의 작은 의자다. 나는 커다란 팔걸이가 있는 영국식 가죽 안락의자에 파묻힌다.

"괜찮은데요. 특징 없고, 손대기에 따라 완전히 달라 보일 수 있는 외모네요. 딱 맞는 사람이에요."

내 얘기 하는 거야? 나?

"죄송합니다, 말로센 씨. 선생이 이 자리에 없는 것처럼 얘기를 했네요. 그건 정치가들의 오랜 기벽이랍니다. 정계에서는 그 자리에 없는 사람 이야기를 하는 것으로 대부분의 시간을 허비하거든요. 사람이 그 자리에 있어도 별로 다르지 않을 때도 있고요."

"커피요."

"예?"

"아까 마실 것 여러 가지 말씀하셨잖아요. 커피 마시겠다고요."

"아! 커피! 그렇죠, 커피."

그가 상체를 우아하게 돌려 인터폰에 대고 말한다.

"올리비에? 비시 수 큰 잔으로 하나하고 커피 한 잔 가져다주겠나?"

그러고는 눈을 반짝이면서 말한다.

"말로센 씨, 솔직히 말씀해보세요. 베일에 싸인 J. L. B.에 대해 어떻게 상상하고 있었어요?"

"이렇게요."

나는 엄지를 구부려 자보 여왕을 가리킨다. 자보는 한갓지게 의자에 꼭 붙어 앉아 있다. 장관이 쾌활하게 웃는다.

"이게 사장님께 할 수 있는 최고의 찬사인지는 모르겠습니다만, 나로선 대단한 영광이군요."

그때 올리비에가 들어온다. 문을 열어준 하인과는 다른 사람이다. 하지만 서로 바꿔놓아도 모를 것 같다.

비시 수.

커피.

"아니, 진지하게 얘기해서요, J. L. B.에 대해 어떻게 생각해요? J. L. B.가 무엇을 닮았을 것 같아요?"

아! 질문이었잖아! 업무중인 거네…… 나는 잠깐 생각해본 뒤 (젠장, 이 커피, 진짜 맛있잖아!) 말한다.

"콩코르드 비행기요."

그 말에 꽂혔나보다. 샤보트가 놀란 표정으로 눈이 휘둥그레지더니 자보를 돌아보고 탄성을 지른다.

"대단해요! 이 친구 정말 대-단-해!"

그러고는 내게 말한다.

"정곡을 찔렀어요, 말로센 씨. 내가 뭘 하고 싶어하는지 완벽히 이해했군요. 콩코르드, 바로 그거예요. 하늘을 나는 서류 가방! J. L. B.는 콩코르드를 닮아야 해요! 그래, 선생, 콩코르드 기로 변장할 준비를 하세요! 내 책 읽어봤어요?"

"예?"

"J. L. B.의 소설을 읽어봤어요? 내 책들 말이에요……"

(그게 그러니까……)

"안 읽었죠? 실은 좀 무시하고 있죠? 잘됐어요. 나는 선생이 완전히 새사람이 되기를 원해요. 이제 내 이론을 설명하죠. 자리는 편한가요? 괜찮아요? 커피 한 잔 더 드실래요? 됐어요? 담배는? 담배는 안 피우신다고요…… 그렇군요. 지금부터 내 얘기를 잘 들으세요. 질문은 얘기가 끝난 다음에 하도록 하고. 이 이야기의 제목은 이겁니다."

J. L. B. 혹은 자유주의 리얼리즘

"J. L. B.는 새로운 유형의 작가예요, 말로센 씨. 문인보다는 사업가에 가깝죠. 그런데 그의 기업은 바로 펜이에요. 내가 문학 장르를 창안했다고 할 수는 없지만 확실히 어떤 사조는 만들었지요. 완전히 독창적인 사조를요. 나는 『월스트리트에서의 마지막 키스』 『노다지』 『달러』 『계산을 잘하던 아이』 같은 초기작부터 벌써 새로운 문학 유파의 토대를 놓기 시작한 거예요. 이 유파를 난 자본주의적 리얼리즘이라고 부르고 싶어요. 웃어도 좋아요, 말로센 씨, 맞아요, 자본주의 리얼리즘, 혹은 요즘 식으로 말해 자유주의 리얼리즘*은 이미 무덤에 들어간 사회주의 리얼리즘과는 정확히 반대되는 개념이죠. 동유럽 작가들이 경제 개발 5개년 계획의 수행을 위해 자기들의 사랑을 희생하는 집단 농장의 영웅적인 아가씨와 그에 어울리는 트랙터 운전사의 이야기를 소설에

* '자유주의'라는 용어에는 원래 다양한 의미가 있지만 프랑스에서는 주로 친자본주의적인 경제적 자유방임주의를 뜻한다.

담았다면 난 개인이 재산을 쌓아가는 과정의 서사시를 읊는 거예요. 그 무엇도 그가 부富를 쌓는 것을 막을 수 없어요. 다른 사람의 재산도, 국가도, 심지어 사랑도 막지 못하죠. 내 소설의 주인공은 언제나 돈을 벌어요. 사업가인 거죠! 이 세상은 장사꾼의 세상이에요, 말로센 씨, 그리고 난 세상의 모든 장사꾼들이 읽고 싶어하는 소설을 쓰려고 한 것이고요! 문학사에서는 시기별로 귀족, 노동자, 농부가 주인공으로 등장했어요. 하지만 장사꾼은 한 번도 주인공이었던 적이 없지요! 발자크가 있지 않냐고 반박하실지 모르겠군요. 하지만 상업에 관한 한 발자크가 창조해낸 건 영웅과는 정반대되는 것이었어요. 발자크는 분석만 했죠! 난 분석 따위는 하지 않아요, 말로센 씨, 난 돈 계산을 하죠! 내가 목표로 삼는 독자는 문학 애호가가 아니라 돈을 밝히는 사람이에요. 세상의 모든 장사꾼은 돈 계산에 밝은데 어떤 소설가도 그것을 소설적인 가치로 만들어내지 못했어요. 단 한 번도요! 하지만 난 했어요! 내가 처음으로 그 일을 한 거예요. 그 결과, 오늘 이 시점까지 전 세계에서 2억 2500만 부가 팔린 거고요. 난 회계를 서사시의 차원으로 승화시켰어요, 말로센 씨. 내 소설에서는 경기병의 돌격처럼 아름답게 숫자가 나열되고 주식 시세가 폭포수처럼 쏟아져내려요. 각양각색의 상인들을 자극하는 시학인 거죠. J. L. B.가 성공을 거둔 것은 내가 마침내 이 수많은 배금주의자들에게 신화적인 표상을 제공했기 때문이라고요. 내 덕에 이제 장사꾼들은 소설의 올림포스 산에 자기들을 대표하는 영웅을 갖게 됐어요. 그들이 현재 요구하는 것은 조물주가 모습을 드러내는 거예요. 말로센 씨, 이제 선생이 나설 차례입니다……"

14

돈의 소명은 매우 일찍 태어난다. 새벽 4시경, 도로 청소부가 지나가는 시각이다. 그리고 어떤 청소부의 아들이든 그 소명의 방문을 받을 수 있다.

필리프 아우엘텐은 열여섯의 나이에 자기가 사회의 쓰레기에 불과하다는 것을 깨닫고는 용돈 몇 푼 벌려고 야광 테이프를 붙인 초록색 작업복을 입고 아버지를 따라나선다.

새벽빛이 막 밝아올 무렵 청소차 뒤에 매달려 콩코르드 광장을 지나던 필리프는 크리용 호텔 앞에 수많은 인파가 장사진을 치고 있는 것을 본다. 호텔에 투숙하고 있는 마이클 잭슨의 얼굴을 볼 수 있을까 하는 마음에 기다리고 있는 것이다. 그때 필리프에게 첫 아이디어가 떠오른다. 마이클 잭슨의 쓰레기통이 큰돈이 되겠군!

한 손에는 파리 지도를, 다른 손에는 상류 사회 인명록을 들고서 필리프는 첫 재산을 찾아 보물 지도를 만든다. 필리프는 스타들의 쓰레기통을 찾아 소재를 파악한다.

첫날의 탐색을 마친 뒤 그는 제인 버킨이 씹다 버린 사과 씨, 카트린 드뇌브의 디오르 매니큐어 병, 리샤르 보랭제가 마신 잭다니엘스 병을 유리 상자에 넣는다……

"우와, 진짜 죽인다! 그래서 그걸 판다는 거야? 정말 죽이는 아이디어네!"

"제레미, 조용히 해!"

"왜? 스타들의 쓰레기통을 뒤지다니, 죽이는 아이디어 아냐?"

"티안 삼촌이 너 때문에 책을 못 읽으시잖아!"

석 달 뒤 필리프는 12명의 수색자와 건물 수위나 수위의 자식들로 이루어진 30명의 정보원을 이끌고 있었다. 이들은 모두 이익을 분배받고 있었으며 이 사업은 곧 굉장한 수익성이 있는 것으로 판명 났다.

"'수익선'이 뭐야?"

"수익선이 아니라 수익성이야, 프티. 돈을 번다는 뜻이야."

"많이 버는 거야?"

"응, 꽤 많이 버는 거야."

"'판명'이 무슨 뜻이야?"

"응?"

"'판명 났다'."

"아, '판명 났다'! 어, 그건……"

"테레즈, 작게 설명해줘, 티안 삼촌이 못 읽으시잖아!"

그는 여세를 몰아 바칼로레아 경제 계열을 우수한 성적으로 통과했고 이브리에 대형 원룸 주택 한 채를 구입했다.

이듬해에 그는 런던, 암스테르담, 바르셀로나, 함부르크, 로잔, 코펜하겐에 지사를 개설했다. 샹젤리제에 있는 넓은 사무실은 사령부로 쓰였다. 그는 고등상업학교*에 수석으로 입학했다.

"이야, 얘 진짜 대단하다!"

"제레미……"

"미안."

* 프랑스의 엘리트 양성 코스인 그랑제콜 중에서 경영, 경제 분과의 인재를 양성하는 대학.

열여덟 살이 되던 날, 그는 고등상업학교를 자퇴했다. 하지만 2년 뒤 교수가 되어 그곳으로 돌아왔다.

그 2년 동안 그는 덴마크어, 스페인어, 네덜란드어를 배웠고 독일어와 영어를 마스터했다. 그는 완벽한 요크셔 억양의 영어를 구사했다.

그는 '프티 주르날'에서 색소폰을 연주했고 파리대학연합회의 럭비 팀에서 스탠드오프 포지션을 맡아 전설적인 선수가 되었다.

이런 내용이었다. 전직 장관 샤보트, 일명 J. L. B.의 최신작으로 제목은 '통화通貨의 제왕'이다. 번개처럼 진행이 빠르고 좀비만큼 멍청하지만 아이들은 너무나 재미있어한다. 오죽하면 티안이 책을 읽어주는 동안 막내 베르됭도 한 줄 한 줄 따라간다. 티안은 소설책 같은 건 읽어본 적이 없는 사람이지만 읽어주는 재능은 타고났다. 그의 음성이 픽션에 깊이를 더해준다. 그의 목소리는 놀라울 만큼 장 가뱅과 닮았고 무슨 책을 읽든 감칠맛이 났다. 책을 읽는 초반에 제레미나 프티가 말을 끊은 것은 흥분해서다. 아이들은 곧 흐름에 몸을 맡긴다. 티안의 목소리는 어떤 텍스트든 단어와 단어, 행과 행 사이에 고저를 만들고 그렇게 오르락내리락하는 물결에 아이들은 몸을 맡긴다.

필리프가 타니아를 만난 것은 지사를 세우려고 뉴욕을 답사하던 때였다. 그리니치빌리지 한복판에서 그들의 눈길이 교차했다.

타니아 역시 보잘것없는 집안 출신이었다. 타니아는 필리프에게 괴테, 프루스트, 톨스토이, 토마스 만, 앙드레 브르통, 건축 미술, 음렬주의 음악을 가르쳐주었다. 커플은 호화로운 생활을 했다. 그들은 마돈나, 보리스 베커, 플라티니, 조지 부시, 슈나벨, 마티아스 루스트, 로랑 피뇽 등과 친하게 지냈다.

*

나는 가족들을 그렇게 내버려두었다. 베르뎅은 티안 영감의 팔에 안겨 있고, 잠옷 차림의 테레즈는 풀 먹인 세탁물처럼 뻣뻣하고, 클라라는 침대에 누워 있고(벌써부터 배 위에 깍지 낀 손을 얹고 있다), 제레미와 프티는 황금 더미의 미래를 눈앞에 그리며 침대 위층에 앉아 있고, 야스미나 아줌마는 클라라의 발치에 앉아 있다. 아줌마는 티안이 읽고 있는 것이 생티베르를 기리기 위해 예언자 마호메트가 특별히 저술한 코란의 외편이라도 되는 양 경건하고 엄숙한 표정으로 듣고 있다.

나는 자리에서 일어났다.

견공 쥘리위스가 일어났다.

어둠이 내린 이 시간이면 흔히 그러듯, 우리는 조용히 나갔다.

*

우리, 그러니까 개와 나는 뱅자맹 말로센을 변호하기 위해 쥘리 코랑송을 찾아갔다. 내가 대사를 연습하는 동안 벨빌은 우리 주위에서 조금 더 무너져내렸다. “쥘리, 나는 클라라를 위로하려고 이 웃긴 짓을 수락한 거야. 사람이 살다보면 너무 큰 비극이 닥쳐서, 그 비극의 충격이 너무 커서 어떻게든 ‘현실’(네가 그토록 강조하는 ‘현실’ 말이야)을 벗어나 다른 곳으로 도피해야 할 때가 있는 거잖아. 그래서 제안을 수락한 거야. 동생들이 생티베르 생각을 안 하고 다른 곳으로 도피할 수 있게 하려고 수락한 거야. 제레미하고 프티는 내가 인터뷰 답변을 외우게 도와줄 거야. 클라라는 사진을 찍을 거고. 테레즈는 나를 비난할 거야. 어쨌든 그 때문에 다들 정신이 없을 거야. 나는 또 우리 가족을 수사 범위에서 최대한 떼어놓으라는 쿠드리에의 지시를 따르려고 수락한 거야. 되돌아보면 한동안 우리는 정말 엄청나게 나쁜 일들을 너무 많이 겪었잖아, 안 그래? 그래서 생각했어. 그래, 한 번쯤은 경박하게 좀 바보같이 부정직한 사람이 되어보자. 흠잡을 데 없는 인생은 그만두자. 쿠드리에도 내가 너무 흠잡을 데 없다고 화내고 있잖아. 헌신과 숭고라는 피곤한 동네는 잠시 떠나자. 쥘리, 무슨 말인지 알겠어? 놀자, 좀 놀자. J. L. B. 놀이나 하자, 하필 손에 잡히는 놀이가 그거니까."

*

물론 그녀는 집에 없었다. 똑, 똑, 똑, 쥘리? 견공 쥘리위스는 앉아서 문이 열리기를 기다렸다. 하지만 문은 열리지 않았다. 나는 쥘리위스의 등을 책받침 삼아 종이에 연필로 썼다. 조금 전에 한 말을 전부 요약했다. 사랑한다는 말도 덧붙였다. 사랑한다는 말을 온갖 법과 시제로 동사 변화를 시켜 썼다. 그리고 너의 항공모함으로 남아 있겠다는 말도 썼다. 원하면 아무 때나 이착륙해도 된다고…… 우리가 사귀게 되었을 때 처음 한 얘기가 그것이었다. "내 항공모함이 되어주지 않을래, 뱅자맹? 종종 내려앉아서 감각을 재충전하고 싶어." 그 말에 나는 신이 나서 말했다. "그래, 내려앉아, 내 사랑. 그리고 날고 싶을 때는 언제든 날아올라. 난 앞으로 당신의 바다에서 항해할 테니까."

나는 "선별한 주제"의 저널리즘에 대해 폭언한 것을 사과했다. 미안해, 쥘리, 너한테 상처 주려고 한 말일 뿐이야…… 미안해, 미안해, 그리고 나는 서명했다.

그리고 나는 생각해보았다.

한 가지가 빠져 있었다.

숨겨서는 안 될 진실.

샤보트.

나는 추신으로 J. L. B.가 샤보트 장관이라는 사실을 실토했다. 쥘리, 맞아, 바로 그놈이야. 어떤 상황인지 알겠어?

나는 편지를 문 밑으로 밀어넣었다.

*

자유주의 리얼리즘에 관한 설명을 마친 뒤, 샤보트는 나와 여왕을 개인 영사실로 데려갔다.

"나를 따라오세요, 말로센 씨. 인간 콩코르드가 어떻게 생겼는지 보여드릴게요."

안락의자가 한 타打는 있고 의자마다 재떨이가 달렸다. 경사진 천장과 가장자리가 비스듬히 잘린 벽들이 새하얀 스크린과 딱 맞물려 있었다. 우리 뒤쪽에서는 앞서 본 두 하인과 똑같이 생긴 세번째 하인 앙투안이 프로젝터의 조리개를 조작하고 있었다. 이제 분위기는 화기애애한 사교 모임에서 극비 브리핑으로 변했다. 제임스 본드가 출동 직전에 임무를 받는 순간 같았다.

"선생을 완벽한 J. L. B.로 만들 거예요, 두고 봐요, 재미있을 테니."

방이 깜깜해지고 하얀 빛줄기가 나오더니 스크린에 사진이 보인다. 한 남자의 머리 위쪽이다. 이마 정중앙에서 갈라 양쪽으로 딱 붙게 빗어 넘긴 검은 머리다. (우와, 완전히 5대 5 가르마잖아!)

"말로센 씨, 보시다시피 완벽한 콩코르드 헤어스타일이에요."

(정말이다, 젠장, 머리에 검은색 콩코르드 기가 내려앉은 거라고 해도 믿겠다!)

"여사께서는 이게 누구 이마인지 아시겠어요?"

자보 여왕은 머뭇거렸다.

"젊었을 때의 시라크?"

"아니요, 코프닉의 스물여덟 살 때 사진이에요. 월스트리트의 숨은 실력자죠. 말로센 씨, 이마 위쪽을 눈여겨보세요. 가로 주름 두 줄이에요. 세로 주름이 아니에요. 이건 의심의 표현이 아니라 에너지 그 자체의 표현이에요! J. L. B.는 이런 이마와 이런 헤어스타일이어야 해요. 그럼 이제 다른 걸 봅시다. 앙투안!"

철컥 소리가 나더니 사진이 옆으로 미끄러졌다. 스크린에 두 개의 눈이 보인다. 강철같이 검푸른 두 눈이 정면을 주시하고 있다. 앞만 보는 눈을 하려고 열심히 연습한 게 틀림없다. 다른 곳을 볼 때는 탱크의 회전포탑처럼 머리 자체가 돌아간다.

"텅스텐의 제왕, 울브루스예요." 샤보트가 알려주었다. "우주 비행선 건조업계를 독점하고 있죠. 중요한 건 눈의 색깔이 아니에요. 눈에 얼마나 힘이 들어가 있는지를 보세요. 눈썹 밑에서 시선이 어떻게 움직이는지를 보세요. 선생처럼 특징 없고 유연한 얼굴이라면 금방 따라 할 수 있을 거예요."

계속 그런 식이었다. 제분업계 제왕의 묵직한 볼살, 반도체 황제의 포동포동한 턱, 벨기에인 통조림 왕의 애매한 미소 등등. 그러니까 내가 보기엔 이걸 다 합치면 바보들의 대마왕이었다.

샤보트는 그렇게 생각하지 않았다.

"이 특징을 다 합치면 J. L. B.가 나오는 거예요. 권위, 결단력, 냉소, 건강한 쾌락이 완벽한 균형을 이룬 상태인 거죠. 갑자기 무슨 쾌락이냐고요? 이 점을 꼭 강조하고 싶은데, J. L. B.는 금욕주의자가 아니에요. 그는 돈을 사랑할 뿐 아니라 모든 형태의 사치를 사랑해요. 물론 음식도요. 말로센 씨, 체중을 불려야 해요, 살 좀 찌우세요."

15

"뱅자맹, 먹어, 좀 더 먹어."

"아마르 아저씨, 고마운데요, 더 못 먹겠어요, 진짜 못 먹겠어요……"

"진짜 못 먹겠다니, 그게 무슨 소리야? 뱅자맹, 유명 작가가 되고 싶은 거 맞아?"

"아두슈, 넌 좀 닥치고 있어."

"프랑스 문학사의 거장들은 다 뚱보였잖아. 뒤마, 발자크, 클로델, 안 그래?"

"닥쳐, 시몽."

"내 생각에 그 작가들도 뱅자맹 형처럼 했을 거야. 쿠스쿠스를 먹은 거라고."

"모 말이 맞아. 조금만 생각해보면 알 수 있어. 모든 게 이슬람에서 온 거라고."

"플로베르가 쿠스쿠스를 먹지 않았으면 『보바리 부인』을 쓸 수 있었을까?"

"너희 셋 다, 나 좀 냅둬라, 응?"

"한 접시만 더 먹어."

"사양하지 말고 먹어, J. L. B., 좀 더 먹어야지……"

*

몇 달! 몇 달을 강도 높게 강제 사육당했다! J. L. B.용 특식으로 고칼로리 쿠스쿠스를 몇 달씩이나 먹었다! 아침저녁으로! 아두슈와 두 졸개의 비웃음을 먹듯이 가볍게 먹어댔다. 물론 내 볼은 1그램도 불지 않았다. 대신 똥배가 나오고 엉덩이가 펑퍼짐해졌다. 볼은 아직 홀쭉해서 슈크루트로 전향한 낭만주의자의 얼굴 같았다.*

샤보트는 생각이 달랐다.

---

* 낭만주의자라고 하면 대개 헝클어진 머리에 마르고 병약한 젊은이를 떠올리는데, 돼지고기와 소시지에 백포도주와 양배추를 곁들이는 슈크루트는 살찌기 좋은 음식이다.

"말로센 씨, 잘못 생각하는 거예요. 살이 쪘는데 스스로 낯선 거죠. 사실 선생은 평생 처음으로 남자다운 체중을 갖게 된 거예요. 그러니 이제는 재봉사를 불러도 되겠어요."

재봉사는 이름이 이탈리아식이었다. 손가락은 잠자리 같고 미소는 비토리오 데 시카 같았다. 샤보트는 옆에서 눈을 반짝이면서, 핀을 여기다 달아라, 소매를 저기다 달아라, 그 줄무늬는 너무 이상하지 않냐, 그 어두운 회색은 너무 성직자 같지 않냐, 잔소리를 해댔다.

"양말 말인데요, 말로센 씨, 양말요…… 속옷은 절대 아무렇게나 입지 마세요. 속옷은 옷과 딱 맞아야 해요. 안 그래요, 여사?"

나는 힘차게 고개를 끄덕여 동의한다. 전직 내무부 장관이 탄성을 지르는 가운데 편집자 앞에, 고故 비토리오 데 시카의 눈앞에 알몸으로 서 있어보지 않은 사람은 쪽팔림에 대해 말할 자격이 없다.

결국 그들은 스리피스 정장 세 벌을 맞춰주었다. 얇디얇은 외제 옷감으로 만든, 개츠비도 못 해 입을 비싼 옷이었다. (돼지 혹은 뱅자맹 말로센 목에 진주 목걸이.)

"지금부터 입고 다녀요, 말로센 씨, 옷을 몸에 길들여야 해요, 남의 옷을 걸친 것처럼 보이면 안 돼요. 베스트셀러 작가는 옷이 몸에 딱 붙어야 해요."

*

"뱅자맹, 양복 죽인다!"

"벨빌을 통째로 사들일 작정이야?"

"길거리에서 빗물받이 홈통 밑으로 다니지 마. 비둘기 똥이라도 맞으면 피해가 핵폭탄급이겠는데!"

"최소한 핵폭탄급이지."

그래서 누르딘 그 바보 같은 게 모시족 모와 카빌리아 사람 시몽의 사주를 받고서는 비둘기 똥을 막아준답시고 우산을 들고 나를 졸졸 따라다녔다.

*

마침내 광고가 시작되었다.

벨빌을 벗어나 리샤르르누아르 대로에 접어들면 큼직한 글씨로 "자유주의 리얼리즘"이라고 적힌 수수께끼 같은 포스터가 파리를 뒤덮고 있는 게 보였다. 아무 설명 없이 "자유주의 리얼리즘"이라고 적은 게 다였다. 대중의 호기심을 자극하려는 수법이었다.

내가 본격적으로 나서기 전의 예비 포격인 셈이다. '개념 주입' '시가지 침투' 뭐 그런 거였다…… 탈리옹 출판사에서는 매주 두 차례 홍보 관련 브리핑이 있었다. 사파리 여행이라도 다녀온 것처럼 선탠을 한 대여섯 명의 홍보 전문가가 들이닥치더니 회의실 탁자에 수많은 도표를 펴놓고 결전의 날을 준비하는 수이족 추장이라도 되는 양 압축적이면서도 장황하게 포인터로 설명하고 매직펜으로 단호하게 강조하면서 브리핑을 진행했다. 그들은 클라라가 처음 찍어 온 사진들을 늘어놓았다. 내가 J. L. B.식 눈빛으로 눈썹 밑에서 광선을 방출하면서 수억 부의 책 더미를 노려보고 있는 사진이었다. 홍보 전문가들은 말했다.

"이때 동작에 예리한 리듬을 부여했으면 좋겠어요. 개념과 시선이 교차되는 거죠. 자유주의 리얼리즘…… 그리고 시선. 끝내주지 않아요?"

내가 말했다.

"나도 이런 눈빛이면 좋을 텐데……"

뺀질뺀질한 여피 애송이들은 예의 바른 미소를 지으면서 나를 곁눈질했다. 오르지 못할 나무는 쳐다보지도 말라는 투였다. 나는 브리핑에 J. L. B.의 자격이 아니라 평소의 말로센 모습으로 참석해 있었던 것이다. 그들 중 누구도 나를 알아보지 못했다. 그걸 보고 루사는 재미있어했다.

"이 등신아, 그게 아무나 되는 줄 알아? J. L. B. 같은 눈빛이 나오려면 굳은 의지로 자기가 원하는 것을 추구해야 한다고. 너처럼 매사에 회의적인 놈한테 가당키나 한 소리냐?"

나는 루사에게 미소를 돌려주었다. 친구 사이엔 말이 필요 없는 순간이 있는 법이다.

*

클라라는 이제 카메라를 한시도 내려놓지 않았다. 클라라는 멋진 사진들을 찍었다. J. L. B.의 홍보 사진은 협상해서 비싼 값에 제공하기로 했고(클라라의 자식은 저금통이 두둑해지고 있었다) 평소 모습을 찍은 사진들은 우리가 가졌다. 클라라가 특히 열광한 것은 뱅자맹 오빠가 자기가 그토록 좋아하는 작가 J. L. B.로 변신하는 과정이었다.

"오빠, 배우 했으면 정말 끝내줬겠다!"

클라라는 그 일을 즐겼다. 나의 클라리넷은 즐기고 있었다. 하지만 그래도 생티베르 생각을 했다(가끔 밤에 애들을 재워놓고 식당에서 대사를 외우다가 클라라가 우는 소리를 들은 적이 있다). 쿠드리에 총경은 생티베르의 장례식에 클라라 혼자만 참석해야 한다고 고집을 부렸다. 총경은 관용차(결혼식 날 우리 차를 추월했던 그 관용차)를 타고 와서 클라라를 픽업한 다음 장례식이 끝난 뒤에 집에 도로 데려다주었다. 클라라 왈, 총경은 "친절"했다. 쿠드리에는 나에게도 친절했다. 나를 문에 밀어붙여놓고 이렇게 속삭일 정도로 친절했다.

"잊지 마시오, 말로센, 내가 수사하는 동안 근처엔 얼쩡거리지 마시오, 선생 일이나 잘하시오, 가족들이나 잘 돌보시오, 안 그랬다간……"

문이 닫혔다. 클라라가 말했다.

"감옥에 새 소장을 임명했어. 젊은 사람인데 클라랑스의 유업을 이어받을 거래."

나는 말을 끊었다.

"홍보 회사 애들이 네 사진을 좋아하더라. 그런 사진은 처음 본대."

*

이 일이 진행되는 동안 테레즈는 딱 한 번 끼어들었다. 콩코르드 기가 내 머리 위에 착륙한 날이었다.

"오빠, 난 그 머리 마음에 안 들어. 메피스토펠레스처럼 보여. 그건 오빠답지 않아. 건전하지도 않고."

*

이제 파리는 벽마다 사진과 표어들로 도배되었다. 한 남자: 나의 월스트리트식 이마. 한 가지 확신: 나의 백금색 미소. 한 권의 작품: 나의 텅스텐 시선. 그리고 어딜 가나 자유주의 리얼리즘. 사진과 표어 들은 겉보기에는 서로 관계가 없었다. 하지만 포스터들은 은근히 비슷한 구석이 있어, 커다란 퍼즐의 일부라는 느낌을 주었다. 포스터들이 합쳐지면서 한 남자의 얼굴이 만들어지고 있었다. 진실이 천천히 모습을 드러내고 있었다.

대중은 궁금해 죽을 지경일 것이다.

*

"'J. L. B., 당신의 가장 큰 장점은 무엇입니까?'라고 질문하면 뭐라고 대답해야 해?"

"'기업가 정신입니다!'"

"잘했어. '그럼 당신의 가장 큰 결점은 뭐죠?'"

"'결점이 없는 것입니다.'"

"아냐, 형, 그럴 땐 '매번 성공하지는 못하는 것'이라고 해야지."

“알았어. ‘매번 성공하지는 못한다는 것입니다.’”

“‘J. L. B., 당신은 실패한 적이 있습니까?’”

“‘나는 많은 전투에서 패배했습니다. 하지만 언제나 그로부터 교훈을 얻어 최후의 승리를 거뒀습니다.’”

“잘했어, 형. 그것 봐, 이제 자연스럽게 나오지?”

제레미는 내가 인터뷰 모범 답안을 외우는 것을 도와주었다. 샤보트가 작성한 50쪽짜리 예상 문제집이었다. 나는 이것을 달달 외웠다가 질문을 받으면 맹수처럼 거만하고 자연스럽게 꺼낼 수 있어야 했다. “말로센 씨, 질문을 받았을 때 절대로 생각하는 듯한 인상을 줘선 안 돼요. J. L. B.는 확신이 절로 솟아나야 해요. 돈이 절로 솟아 나오는 것처럼요.”

고등학생인 제레미는 수업이 끝나면 부랴부랴 집으로 돌아왔다. 그리고 평소처럼 수업 때 노트 필기한 것을 보여주는 대신 나를 찾아 화장실까지 쫓아왔다.

“형, 숨어봤자 소용없어, 거기 있는 거 다 알아.”

그러면 또 한바탕 시작이었다.

“‘J. L. B., 당신은 나이에 대해 어떻게 생각하십니까?’”

“‘스무 살에도 늙은이일 수 있고 여든 살에도 젊은이일 수 있습니다.’”

“‘그러면 마흔 살은요?’”

"'마흔 살에 부자가 아니라면 인생을 헛산 겁니다.'"

"좋았어. '그러면 돈은요?'"

"돈이 뭐?"

"J. L. B.는 돈에 대해 어떻게 생각하냐고?"

"좋지 뭐."

"어휴, 형, 정확하게 대답해. '돈 문제에 대한 당신의 입장은 무엇입니까?'"

"'조폐공사처럼 돈을 찍어내는 겁니다.'"

"형, 진짜, 똑바로 하라니까! 정답이 뭐야?"

"몰라."

"'프랑스인들에게 돈은 언제나 경계의 대상이었습니다. 내가 경계하는 것은 돈을 원하면서도 벌지 않는 것입니다.'"

공이 울리는 바람에 나는 살았다. 신성불가침의 책 읽기 시간이었다.

*

1월이었다. 그는 콩코르드 AF 516편을 타고 가던 중 대번에 그녀를 알아보았다. 옆자리에 앉은 그녀는 검은담비의 머리 위에 도도하게 피어 있는 에델바이스만큼이나 매력적이고 접근하기 쉽지 않아

보였다. 한 가지는 확실했다. 그는 다른 여자가 자기 아이의 엄마가 되게 하지는 않을 것이다.

그는 마음이 답답해져서 몇 번을 이유 없이 자리에서 일어났다. 그는 그렇게 키가 큰 편이 아니었다. 그의 거동에는 청소년기의 불안한 기색이 아직 남아 있었다. 그것이 그의 매력이었고 그 때문에 그의 적들은 상당한 재산을 잃어야 했다. 그를 잘 아는 사람이라면 (하지만 그를 잘 아는 사람은 매우 적었다) 턱 보조개가 떨리는 것을 보고 필리프 아우엘텐이, 엔화 전쟁의 유일한 승리자이자 텍사스의 해리엇과 일본의 토슈로를 꺾은 필리프 아우엘텐이 감정적으로 동요하고 있다는 것을 짐작했을 것이다.

*

아이들은 이 일을 즐기고 있었다. 애초에 그러라고 벌인 일이었다. 나는 그렇게 즐기지 못했다. 솔직히 말해서 별로 재미가 없었다. 약간은 부끄럽기까지 했다(쥘리의 말이 귀에 선하다. "평생 한 번이라도 자기 자신이 되고 싶지 않아?"). 이 모든 일의 원인이 된 자를 찾아가 투덜댈 때도 있었다. 아이들이 자고 있는 방에 들어가서 클라라의 부른 배에 몸을 숙여 클라라의 깍지 낀 손을 천천히 풀고는 클라라 배 속의 약아빠진 꼬마에게 말을 걸었다.

“만족해? 이게 다 너 때문이야…… 너 때문이란 걸 알고는 있어? 당연히 모르겠지. 나는 영혼을 팔아 널 백만장자로 만들어주려고 하는데 너는 신경도 안 쓰지? 배은망덕한 걸로는 벌써부터 싹수가 노랗구나, 다들 그렇지만…… 솔직히 천사를 먹여 살리려고 돈을 버는 게 사람이 할 짓이라고 생각하니?”

*

“말로센 씨, 설마 긴장감을 못 버티고 무너지는 건 아니죠?”

샤보트의 말에 나는 뜨끔했다.

“꿋꿋하게 버틸 수 있죠? 그렇죠?”

이제는 일을 되돌릴 수 없는 단계였다. 포스터와 표어들이 드디어 합체했다. 자유주의 리얼리즘: 한 남자, 한 가지 확신, 한 권의 작품! 내 얼굴이 대문짝만 하게 나붙고 내 이니셜이 곳곳에 적혀 있었다. 전철역마다. 기차역마다. 공항마다. 버스 뒤꽁무니에도. 힘이 꽉 들어간 시선, 모르는 게 없는 듯한 미소, 정복자의 턱, 지구만 한 두 뺨. 지구를 부풀리려고 두 뺨에 보형물을 대야 했다. 그리고 『통화의 제왕』 출간 임박! 모든 예상을 뛰어넘는 놀라움 가득한 신작!

"앉으세요. 올리비에, 말로센 씨에게 커피 한 잔 갖다 드려! 뭐가 걱정이에요? 지금까지 정말 완벽하게 준비했잖아요?"

"아뇨, 다 잘되고 있어요, 훌륭해요, 아주 만족스럽습니다……"

"알았어요. 이제 안심이 되네요. 인터뷰 답변은 마스터했죠? 인터뷰는 말도 못하게 중요해요!"

"마스터했어요."

"동생분이 찍은 사진은 정말 훌륭해요. 첫 기사에 실릴 사진들을 새로 준비하고 있어요. 두고 보세요, 실망하지 않을 테니……"

*

그 사진들은 이런 종류의 사진에 여러 차례 배경을 제공한 바 있는 생트로페에서 지중해를 배경으로 찍었다. 전용기 '미스테르 20'을 타고 등장하는 J. L. B., V12 엔진, 배기량 5.3리터, 시속 241킬로미터, 콜로니 가죽 커버, 호두나무 원목 내부 장식, 가격 38만 5천 프랑 정도의 최신형 재규어 XJS를 몰고 등장하는 J. L. B.(그에게 이 재규어는 생트로페 주변을 돌아다닐 때나 쓰는 싸구려 차다), 빌라 안에서 터번을 쓴 아랍인(**"그는 석유 황제들의 특별 고문이다"**)과 극비 회담을 나누는 J. L. B.. 문제의 아랍인은 사실 아마르 영감이었다. 그리고 덤불 사이로 슬쩍 보이는,

그 아랍인의 '보디가드들'은 아두슈, 모, 시몽이었다. 워키토키를 손에 들고 심각한 표정들이다.

"뱅자맹, 너랑 있으면 진짜 지루할 틈이 없어. 감옥에서 올리는 기독교 결혼식에 참석하나 했더니 이번에는 생트로페라니, 우리, 달에는 언제 가는 거야?"

그리고 마지막 사진은 J. L. B.가 대리석 책상에 고독하게 앉아 마지막 소설 『통화의 제왕』을 마지막으로 손질하고 있는 사진이었다.

*

"예, 마지막 소설이 맞아요, 말로센 씨."

샤보트의 이 짧은 한마디는 별것 아닌 것 같아도 사실은 이 기간 동안 나에게 비친 유일한 한 줄기 햇살이었다.

"이제 글을 그만 쓰시겠다는 건가요?"

"글을 그만 쓰다뇨! 이런 헛소리는 그만 쓰겠단 거죠, 진심이에요!"

"헛소리라뇨?"

"설마 내가 죽을 때까지 슈퍼마켓에서 파는 싸구려 소설이나 쓰고 있을 거라고 생각하는 건 아니겠죠? 나는 이 상품으로 큰

돈을 벌었어요. 장르를 하나 창조하고, 멍청한 독자들에게 상투적인 스토리를 잔뜩 처먹인 거죠. 그동안 난 정치인의 직업윤리를 지키기 위해 익명성 뒤에 숨어 있었어요. 하지만 이제 아홉 달 뒤면 나도 공직에서 은퇴해요. 그리고 그때는 이놈의 익명의 필경사 짓은 때려치우고 진짜 글을 쓸 거예요. 내 실명으로 글을 쓸 거라고요. 아카데미프랑세즈 회원이 될 만한 작품을, 이 책장에 꽂혀 있는 책들 같은 작품을 쓸 거라고요!"

그의 목소리가 고조되어 날카로워졌다. 그는 청춘의 열정에 휩싸여 있었다.

"이 책들 전부! 이 책들 전부! 나는 이 책들을 쓴 작가들과 동급이란 말입니다!"

그는 징두리로 두른 천장의 어둑어둑한 구석에 묻혀 잘 보이지 않는 책장 칸들을 가리켰다. 그의 서재는 대성당 규모였다.

"나의 다음 책 주제가 뭔지 아세요?"

눈이 빛나고 있었다. 흰자위가 새하얬다. 그는 J. L. B. 소설의 어느 등장인물과 비슷했다. 열두 살짜리 어린애가 맛있는 음식을 먹다가 마지막 남은 한 조각을 막 입에 넣으려는 것 같았다.

"다음 주제는 선생이에요, 말로센 씨!"

(설마……)

"아니, J. L. B.의 서사시라고 해도 좋아요! 내 작품을 완전히 무시하고 서평 한 줄 쓰지 않은 그 잘난 평론가들에게……"

(이제야 무슨 말인지 알겠다……)

"그 잘난 평론가들에게 J. L. B.의 우주 안에 무엇이 숨어 있는지 보여줄 겁니다! 그런 작품을 쓰려면 이 시대와 세상에 대해 얼마나 깊은 통찰이 필요한지 알아요?"

자보 여왕은 꼼짝 않고 의자에 앉아 있었고, 나는 암컷 생쥐를 사랑하게 된 수고양이의 발톱에 잡혀 있었다. 이제 고양이는 기분이 좋아 가르랑거렸다.

"말로센 씨, 글을 쓴다는 건 말이죠, '글을 쓴다는 것'은 무엇보다 예측하는 거예요. 난 이 분야에서 모든 것을 예측했어요. 동시대인들이 어떤 책을 읽고 싶어하는지를 예측하는 게 시작이었지요. J. L. B.의 소설이 왜 그렇게 잘 팔리는지, 그 비결을 알려드릴까요?"

(말씀하세요……)

"J. L. B.의 소설은 세상 사람 모두가 만들어낸 작품이기 때문이에요. 나는 단 하나의 스테레오타입도 만들지 않았어요. 전부 내 독자들에게서 뜯어낸 거예요! 내 인물들은 모두가 내 독자 하나하나의 친숙한 꿈이에요…… 그 덕에 J. L. B.의 소설이 성경에서 예수님이 나눠 주신 빵처럼 수백 수천으로 늘어나는 거죠!"

그는 펄쩍 뛰어 서재 한복판에 섰다. 그는 카이사르가 양자 브루투스에게 중요한 것을 가리켜 보이듯 나를 손가락으로 가리켰다.

"그런데 내가 만든 가장 멋진 스테레오타입은 바로 말로센 당신이에요! 이제 그게 얼마나 효과가 있는지 볼 때가 되었고요. 내일 16시 정각에 크리용 호텔로 가세요. 첫 인터뷰를 위해 스위트룸을 예약해두었어요. 뱅자맹, 시간 잘 맞춰요. 우리는 세상에 새로운 세상을 소개할 거니까요!"

16

크리용 호텔의 스위트룸들은 모양새가 하나같이 똑같아서 스위트룸 수집가가 아닌 이상 도무지 구별할 수가 없다. 하지만 나는 내 이름으로 예약된 스위트룸에 발을 들이자마자 또다른 스위트룸을 요구했다.

"왜 그러시죠?" 문을 잡아주던 포터가 물었다. 물론 즉시 괜한 질문을 했다고 후회했겠지만.

나는 하마터면 "그렇게 지시받았거든" 하고 대답할 뻔했다. ("J. L. B.급의 작가는 변덕이 죽 끓듯 해야 해요, 그렇지 않은 게 이상한 거죠." 샤보트가 설명했다. "그러니 스위트룸을 바꿔달라고 요구하세요.")

"방향이 마음에 들지 않소." 내가 말했다.

포터는 알겠다고 고개를 끄덕이고는 '자기 직권으로' 나를 다른 스위트룸으로 데려갔다. 이 정도면 될 것이다. 콩코르드 광장보다는 조금 작지만 이 정도면 될 것이다.

"괜찮아, 클라리넷?"

클라라는 렌즈처럼 눈을 동그랗게 떴고, 동공이 팽창했다. 노출 시간이 얼마나 될지 모르겠다. 나는 클라라 대신 대답했다.

"이 정도면 괜찮겠군."

나는 포터에게 텍사스급의 팁을 주었다. 그 돈이면 기둥이 잔뜩 있고 삼색기가 걸린, 다리 건너편 호텔에서 1박을 할 수도 있을 것이다.*

그때 고티에가 장비를 들고 나타났다. 고티에도 크리용 호텔의 화려함에 넋을 잃었다. 심지어 갑자기 나를 우러러보는 것 같았다.

"고티에, 필기대는 창가에 둬. 컴퓨터는 이 콘센트에 꽂으면 되고, 여기." 나는 높은 곳에서 내려다보며 지시를 내렸다.

그가 낄낄거리더니 작은 목소리로 대답했다.

"전화기는 루사 담당입니다, 작가님."

과연 루사 드 카자망스가 전기통신 분야의 산타클로스처럼 양

---

* 삼색기는 프랑스 국기이고, 문제의 다리 건너편 건물은 국회의사당이다.

손에 전화기를 세 대씩 들고 위풍당당하게 들어섰다. 그는 프레드 아스테어처럼 날렵하게 스텝을 밟았다.

"살다보니 너 같은 친구를 둔 게 자랑스러울 때도 다 있네. 등신아, 이 예쁜 아가씨는 누구냐?"

루사는 방금 클라라를 본 것이다.

"내 동생 클라라예요."

그는 즉시 생티베르 문제를 떠올렸지만 특별한 표정은 짓지 않고 이렇게만 말했다.

"이제 이 여인을 알게 되었으니 그대가 나의 벗인 것이 더욱 자랑스럽소이다. 어떻게 너 같은 놈한테 이런 동생이 다 있냐?"

루사는 즉시 방 안 곳곳에 전화기를 설치했다.

칼리냐크가 도착했을 때는 장비 설치가 끝난 뒤였다.

샤보트의 생각에 J. L. B.의 사무실은 텔레타이프, 전화 및 각종 원격통신 장비를 잔뜩 갖추고 전 세계와 접속해 있어야 하는 반면, 작가 자신은 동시대보다 몇 세기 이전에 머물면서 창가에 서서 필기대 위에 종이를 놓고 글을 쓰는 모습이 사진에 '우연히' 잡혀야 한다는 것이었다. J. L. B.가 글을 쓰는 종이는 세밀하게 그램 단위까지 무게를 잰 백지들로, 우리의 여기자께서는 라페르테 제지 공장(사마르칸트의 태곳적 전통에 따라 아마 섬유로 종이를 한 장씩 생산하는 곳은 이제 여기밖에 없다)에서 특별히 보내준 종이라고 쓸 것이다. J. L. B.는 이 종이에 몽블랑 만년필로 글을 쓰지 않는다. 당연히 볼펜도 아니고, 사인펜은 더 더욱 아니다. 그는 정성껏 연필로 글을 쓴다. 그는 초등학교 습자 시간 때 얻은 이 습관을 버리지 못했다. 그의 연필은 본디 외스테르순드의 유서 깊은 공방에서 스웨덴 왕실 공급용으로 제작하는 것인데 여왕 폐하께서 친히 J. L. B.에게 보내주신 것이다. J. L. B.가 일할 때 피우는(그는 일할 때만 담배를 피운다) 해포석 파이프들은 모두 수백 년 된 것으로 각기 나름의 역사가 있으며, 그는 오직 한 종류의 담배만 태운다. 시판이 중단된 아주 투박한 싸구려 담배인데 프랑스 담배성냥공사에서 특별히 예외를 허락해, 그는 매달 필요한 분량을 공급받고 있다.

"다 잘되고 있어?" 칼리냐크가 물었다. "아무 문제 없어? 연필은 잊지 않았지?"

"연필은 제자리에 있어요. 필기대 위에요."

"주머니칼은?"

"주머니칼이라뇨?" 고티에가 얼굴이 창백해지며 되물었다.

"아버지한테 물려받은 주머니칼! 아버지가 쓰던 주머니칼로 연필을 깎기로 되어 있잖아, 라욜 회사에서 나온 고릿적 제품 말이야. 고티에, 몰랐어?"

"까맣게 잊고 있었어요……"

"당장 뛰어가서 근처 담뱃가게에서 라욜 칼 하나 사 와. 사포로 박박 문질러서 100년은 된 것처럼 만들고."

사실 칼리냐크, 고티에, 루사는 내 동생들만큼이나 이 일을 즐기고 있었다.

"자네는 괜찮아?"

"그냥 그렇지 뭐."

칼리냐크는 스크럼하프*의 양손으로 내 어깨를 잡았다.

"이 친구야, 지금 와서 약해지면 안 돼. 『통화의 제왕』 1쇄가 몇 권이나 인쇄됐는지 알아?"

"세 권?"

"말로센, 장난 좀 그만해. 80만 부야! 한 번에 80만 부를 찍었다고."

*

그녀 J. L. B. 선생님, 선생님의 가장 큰 장점이 무엇이냐고 묻는다면 뭐라고 대답하시겠어요?

나 기업가 정신입니다.

---

* 럭비 포지션 이름.

그녀 그럼 선생님의 가장 큰 결점은 무엇인가요?

나 매번 성공하지는 못한다는 것입니다.

그녀 선생님도 실패라는 것을 겪어보신 적이 있나요? 선생님 모습을 뵈면 상상이 잘 안 되기는 하지만요.

나 나는 많은 전투에서 패배했습니다. 하지만 언제나 그로부터 교훈을 얻어 최후의 승리를 거뒀지요.

그녀 기업가가 되려는 요즘 젊은이들에게 어떤 충고를 해주고 싶으신가요?

나 자기가 원하는 게 무엇인지 분명히 인식하고, 아침에 일찍 일어나고, 남의 도움을 바라지 말고 스스로 찾으라고 하고 싶습니다.

그녀 선생님 소설의 인물들은 어떻게 탄생되나요?

나 승리하겠다는 나의 의지로부터 태어납니다.

그녀 선생님 소설에 나오는 여자들은 항상 아름답고 젊고 지적이고 섹시한데요……

나 그건 다 자기 노력으로 얻은 것입니다. 외모란 정복할 수 있는 것입니다. 그리고 그것은 자기만의 진실이 됩니다.

그녀 그러니까 누구든지 아름답고 지적이고 부유한 사람이 될 수 있다는 말인가요?

나 그건 의지의 문제입니다.

그녀 미모도 의지의 문제란 말씀이신가요?

나 아름다움이란 무엇보다 내적인 것입니다. 의지가 그것을 외적으로 드러내줍니다.

그녀 계속해서 의지라는 말을 하고 계신데요. 연약한 사람들을 경멸하시나요?

나 연약한 사람이란 없습니다. 자기가 뭘 원하는지 제대로 모르는 사람들이 있을 뿐입니다.

그녀 선생님 본인은 항상 부富를 원하셨나요?

나 네 살 때 내가 가난하다는 것을 깨달은 순간부터 그랬습니다.

그녀 인생에 대한 복수라고 해도 될까요?

나 정복이라고 해두죠.

그녀 돈이 정말 행복을 가져다줄까요?

나 돈은 행복의 제1조건입니다.

그녀 선생님 책에 나오는 주인공들은 아주 젊어서 부자가 되잖아요. 선생님 작품에서 나이는 반복적으로 등장하는 테마이고요. 나이에 대해 어떻게 생각하세요?

*

여기까지는 순조롭게 진행되고 있었다. 그녀는 질문을 미리 순서대로 외웠고 나는 순서대로 대답했다. 둘이 앉아서 묵주를 돌리며 경건하게 바보 같은 기도문을 암송하는 꼴이었다. 객실에 들어왔을 때 그녀는 초조한 기색이었다. 눈을 어디에 두고 엉덩이는 어디에 두어야 할지도 몰랐다. 아마 편집장이 스트레스를 많이 줬을 것이다. 그녀는 내가 첫 질문에 제대로 대답하지 못할까봐 전전긍긍했다. "J. L. B. 선생님, 선생님은 작품을 많이 쓰시는 편이죠. 선생님 소설들은 전 세계에서 번역되었고 독자도 수백만인데, 어떻게 지금껏 인터뷰 한 번, 사진 한 장 공개하지 않고 버틸 수 있으셨어요?" 나는 정답을 꺼내 그녀를 안심시켰다. 답변 1번. "나는 바빴습니다. 오늘 기자님과 이야기하는 게 17년 만에 처음으로 휴식 시간을 갖는 겁니다." 그 뒤로는 중국 음식점의 메뉴판에 적힌 요리들처럼 번호를 붙인 질문과 답변이 저절로 흘러나왔다.

그러다 나이 문제에 부딪힌 것이다.

기억이 나지 않았다.

아니, 현기증이 났다.

갑자기 샤보트의 집에 갔던 생각이 났다. 샤보트는 자보 여왕과 내 앞에서 채플린이 지구의를 가지고 연기하던 장면*을 흉내냈고, 문학·예술의 독재자 샤보트는 어둠침침한 서재에서 혼자 춤을 추었고, 샤보트는 크리용 호텔에서 경기가 시작되도록 내 운명의 실을 자았다. 그런데 내가 그 집을 나오기 직전, 샤보트가 소꿉친구처럼 내 손을 잡더니 말했다.

"이리 오세요, 보여드릴 게 있어요."

나는 겁에 질려 자보 여왕을 바라보았다.

"아니에요, 여사께서는 여기서 기다리세요, 금방 올게요."

그는 내 손을 잡고 정신 나간 꼬마처럼 복도를 달렸다. 이미 본 적이 있는 모습인지 하인들은 무관심한 표정이었다. 그는 계단을 네 칸씩 뛰어올라(나는 어린애 손에 잡힌 톱밥 인형처럼 딸려 갔다) 전속력으로 마지막 복도로 접어들었다. 복도는 볼링 레인처럼 깨끗한 마루판으로 되어 있어서 우리는 마지막 10미터를 그대로 미끄럼을 타다가 거대한 문에 부딪혔다. 그 문은 세상의 끝 같았다. 샤보트는 잠시 숨을 고르더니 문을 열고 찢어지는 고음의 목소리로 소리쳤다.

"보세요!"

어둠에 눈이 익숙해지는 데 시간이 좀 걸렸다. 그러면서 무엇을 보라는 것인지 찾아보았다. 스위프트의 세계에 어울릴 법한 무지막지하게 큰 방으로, 그 안에는 걸리버도 비좁다고 느끼지

---

* 영화 〈위대한 독재자〉에 나오는 장면.

않을 엄청나게 큰 닫집 침대가 하나 있었다. 아무리 눈을 돌려 보아도 특별한 게 없었다.

"저기요, 저기!"

그는 맨 구석 창문 쪽을 손가락으로 가리키며 소리쳤다.

"저기요, 저기! 저기!"

그제야 보였다.

한 여인이 담요를 잔뜩 깐 휠체어에 앉아 증오에 불타는 눈으로 우리를 노려보고 있었다. 무시무시할 만큼 늙은 얼굴이었다. 처음에는 죽은 사람인 줄 알았다. 샤보트가 히치콕을 리메이크해서 박제한 엄마를 보여주는 줄 알았다. 하지만 아니었다. 그녀의 두 눈에서 빛나고 있는 그것은 생명력이었다. 불타오르는 생명력이었다. 증오에 찬 인생, 이제는 아무 힘도 남지 않은 인생의 마지막 불꽃이었다. 샤보트는 고래고래 소리를 질러댔다.

"우리 어머니예요! 나자레 키사파울루 샤보트 부인이에요!"

그리고 승리를 거둔 어린애처럼 자기 기분에 도취해 미라보다 무서운 시선으로 덧붙였다.

"어머니는 항상 내가 글을 못 쓰게 했어요!"

*

그녀 나이에 대해 어떻게 생각하세요?

나 나이는 끔찍한 겁니다.

그녀 (놀라 소스라치면서) 무슨 말씀이시죠?

나 내 말은 어느 나이든 나이란 최악의 사태라는 말입니다. 유년기는 편도선과 전적인 의존의 시기입니다. 청소년기는 자위와 헛된 질문의 시기이지요. 장년기는 암과 엄청난 바보짓의 시기입니다. 노년기는 동맥염과 쓸데없는 후회의 시기입니다.

그녀 (연필을 흔들면서) 제가 정말 이 얘기를 적어야 하나요?

나 기자님의 인터뷰이니 쓰고 싶으면 쓰셔야죠.

그녀는 사태가 진정되기를 바라면서 몇 페이지를 건너뛰어 다른 질문을 찾았다.

그녀 돈 문제에 대한 선생님의 입장은 어떤 것이죠?

하지만 결과는 더 나빴다.

나 내가 찢어지게 가난해서 먹을 게 하나도 없는 상황이라면 나는 총을 들 겁니다.

17

그래, 난 무너졌어.

무너진 거야.

사람이 그렇게 될 때가 있잖아, 안 그래? 그 노파의 눈빛이 떠오르자 나는 감전된 것 같았고, 그대로 무너져버렸다. 기억은 예고 없이 찾아든다. 기억은 배신자다. 책에 나오는 표현처럼 기억은 갑자기 사람을 엄습한다. 생티베르의 감옥에서 세례를 주려던 사제에게 막내 베르됭의 시선이 달려든 것처럼 그 노파의 눈빛이 나를 덮쳤다! 베르됭과 그 노파라니…… 나이로 치면 끝에서 끝인데 똑같이 강렬한 눈빛으로 악을 쓴다…… 나는 계속 바보 같은 소리를 지껄여야 했을 것이다. "스무 살에도 늙은이일 수 있고 여든 살에도 젊은이일 수 있습니다." 그래서 뭐가 어쨌다고?

여기자는 서둘러 짐을 챙기더니 허둥지둥 퇴각했다. 가는 걸 붙잡아 다시 시작하자고 하고 싶었지만 말이 나오지 않았다. 노파의 휠체어가 내 기억에 박혀 있었다. 노파의 눈빛이 내가 외운 답변들을 모조리 용접기로 녹여버렸다. 게다가 혼란스러운 와중에 나는 쥘리가 옳았다고 생각했다. 이런 역할에 연루되다니, 사람이 제정신으로 할 짓이 아니었다. 그래서 내 솔직한 말을 듣고 놀란 기자를 진정시키기는커녕 더 심한 말을 해버린 것이다. 감상에 빠져 마구 지껄인 것이다. 그녀는 J. L. B.를 취재하러 왔다가 암페타민을 잔뜩 처먹은 팔레스타인 자살 폭탄 테러범을 만난 셈이었다.

*

설상가상으로, 탈리옹 출판사에서는 친구들이 최종 승리를 거둔 것에 미친 듯이 기뻐하면서 나를 기다리고 있었다. 자보 여왕은 쿠투조프 원수* 역할을 하고 있었다.

"말로센, 자기가 베르시 종합체육관에 등장하면 정말 엄청날 거야! 이런 행사는 어디 가도 없어. 지금까지 어떤 작가도 출판

* 나폴레옹의 러시아 침공에 맞서 승리를 거둔 러시아군 총사령관.

기념회를 록스타 콘서트처럼 한 적은 없다고!"

(진정하세요, 폐하, 저는 방금 우리 프로젝트를 박살 내버리고 왔다고요.)

"자기 뒤에는 세계 각국에서 온 127명의 번역자들이 반원형으로 도열할 거야. 정말 대단하겠지! 자기 앞에는 내외신 기자들을 위해 3, 400석의 좌석이 마련될 거고, 나머지 계단식 좌석은 팬들이 메울 거야!"

(그만하세요, 폐하, 그만하라고요! 체육관 행사 같은 건 못할 거라니까요! 아까 그 인터뷰가 일주일 안에 잡지에 실릴 거예요, 그러면 이제 J. L. B. 같은 건 끝장이에요! 샤보트는 동업을 철회하고 다른 출판사를 찾아볼걸요……)

"기자들이 추가 질문을 할 거야. 이번엔 J. L. B.가 자기한테 외우라고 줬던 질문지에서 이탤릭체로 표시한 질문들이야. 그러니까 마지막으로 한 번 더 연습해둬. 다 잘될 거야."

"그다음에는 팀장님이 좀 쉴 수 있겠죠?"

여왕은 놀란 눈으로 애송이 고티에를 쳐다보았다. 고티에의 얼굴이 갑자기 빨개졌다. (고티에, 부탁인데 날 좀 그만 좋아해, 난 지금 널 실업자 신세로 만들어버렸다고. 널 죽인 사람을 그렇게 애정 어린 눈으로 바라보면 어쩌겠다는 거야? 내가 배신했단 말이야, 젠장, 내 얼굴에 배신자라고 쓰여 있는 게 안 보여?)

"베르시 행사가 끝나면 일주일 동안 저자 사인회가 열 번 잡혀 있어. 시골 깡촌의 독자라도 소홀히 할 순 없어. 그다음에는, 고티에 말마따나 그다음에는 한 달 동안 완전 휴식이야. 원하는 곳 어디든 가도 돼, 데려가고 싶은 사람은 다 데려가, 온 가족은 물론이고 이번 홍보 작전에 참여한 벨빌의 친구들도 다 데려가도 돼. 한 달 내내. 비용은 회사에서 댈 거야. 고티에, 이제 안심이 돼?"

고티에는 천국에라도 간 것 같았다. 나는 지옥에 가 있었다.

"하지만 지금은 할 일이 많아. 칼리냐크가 얘기했어? 『화폐의 제왕』은 80만 부를 찍었어. 근데 배포하는 게 문제야. 영업부 직원 중 4분의 3은 칼리냐크랑 지방을 돌 거야. 루사가 나머지 사람들과 함께 파리를 맡을 거고. 지금 우리는 인원이 너무 빠듯해. 손이 모자란다고. 말로센, 그러니까 시간이 되면 루사 좀 도와줘."

*

"등신아, 너 무슨 걱정 있냐?"

루사의 빨간색 승합차는 교차로를 지날 때마다 사람을 죽일 뻔하면서 서점들을 돌고 있었다.

"왜 그렇게 생각해요?"

"내가 운전하는데 겁을 안 내잖아. 정신이 완전히 딴 데 가 있다는 거지."

"아니에요, 전 별일 없어요, 형님 운전하는 거 무서워요."

별일 없을 것이다, 그래, 금세기 최악의 사고를 친 초등학생도 별일 없을 거라 생각하겠지. 학교의 차가운 의자에 엉덩이를 꼭 붙이고 언제 발각될까 조마조마하면서도 그렇게 생각하겠지.

"이 일은 진짜 바보 같고 어딘지 뒤가 구려. 그러니 너야 돌아버릴 지경이겠지. 이해해. 나도 중국 문학으로 돌아가고 싶어……"

"형님, 제발 운전하는 동안에는 말 좀 하지 마세요."

루사는 방금 유모차를 밀고 가는 애 엄마를 칠 뻔했다.

"완전히 똑같지는 않아도 지금 네 상태는 내가 네 나이였을 때랑 얼추 비슷할 거야."

이번에는 수업이 끝나고 학교에서 쏟아져 나오는 아이들이다…… 빨간 승합차는 애들을 피해 급히 맞은편 인도로 올라간다.

"전쟁 때 얘기는 사실 별로 하지 않으려고 했는데. 1944년, 몬테카시노로 가기 직전인데, 영국놈들은 나를 툭하면 독일군 전선 뒤쪽으로 보냈어. 튀니지 산악지대의 메제즈엘바브 쪽으로 말이야. 나는 그때도 이미 깜둥이였으니까 밤의 어둠에 쉽게 섞일 수 있었지. 플라스틱 폭탄이 잔뜩 든 배낭을 짊어지고 적의 후방에 침투하면서 내가 느낀 기분이 지금 네가 느끼는 것하고 똑같아. 내 모습을 숨기고 남의 눈에 띄지 말아야 한다는 불쾌한 감정 말이야."

"그래도 그건 명예로운 일이었잖아요……"

"덤불숲에서 독일 말소리를 들으면서 바지에 똥 싸는 게 뭐가 명예롭겠어? 어쨌든 '명예'라는 건 역사적 관점의 문제야."

승합차가 급정거했다. 그 바람에 『통화의 제왕』이 무더기로 우리 뒤통수에 쏟아졌다. 우리는 근처 술집에 가서 한잔했다. 루사는 내가 역사적인 명예를 위해 옳은 일을 하는 거라고 설득하려 했다.

"네 말이 맞아, 등신아. J. L. B.는 당연히 쓰레기지! 하지만 탈리옹 출판사에서 내는 쓰레기라고는 그놈이 유일해. 그리고 J. L. B.가 우리 회사를 먹여 살리고 있잖아. 네가 잠깐 똥물을 뒤집어쓰는 덕에 문학의 영광을 수호하는 거라고. 가장 명예로운 서점에 진열될 만한 최고의 작품들을 말이야!"

루사는 그 말을 하면서 한 손으로 술을 들이켜고 다른 손으로는 '구텐베르크의 테라스'*를 가리켰다.

"야, 기운내, 등신아, 중국 속담에 이런 말이 있어. '하오부리지毫不利己, 조금도 자신을 돌보지 말고, 주안먼리런專門利人, 오로지

* 벨빌 인근의 유서 깊은 서점. 2001년 폐업 위기에 몰린 것을 다니엘 페낙을 비롯한 여러 작가들이 공동 출자해 되살리기도 했다.

남을 이롭게 하라."

*

결국 말로센이냐 문학의 죽음이냐네요. 고마워 죽겠어요, 루사 형님.

쥘리는 없었다. 침대는 차가웠다. 아이들은 바보같이 속 편히 잠들어 있었다. 쿠드리에 총경은 평온히 수사를 진행하고 있었다. 엄마는 파스토르 형사와 섹스하면서 절정을 느끼고 있었다. 스토질코비치는 베르길리우스를 번역하고 있었다. 생티베르는 친구인 하느님과 천국 복귀를 의논하고 있었다.

인생이 그런 거지 뭐.

쉬엄쉬엄 가는 거지.

잠이라도 좀 잘 수 있다면 얼마나 좋을까? 하지만 잠이 오지 않았다. 배신자에게 휴식이란 없다. 눈을 감자마자 샤보트의 늙은 엄마가 보였다. 나자레 키사파울루 샤보트 부인(포르투갈 사람일까? 브라질?)이 내 눈꺼풀 위에 내려앉았다. 증오로 똘똘 뭉친 그녀의 미라 같은 얼굴. 그녀의 늙은 아들의 어린애 같은 비명 소리. "어머니는 항상 내가 글을 못 쓰게 했어요!" 그리고 슬픔에 잠긴 자보 여왕의 얼굴이 화면에 들어온다. 질책 한마디 하지 않는다. 눈물 한 방울 흘리지 않는다. 자보는 그저 내 밤들을 차지하는 것으로 만족한다. 그 치명적인 월간지를 손에 들고서.

일주일.

일주일 동안의 불면이었다.

*

월간지가 나왔다, 당연히.

심지어 나는 누구보다 먼저 그 사실을 알았다.

따르릉, 따르릉, 아침 8시. 전화를 받는다. 자보 여왕이다.

"말로센?"

맞다, 자보가 맞다.

"폐하?"

"인터뷰한 게 신문 가판대마다 쫙 깔렸어."

아아, 신문 가판대와 인터뷰는 언젠가는 결국 만날 수밖에 없다!

"뿌듯해?"

"……"

"샤보트한테 방금 전화받았어."

"……"

"너무 좋아하더라고."

"예?"

"샤보트가 너무 좋아한다고. 어린아이처럼 기뻐 날뛰고 있어. 삼십 분이나 전화기를 내려놓지 않더라니까."

"샤보트가요?"

"응, 샤보트, 샤보트 장관! J. L. B.말이야! 그럼 누구 얘기하는 줄 알았어? 잠은 깬 거야? 커피 한 잔 마시고 올래? 십 분 있다 다시 걸까?"

"아니요, 됐어요. 폐하는요?"

"나 뭐?"

"폐하는 기사를 보셨어요?"

"그럼, 지금 눈앞에 있는걸."

"어때요?"

"어떠냐고? 완벽해. 내가 자기한테 기대한 것 그대로야. 생트로페에서 찍은 사진들도 대단해. 근데 팀장, 왜 그래? 무슨 일 있어?"

동네 신문 가판대 앞에 도착했을 때 내가 실오라기 하나 걸치지 않고 있었던 모양이다. 신문가게 주인 유수프가 이렇게 물었다.

"뱅자맹, 무슨 일이야? 집에 불이라도 났어?"

"〈플레이보이〉! 〈플레이보이〉 하나 줘!"

"여기 있어, 여기, 쥘리가 아직도 안 돌아온 거야? 너 그렇게까지 궁해?"

해당 페이지를 찾을 수가 없었다. 마약중독 치료를 받는 사람처럼 덜덜 떨렸다. 감히 믿을 수가 없었다. 인간이 그렇게 아름다운 존재일 거라고는 감히 바랄 수 없었다. 아랍인 때려잡는 오토바이를 발명한 샤보트 본인이 J. L. B.의 발광을 좋아했으리라고는 바랄 수 없었다…… 하지만 세상에 불가능한 일이란 없다! 인간이란 예측 불허의 존재인 것이다.

"고생할 거 없어." 유수프가 말했다. "63쪽에 죽이는 사진 있어. 도로테 드 글라스고야. 정 급하면 가게 뒷방을 빌려줄게."

나의 비관주의가 끔찍하게 싫은 아침이 있다. 제삼세계여, 미소 지어라! 다시 희망을 품어라! 기뻐하라! 샤보트 같은 자들도 가난한 자는 총을 들 권리가 있다는 것을 인정하는 것이다! 제삼세계여, 무기를 내려놓아라, 평등한 분배의 세상이다!

아무것도 없다.

여기자는 모든 것을 바로잡아놓았다.

어차피 그녀는 질문지를 들고 왔고, 답변을 받았으며, 그녀 회사에 편집장도 있었을 테니, 모든 것을 애초 정해진 대로 만들어 놓은 것이다.

의심의 여지가 없다. 잡지에 실린 인터뷰는 제레미와 아이들이 몇 주 동안 나에게 연습시킨 답변 그대로였다. 한 글자도 틀리지 않고.

*

탈리옹 출판사의 친구들은 손에 술잔을 들고 나를 맞이했다. 샴페인이 튀었고 모두의 눈에 기쁨이 넘쳐났다.

그렇게 안도의 감정 속에 하루가 지나갔다. 저녁이 되자 티안이 『화폐의 제왕』 14장을 읽어주었다. 필리프 아우엘텐과 스웨덴 출신의 젊은 아내가 첫아이를 낳는 내용이었다. 출산은 아마조니아 한복판에서, 나무들을 뿌리째 뽑아 지구 궤도로 날려버리는 태풍의 눈 한가운데서 진행되었다. 나는 이야기를 거의 끝까지 들었다.

*

쥘리위스와 나는 산책을 나갔다. 나는 두려움과 환상을 한꺼번에 잃어버린 사람처럼 가벼운 발걸음으로 정처 없이 걸었다. 벨빌이 평소만큼 흉측해 보이지 않았다…… 그게 어딘가! 그렇다, 새로 온 건축가들이 이 동네의 원래 '성격'을 조금은 존중하기로 마음먹은 것 같았다. 예를 들어 벨빌 로路와 라빌레트 대로가 만나는 지점에 세운 커다란 분홍색 건물의 꼭대기를 올려다보면 맨 위층 창문들 위로 이슬람 양식의 돔 지붕이 보인다. 정말이다. 물론 이 멋진 건물을 짓는 동안 1층은 중국식으로 변했다…… 하지만 상관없다. 벨빌이 통째로 중국식으로 변하기라도 하면 아예 건물 꼭대기마다 중국식 탑을 세워 물결무늬의 스카이라인을 만들지 뭐…… 건축은 연상의 예술인 것이다.

갑자기 졸음이 밀려왔다. 사실 한동안 제대로 못 잤으니 보충할 때가 되긴 했다. 나는 견공 쥘리위스를 아마르 아저씨네 식당 주방에 남겨두고("뱅자맹, 사진 잘 나왔더라, 봤어?") 어른답게 혼자 귀가했다.

집을 20미터 남겨둔 지점에서 나는 그들에게 붙들렸다. 셋이었다. 깡마르고 키 큰 놈은 뾰족한 무릎으로 내 불알을 으깨버렸고, 덩치 큰 놈은 내 목덜미를 잡아 들어올렸으며, 그사이 다른 놈은 프로 권투선수라도 되는지 번개 같은 어퍼컷으로 내 내장을 박살 내버렸다. 덩치의 손이 나를 벽에 붙여놓고 있어서 내 몸은 극심한 고통에도 두 조각으로 쪼개지지 못했다. 대신 나는 본능적으로 다리를 들어 그 권투선수의 가슴에 두 발을 먹였다. 놈은 배 속에 든 산소를 전부 내뱉었고, 나는 혀를 내밀어 보였다. 그러자 다른 놈이 내 목을 졸랐다. 목이 끊어질 지경이었다.

"야, 말로센, 개인적인 생각을 그렇게 기자 앞에서 떠들고 싶었냐?"

키다리가 곤봉을 도리깨처럼 휘둘렀다. 정강이, 무릎, 허벅지. 그자는 정말 대로변에서 나를 두들겨 패고 있었다. 소리치고 싶었지만 목이 잡혀 혀가 움직이지 않았다.

"말로센, 맡은 역할을 똑바로 해야잖아, 칠칠치 못하게."

덩치 큰 놈이 러시아 억양으로 천천히 말했다. 부드러운 말투였다.

"더구나 보호할 가족도 있으면서 그러면 되겠어?"

권투선수의 초음속 주먹이 내 코앞 2밀리미터까지 왔을 때 덩치가 가로막았다.

"셀림, 얼굴은 건드리지 마, 아직 쓸모가 있어."

권투선수의 주먹이 급선회해서 내 옆구리를 강타했다.

"말로센, 베르시에서는 바보짓 않는 게 좋을 거야. 정해진 대로만 대답하란 말이야."

그자가 내 손목을 꺾어 간단히 나를 돌려세웠고, 나는 벽에 얼굴을 처박았다. 그사이 키다리의 곤봉이 내 허리를 타격했다.

"우리도 체육관에 가 있을 거야. 너랑 멀지 않은 곳에 있을 거라고. 우리도 책을 읽어, 우리도 J. L. B.를 좋아한다고."

낡은 벨빌, 내 마음의 벨빌은 초산염 맛이 난다.

“클라라한테 무슨 일이 생기면 어쩌려고 그래?”

이제 그의 두 손은 내 어깨세모근을 짓이기고 있었다. 이번에도 소리치고 싶었지만 나는 입안 가득 벨빌을 물고 있었다.

“제레미는 또 어쩌고? 그 나이 때 아이들은 사고를 잘 당하잖아……”

18

책은 축제다. 어느 도서전을 가든 알 수 있을 것이다. 책은 심지어 애틀랜타의 민주당 전당대회 비슷할 수도 있다. 책에는 파리 시장 선거 후보 연설장처럼 열성팬, 플래카드, 여성 행진 악대 행렬, 시끄러운 음악이 따라붙을 수 있다. 책은 롤스로이스를 타고 갈 수 있고, 오토바이 두 대가 그 길을 열어줄 수 있으며, 공화국 위병대가 두 줄로 도열해 검을 세울 수도 있다. 책이란 명예로운 것이며, 책이 그렇게 숭배의 대상이 되는 것은 정당하다. 비록 책의 왕은 기념비적으로 두들겨맞은 지 두 주가 지난 지금도 갈비뼈 개수가 맞나 세어보고 있고 동생들 때문에 벌벌 떨고 있기는 하지만 그래도 책의 왕은 축제의 중심이다!

그날 저녁, 파리는 내 앞에 길을 열었다. 렌트한 롤스로이스의 뱃머리는 파리를 파도처럼 헤치고 나아간다. 당연히 멋들어질 수밖에 없다. 이 맛을 본 사람들이 왜 이걸 포기 못하는지 이해가 된다. 좌석에 편안히 앉아 무덤덤한 표정으로 바깥을 내다보면 방탄유리 너머로 무엇이 지나가는가? 나의 이름을 연호하는, 나의 얼굴이 꽃처럼 피어 있는 나의 포스터들이다. 벽이란 벽마다 알록달록하게 나의 생각을 하나씩 말하고 있고 나의 신념을 표현하고 있다. J. L. B. 또는 자유주의 리얼리즘—한 남자, 한 가지 확신, 한 권의 작품!—베르시에서 J. L. B.를!—2억 2500만 부의 판매 신화!

경찰들은 크리용 호텔 문 앞에서부터 길을 트기 위해 곤봉을 좀 휘둘러야 했다. 그리고 베르시에 도착해 체육관 안으로 들어갈 때는 곤봉질을 더 많이 해야 했다. 영광이 있으면 곤봉질도 따르게 마련. 사랑받는다는 증거다. 사람들이 너도나도 손을 내밀어 자동차 유리창에 경배의 사진을 붙여댄다. 머리가 사랑스럽게 헝클어진 소녀들, 축 처진 눈, 굳게 다문 입술, 주소, 전화번호, 사인해달라고 책을 펼쳐서 자동차 앞유리에 대는 사람들, 순식간에 지나가는 예쁜 가슴(곤봉질), 차를 따라 달리면서 계속 뭐라고 말하는 입술, 넘어진다, 플래카드, 뒷유리에 부딪혀 깨지면서 산통을 깨는 잉크병(곤봉질), 정장 차림의 신사들과 품위 있는 흐뭇한 표정, 어머니와 딸, 아버지와 아들, 경찰청의 축복을 받아 신호등을 무시하고 달리는 롤스로이스, 앞뒤로 호위경찰의 호루라기 두 개씩, 내 옆에 앉아 영광의 롤러코스터를 타고 평생 처음이자 마지막으로 온갖 공포와 환희를 겪고 있는 내 '비서' 애송이 고티에, 29번 도에서 06번 도까지* 전국 각지에서 밤새 달려 올라와 베르시 체육관을 둘러싸고 있는 버스 부대. 심지어 버스 운전사들도 혹시 저자의 사인을 받을 수 있을까 하는 말도 안 되는 희망에 책을 흔들고 있다. 『월스트리트에서의 마지막 키스』 『노다지』 『달러』 『계산을 잘하던 아이』 『엔화의 딸』 『소유』 등등. 그리고 당연히 『통화의 제왕』!

*

관중이 꽉 들어찬 어슴푸레한 종합체육관의 무대가 에메랄드빛으로 번쩍였다. 무대 위에는 그랑렉스**의 스크린이 우표만 해 보일 만큼 무지막지하게 큰 스크린이 설치되어 있었다. 도착하

---

* 프랑스는 행정구역상 27개 지방과 101개 도로 나뉘는데 도마다 일련번호가 붙어 있다. 29번은 피니스테르 도로 프랑스 서북쪽 맨 끝이며, 06번은 알프마리팀 도로 동남쪽 맨 끝이다.

** 1932년 개관한 파리의 영화관. 오랫동안 프랑스 최대의 스크린을 보유한 곳이었다.

니 인간 방패 칼리냐크가 "이쪽으로" "이쪽으로" 하면서 나를 맞이했다. 칼리냐크는 럭비 친구들을 불러다놓았다. 프롭 포지션의 콘크리트 사나이 셰즈, 스탠드오프 포지션의 버티기 전문 라메종, 풀백 포지션의 돌파 전문 리스트, 윙 포지션의 연결 전문 보노. 거기에 럭비 코치 열 명까지 더해 벽을 쌓고 있다가 J. L. B.를 삼켜버리더니 다시 닫혀버렸다. 열광한 군중을 떼어놓은 채…… 우리는 길을 우회하고 수많은 복도를 거쳐 마침내 출연자 대기실에 도착했다. 드디어 대기실에 온 것이다! 적의 포격 도중 포탄이 떨어져 생긴 구멍에 냉큼 뛰어든 것 같았다.

"내가 온 세상의 사랑을 받게 해주겠다고 했지?"

조용한 분장실에서 자보 여왕이 킬킬거린다.

"괜찮아?"

안 그래도 갈비뼈가 으스러지고 내장은 발광하고 다리는 접자꼴인데…… 이제는 고막이 콧구멍으로 빠져나오려 한다. 지금 내가 얼마나 멍한 상태인지 깨닫자 앞이 깜깜해진다. 하지만 괜찮을 거야, 괜찮아…… 항상 괜찮았잖아……

"정말 대단해요." 고티에가 더듬거린다. "정말 대단해요……"

"열기가 우리 예상보다 조금은 더 뜨겁다고 해야겠지. 하지만 그렇다고 그런 꼴을 보일 필요는 없잖아, 고티에."

자보 여왕…… 자기 운명의 지배자인 동시에 내 우주의 지배

자. 그런데 그녀가 자리에서 일어나 내게 다가오더니 남들 앞에서는 한 번도 하지 않았던 행동을 한다. 나를 만진 것이다. 그녀가 그 커다란 손을 내 머리에 얹는다. 그러고는 내 목덜미를 부드럽게 어루만지면서 말한다.

"뱅자맹, 이제 마지막 100미터만 달리면 돼. 그다음에는 정말 편하게 지낼 수 있어. 여왕의 약속이야!"

"손을 거두지 말아주세요, 폐하."

*

질문 '자유주의 리얼리즘 문학'이 정확히 어떤 뜻인지 설명해 주시겠습니까?

(저 어둠 속 어딘가에 고문 기술자 세 명이 나를 기다리고 있지 않았다면 이런 병신 같은 말이 무슨 뜻인지 기꺼이 대답해주었을 텐데.)

답변 기업가들의 영광을 기리는 문학입니다.

(전기 곤봉만큼 자유주의적이고 배고픈 자의 꿈만큼 리얼하고 주식시세 등락처럼 문학적이지.)

질문 선생님께서는 자기 자신을 기업가라고 여기십니까?

(나는 나 자신을 강도질하러 들어왔다가 도망칠 곳이 없어 꼼

짝 못하게 된 불쌍한 녀석, 이제 온 문단의 수치가 된 녀석이라고 여기고 있어.)

답변 나의 기업은 문학입니다.

기자들은 세계 각국의 언어로 질문을 던지고, 내 뒤에 부채꼴 모양으로 도열한 127명의 번역자들이 프랑스어로 통역해준다. 내가 대답하면 그 역시 각국 언어로 통역되고 종합체육관 구석구석까지 갈채가 인다. 문학의 성령강림 축일이다. 모든 것이 수치스러울 만치 매끄럽게 돌아갔고, 미리 짜놓은 각본에 없는 예상 밖의 질문이 나오면 즉시 다른 질문으로 눌러버린다. 당연히 내가 대답해도 좋다고 허락 받은 질문 목록에 있는 질문으로.

운집한 팬들 사이 어딘가에 세 명의 악당이 숨어서 내가 지시사항을 잘 따르는지 감시하고 있다. 곤봉잡이 키다리, 프로 권투선수, 그리고 그 지문 자국이 아직도 내 목에 남아 있는 러시아 억양의 헤라클레스, 그렇게 세 놈이다.

질문 기자회견 후에 선생님의 데뷔작 『월스트리트에서의 마지막 키스』를 원작으로 한 영화가 상영될 예정인데요. 그 소설을 쓰실 때 어떤 상황이었는지 말씀해주실 수 있습니까?

그럼, 얘기할 수 있지. J. L. B.의 개소리를 늘어놓고 있으려니 "훌륭한 〈플레이보이〉 인터뷰"를 치하하던 샤보트의 달콤한 목소리가 귀에 들리는 듯하다. "말로센 씨, 선생은 천부적인 배우예요. 선생의 답변에는 적절하면서도 놀라울 만큼 진심이 드러나는 말투가 배어 있어요. 종합체육관에서도 똑같이 해주세요. 이번 행사는 문학사에 유례없는 어마어마한 사기극이 될 겁니다. 아무리 과격한 초현실주의자들의 기행奇行이라도 우리가 벌이는 일에 비하면 애들 장난처럼 보일 거예요." 의심할 나위 없이 나는 문학의 마부제 박사*의 마수에 걸려든 것이다. 그의 손가락과 시선에 복종하지 않는다면 내 동생들은 토막 살해 당할 것이다. 당연히 샤보트 앞에서 그자의 졸개들에게 구타당한 얘기는 절대 내비치면 안 되었다. "오늘은 얼굴이 좋아 보이는데요." 그렇다, 샤보트는 커피와 미소를 내밀면서 심지어 이런 말까지 했다.

자보 여왕과 탈리옹 출판사의 친구들은 당연히 그 깡패들과 무관했다. 더구나 축제 준비로 다들 흥분해 있는 모습을 보니 그 얘기를 꺼낼 생각이 들지 않았다. 그래서 나는 인생의 위기 때마다 그랬던 것처럼 벨빌에 도움을 청했다.

"곤봉을 휘두르는 키 큰 놈에, 키 작은 페더급 아랍계 복서에, 동유럽 억양을 쓰는 덩치 큰 놈이라고? 내 짐작이 맞다면 뱅자

---

* 프리츠 랑의 영화에 여러 차례 등장한 악당 캐릭터. 최면술이나 협박 등의 수단으로 무고한 이들을 수족으로 부려 범죄를 대신 저지르게 한다.

맹, 너 진짜 좆 된 거야."

경찰서 범죄자 파일 뒷면은 당연히 뒷골목 파일이다. 뒷골목 녀석들은 다들 서로 조금씩은 알고 있다.

"걔들이 널 때렸어?"

아두슈는 카빌리아 사람 시몽과 모시족 모 사이에 앉았다. 그가 박하엽차를 내밀었다.

"뱅자맹, 걱정 마, 우리가 있잖아, 이거나 마셔."

나는 마셨다. 시몽이 말했다.

"그것 봐, 이제 안 무섭잖아."

질문 선생님의 작품에서는 의지라는 테마가 끊임없이 반복되고 있습니다. 선생님께서는 의지를 어떻게 정의하시겠습니까?

내가 외우고 있는 목록에는 "원한다는 것은 자기가 원하는 게 무엇인지 정확히 아는 것입니다"라는 답변이 있다. 녹음기를 틀 듯 그 답변을 막 꺼내려는데, 시몽의 불타는 빨강머리가 보인다. 어둠 속을 헤매다 만난 아름다운 빨간 불꽃이다. 종합체육관의 창공에 카빌리아 사람의 별이 뜨다니! 동생들은 이제 안심이다! 시몽이 저기, 바로 내 맞은편에 있다. 내 목을 조르던 덩치 뒤에 서 있다. 덩치는 한쪽 팔이 뒤로 꺾여 있고, 그 표정을 보니 작센 도자기가 도공의 집게에 집혔을 때 어떤 기분일지 짐작이 간다. 시몽은 다른 손 엄지와 검지로 동그라미를 만들어 작전이 완료되었다고 알려준다. 아두슈와 모가 다른 수호천사 두 놈도 제압했다는 뜻이다. 이제 태평천국의 시인만큼이나 자유롭게 하고 싶은 말을 할 수 있게 된 것이다. 기왕 의지가 무엇이냐고 내 생각을 물었으니 기꺼이 대답해주겠다. 탈리옹 출판사의 친구들이여, 이번에는 정말 확실하게 배신하겠소. 공개적이고 돌이킬 수 없는 배신일 것이오. 하지만 나중에 내 사정을 듣고 나면 나를 용서할 것이오. 왜냐하면 그대들은 샤보트 같은 인간이 아니니까, 문학을 위해 곤봉을 동원하지는 않으니까, 그대들의 사업은, 책들의 여왕 폐하 자보, 익살스러운 꿈의 직원 루사 드 카자망스, 유토피아들을 조용히 관리하는 칼리냐크, 누구보다 부지런한 시동 고티에, 그대들의 사업은, 그대들이 파는 것은 문학의 별들이니까!

그래서 나는 이 바보 같은 쇼를 끝장내버리고 샤보트를 밀고하려고 군중 앞에서 진정한 정의와 진정한 문학을 말하려고 입을 열었다…… 하지만 다시 입을 다물었다.

카빌리아 사람 시몽 두 줄 뒤에 쥘리가 있었다! 쥘리, 그래, 내 사랑 쥘리! 팬들 틈의 둥그런 빈 공간에 혼자 서 있어서 분명히 보였다. 그녀는 나를 똑바로 바라보고 있다. 나를 보고 미소 짓는다. 클라라의 어깨에 손을 얹고 있다.

이제 복수 따위가 대수야! 정의 따위가 대수야! 문학 따위가 대수야! 나는 다시 계획을 바꾼다. 사랑을 얘기해야겠다! 뱅자맹 말로센으로 돌아온 J. L. B.가 즉석에서 공개적인 사랑 고백을 해서 청중 여러분의 감정의 화약에 불을 질러버리겠습니다! 맹세컨대 쥘리의 사랑은 물에 흠뻑 젖은 완전히 망각된 사랑의 장작에라도 불을 붙일 수 있습니다! 그렇습니다. 제가 쥘리의 키스, 쥘리의 젖가슴, 쥘리의 허리, 쥘리의 온기, 쥘리의 손가락, 쥘리의 숨결을 얘기하면 여러분은 누구나 옆에 있는 이성을 제가 쥘리를 바라보듯 뜨겁게 바라볼 것입니다. 그것은 진정한 축제가 될 것입니다. 그리고 베르시 종합체육관은 마침내 초록색으로 건립된 의미를 찾을 것입니다!*

질문 J. L. B. 씨, 질문을 다시 할까요?

나는 쥘리에게 미소 지었다. 나는 두 팔을 활짝 벌렸다. 사랑의 말이 폭포수처럼 쏟아졌다…… 그때 총알이 내 시야를 침투하는 것이 보였다.

관통력 높은 22구경 탄환이었다. 최신형 탄환. 사람은 죽기 직전 전 생애가 순식간에 눈앞에 스친다고 한다. 내가 본 것은 그 탄환이었다.

---

* 1984년 개관한 베르시 종합체육관은 피라미드형 구조에 외면은 잔디로 덮여 있다. 이 구절은 성적인 뉘앙스를 살려 '마침내 힘차게 발기한 의미를 찾을 것입니다'라고 번역할 수도 있다.

총알은 책 읽기 좋은 거리, 내 눈앞 30센티미터 안으로 들어왔다.

총알은 구리로 된 날렵한 몸을 갖고 있었다.

총알은 빙글빙글 돌고 있었다.

"죽음은 직선의 과정이다……" 그 말을 어디서 읽었더라?

무대조명을 받아 끝이 환하게 빛나는 그 구리 송곳이 내 두개골을 파고들었다. 총알이 이마뼈에 곱게 구멍을 내고 내 생각의 장을 모조리 갈아엎은 뒤 후두골에 박혀 내 몸을 뒤로 밀쳤다. 그리고 나는 베르그송의 말대로 시작의 순간을 알 때만큼이나 분명하게 이젠 끝이라는 것을 알았다.

4부

쥘리

쿠드리에 티안, 여자가 사랑하는 남자를 위해 복수하기로 결심하면 어디까지 갈 수 있을 것 같나?

반 티안 ……

쿠드리에 ……

반 티안 최소한 복수는 하겠죠.

19

자연은 쥘리에게 미녀 역할을 맡겼다. 예쁜 아기, 눈부시게 아름다운 어린아이, 눈에 띄는 소녀, 그리고 미녀. 그 때문에 그녀의 주변은 항상 텅 비어 있었다. 너무 예뻐서 다들 한 발짝 뒤로 물러서는 것이었다. 누구를 막론하고 그녀를 보면 거리를 두었다. 하지만 가까이하고 싶어서, 체취를 맡고 싶어서, 그 뜨거운 광채 속에 들어가보고 싶어서, 그녀를 만져보고 싶어서 거리를 조금 좁혀왔다. 원심력과 구심력이 맞섰다. 위험할 정도로 출렁이면서도 언제나 팽팽한 간격, 그 간격 속에서 살아가는 느낌을 쥘리는 오래전부터 알고 있었다. 그 원 안에 감히 들어오려 한 사람은 별로 없었다. 그렇다고 그녀가 도도한 여자는 아니었다. 단지 아주 일찍부터 일급 미인의 시선을 띠고 있었을 뿐이다. 호오를 드러내지 않는 눈빛 말이다.

"세상에는 두 가지 인종밖에 없어." 쥘리의 부친인 식민지 총독 코랑송은 말하곤 했다. "극히 아름다운 사람들과 극히 추한 사람들이지. 피부색 등등의 문제는 지리학의 변덕에 불과해."

극히 아름다운 사람들과 극히 추한 사람들…… 그것은 코랑송 총독이 즐겨 논하는 주제였다. "그리고 나머지, 우리 같은 사람들이 있지." 총독은 그렇게 자기가 평범한 인간의 유일한 미학적 척도라도 되는 양 자기 자신을 가리키면서 덧붙였다.

"어느 누구도 극히 추한 사람들을 쳐다보지 않아. 상처를 줄까봐 두려운 거야. 결국 다들 그렇게 조심하기 때문에 극히 추한 사람들은 죽도록 외로운 거야."

쥘리의 어린 시절은 총독인 아버지의 이야기를 듣고 살았다는 말로 요약할 수 있었다. 그보다 흥분되는 놀이는 생각할 수도 없었다.

"극히 아름다운 사람들의 경우 누구나 그들을 바라봐. 하지만 당사자들은 아무도 못 쳐다봐. 쳐다봤다간 자기한테 달려들까봐 무서운 거야. 결국 극히 아름다운 사람들은 모두가 우러러보기 때문에 죽도록 외로운 거야."

그는 말을 하면서 항상 몸짓을 보탰고, 감정을 극단적으로 과장해 표현했다. 그녀는 웃었다.

"너한테 고구마 코와 꽃양배추 귀를 접붙여줄게. 그러면 너도 평온한 작은 채소들이 자라나는 평범한 채소밭 같을 거야. 그러면 나는 그 채소들을 볶아야지…… 내 무릎 위에서."*

*

베르시 종합체육관에서도 쥘리의 옆은 텅 비어 있었다. 발 디딜 틈 없이 많은 인파가 들어찬 것은 사실이었다. 하지만 사람들은 그녀가 땅에서 솟기라도 한 것처럼 그녀를 피해 물러났다. 한 눈은 무대를 향해 있으면서도 다른 눈으로는 그녀를 보고 있었다. 번역자들에 둘러싸여 엄청난 후광을 받으며 질문에 대답하고 있는 작가에 매료되고, 그 작가의 책 속에서 튀어나온 듯한 여인에 매료된 것이다. 따라서 문학은 거짓말에 불과하다고 치부할 수 없었다. 그래서 어떤 이들은 비행기를 타고 두 대륙 사

---

* 이 문장은 식물과 관련된 프랑스어 단어들의 중의성을 담고 있다. "고구마 코"는 납작코, "꽃양배추 귀"는 퉁퉁 부은 귀를 뜻하며 '큰 채소'는 거물, 고관이라는 뜻이 있다(따라서 일상적인 표현은 아니지만 "작은 채소"는 '보통 사람'이 된다). 또한 "무릎 위에서 볶다"라는 말은 '(어린애들을) 무릎 위에서 놀게 한다'는 뜻이다. 요컨대 이 문장은 "너한테 납작코와 돼지 귀를 붙여줄게. 그러면 너도 평범한 사람처럼 보일 거고, 내 무릎 위에서 뛰놀면서 평온한 보통 사람의 인생을 살 수 있을 거야"라고 해석할 수 있다.

이를 날면서 부를 축적하고 있는 그 소설 속 여인을 만난 거라고 생각하기도 했다. 현실이 독자의 감동을 확인시켜준 것이다. 그런 미녀는 실제로 존재한다. 불가능은 없다.

무대조명이 흥분의 도가니가 된 종합체육관을 훑고 있었다. 강인한 사람답게 시종일관 차분한 태도를 유지하면서 질문이 떨어지자마자 순식간에 완벽한 답변을 내놓는 작가의 모습은 압도적이었다. 사람들은 기분이 달아오른 데다 조명발까지 더해져 자기 외모에 자신감을 갖고 적극적이 되었다. 이제 사람들은 수줍어하지 않고 미녀를 쳐다보았다. 이제 그녀가 절대 오르지 못할 나무라고 생각하지 않았다. 처음보다는 그래도 조금 오를 만하다고 생각했다. 하지만 그래도 그녀 주위의 빈 공간은 줄어들지 않았다. 그녀는 여전히 중앙에 혼자 서 있었다. 그녀도 다른 사람들처럼 무대를 쳐다보고 있었다. 사람들은 그녀를 보고 동감이라는 표정으로 미소를 지었다. 그렇지, J. L. B.야말로 정말 죽이는 남자지!

그때 클라라가 쥘리의 품에 안겼다.

"언니 왔어?"

쥘리 주변의 빈 공간이 아주 쓸모가 없는 것은 아니었다. 쥘리의 친구들은 사람이 아무리 많아도 그녀를 쉽게 찾을 수 있었다.

"응, 왔어."

클라라의 포옹에는 흥분과 슬픔이 뒤섞여 있었다. 클라라는 이 어마어마한 코미디에, 임신에, 그리고 아직까지도 생티베르의 죽음에 함몰되어 있었다. '진짜 정신병자 집안이야.' 쥘리는 클라라를 팔로 감싸면서 생각했다. 그리고 미소 지었다. 저기 무대 위에서는 뱅자맹이 '의지'에 관한 까다로운 질문을 받고 답변을 찾고 있었다.

질문 선생님의 작품에서는 의지라는 테마가 끊임없이 반복되고 있습니다. 선생님께서는 의지를 어떻게 정의하시겠습니까?

쥘리는 미소를 지었다. '의지라니, 뱅자맹, 대답하려면 고생깨나 하겠는데.'

*

하지만 그녀는 웃을 기분이 아니었다. 그녀는 뱅자맹이 지금 위험한 일을 하고 있다는 사실을 알았다. 그녀는 〈플레이보이〉에 실린 J. L. B.의 인터뷰 기사를 쓴 여기자 로르 크네펠과 아는 사이였다. 로르는 지금은 프리랜서로 예술계 가십 기사나 쓰고 있지만 얼마 전까지만 해도 종군기자였다. 그녀는 레바논 분쟁을 취재하던 도중 그 일을 그만두었다. "길에 주차된 차에서 폭탄이 터지고 발코니에 살점이 걸리고 애들이 죽어나가고 애들이 사람을 죽이고…… 더는 못하겠더라, 쥘리. 난 이제 선탠이나 하고 아카데미프랑세즈 회원들이나 만날래."

쥘리는 그 몇 주 동안 베르코르의 고향집에 숨어 있느라 문제의 〈플레이보이〉를 보지 못했다. 하지만 기사는 저작권료를 치르고 온갖 신문 잡지로 팔려나갔고, 쥘리는 지방지인 〈르 도피네 리베레〉에서 J. L. B. 인터뷰의 긴 발췌문을 읽었다. 그녀는 뱅자맹이 부르는 것을 느꼈다. 그녀는 미신 같은 것은 믿지 않는 편이었다. 하지만 그렇게 꼭꼭 숨어 있는데도 뱅자맹이 자기 앞에 불쑥 나타난 것을 보니 뱅자맹이 자기에게 신호를 보내는 것 같았다. 쥘리는 파리로 돌아가기로 했다. 그렇다고 인터뷰에 이상한 점이 있는 것은 아니었다. 바보천치 같은 문답이 기계적으로 이어지는 전형적인 바보천치 인터뷰 기사였다.

쥘리는 낡은 농가 '레 로샤'를 떠났다.

말로센을 닮은 접시꽃이 정원을 침범했지만 베지 않았다.

쥘리는 밤새 운전했다. 밤새도록 쥘리는 생각했다. '아냐, 뱅자맹이 그렇게 매끈한 인터뷰를 할 수 있을 리가 없어.' '못할 건 또 뭐야? 웃기려고 들면 무슨 짓이든 할 수 있는 인간이잖아. 엄청 웃기려고 전혀 안 웃긴 행동도 할 수 있지.'

파리에 들어서자마자 쥘리는 J. L. B. 홍보 작전의 규모를 가늠할 수 있었다. 어디를 가나 뱅자맹의 얼굴이었다. 그 타락한 얼굴에서 그녀가 알아볼 수 있는 것은 사진의 특징뿐이었다. 클라라의 애정 어린 시선이 보였던 것이다.

쥘리는 자기 집에 들어가기가 힘들었다. 문 밑에 사랑이 끼어 있어서 들어갈 수가 없었다. 두 달 동안 종적을 감춘 사이 뱅자맹이 남겨놓은 40여 통의 편지. 여기도 접시꽃이 침범했구나…… 뱅자맹은 구어체로, 특유의 표현을 덧붙여가면서, 재미난 비유를 늘어놓으며 편지를 썼다. 심정적인 동요를 은폐하기 위한 문체였다. 그렇게 교활한 인간도 세상에 없었다. 그는 J. L. B.에 대해 모조리 말했다. 샤보트의 집에서 재봉사를 불러놓고 옷을 맞춘 일이며, 쿠스쿠스 요법이며, 제레미와의 인터뷰 연습이며, 테레즈의 말 없는 힐난이며, 하나도 빼놓지 않고 말했다.

하지만 인터뷰에 대해서는 한 마디도 없었다.

그녀는 그가 무언가를 감추고 있다고 결론지었다.

쥘리는 본능적으로 뱅자맹의 집에 가서는 안 된다는 것을 깨달았다. 그랬다간 다시 침대에서 뒹굴게 될 것이고 머리가 흐리멍덩해질 게 뻔했다.

그녀는 로르 크네펠에게서 정보를 캐기로 했다. 로르는 베르뇌이 로路에 있는 문인협회에 있었다. 로르는 죽을 날이 코앞에 닥쳐서야 드디어 문화부장관에게 교육공로훈장을 받은, 숨 쉬는 것도 버거운 노시인과 마지막 인터뷰를 하고 있었다. 근처 카페에서 로르는 빈정댔다. "작가들한테 죽을 때까지 일하라고 주는 훈장인 것 같아. 근데 쥘리, 날 찾아오고 웬일이야? 영광이네."

쥘리가 이야기했다. 로르의 안색이 변했다.

"쥘리, J. L. B.의 일에 끼어들지 마. 느낌이 너무 안 좋아. 나는 예술계는 평화로울 거라고 생각하고 이쪽으로 옮긴 건데……"

로르는 설명했다. 완벽하게 각본에 맞춰 신 나게 탁구를 치고 있는데(J. L. B.의 비서인 고티에라는 자가 그녀에게 미리 질문과 답변을 전해주었다) 문제의 J. L. B.가 선로를 이탈하더니 유년기, 제삼세계, 노년기에 대해 선동적인 소리를 늘어놓기 시작했다. 그녀는 그를 다시 본궤도로 올려놓으려 했지만 전혀 통하지 않았다.

"그 사람, 나사가 풀린 것 같았어, 쥘리. 병든 병사처럼 죄의식이 발작한 거야. 무슨 말인지 알겠어?"

쥘리는 알 수 있었다.

크리용 호텔을 나오면서 로르는 생각했다. 어쨌든 잘된 일이야, 저 작자의 진면목을 제대로 봤잖아. 기자짓 하면서 흔하게 겪는 일이 아닌데. 본인이 그대로 쓰라고 고집을 피우니 들은 대로 써주지 뭐. 근데 문제는……

"근데 문제가 뭐?"

남자 셋이 로르에게 무례하게 접근하더니 녹음테이프와 메모

수첩을 보여달라고 했다.

"어떻게 생긴 놈들이었어?"

"러시아어 억양을 쓰는 엄청나게 덩치 큰 놈, 삐쩍 마르고 키만 큰 놈, 신경질적인 키 작은 아랍놈, 그렇게 셋이었어."

처음에는 그자들을 쫓아버리려 했다. 하지만 덩치의 부드러운 목소리는 설득력이 있었다.

"그자들은 나에 대해 모르는 게 없었어. 심지어 우리 엄마 주소, 내 가슴둘레, 신용카드 번호까지……"

키다리가 곤봉으로 그녀의 허리를 가볍게 툭 쳤다. 척추 끝이었다. 감전당한 느낌이었다. 그녀는 인터뷰 기사를 사전에 합의한 대로 내보냈다.

"J. L. B.가 고마워할 겁니다, 아가씨."

기사가 나오자 정말 그녀는 집채만 한 꽃다발을 받았다.

"그놈의 꽃다발은 너무 커서 건물 쓰레기통에 들어가지도 않더라."

*

쥘리는 미소 짓고 있었다. 웃을 일이라고는 전혀 없는데도. 쥘리는 팔로 클라라를 안고 미소 짓고 있었다. '진짜 정신병자 집

안이야……'

뱅자맹이 그녀를 보았다.

얼굴에서 빛이 나기 시작했다. 쥘리가 스위치를 누르기라도 한 것 같았다.

뱅자맹의 눈이 빛나는 것이 보였다. 그가 팔을 벌리는 것이 보였다. 그녀는 감동의 물결에 휩싸여 겨우 이렇게 중얼거릴 따름이었다. "맙소사, 날 사랑한다고 공개적으로 고백하지나 말아야 할 텐데!"

그때 뱅자맹의 머리가 터지는 것이 보였다. 뱅자맹의 몸이 강력한 충격으로 연단에서 떨어져나가 바로 옆에 있던 번역자들에게 부딪혀 같이 쓰러지는 게 보였다.

20

미녀는 전부 게워냈다. 그날 저녁 그의 팬들이 본 것을 모조리 게워냈다. J. L. B. 암살, 일순간의 놀라움, 뒤이은 패닉 상태, 미녀의 팔을 뿌리치고 비명을 지르며 무대로 달려간 젊은 임신부, 피투성이가 된 채로 몸을 일으키던 번역자들, 황급히 실려가 무대 뒤의 어둠 속으로 사라진 시체, 시체에 매달리던 빨간 테 안경의 어린아이, 객석 쪽으로 몸을 돌려 "누가 그랬어?"라고 울부짖던 소년(몇 살쯤 되었을까? 열세 살? 열네 살?) 등 팬들이 본 것 모두를, 팬들의 머릿속에 남은 영상을 게워냈다. 사방의 출구로 뛰어가던 팬들의 눈앞에서(또 총질이 있거나 수류탄이 터질 줄 알았다. 테러인 줄 알았다) 대혼란 속 혼자 꼼짝 않고 서서 속에 든 것을 전부 게워내고 있던, 스치듯 본 미녀의 모습이 떠나지 않았다. 그녀가 움직이지도 않고 게워낸 토사물은 군중에게 튀었고 격렬한 폭포수처럼 퍼져 그녀의 멋진 다리를 다갈색 덩어리로 더럽혔다. 팬들은 그 모습을 기억에서 지우려 애쓸 것이고 누구에게도 말하지 않을 것이었지만, 아귀다툼을 하며 출구를 향해 뛰어가는 도중에도 이 사건 자체는 평생 떠들 얘깃거리가 되리라는 것을 막연히 알았다. 작가 J. L. B.가 눈앞에서 암살당한 것이다…… 내가 그 자리에 있었다니까, 진짜야! 몸이 허공으로 날았어! 총알이 사람을 허공으로 튕겨버릴 줄은 상상도 못했다니까…… 두 발이 분명히 땅에서 떨어졌어!

*

시체 쪽으로 달려가는 여자들도 있고, 실신하는 여자들도 있고, 숨는 여자들도 있고, 죽지 않으려고 늦기 전에 밖으로 나가려는 여자들도 있겠지…… 나는, 쥘리는 생각했다, 나는 꼼짝 않고 게워내는 부류의 여자야. 그것은 잔인하고 이상할 만큼 유쾌하고 살기등등한 생각이었다. 도망치다가 그녀와 부딪힌 사람들은 그것을 경험했다. 그녀는 일부러 그들의 몸에 토했다. 그녀는 참지 않았다. 그리고 이제 자기가 그 무엇도 참지 않을 것임을 알았다. 그녀는 화산처럼 게워냈다. 그녀는 용처럼 토해냈다. 그녀는 애인을 잃었다. 이젠 전쟁이었다.

그녀는 무대 위에 올라가지 않았다. 그녀는 무대 뒤로 뱅자맹의 시체를 따라가지 않았다. 그녀는 다른 사람들과 함께 체육관을 나왔다. 하지만 허둥대지 않고 차분하게 나왔다. 그녀는 종합체육관을 가장 늦게 뜬 사람 중 하나였다. 그녀는 자기 차를 타지 않았다. 그녀는 지하철을 탔다. 늘 그렇듯 그녀 주변은 텅 비었다. 하지만 이유는 달랐다. 그녀는 음험한 쾌감을 느꼈다.

*

집에 돌아와서 그녀는 전기를 내리고 전화선을 뽑고 아파트 한복판에 책상다리를 하고 앉아 팔을 아무렇게나 늘어뜨리고 손등은 바닥에 댄 채 움직이지 않았다. 그녀는 옷도 벗지 않았고 씻지도 않았다. 토사물이 몸에 딱딱하게 말라붙은 채로 갈라져 가루로 떨어질 때까지 둘 작정이었다. 그러려면 시간이 오래 걸릴 것이다. 사태를 이해하는 데 걸릴 시간이었다. 누가? 왜? 그녀는 생각했다. 쉽지 않았다. 밀려오는 슬픔과 엄습하는 기억, 순간적으로 떠오르는 추억을 억눌러야 했다. 예를 들어 생티베르가 죽은 뒤 뱅자맹이 한밤중에 "그건 배신이야!"라고 소리를 지르며 깨어나 그녀 품에 안긴 것이 떠올랐다. 애들 만화책에나 나올 법한 "배신!"이라는 말에 그녀는 놀랐다. 뱅자맹, 뭐가 배신이야? 그러자 그는 그 살인사건에서 가장 끔찍한 점을 길게 설명했다. "그건 동족에 대한 배신이야. 그 순간 희생자가 느낀 외로움보다 더 무서운 건 있을 수 없어…… 쥘리, 죽는다는 것 때문이 아냐. 우리와 같은 인간에게 죽임을 당한다는 것 때문이야…… 물고기가 물에 빠져 죽는다고 생각해봐…… 무슨 말인지 알겠어?" 그동안 클라라는 난자당한 클라랑스의 사진을 현상하고 있었다…… 현상실의 붉은 조명 아래 순교한 클라랑스의 곁에 있으려는 클라라, '진짜 정신병자 집안이야'……

다음 날 쥘리는 아침 일찍 외출했다. 그녀는 신문 헤드라인들을 훑어보았다. **모범적인 교도소 소장, 수감자들에게 참혹히 살해…… 자신의 관용주의에 희생당한 것인가?…… 행복의 감옥은 증오의 감옥이었다……** 그걸 보고 그녀는 생티베르의 시체는 동료 기자들에게 양보하고 자기는 기사를 쓰지 않겠다고 결심했다.(더구나 생티베르도 샹프롱 감옥에 대해 쥘리가 기사를 쓰지 않기를 바랐었다.) 게다가 취재에 뛰어들 만한 몸 상태도 아니었다. 다리가 아직 쑤셨고 무엇보다 숨을 제대로 쉴 수 없었다. 숨을 들이쉴 때마다 불편했다. 뱅자맹은 그녀가 타이어라도 되는 양 공기가 아직 다 안 찼다고 했다. 점찍은 기삿거리를 포기한 것은 그게 평생 처음이었다. 그래서 뱅자맹이 "공들여 주제를 선별"

한 품격 높은 저널리즘에 대해 독설을 퍼부었을 때 그녀의 분노가 터져나왔던 것이다.

베르코르의 고향집까지 600킬로미터를 주파하는 동안에도 화가 풀리지 않았다. '레 로샤'를 뒤덮은 접시꽃들을 보고 나서야 그녀는 자신을 기만하고 있다는 것을 깨달았다. 그 인간을 차버릴 생각은 없었던 것이다! 그랬다. 집에 들어가려고 접시꽃들을 헤치던 도중 쥘리는 자기가 이별한 척했다는 것을 깨닫고 놀랐다. 좋아하는 남자 앞에서 일부러 쌀쌀맞게 구는 소녀와 다를 바 없었다. "내가 어쩜 그럴 수가 있지!"라는 말이 절로 나왔다. 정말이었다. 뱅자맹과 헤어질 마음은 추호도 없었다. 하지만 이곳 '레 로샤'에 와서 건강을 회복해야겠다는 생각은 얼마 전부터 하고 있었다. 맑은 공기를 들이쉬고, 생우유를 마시고, 큼직한 오리알 노른자를 날로 먹고…… 요컨대 건강의 욕구를 드라마틱한 이별로 위장한 것이다…… "내가 어쩜 그럴 수가 있지!"

이러한 자각 덕에 접시꽃들은 몰살을 피할 수 있었다. 더구나 총독 아버지는 "내 평생 치른 전투 중에 가장 소득 없는 게 접시꽃들과의 전투였어"라고 말하곤 했다. 어느 여름날 저녁, 총독은 빽빽하게 들어차서 정원을 엉망으로 만들어놓은 "시시포스 신화의 식물 버전"인 접시꽃들 틈에 서더니(접시꽃들은 하나같이 총독보다 키가 컸다) 쥘리에게 사진을 찍어달라고 했다. 총독은 "장미rose의 하이드 씨 같은 모습"인 접시꽃rose trémière 얘기라면 몇 시간이든 떠들 수 있었다. 쥘리는 그 사진을 총독이 죽기 며칠 전에 찍었다. 하얀 제복 차림의 총독은 너무 말라서 손을 초록으로 칠하고 머리를 빨강으로 칠했다면 영락없이 접시꽃으로 보였을 것이다. "좀 잘 죽는 접시꽃인 게지, 쥘리"……

*

밤이 흘러갔다. 생각이 두서없이 이어졌다. 이 사람에서 저 사람으로, 이곳에서 저곳에서, 이때에서 저때로, 이 사건에서 저 사건으로…… 뭐 하나 제대로 생각할 수가 없었다. 누가? 왜? 뱅자맹을 왜 죽였을까? 그 질문에 답을 하려다보니 베르코르에서 보낸 두 달 동안 끊임없이 스스로에게 던졌던 달콤하기만 하고 필요는 없는 질문들로 다시금 돌아오게 되었다. '나는 왜 그 인간한테 이렇게 집착하는 거지?' '솔직히 말해보자, 그 사람을 왜 이렇게 사랑하는 거야?' 객관적으로 따져볼 때 말로센은 마음에 드는 구석이 하나도 없었다. 그는 어떤 일에도 신경 쓰지 않았고, 절대 음악을 듣지 않았으며, 텔레비전을 증오했고, 노망난 늙은이처럼 언론의 해악에 대해 일장 연설을 해댔으며, 정신분석학을 비방했고, 설사 정치의식이라는 게 있다 해도 "희미한 워터

마크' 비슷한 것이었다. '희미한 워터마크'라는 말은 분명 무의미한 표현이지만 말로센의 언어로는 그의 생각을 명확히 표현해주었다. 어떤 관점에서 보더라도 뱅자맹은 쥘리의 부친 코랑송과는 정반대되는 인물이었다. 쥘리의 부친은 식민 총독을 지냈지만 식민지 독립을 위해 평생을 바쳤으며 역사를 자기 일상으로 만들고 지리학을 자기 정원으로 만든 사람이었다. 코랑송은 세상 소식을 못 들으면 목이 말라 죽을 사람이었다. 말로센이 가정적이고 집에서 뒹구는 것을 좋아하는 만큼이나 부친은 역마살이 있고 가족을 소홀히 하는 사람이었다. (총독은 딸을 기숙학교에 처박아놓았기에, 아버지에 대한 쥘리의 추억은 가혹할 만큼 짧은 방학 때로 국한되어 있었다.) 마지막으로 비교를 하자면, 총독은 철없는 젊은이처럼 아편을 피우다가 결국 헤로인으로 생을 마감한 반면, 말로센은 대마초만 봐도 종교재판관처럼 화를 냈다.

물론 말로센도 생을 마감했다. 머리에 총알이 박히는 것으로.

*

이제 날이 밝아 있었다. 쥘리는 자기가 이 두 남자를 사랑한 이유를, 이 두 남자만 사랑한 이유를, 언제나 알고 있었던 이유를 다시 되새겼다. 그들은 세상에 대한 주석註釋이었다. 바보 같은 말이지만 달리 표현할 길이 없었다. 그녀의 부친이자 식민 총독을 지낸 샤를에밀 코랑송,* 그녀의 애인인 희생양 뱅자맹 말로센, 그 둘의 공통점은 세상에 대한 주석이라는 점이었다. 뱅자맹은 음악이고 라디오고 신문이고 텔레비전이었다. 뱅자맹은 외출이라곤 통 하지 않고 세상과는 전혀 '접속'되어 있지 않으면서도 시대 분위기를 풍겼다. 몇 달 동안 뱅자맹의 침실에 누워 몸을 추스르면서 쥘리는 중대한 전투 현장을 돌아다니는 것만큼이나 확실하게 세상을 들이마실 수 있었다. 그것은 달리 말할 수도 있었다. 예컨대 총독과 희생양은 자기 시대의 생생한 의식이며, 희생양은 좀 특이하긴 하지만 총독의 살아 있는 기억이라고 할 수도 있었다. 총독은 "나의 꿈은 인류가 옆집 사람의 행복만을 소망하면서 사는 거야"라고 부르짖곤 했다.

뱅자맹은 그 꿈이었다.

*

내가 정신이 나갔네, 쥘리는 생각했다, 정신이 나갔어, 경건하게 애도나 하고 있을 때가 아닌데. 지금은 '누가? 왜? 라는 질문

* 전작 『기병총 요정』에서 쥘리 부친의 이름은 '자크에밀 코랑송'이다.

만 던질 때라고.

따지고 보면 총독과 뱅자맹이 어떤 사람이었든 간에, 이젠 둘 다 죽고 없었다.

*

"쥘리 누나!"

문 밖에서 어린애의 목소리가 들렸다.

"누나!"

쥘리는 꼼짝도 하지 않았다.

"쥘리 누나! 나 제레미야……"

(그래, 연단 위에 서 있던 제레미, 어두운 조명 아래 대혼란에 빠져 있던 종합체육관을 샅샅이 뒤지겠다는 듯 두리번대던 제레미, "누가 그랬어?"라고 울부짖던 제레미.)

"누나! 집에 있는 거 알아!"

제레미는 문을 계속 두드렸다.

"문 좀 열어줘!"

아, 맞다, 말로센 가의 아이들이라는 존재도 있었지, 그 어미에 그 자식들…… '정신병자 집안'……

"쥘리 누나!"

하지만 쥘리는 그 자리에 심장이 박혀 꼼짝하지 않았다. '미안해, 제레미, 난 오물에 푹 절어 있어서 움직일 수가 없어.'

"누나! 누나가 날 도와줘야 해!"

이제 악을 쓰고 있었다. 발로 문짝을 차고 있었다.

"쥘리 누나!"

제레미는 곧 기운이 빠졌다.

"누나, 누나를 돕고 싶어. 누나 혼자서는 못해……"

제레미는 그녀의 의도를 이미 짐작한 것이다.

"나 몇 가지 짚이는 게 있어."

쥘리는 믿어 의심치 않았다.

"누가 그랬는지 알아, 왜 그랬는지도……"

그걸 알다니 운이 좋구나, 제레미. 난 아닌데. 아직은……

문을 두들기는 소리가 더 심해졌다. 손발을 같이 쓰고 있었다. 그러더니 조용해졌다.

"할 수 없지." 제레미가 말했다. "나 혼자 할게."

제레미, 네가 혼자 하긴 뭘 해, 쥘리는 생각했다. 건물 밖에서 누가 널 기다리고 있잖아, 아두슈든 시몽이든 티안 영감이든 모시족이든 아니면 전부 다든. 다들 네가 두 번 다시 학교에 불 지르는 일은 없을 거라고 죽은 뱅자맹 앞에서 맹세했을 거야. 제레미, 넌 아무 짓도 못해, 벨빌이 널 돌보고 있으니까.

21

“아마 탈리옹 출판사에서 듣고 온 거겠지?”

샤보트 장관은 쿠드리에 총경을 훑어보았다. 위아래로 훑어보았다.

“사실은 제 부하 하나가 탈리옹 출판사 사장을 만났는데 그녀가 장관님을 진짜 J. L. B.로 지목했답니다.”

“부하 형사한테 심문받게 하지 않고 직접 와주는 게 예의라고 생각한 거로군. 쿠드리에, 고마워, 진짜 고마워.”

“별것 아닙니다……”

“별것 아닌 것처럼 보이는 일도 대수롭게 넘길 수 없는 상황이잖아. 앉아. 위스키 마시겠어? 포트와인? 홍차? 뭐 다른 거라도?”

"됐습니다. 금방 갈 겁니다."

"실은 나도 바빠, 알아두라고. 한 시간 뒤에 비행기를 타야 해."

"……"

"음, 그래, 사실이야. 나는 남는 시간에 글을 써. 그리고 그게 소문나는 건 원치 않아. 공직자로서 있을 수 없는 일이잖아. 적어도 내가 은퇴할 때까지는. 내 정체를 밝히는 게 좋을지는 나중에 생각할 참이야. 그래서 일단 그동안 한 젊은이에게 나 대신 스포트라이트를 받으면서 J. L. B.의 역할을 하라고 맡긴 거야. 홍보 전략이었어. 그 이상도 이하도 아냐."

'말로센의 머리에 박힌 총알도 홍보 전략이었던 게 아니라면 말이지……' 하고 쿠드리에 총경은 생각했다. 하지만 그는 그 생각을 밖으로 꺼내지 않았다. 그는 의례적인 질문들만 하기로 했다.

"말로센이 총을 맞은 이유에 대해 짚이는 게 조금이라도 있으십니까?"

"아니, 전혀 없어."

('있다고 할 리가 없지.')

"단지……"

"……"

"이미지를 파괴하려고 한 게 아닐까 싶기는 해."

"예? 무슨 말씀이십니까?"

장관 앞에서는 항상 자세를 낮춰야 한다. 장관보다 머리가 빨리 돌아간다는 인상을 줘서는 절대 안 된다. 그랬다간 네가 장관하라는 말을 들을 것이다.

"베르시에서 이번 책을 론칭하기 전에 홍보를 얼마나 해댔는지 알잖아. 탈리옹 출판사에서 판매 부수도 벌써 들었을 테고…… 그러니 어떤 미친놈이 신화를 해체하겠다고 사고를 쳤다 해도 이상할 게 없지. 결국 범위가 너무 넓어진단 말이야. 극좌파 국제 조직에서 자유주의 리얼리즘의 인기 작가를 처치하려고 했을 수도 있고, 불쌍한 존 레넌의 경우처럼 열성팬이 숭배하다 못해 자기 신을 공개 장소에서 죽이려 했을 수도 있고, 기타 등등…… 선택지가 너무 많아서 곤란하단 얘기야. 자네도 참 고생이겠어……"

샤보트는 담담한 태도로 이야기했다. 서재의 규모와 막대한 장서 때문에 그 말에 깊은 지혜가 담긴 듯 보였다.

"장관님께서는 글을 쓰신 지 얼마나 되셨습니까?"

"16년 됐지. 16년 동안 일곱 권을 냈고 2억 2500만 부를 팔았어. 정말 신기한 건 나는 책을 낼 생각이 눈곱만큼도 없었다는 거야."

"그렇습니까?"

"응. 나는 딴따라가 아니라 고위 공직자야, 쿠드리에. 나는 항상 내가 책을 쓴다면 회상록을 쓰게 될 거라 생각했어. 정계를 은퇴한 뒤에도 회상록을 쓰면서 끝까지 싸움을 계속하는 거지. 하지만 운명이 다른 길을 안배해두었더라고."

('어떻게 저런 식으로 말할 수가 있지?')

"운명이라고 하셨습니까, 장관님?"

샤보트는 잠깐 망설였다. 그러더니 조금 뜬금없이 말을 꺼냈다.

"위층에 어머니가 계셔, 나자레 키사파울루 샤보트 부인이."

전직 장관 샤보트는 엄지로 서재 천장을 가리켰다. 아마 위층에 노모의 방이 있는 모양이었다.

"16년 전부터 듣지도 말하지도 못하는 신세야. 세상의 모든 불행을 떠안은 얼굴이 됐지. 한번 만나보겠나?"

"그럴 필요는 없을 것 같습니다."

"그렇지, 안 보는 게 나아. 괜히 고생이지. 근데 미안한데 잠깐만. 올리비에! 올리비에!"

올리비에라는 자가 즉시 나타나지 않자 전직 장관 샤보트는 주먹을 쥐고 서재 문 쪽으로 뛰어갔다. 방금 노모 얘기를 했던 샤보트는 갑자기 진짜 변덕쟁이 어린애로 변했다. 당연히 그가 도착하기 전에 문이 열렸다. 올리비에가 나타났다.

"젠장, 차는 준비됐나?"

"메르세데스 말씀이세요? 준비됐습니다. 앙투안이 차고에서 금방 전화했어요. 몇 분 안에 도착할 거랍니다."

"수고했어. 짐 가방들을 홀에 내려다놔."

문이 다시 닫혔다.

"어디까지 얘기했지?"

"어머님 얘기를 하셨습니다, 장관님."

"아, 그랬지! 어머니는 항상 내가 글을 쓰기를 바라셨어. 여자들이란…… 여자들은 자기 자식이 굉장히 잘난 줄 알잖아…… 하여튼…… 그러니까 어머니께서 병이 나신 뒤로 나는 글을 끼적거리기 시작했어. 그리고 쓴 것을 저녁마다 어머니한테 읽어드렸지. 왜 그런지는 모르겠는데 좋아하시더라고. 귀가 점점 안 좋아지시는데도 계속 읽어드렸어…… 그렇게 어머니가 완전히 귀머거리가 되었는데도 16년 동안 읽어드린 거야…… 그래도 어머니가 그때만큼 표정이 밝은 때도 없어. 쿠드리에, 어떤 건지 이해가 돼?"

('장관 나리, 너만 보면 난 짜증이 나…… 그 엄마 어쩌고 하는 얘기도 아마 거짓말이겠지만 확실한 건 너만 보면 짜증이 난다는 거야. 특히 네가 주무장관일 때는 볼 때마다 짜증이 났어……')

"그럼요, 장관님. 그런데 무슨 이유로 출판을 결심하셨는지 여줘봐도 되겠습니까?"

"탈리옹 출판사 사장이랑 브리지를 치다가 그렇게 됐어. 내 글을 읽어보고 싶다고 해서 줬더니 정말 읽더라고. 그렇게 된 거야……"

"장관님의 자필 원고를 제가 받아 가도 될까요?"

다른 질문과는 달리 이번에는 반응이 달랐다. 깜짝 놀랐다가 어색한 표정으로 바뀌더니 종국에는 경멸의 빛을 드러냈다. 그랬다, 더없이 경멸적인 미소였다.

"자필 원고라고? 무슨 소릴 하는 거야, 쿠드리에? 간첩이야? 요즘 세상에 아직도 손으로 글을 쓰는 사람이 있나? 이리로 따라와봐."

옆 집무실로 이동.

"받아, 이게 내 '자필 원고'야."

장관은 총경에게 납작한 플로피디스켓을 건넸고, 총경은 고맙다며 주머니에 넣었다.

"그리고 이게 최종 결과물이야. 시간 나면 한번 읽어봐."

따끈따끈한 『통화의 제왕』이었다. 감청색 표지에 큰 글씨로 제목이 박혀 있었다. 저자명인 *J. L. B.*가 맨 위쪽에 대문자로 쓰여 있고, 출판사 이름 자리인 맨 아래에는 *j. l. b.*라고 자그마한 소문자로 적혀 있었다.

"증정 사인 해줄까?"

질문 자체에 비꼬는 기색이 역력해서 대답을 기대하기는 어려웠다.

"탈리옹 출판사와 어떤 계약을 맺고 있는지 알 수 있을까요? 표지에는 출판사 이름이 안 보이는데요."

"초특급 계약이야. 70 대 30이거든. 내가 70퍼센트를 받는 거지. 하지만 그 30퍼센트만 가지고도 걔들은 회사를 꾸리고도 남아. 이제 다 됐어?"

('다 됐어.')

"예, 다 됐습니다, 감사합니다."

"난 고맙지가 않아, 쿠드리에. 자네가 질문을 하나 더 하는 바람에 비행기를 놓쳤단 말이야. 난 지금 급히 도망가야 해. 겁이 난단 말이야. 공공장소에서 사람을 태연히 죽일 수 있는 자라면 그 살인자가 J. L. B.의 진짜 정체를 알아내서 나를 죽이려고 찾아오지 말란 법도 없잖아."

"신변 보호에 만전을 기하고 있습니다, 장관님. 부하들을 이미 배치해서 감시하고 있습니다."

"부하들을 배치해두었다……"

장관은 총경의 팔꿈치를 잡더니 춤추듯 스텝을 밟으면서 총경을 출구로 데려갔다.

"샹프롱 감옥의 살인사건 말이야, 소장인 생티베르 씨가 참살당한 사건, 그 사건도 자네가 맡고 있지?"

"그렇습니다, 장관님."

"범인들은 잡았어?"

"못 잡았습니다."

"단서는 좀 있고?"

"제대로 된 단서는 없습니다."

"그래서 내가 비행기를 타려는 거 아냐, 쿠드리에. 사람이 죽어나가는데 손 놓고 있는 경찰은 못 믿겠어. 나는 자네가 말로센을 죽인 범인을 잡기 전까지는 돌아오지 않을 거야. 잘 가시라고, 쿠드리에. 내가 편안히 여행할 수 있기를 빌어줘."

"편안한 여행 되십시오, 장관님."

22

이탈리아인 세베리나 보칼디는 오후 6시경에 라퐁프 로에 나타났다. 그녀는 말상에다 황소 같은 눈으로 기계 카메라와 인간 카메라의 위치를 탐지할 수 있었다. 전직 장관 샤보트는 엄중히 보호받고 있었다. 저택은 최신 전자 설비로 뒤덮여 있고(회전식 감시 카메라, 화상 인터폰) 바깥에는 사람의 눈이 감시하고 있었다(사복 경찰이 인도를 어슬렁거리고 있었다. 경찰이 아닌 척하느라 경찰인 것이 대번에 표가 났다. 그리고 골목 어귀에는 경찰 표시를 없앤 낡은 튀브시트로앵* 승합차에서 소시지를 팔고 있었다. 라퐁프 로에 소시지 트럭이라니, 차라리 사하라 사막의 모

* 튀브시트로앵은 오랫동안 프랑스 경찰의 대표적인 호송차였다.

래언덕에서 개썰매가 달리는 게 더 그럴 법하겠다). 하긴 경찰도 공무원인데 어쩌겠어, 세베리나 보칼디는 비웃지 않기로 했다. 샤보트를 보호하긴 해야겠는데 남는 차가 그것밖에 없었겠지.

그녀는 BMW를 장관의 저택에서 100미터 떨어진 맞은편 인도에 주차하고는 성큼성큼 그 자리를 떠났다. 장관 집 대문 앞에서 세베리나 보칼디는 길을 묻는 척하며 그자가 사복 경찰임을 확인할 수 있었다. 대답을 못한 것이다. 그자는 그 동네를 몰랐다, 파리도 제대로 몰랐다, 하물며 로마는 더더욱 몰랐다, 그는 짜증을 내며 미안하다고 했다. 이 근처를 돌아다니지 말라고 명령하지 않은 게 다행이었다. 그자가 설명을 못해 쩔쩔 매는 틈을 타서 세베리나 보칼디는 국기 휘장을 단 검은색 세단을 확인했다. 세단은 세모꼴의 대리석 층계 앞에 깔린 새하얀 자갈밭에 얌전히 놓여 있었다. 그녀는 외부 감시 카메라의 회전 시간을 계산했다. 또한 카메라의 사각지대를 가늠해보고는 자기 차를 주차한 곳이 카메라에 잡히지 않는다는 것을 확인하고 만족했다.

그녀는 소시지와 감자튀김을 파는 승합차 앞을 지나갔다. 문짝은 닫혀 있고 차체 아래쪽이 녹슬어 있는 걸 보니 버려진 자동차 같았다. 그때 이렇게 외치는 소리가 분명히 들렸다.

"내 티에르스를 보고 싶어? 그럼 보여줄게."

세베리나 보칼디는 티에르스라는 프랑스어 단어의 뜻을 감안

할 때 이 승합차가 불법 도박장이거나 연인들의 은신처일 거라 생각했다.*

그녀는 다시 차를 탔다. 그녀의 차가 떠난 지 얼마 되지 않아 줄리에타 한 대가 그 자리에 들어왔다. 프랑스에 거주하는 그리스인인 미란다 스쿨라투가 그날 아침에 파도바니라는 자에게 렌트한 차였다.

"그리스 사람이에요?" 파도바니는 갓 발급된 그녀의 유럽연합 신분증을 보면서 능글맞게 속삭였다. "그럼 친척뻘이네."

그는 그녀에게 애정을 담은 윙크를 던졌다. 아무 소득이 없었다.

*

국기 휘장을 두른 리무진이 샤보트 장관의 저택 대문에서 나오는 순간, 미란다 스쿨라투는 시동 열쇠 쪽으로 손을 뻗었다. 하지만 손이 다시 떨어졌다. 리무진은 샤보트 장관의 차가 아니라 쿠드리에 총경의 차였다. 차창이 열려 있었는데도 총경은 그녀를 못 보고 지나갔다. 쿠드리에는 손수 운전했다. 그녀는 총경

---

* '티에르스tierce'에는 여러 가지 뜻이 있는데, 하나는 카드놀이에서 같은 색깔의 번호 세 장이 연달아 나오는 것이고, 다른 하나는 펜싱의 3번 자세(칼을 가슴 앞에 수직으로 치켜든 것)를 뜻하는 것으로, 발기된 성기를 연상시킨다.

의 창백한 옆모습에서 분노의 빛을 본 것 같았다.

미란다 스쿨라투는 다시 핸들 높이로 몸을 낮추고 다리를 접어 좌석에 앉은 채 눈으로는 오른쪽 백미러로 경찰들의 위장 노점 승합차까지 길 전체를 바라보았다. 외투 주머니에 든 제식 권총이 묵직한 무게감을 주었다. 이놈의 물건에서 총알이 발사된 적이 한 번이라도 있으려나? 미란다는 믿을 수가 없었다. 그녀는 엔진오일로 총에 기름칠을 하고 여러 차례 분해 조립을 해본 후 약실에 실탄을 채워넣었다. 여성용 권총이라고는 할 수 없었다.

세베리나 보칼디처럼 미란다 스쿨라투 역시 신중을 기하기 위해 같은 자리에 오래 머물지 않았다.

그녀는 사복 경찰이 다른 사람으로 교대되는 것을 보고 즉시 그 자리를 떠났다. 12분 뒤, 알무트 베른하르트라는 이름의 신경쇠약 기질이 있는 오스트리아인 역사 교사가 렌트한 아우디 80이 새로운 자리를 찾았다. 같은 라퐁프 로였지만 샤보트의 저택에서 더 가깝고, 회전식 카메라의 감시 반경 안에 들어가는 곳이었다.

알무트는 카메라에 찍히고 있다는 것을 의식하면서 태연히 차에서 내렸다. 그녀는 아우디 앞에 있는 건물에 들어갔다가 카메라가 다른 쪽을 훑고 있는 것을 확인하자마자 다시 나와 차에 앉았다.

그녀는 차 앞좌석에 누워 기다리기로 했다. 카메라는 이쪽으로 돌아갈 때마다 빈 차를 찍었다. 하지만 차의 백미러에는 샤보트 장관의 저택이 온전히 들어왔다.

그때 라퐁프 로에 경찰 병력이 투입되었다. 길 한쪽에서 사이렌이 울리더니 다른 쪽에서도 사이렌이 울렸다. 알무트는 반사적으로 권총을 뒷좌석에 던졌다. '실패다.' 그녀는 생각했다. 계기판 밑에 몸을 쭈그리고 머리는 어깨 사이에 처박은 채 그녀는 어디서 잘못된 건지 생각했다. 아침부터 눈에 띄어 미행당했다면 왜 경찰들이 이제야 나타난 건지 알 수가 없었다. 그렇게 스스로에게 묻는 사이, 길 위쪽에서 온 사이렌들이 그녀의 차를 지나 길 아래쪽에서 온 사이렌들과 합쳐졌다. '나 때문에 온 게 아니잖아.' 알무트 베른하르트는 속으로 외쳤다. 재빨리 백미러를 보니 더 아래쪽에 주차해 있는 튀브시트로앵이 표적이었다. 경찰차 한 대가 완벽한 샤세* 스텝을 선보이더니 길을 가로막고 섰다. 차에서 형사 네 명이 튀어나와 승합차를 향해 총을 겨눴다. 다른 경찰들은 라퐁프 로와 폴두메 가가 만나는 곳에서 이미 차 뒤에 숨어 사격 자세를 취하고 있었다.

경찰 하나가 승합차 쪽으로 다가갔다. 그는 침착하고 아무 특

* 댄스 용어. 도약해 한 발로 다른 발을 앞, 뒤, 옆으로 차는 동작이다.

징이 없다는 점에서 다른 동료들과 구별되었다. 목덜미가 굵은 다부진 체격의 남자로, 눈을 내리깔고 있고 목에 털이 달린 점퍼를 입었다. 2차 대전 중 연합군 공군 조종사들 사이에서 유행하던 점퍼였다. 그는 총을 들고 있지 않았고, 감자튀김이라도 한 봉지 사려는 양 평온한 걸음으로 승합차에 접근했다. 그는 왼쪽 앞좌석의 유리창을 공손히 두드렸다. 창문은 열리지 않았다. 그가 뭐라고 몇 마디 했다. 문이 열렸다. 그때 알무트 베른하르트는 불타는 머리의 카빌리아 사람이 운전석에서 내리는 것을 보았다. 곧이어 뒤쪽 문짝으로 키가 큰 모시족의 몸이 빠져나왔다. 여덟 명의 경찰이 그들을 뒤에서 덮쳤다. 수갑이 채워졌다. 카빌리아 사람의 빨간 머리칼이 자동차 안으로 들어가 불이 꺼졌고, 차는 회전 경보등을 켰다. 샤보트의 집 앞을 순찰하던 사복 경찰은 승합차의 운전대를 잡았다. 사이렌 소리, 시동 거는 소리가 들리더니 경찰차 두 대가 증거물로 확보한 차량을 호위했다.

모시족과 카빌리아 사람은 오스트리아 여자와 같은 의도로 온 게 틀림없었다.

'하지만 소시지 장사라니, 자식들, 그렇게 좋은 생각은 아니었어.'

그때 검은색 메르세데스가 샤보트 장관 집의 문 앞에 정차하지 않았다면 알무트 베른하르트는 한참 동안 그들을 동정하고 있었을 것이다. 차가 멈춰 서는 동시에 하인 하나가 메르세데스에 짐 가방 두 개를 던져넣었고 그동안 운전사는 열린 문을 잡고 있었다. 바로 그때 샤보트같이 생긴 자가 깡충깡충 뛰어와 커다란 침대에 다이빙하듯 세단 속으로 몸을 던졌다. 하인은 집으로 돌아갔고 운전사는 운전석에 앉았다. 알무트 베른하르트는 무기를 다시 잡고 차의 시동을 걸었다.

충돌은 격렬하지 않았다. 하지만 메르세데스를 정지시키기에는 충분했다. 오스트리아 여자는 소리를 질러대면서 아우디에서 뛰어나왔다.

"마인 고트! 마인 고트! 샤우엔 지 도흐 말(맙소사, 맙소사, 이것 좀 봐)!"

그녀는 손가락으로 찌그러진 흙받기를 가리켰다. 하지만 메르세데스의 운전사는 그녀에게 달려들더니 작고 단단한 권총을 꺼내 지체 없이 겨눴다.

"힐페(사람 살려)!" 오스트리아 여자가 비명을 질렀다. "힐페(사람 살려)!"

결국 샤보트 장관이 모습을 드러냈다.

"앙투안, 무기 치워, 우스꽝스러운 짓은 하지 마."

그리고 여인에게 말했다.

"엔트슐디겐 지, 마담(죄송합니다, 부인)."

그리고 다시 운전사에게 말했다.

"앙투안, 이분 차를 대신 주차해드려, 비행기가 나를 언제까지나 기다려주진 않을 거야."

운전사는 아우디 80의 핸들을 잡았다. 그가 구겨진 철판이 항의하는 소리를 들으며 차를 후진시키는 사이 샤보트는 불쌍한 오스트리아 여인에게 명함을 건넸다.

"이히 하베 에스 아일리히, 마담(제가 지금 바빠서요, 부인)."

"이히 아우흐(저도요)." 알무트 베른하르트가 말했다.

하지만 그녀는 답례로 명함 대신 거대한 제식 권총을 꺼냈다. 정말 큰 총이었다. 그녀는 싸늘한 표정으로 말했다.

"슈타이겐 지 히나인, 오더 지 진트 토트(차에 타, 안 그러면 죽어)."

*

운전사 앙투안은 아우디 80에서 내려 메르세데스가 멀어지는 것을 보면서 주인 나리가 다시 한번 속전속결의 기술을 발휘했다고만 생각했다. 운전사 앙투안은 당연히 흐뭇한 결론을 도출해냈다. 여자 꼬시는 데는 샤보트 장관님보다 빠른 사람이 없지.

23

아이 엄마가 두 경관에게 항의했다.

"그런 몰지각한 말이 어디 있어요? 그래도 뭔가 해야 할 거 아니에요!"

젊은 경관은 아이를 쳐다보았다. 어린 여자애였다. 아이는 겁에 질려 눈이 휘둥그레져 있었다. 죽은 자는 그들 발치에 죽은 채로 있었다. 아이 엄마가 뭐라 하든, 할 수 있는 일이 별로 없었다.

"요즘은 실제로 아무 데서나 사람을 죽이나요?"

새벽 공기에 아이 엄마는 입김을 내뿜고 있었다.

"아무리 그렇더라도 여기는 살인하기에 올바른 장소가 아니잖아요!"

젊은 경관은 아직 풋내기이긴 해도 살인사건이라면 볼 만큼

봤다고 할 수 있었다. 하지만 들을 만큼 들은 건 아니었다.* 파시 경찰서로 배속된 지 이제 겨우 3주였다.

"용납할 수 없는 일이에요." 아이 엄마가 말했다. "가족이 평화롭게 조깅하고 있는데 아홉 살짜리 아이 발에 시신이 부딪히다니요."

(아이 엄마는 심지어 시체라는 말도 교양 있게 시신이라고 했다.)

"망측한 일이에요!"

아이 엄마는 미인이었고, 여자애도 겁에 질린 눈이지만 예뻤다. 모녀는 똑같은 운동복 차림이었다. 형광 줄무늬가 있는 운동복. 개똥벌레의 조깅이었다. 지금 상황에서는 도깨비불의 조깅이라고 하는 게 옳겠다. 하지만 젊은 경관은 냉소적인 사람이 아니었다. 그저 아이 엄마가 예쁘다고 생각했다. 주변 숲에서는 새벽의 냄새가 났다.

"이 동네에 3대째 살고 있지만 이런 일은 금시초문이라고요."

경찰 생활 3년밖에 안 됐지만 '이런 일'을 쉰네 번은 봤거든요, 젊은 경관은 생각했다.

* 라퐁프 로를 포함한 파리 16구는 파시Passy 구라고 불리기도 한다. 이 문장은 살인사건에 대한 부유층 사람들의 반응은 아직 못 들어봤다는 뜻이다.

나무들은 여전히 자라고 있었다. 풀들은 반짝이고 있었다. 젊은 경관의 파트너는 시체의 옷 주머니를 뒤졌다. 돈지갑, 명함지갑, 신분증.

앗, 씨팔!

그가 죽은 자의 신분증을 들고 일어섰다.

"아이, 씨팔!"

평생 제복 경찰 생활을 하면서 피하려고 했던 온갖 액운을 이 아름다운 작은 숲에서 한꺼번에 만나기라도 한 것 같았다.

"왜 그러세요? 또 무슨 일이 있어요?" 아이 엄마가 물었다.

늙은 경관은 멍한 표정으로 그녀를 보았다. 그녀를 처음 보기라도 한 듯, 그녀에게 조언이라도 구할 생각인 듯, 막 꿈에서 깨기라도 한 듯 멍한 표정이었다. 마침내 그가 입을 열었다.

"아무도 이 자리를 떠나면 안 돼요, 아무것도 건드리면 안 되고요, 난 큰집에 연락해야겠어."

그는 늙은 구세대 경찰답게 오르페브르 강변로*를 '큰집'이라 불렀다. 퇴직할 날이 얼마 안 남은 경찰이었다. 할 수 있었다면 이 시신을 치워버렸을 것이다. 순찰차로 향하는 그의 발걸음은 무거웠다.

---

* 파리 경찰청의 소재지.

“설마 저더러 하루 종일 여기 서 있으라는 건 아니겠죠! 얘야, 이리 와, 가자……”

하지만 아이는 오지 않았다. 아이는 시체에서 눈을 떼지 못했다. 아이는 목덜미 아래쪽에 난 작은 보랏빛 구멍에 매료되어 있었다. 총 맞은 자리의 머리카락이 약간 타서 구멍 주위로 동그랗게 곱슬곱슬 파마머리가 되어 있었다.

젊은 경관은 스스로에게 질문을 던졌다. ‘어른의 시체를 발견한 어린애와 어린애의 시체를 발견한 어른 중 누가 더 트라우마(아이 엄마가 쓴 표현이었다)가 심할까?’ 대답은 물 새듯 머리에서 빠져나갔다. 젊은 경관은 보랏빛 도는 작은 구멍을, 불에 그슬린 머리카락의 자그마한 후광을 다시 바라보았다. 혼잣말이 큰 소리로 나왔다.

“처형한 거네.”

그리고 덧붙였다.

“그것도 아주 깔끔하게.”

“실례지만요……” 아이 엄마가 말했다.

그녀는 자기 말을 번역이라도 하듯 열심히 고딕체로 말했다.

*

쿠드리에 총경의 사무실에 전화벨이 울렸을 때, 총경은 『통화의 제왕』 320쪽을 넘기던 참이었다. 필리프 아우엘텐이라는 이민자 3세의 이야기였다. 사회는 그에게 쓰레기통을 치우는 인생을 주었지만 그는 파리의 성스러운 쓰레기들을 모아 판다는 착상을 했고, 곧 이 사업을 각국의 수도로 확장시켰다. 시청 쓰레기차 뒤에 매달려 등장한 필리프 아우엘텐은 책의 절반이 넘어갈 무렵 이미 외환시장을 완전히 지배하고 있었다. 책 제목도 여기서 따온 것이다. 여세를 몰아 그는 눈부신 미모와 엄청난 교양을 갖춘 스웨덴 여인과 결혼해(그녀는 유부녀였다. 그는 그녀의 남편을 무자비하게 파산시켰다) 자기 아이를 낳게 했다. 아이는 태풍이 몰아치는 밤에 아마조니아 한복판에서 태어났다. 현지 인디오들에게 그것은 초인의 도래를 뜻했다……

쿠드리에 총경은 비탄에 잠겨 있었다.

전날 밤 엘리자베트는 퇴근하기 전에 커피 보온병 세 개를 준비해놓고 갔고—"고마워, 엘리자베트, 정말 도움이 될 거야."—쿠드리에 총경은 읽고 있던 책(기용 부인의 정적주의靜寂主義가 유발시킨 보쉬에와 페늘롱의 논쟁에 관한 책)을 아쉬워하면서 옆으로 밀어놓고 『통화의 제왕』을 펼쳤다. 미사 경본을 장식하던 중세 삽화공이 라쿠르뇌브*에 가서 아파트 내벽에 페인트칠을 하게 되었다면 그런 기분이었을 것이다.

하지만 총경은 공무를 위해 자신을 희생할 줄 아는 사람이고, 체계적인 사고를 하는 사람이며, 지금은 분노한 경찰의 직도 겸하고 있었다.

쿠드리에 총경은 말로센의 두개골을 관통한 총알을 두고 자책했다. 확실하게 죽일 생각으로 발사한 관통력 뛰어난 22구경 탄환이었다. 생티베르 사건을 수사하는 데 방해받지 않겠다는 핑계로 내가 말로센을 그 총알 앞으로 떠민 것은 아닐까? 전날 샤보트에게 실토한 것처럼 수사는 전혀 진전이 없었다. 아니, 뒷걸음쳤다. 새 교도소장이 부임해 온 뒤로 죄수들 사이에 싸움이 붙어 재소자 하나가 살해당하고 범인은 탈옥했다. 참담한 실패였다. 설사 말로센이 끼어들었어도 이보다 나빠지지는 않았을 것이다. J. L. B.의 바보 같은 책을 읽는데 순교자 말로센의 모습이 계속 어른거렸다. 쿠드리에는 그 젊은이를 높이 평가했다. 그와 처음 나눈 대화는 한 자도 빼놓지 않고 기억할 수 있었다. 벌써 3년 전의 일이다. 어느 날 저녁, 카레가 형사가 평소처럼 항공 점퍼 차림으로 나타나 직장 동료들에게 린치당한 말로센이라는 자를 총경의 소파에 뉘었다. 그자는 눈을 뜨자마자 다짜고짜 소파에 대해 물었다.

* 파리 북부 교외의 빈민가.

"레카미에 소파들은 왜 이렇게 딱딱한 거예요?"

"정복자들이 푹신한 소파에서 잠들면 제국을 잃으니까 그런 겁니다, 말로센 씨." 쿠드리에 총경의 대답이었다.

"어차피 제국은 잃잖아요." 말로센은 응수했다.

그리고 온몸으로 찌푸린 표정을 짓더니 한마디 덧붙였다.

"흐르는 세월이 푹신한 소파 구실을 하는 거죠."

쿠드리에는 이 젊은이를 좋아했다. 사위의 모습이 잠깐 떠올랐다. 사위는 파리공과대학 출신의 꼼꼼한 젊은이로 일요일마다 같이 점심식사를 하면서 행여 장인어른이 던질지도 모를 질문에 대비해 답변 초안을 몰래 준비하곤 했다…… 말로센이 사위였으면 좋겠다고 생각한 것은 아니다. 아냐, 물론 그러면 좋긴 하겠지만, 아냐, 그래도, 아냐. 하지만 가끔은 그의 사위가 말로센 같은 구석이 있으면 좋겠다고 생각했다.

아쉽게도 그가 얻은 사위는…… 꼼꼼히 초안을 준비하는 인물이었다.

말로센은 초안 같은 건 절대 준비하지 않았다. 결국 그러다가 양미간에 총알을 맞은 것이다.

『통화의 제왕』을 읽다가 생각이 거기까지 이르렀을 때 전화벨이 울렸다. 파시 경찰서의 반장이 샤보트 장관의 죽음을 알렸다.

"처형당했습니다, 총경님."

'시작되었군.' 쿠드리에 총경은 생각했다.

"불로뉴 숲 안쪽의 호수를 끼고 도는 산책길에서 발견되었습니다, 총경님."

'자기 집에서 코앞이네.' 쿠드리에 총경은 생각했다.

"엄마와 함께 아침 조깅을 하던 어린 여자애가 시체를 발견했습니다."

'어린애한테 조깅을 시키다니.' 총경은 생각했다. 그는 아이 엄마에게 나쁜 편견이 생겼다.

"현장에 있는 것은 아무것도 건드리지 않았고 주변 통행도 차단했습니다." 반장이 늘어놓았다.

'상부에 보고한다……' 총경은 전화를 끊으면서 생각했다. '상부라는 건 좋지 않아…… 보쉬에는 페늘롱을 파멸시켰고 맹트농 부인은 기용 부인을 바스티유에 보냈지……*'

"어차피 정적주의는 하루 이틀에 풀릴 문제가 아니지." 쿠드리에 총경은 중얼거렸다.

그는 주무장관의 전화번호를 눌렀다.

---

* 17세기 후반 기용 부인과 페늘롱이 프랑스에 정적주의를 퍼뜨리던 중, 그들과 가까웠던 맹트농 부인이 당시 대주교였던 보쉬에에게 이를 보고하고 보쉬에가 다시 이를 교황청에 보고하면서 정적주의가 이단으로 몰려 페늘롱과 기용 부인은 큰 고초를 겪었다.

*

형사는 넷이었다. 덩치 좋고 인내심 많기로는 '큰집'에서 내로라하는 형사들이었다. 해는 오래전에 졌고 그들의 아내들도 오래전에 잠자리에 들었다. 피의자는 둘뿐이었다. 모시족 모라는 별명을 가진 키 큰 흑인과 빨강머리의 땅딸막한 카빌리아 사람이었다. 조명을 받아 그 빨강머리가 활활 타오르는 걸 보면 형사들이 선글라스를 끼고 있는 것도 이해가 되었다. 카빌리아 사람의 이름은 시몽이었다. 다섯번째 경찰은 뒤에 떨어져 서서 일언반구도 없었다. 그는 호치민과 꼭 닮은 자그마한 베트남계 남자였다. 가죽 멜빵을 매고 강렬한 눈빛의 아기를 안고 있었다. 경찰들과 불량배들은 베트남 사람과 아이를 보지 않으려 했다.

"알았어, 처음부터 다시 시작하자." 첫번째 형사가 말했다.

"우린 시간 많아." 쓰고 난 크리넥스 같은 셔츠를 입은 두번째 형사가 말했다.

"얼마나 걸리든 우린 상관 안 해." 세번째 형사가 느릿느릿 동의했다.

"그럼 시작해볼까?" 네번째 형사가 이미 꽉 찬 휴지통 옆에 빈 종이컵을 던지며 말했다.

모와 시몽은 자기들 이름을 밝히고 몇 대를 거슬러 올라가면서 조상들의 이름을 읊었다. 이 짓도 벌써 여덟번째였다. 카빌리아 사람은 미소 지으며 대답했다. 앞니가 벌어져 그렇게 보이는지도 몰랐다. 키가 큰 모시족은 무표정했다.

"그럼 그 튀브시트로앵은 뭐야?"

"메르게즈 소시지를 팔려고 한 거라니까요." 모시족이 말했다.

"메르게즈 소시지를 팔려고 했다고? 라퐁프 로에서? 16구에서?"

"벨빌 로에서는 춘권 장사가 잘되죠." 카빌리아 사람이 지적했다.

"영업허가도 없이 무슨 장사를 한다는 거야?" 한 경찰이 단호하게 말했다.

"차 문짝은 왜 닫아두고 있었어?"

"아직 장사를 시작할 시간이 아니었어요." 카빌리아 사람이 말했다.

"부자들은 늦게까지 일해요." 모시족이 설명했다.

"우리보다 늦게까지 일하진 않아." 형사 하나가 참지 못하고 말했다.

"저희 때문에 퇴근도 못하시네요, 죄송해요." 카빌리아 사람이 말했다.

"헛소리하지 마, 새끼야."

"라퐁프 로에서 메르게즈 소시지를 팔려고 했다고? 그게 말이 되냐?"

"정말이라니까요." 모시족이 확인해주었다.

"'스치기만 해도 죽는다' 셀림, 그놈 알아?"

"아뇨."

두서없는 대화였다. 되는대로 아무렇게나 이야기가 이어지고 있었다.

"키 작은 권투선수야, 페더급이고, 모로코계야. 정말 몰라?"

"몰라요."

'스치기만 해도 죽는다' 셀림은 베르시 종합체육관에서 난리가 난 뒤 시체로 발견되었다. 끔찍한 죽음이었다. 물기 없는 샤워실 타일 위에 죽은 거미처럼 몸이 꺾여 있었다.

"'긴팔원숭이', 그놈도 몰라?"

"몰라요."

"곤봉을 파리채처럼 휘둘러대는 호리호리하고 키가 큰 놈인데, 몰라?"

"우린 그런 애들 몰라요."

"그러면 러시아놈은?"

"러시아놈 누구요?"

"다른 두 놈이랑 같이 다니던 덩치 좋은 러시아놈 말이야."

"우리는 우리 친구들밖에 몰라요."

"너희도 베르시에 있었지?"

"그렇죠. 우리 친구인 말로센 형이 거기 있었거든요…… 불쌍하게."

"'긴팔원숭이' '스치기만 해도 죽는다' '러시아놈', 그 세 명도 베르시에 있었어."

그들은 베르시에서 시체로 발견되었다. 똑같이 거미 모양의 시체였다.

"걔들 모른다니까요."

구조대는 처음에 그들이 혼란스러운 와중에 군중에 깔려 죽은 거라 짐작했다. 하지만 몸은 고통스럽게 꺾여 있고 얼굴은 시퍼렇다 못해 흙빛에 가까웠다…… 사고사가 아니었다.

형사 하나가 차분히 말했다.

"벤 타예브와 너희가 이 악당놈 셋을 손봤잖아. 왜 그런 거냐고?"

"형사님, 우리는 아무도 손봐준 적 없어요."

검시관은 사인을 밝히느라 한동안 애를 먹었다. 그러다 마침내 세 사람의 목 아래쪽에서 미세한 주사 자국을 발견했다. 부검 결과는 명백했다. 소뇌에 수산화나트륨을 주사한 것이다.

"모, 시몽……"

모두들 돌아보았다. 자그마한 베트남 형사였다. 그는 그동안 꼼짝도 않고 있었다. 그는 뒤쪽 벽에 등을 기대고 있었다. 아기는 권총을 품고 있었다. 눈 네 개에, 목소리는 장 가뱅이었다.

"그 세 놈의 잡놈들이 뱅자맹한테 무슨 짓을 했기에 걔들을 죽인 거야?"

"말로센은 그런 쪽 사람들은 아무도 몰랐어요." 모시족이 말했다.

아기의 시선 때문이었을까? 모시족은 너무 빨리 말했다. 약간 너무 빨리 말했다. 그걸 눈치챈 건 티안뿐이었다. 어느새 다른 형사들이 질문을 다시 시작했다.

"라퐁프 로에서 왜 그 승합차 안에 숨어 있었어?"

"메르게즈 소시지를 팔려고 했다니까요." 카빌리아 사람이 말했다.

"어떻게 된 일인지 내가 얘기해주지." 네 형사 중 하나가 말했다. "너희는 그놈의 튀브 승합차에 숨어서 교란작전을 편 거야. 우리가 너희를 체포하는 사이 다른 놈이 샤보트를 납치해서 죽인 거고."

"샤보트라뇨?" 시몽이 물었다.

"너희들, 최고형 받을 각오 해둬."

"이거 봐." 모시족이 슬픈 얼굴로 카빌리아 사람에게 말했다. "몇 년 동안 카드 야바위 업계에서 굴러먹다가 이제 마음 좀 고쳐먹고 착하게 살려 했더니 바로 인생이 꼬여버렸잖아…… 시몽, 내가 얘기했지? 이럴 줄 알았다니까."

"처음부터 다시 시작하자." 누군가가 말했다.

24

난 화를 퍼붓고서 그를 떠났어! 줄리는 식은땀에 젖어 잠에서 깼다. 자신이 뱅자맹을 내려다보면서 그의 현재 모습을 비난하고 자기 자신이 되라고 부추기던 장면을 꿈에서 본 것이다. 마귀 들린 사람의 몸뚱이 옆에 쪼그려 앉은 수녀원 원장 꼴이었다.

그는 그녀의 넓적다리 사이에 끼여 옴짝달싹 못하면서 사람을 믿다가 덫에 걸린 짐승처럼 믿을 수 없다는 표정으로, 분노로 눈이 이글거렸다. 딴사람 같았다. 그들은 섹스를 마친 참이었다.

그녀는 바이스를 조였다. "넌 단 한 번도 너 자신이었던 적이 없어!"

자기 정체성……

그녀는 그런 세대였다…… 그 세대에게 확고한 자기 정체성은 절대적인 신조였고, 냉철한 지성은 숭고한 의무였다. 절대 속으면 안 돼! 속으면 안 돼! 어리석은 사람이 되는 것은 크나큰 죄악이었다. "언제나 현실을 위해 일해야 해!"…… "나는 정말 끔찍하게 짜증 나는 여자야"…… "그리고 거짓말쟁이고"……

그녀는 직업정신이라는 거창한 도그마로 자신을 감싸고 있었다. 하지만 뱅자맹에게 희생양으로 살고 있다고, 엄마가 무책임하게 버려둔 동생들이나 돌보고 있다고, 얼굴마담 짓이나 하고 있다고 비난하면서 그녀가 정말 하려던 말은 완전히 다른 것이었다. 그녀는 그가 자기만 사랑해주기를 원했다. 그의 동생들이 아니라 둘이 낳은 자식들을 돌봐주기를 원했다. 분노가 폭발한 것은 사실은 그 때문이었다. '현실에 뿌리박고 있는 기자 좋아하네……' 지금껏 모험가, 싸움꾼처럼 제멋대로 날뛰며 살아왔는데 문득 정신을 차려보니 나이는 서른을 훌쩍 넘었고 돌연 걷잡을 수 없이 불안해지는 것이다…… 너무 뒤늦게 고향에 돌아온 뒤 닥치는 대로 집을 사고 싶어하는 탐험가의 고독. 바로 그것이었다. 다른 게 아니었다. 그녀는 항공모함 말로센이 가정집으로, 그녀만의 집으로 변신하기를 요구했던 것이다. 그게 다였다.

말로센을 빼앗긴 지금, 그것은 의심의 여지가 없었다.

*

그래, 더 잠이 올 리 없지. 쥘리는 숨을 가쁘게 몰아쉬며 일어난다. 파리 시내에 그녀가 마련해둔 다섯 군데의 은신처 중 하나인 이 좁은 하녀방* 세면대에서 차가운 녹물이 졸졸 흐르고 있다.

"이별에는 재능을 타고났다니까, 두말하면 잔소리지……"

그녀는 세수를 한다. 세면대를 힘껏 잡고서 한동안 물속에 머리를 처박는다. 젖가슴의 무게가 느껴진다. 고개를 든다. 거울을 본다. 이틀 전 그녀는 머리를 잘랐다. 자른 머리카락을 쓰레기봉투에 처넣어 센 강에 가서 뿌려버렸다. 제레미가 다녀간 뒤 또 누군가가 문을 두드린 적이 있다. "경찰입니다!"라는 소리가 들렸다. 그녀는 조용히 머리 자르는 일에 열중했다. 문 두드리는 소리가 다시 들렸지만 안에 사람이 있을 거라는 확신은 별로 없는 듯했다. 문 밑에 종이를 밀어넣는 소리가 들렸다. 경찰서 소환장이었다. 그녀는 소환을 무시할 것이다. 그녀는 경력(현실을 위해 일하는 기자)을 되살려 갓 갱신한 이탈리아 여권과 두 개의 가짜 신분증을 구했다. 가발들. 분장. 그녀는 이탈리아인이 되었다 오스트리아인이 되었다 그리스인이 될 것이다. 예전에 그녀

* 주인과 같은 건물에 기거하는 하인들을 위한 방으로, 보통 건물 꼭대기 층에 있으며 매우 비좁고 살기에 불편하다. 요즘은 주로 가난한 대학생이나 이민자들이 임대해 거주한다.

는 이런 식의 카니발을 무척 즐겼다. 그녀는 변신이라는 여성의 특권을 극단으로 밀어붙여 완벽한 수준에 도달했다. 그녀는 못생겨 보이는 법을 알고 있었다. 평범하게 못생긴 외모 말이다. (미모는 피할 수 없는 숙명이 아니야……) 엄마들이 좋은 의도로 예쁜 딸에게 주름이 생기지 않게 미소 짓는 법을 가르쳐줄 나이에, 쥘리의 부친인 총독은 얼굴을 있는 대로 찡그리는 법을 가르쳤다. 총독은 어릿광대였고, 만물과 교감하는 인간 카멜레온이었다. 벤 바르카*의 연설을 흉내낼 때면 벤 바르카가 되었다. 벤 바르카가가 노로돔 시아누크**와 대화하는 장면에선 벤 바르카가 되었다가 노로돔 시아누크가 되었다 했다. 집 밖에서는 딸을 위해 거리의 온갖 장면을 연기해주었다. 그는 놀랄 만큼 순식간에 개와 개의 주인 여자를 흉내냈고 심지어 개 오줌을 맞은 토마토의 표정도 흉내냈다. 그렇다, 그녀의 부친인 총독은 야채도 흉내낼 수 있었다. 물건 흉내도 가능했다. 총독은 꼿꼿이 서서 옆모습을 보이면서 두 팔로 완벽한 원을 만들어 머리 위로 올리고 발레리나처럼 발끝으로 서서 몸을 곧추세우고 왼다리를 직각으로 굽혀 발이 다리와 수직이 되게 만들었다.

---

* 파리에서 망명 생활을 한 모로코의 혁명가.

** 캄보디아의 정치가.

"쥘리, 이게 뭐게?"

"열쇠!"

"그렇지! 이번엔 네 차례야, 나처럼 열쇠 흉내를 내봐."

*

줄리에타의 엔진이 조용히 돌고 있다. 그리스 여자 미란다 스쿨라투의 눈에 비서 고티에가 들어왔다. J. L. B. 말로센의 사진들에서 뒤쪽 한구석에 서 있던 인물이다. 로르 크네펠에게 인터뷰를 어떤 식으로 해야 하는지 지시한 인물이다. 말로센이 정해진 대사를 그대로 읊는지 감시한 인물이다. 깡패들을 시켜 뱅자맹을 난폭하게 폭행한 인물이다.

"맞아, 고티에야." 샤보트 장관은 자백했다. 목덜미에 총구가 닿아 있는 상태였다.

샤보트는 덧붙였다.

"보기와는 달리 일 처리가 빠른 친구지."

고티에는 파리 5구의 라부아지에 고등학교 맞은편 앙리바르뷔스 로에 살고 있다. 그의 일과는 시계처럼 정확하다. 괘종시계의 뻐꾸기처럼 정해진 시간에 집을 나와 정해진 시간에 집에 들어간다. 대학생 같은 앳된 얼굴에 몽상가의 더플코트를 입고 있다.

그리스 여자 미란다는 마지막으로 권총의 탄창을 점검한다.

고티에가 다가오는 것이 백미러로 보인다.

혈색 좋은 얼굴이다.

손에는 초등학생용 책가방을 들고 있다.

미란다 스쿨라투는 공이치기를 젖혀 권총을 장전한다.

자동차 엔진은 아침의 미풍처럼 조용하다.

25

"세베리나 보칼디.* 국적은 이탈리아."

"가발을 썼던가요?"

"예?"

"그 여자 머리가 진짜 같았습니까, 가발 같았습니까?"

"저는 이빨밖에 못 봤어요."

"머리 색은 생각납니까?"

"아뇨, 저는 그 여자 이빨만 봤어요. 여권 사진에도 이빨밖에 안 보이던걸요."

---

* 말로센 연작의 다음 권인 『말로센 말로센』에는 쥘리의 어머니가 이탈리아 출신의 세베리나 보칼디라는 언급이 나온다. 하지만 『기병총 요정』에서는 쥘리의 모친이 이탈리아 출신의 에밀리아 멜리니라고 되어 있다.

렌터카 업자 부시에르는 웃긴 사람이었다. 카레가 형사는 참을성이 많은 형사였다. 끈질기다고 해도 좋다.

"금발이던가요, 갈색머리던가요?"

"솔직히 모르겠어요. 그 여자에 대해 기억나는 건 시동 걸 때 클러치 소리가 요란했다는 것뿐이에요."

"그렇게 뚜렷한 금발도 아니고 뚜렷한 갈색머리도 아니었다?"

"글쎄, 그런 것 같은데요…… 늙은 여자들한테는 차를 절대 빌려주면 안 되겠네. 특히 이탈리아 여자들은."

"빨강머리였습니까?"

"그건 절대 아니에요! 빨강머리 여자는 눈 감고도 알아볼 수 있어요."

"머리가 많이 긴 편이었나요?"

"아뇨."

"아주 짧은 편?"

"그것도 아니고요. 그 여자, 머리를 한 것 같더라고요. 무슨 말인지 아시겠어요? 여자들이 하는 것처럼 머리를 했더라고요……"

'가발을 썼군.' 카레가 형사는 짐작했다.

*

두번째 고객은 오스트리아 여자였다. 그녀는 파리 위쪽 20구의 강베타 광장에 있는 대리점에서 차를 빌렸다.

"이름이 뭐였습니까?"

"알무트 베른하르트요."

"헬무트요?"

"알무트요."

"알무트?"

"A로 시작하는 알무트Almut요. 여자 이름인 것 같아요."

카레가 형사는 그것을 받아 적었다. 그는 과묵한 경찰이었다. 소심한 건지도 몰랐다. 그는 여름이나 겨울이나 목에 털이 달린 항공 점퍼를 입고 다녔다.

"키는 컸습니까?"

"어떻게 얘기해야 하나……"

"무슨 말입니까?"

"허리가 굽은 것 같았어요. 얼굴도 좀……"

"얼굴요?"

"신분증에는 1954년생이라고 되어 있는데 그렇게 늙지 않았어요. 하지만 얼굴에 자국이 있었어요."

"흉터였습니까?"

"아뇨, 인생의 자국이었어요…… 인생의 흉터라고나 할까."

'이 사람, 렌터카 업계에서 큰돈 벌기는 어렵겠군.' 카레가 형사는 순간적으로 생각했다.

"직업은 뭐였습니까?"

"교사였어요. 역사 교사. 오스트리아는 역사가 꽤 복잡하잖아요." 렌터카 업자가 설명했다. "제국의 해체, 나치즘, 요즘은 강대국 사이에서 고립될지도 모른다는 위협까지……"

'이 사람, 직업을 바꿔야겠어.' 카레가 형사는 생각했다.

*

"그래, 무슨 일입니까?" 세번째 업자가 대뜸 물었다.

덩치 큰 사람만 보면 공격적으로 나오는 자그마한 남자였다. 하지만 카레가는 덩치는 커도 키 작은 남자들 앞에서 언제나 참을성을 보이는 편이었다. 그 때문에 그런 자들은 더 공격적으로 나오곤 했다.

"등록번호가 246 FM 75인 아우디 차량 때문에 왔습니다. 이 집에서 빌린 것 같은데요."

"그럴 수도 있죠. 근데 왜요?"

"확인해줄 수 있습니까?"

"왜요? 그 차에 무슨 일이 생겼는데요?"

"누가 그 차를 렌트했는지 알고 싶습니다."

"그런 얘기는 짭새한테 함부로 하면 안 되지, 업무상 비밀이라고."

"그 차가 살인사건 현장에서 발견됐어요."

"별일 없어요?"

"무슨 말씀이죠?"

"차 말이에요, 망가졌어요?"

"아뇨, 차는 멀쩡합니다."

"그럼 내가 회수해도 돼요?"

"감식반이 조사 중입니다. 끝나고 나면 돌려줄 겁니다."

"그 조사 어쩌고 하는 짓거리는 얼마나 걸립니까?"

"차를 빌려간 게 누구죠?"

"하루 손실이 얼마인지 알기나 해요?"

"살인사건이니까 신속하게 처리될 겁니다."

"신속하게 처리된다……"

"차를 빌려간 게 누구죠?"

"경찰들이야 사람들 엿 먹일 때나 신속하게 움직이지."

카레가 형사는 화제를 바꿨다.

"알렉상드르 파도바니, 번호판 밀매, 도난 차량 은닉, 불법 무기 소지, 프렌 감옥에서 3년 수감, 2년간 국외 추방."

렌터카 업자의 족보였다.

"젊었을 때 사고 좀 친 걸 갖고 뭘 그래요, 이제 손 씻었어요."

"그럴 수도 있지, 파도바니. 하지만 너 계속 나한테 헛소리하면 앞으로 좀 피곤해진다."

카레가 형사는 때에 따라 적절한 말을 찾을 줄 알았다.

"스쿨라투예요." 렌터카 업자가 말했다. "미란다 스쿨라투라는 그리스 여자가 렌트했어요."

*

쿠드리에 내 계산이 맞다면 말로센이 저격당한 뒤로 시체가 다섯 구가 나온 거로군.

반 티안 말로센은 친구가 많았죠……

쿠드리에 베르시에서 발견된 시체 세 구는 벨빌의 소행이라고 보는 게 옳겠지.

반 티안 수산화나트륨을 썼으니까…… 아마 그렇겠죠.*

쿠드리에 하지만 샤보트 장관은? 그리고 고티에라는 젊은이는?

반 티안 ……

---

* 전작 『기병총 요정』에서 벨빌 패거리는 수산화나트륨으로 살인을 저질렀다.

쿠드리에 티안, 한 가지 부탁 좀 해도 되겠나?

반 티안 ……

쿠드리에 부탁인데 그 아기 좀 다른 방향으로 돌려줄 수 있나?

반 티안 여자아이입니다, 총경님. 이름은 베르됭이고요.

쿠드리에 피할 이유가 한 가지 더 있었군.

(티안 영감은 무릎 위에서 아기 베르됭의 몸을 돌린다. 아이의 눈이 쿠드리에 총경의 눈을 놓아주고는 티안 뒤쪽 벽난로 위에 유배중인 구리로 된 나폴레옹 흉상의 시선을 노려본다.)

쿠드리에 고맙네.

반 티안 ……

쿠드리에 ……

반 티안 ……

쿠드리에 자네는 아직도 커피를 안 마시나?

반 티안 베르됭을 돌보면서부터는 아무것도 안 마십니다.

쿠드리에 ……

반 티안 ……

쿠드리에 그래…… 애가 착하네.

반 티안 완벽한 애죠.

쿠드리에 처음부터 환상을 품지 않는 게 좋지…… 그러는 게 인생에는 도움이 될 수 있어.

반 티안 인생에 그만큼 도움 되는 것도 없죠.

쿠드리에 근데 애들 키우는 얘기 하려고 부른 건 아니고…… 티안, 여자가 사랑하는 남자를 위해 복수하기로 결심하면 어디까지 갈 수 있을 것 같나?

반 티안 ……

쿠드리에 ……

반 티안 최소한 복수는 하겠죠.

쿠드리에 그녀는 각기 다른 국적의 가명 세 개로 차 세 대를 빌렸네. 차에는 지문을 전혀 남기지 않았지만 렌트 서류에는 남겼지. 서명하려고 장갑을 벗었던 거야. 확실히 하려고 세 개의 필적을 대조시켰는데 같은 사람이었네. 필적을 숨기긴 했지만 같은 사람이야. 외모는 매번 알아볼 수 없게 달라졌어. 말의 이빨을 한 이탈리아 여자, 신경쇠약에 걸린 오스트리아 여자, 눈부시게 아름다운 그리스 여자.

반 티안 전문가로군요……

쿠드리에 아직 얼마든지 다른 모습으로 변장할 수 있을 거라고 보네.

반 티안 은신처도 많이 남아 있겠죠……

쿠드리에 ……

반 티안 ……

쿠드리에 그렇다면 이 상황에서 논리적인 귀결은 뭐라고 생각하나?

반 티안 탈리옹 출판사의 다른 직원들을 제거하는 것이겠죠.

쿠드리에 내가 두려운 게 바로 그거야.

*

"난 그 사람을 사랑했어."

쥘리는 다시 은신처를 바꿨다. 생토노레 로路에 있는 하녀방이었다.

"사랑했어."

쥘리는 냄새가 역한 매트리스에 누워 큰 소리로 말했다.

"사랑했던 거야."

그녀는 눈물이 흐르게 두었다. 그녀는 울지 않았다. 눈물이 흐르는 것을 막지 않을 뿐이었다. 그 명백한 사실 때문에 눈물이 쏟아졌다.

"난 그 사람을 사랑했어."

그것이 그녀의 결론이었다. 총독과도 상관없고, 뱅자맹이 '세상의 주석'인 것과도 상관없고, 그녀가 나이가 들어 외로움을 두려워하게 된 것과도 상관이 없었다…… 다 헛소리고 핑계였다.

"사랑했던 거야."

그녀는 온갖 이유를 들이대보았다. 그는 처음에는 기사 주제에 불과했다. 희생양이라는 직업은 정말 놀라운 것이었다. 그런 특종감을 놓칠 순 없었다. 그녀는 기사를 썼다. 하지만 기삿거리의 가치가 없어진 다음에도 뱅자맹은 남아 있었다. 그녀만의 주제, 뱅자맹 말로센.

"사랑했어."

그녀는 뱅자맹을 기항지로 이용했다. 몇 달씩 사라졌다가 찾아와서 그의 집에서 쉬었다. 그러던 중 그녀는 그의 집이 자기 집처럼 느껴지는 것을 깨달았다. 그는 그녀의 항공모함이 아니었다. 그는 그녀의 모항母港이었다. 그는 곧 그녀였다.

"사랑했어."

이제 뱅자맹은 사라진 주제였다. 그 명백한 사실 때문에 눈물이 쏟아졌다.

"난 그 사람을 사랑했어."

옆방 사람이 벽을 두드렸다.

"그 사람 사랑했다는 거 충분히 알았다고!"

26

고티에는 생전에 독실한 가톨릭 신자였다. 그리고 고티에는 독실한 가톨릭 신자로 죽었다. 목덜미에 총알이 하나 박혀 죽었지만 그래도 독실한 가톨릭 신자였다. 가방끈이 길고 책도 많이 읽었는데도 가톨릭 신자였다. 신부는 그 점을 치하해야 한다고 생각했다. 생로크 성당의 주 제단 앞에 놓인 관 주위에 모여 있는 고인의 친구들 앞에서 신부는 비음 섞인 목소리로 그 점을 언급했다. 가족들은 울고 있었다. 친구들은 고개를 숙이고 있었다. 쿠드리에 총경은 신부들이 설교단에 올라가기만 하면 목소리가 왜 그렇게 되는지 궁금했다. 성령이 코맹맹이 소리로 말을 하나? 한편 쿠드리에 총경은 탈리옹 출판사의 직원들이 말살되는 것에 단호한 거부감을 갖고 있었다. 비록 뒷구멍으로 J. L. B.의 책을 내고 있긴 하지만, 이 출판사에서는 순수한 사랑이 무엇이냐는 기용 부인의 근본적인 질문에 대한 보쉬에와 페늘롱의 논쟁을 수백 년 만에 다시 펴내기도 했다. 그런 출판사가 사라지는 것은 옳지 않았다. 하지만 쿠드리에 총경은 쥘리 코랑송이 같은 관점에서 생각할지 의심스러웠다. 생로크 성당은 친척, 친구, 출판사 사람, 경찰로 꽉 들어 찼다. 어떤 이들은 가슴이 찢어졌고 어떤 이들은 권총 때문에 가슴이 무거웠다. 이런 상황에서도 남자들은 여자들을 쳐다보았다. 여자들은 얼굴을 붉혔다. 여자들은 그 남자들의 손가락이 방아쇠 바로 옆에 가 있는 것을 몰랐다. 쥘리 코랑송은 저 울고 있는 여자들 틈에 섞여 있을 수도 있고, 성가대 일원으로 위장했을 수도 있고, 고해실에 매복해 있을 수도 있었다. 어쩌면 그녀는 새하얀 날개를 달고 하늘에서 다이빙해 스테인드글라스를 뚫고 들어와 산탄총으로 교회법을 집행할지도 몰랐다. 형사들은 손가락이 저리고 눈이 빠질 지경이었다. 어떤 형사들은 경찰 생활을 하면서 사랑에 미친 여자들을 상대한 적이 있었기에 방탄조끼를 착용하고 있었다. 그 여자는 복수가 끝날 때까지는 멈추지 않을 것이다. 그녀가 자비를 베푸는 일은 결코 없을 것이다. 깡그리 없애버릴 것이다. 관통력 높은 22구경 탄환이 그녀의 애인을 허공으로 튕겨버렸다. 이런 여자들은 누가 그렇게 애인을 죽이면 고마워하든, 절대 용서하지 않든 둘 중 하나다. 탈리옹 출판사 직원들을 밀착 경호하라는 것이 보스의 명령이었다. 그리고 여자 비슷한 것에는 절대 눈을 떼지 말라는 명령이었다.

경찰 이외에도 경호를 자처하고 나선 사람들이 있었다. 칼리냐크의 럭비 팀 친구 열네 명이 이동식 요새가 되어주었다. 켈트족 마법사가 영구 용접을 해버린 듯한 스크럼이었다. 15인조 럭비 팀은 신중한 게처럼 이동했다. 칼리냐크는 그 때문에 화가 났다. 그의 기도가 하늘로 잘 올라가지 못했다. 명복의 뜻을 고티에에게 전하려면 스크럼이 조금은 열려야 했다. 고티에에 대한 그의 감정은 달걀 모양의 럭비공 같은 형제애였다. 칼리냐크는 고티에를 자기가 낳은 알처럼 품고 보호했다. 칼리냐크는 말로센도 좋아했다. 칼리냐크에게 럭비와 무관한 것은 무엇이든 너무 연약해 보였다. 말로센도, 고티에도 평생 럭비를 해본 적이 없었다…… 그러더니 결국 이 꼴인 것이다. 칼리냐크는 바보가 아니었다. 아무 상관 없는 일이라는 걸 잘 알고 있었다. 하지만 그래도…… 그래도 럭비를 했더라면……

젊은 고티에를 매장하고 있었다. 그 먹물 친구는 관 속에 누워 있었다. 그 위로 성수가 뿌려졌다. 성부와 성자와 성령의 이름으로. 루사 드 카자망스는 레지스탕스 당시의 수훈 덕에 이런 예식에서는 유독한 훈장처럼 권총을 착용해도 됐지만 차지 않았다. 그는 몬테카시노에서 살아 돌아온 깜둥이였다. 사랑에 미친 여자의 총알에 맞아 죽는다는 것은 부당한 일이긴 해도 뜻밖의 횡재일 것 같았다. 루사 드 카자망스는 조국에 지대한 공헌을 했다는 말을 듣기 싫어했다. 조국은 고故 쥐앵 원수의 모습을 하고 그를 사지로 보냈다. 난공불락의 요새가 우뚝 서 있는 이탈리아의 예쁜 언덕이었다. 선두는 깜둥이들이었다. 그다음은 북아프리카 출신의 아랍인 부대였다. 평화가 찾아오자 조국은 북아프리카인들이 독립을 요구한다고 화를 냈다. 이 언덕에서 살아 내려온 자들을 조국은 어느 날 아침 세티프의 먼지 속에 쓰러뜨렸다.* 기관총 세례였다. 같은 날 몬테카시노의 동네 아이들은 해골을 가지고 놀았다. 아직도 따뜻한 요새 잔해에서는 해골이 끝없이 나왔다. 그 요새는 전쟁이 그곳에 둥지를 틀기 전에는 유서 깊은 수도원이었다. 루사는 조국에 지대한 공헌을 했다는 사실을 인정하지 않으려 했다. 그는 여자들에게 지대한 공헌을 한 것만 인정받고 싶어했다. 그는 몇 명의 여자를 사랑했다. 모두 열렬히 사랑했다. 전부 멋진 여자들이었다. 여자들에게 받은 것을 생각하면 쥘리 코랑송의 총알을 맞는 것쯤은 아무것도 아니었

* 1945년 2차 대전 종전 후 알제리의 도시 세티프에서 독립을 요구하던 알제리인들을 프랑스 정부가 무자비하게 학살한 사건으로 수만 명의 사망자를 냈다. 세네갈과 마찬가지로 알제리, 모로코, 튀니지 등의 북아프리카 식민지 역시 프랑스군의 일원으로 2차 대전에 참전했다.

다. 말로센이 그걸 봤으면 재미있어했을 것이다. 루사와 말로센은 죽이 잘 맞았다. 말로센은 루사의 인생에 20년이나 늦게 등장하더니 너무 일찍 떠나가버렸다. 같이 일하는 동안 두 사람은 정말 죽이 잘 맞았다. 하지만 루사는 말로센과의 교우를 사적인 관계로까지 발전시키지 않았다. 루사는 말로센의 집에 간 적이 없었다. 그들은 탈리옹 출판사의 복도에서 마주쳤을 뿐이었다. 그것만으로도 재미있게 놀기에는 충분했다. 루사와 말로센은 왜 그렇게 죽이 척척 맞았던 것일까? 아마 둘 다 책을 좋아했기 때문일 것이다. 책에 대한 그들의 애정은 그들만의 독특한 것으로, 불량배스러웠다. 그들은 불량배처럼 책을 좋아했다. 그들은 악한이 책을 읽고 착한 사람이 되는 일 따위는 믿지 않았다. 그들은 남들이 책을 읽으면서 인류애의 환상에 빠지는 걸 재미있어했다. 하지만 그들은 책을 사랑했다. 그 환상을 위해 일하는 걸 좋아했다. 관통력 높은 22구경 탄환을 맞을 거라 믿고 일하는 것보다는 적어도 그편이 재미있었다…… 그리고 우울할 때는 언제나 가장 멋진 서재는 최고 무기상의 집에 있다는 말로 서로를 위로할 수 있었다. 루사와 말로센은 자기들의 대포인 13.5구경 시디브라임 주酒를 앞에 놓고 자주 이야기를 나눴다.*

젊은 고티에가 공중 부양을 시작했다. 나무 관에 네 쌍의 다리가 생겼다. 고티에가 길을 거슬러 올라가는 동안 길가에 선 사람들은 머리 숙여 엄숙한 수평선을 만들었다. 그는 피리 부는 사나이처럼 사람들을 이끌고 갔다. 먼저 친척들이, 그다음에는 친구들이 차례로 의자에서 일어서서, 생전에는 전혀 지휘자감이 아니었던 애송이 고티에를 따라갔다. 루사는 일부러 이자벨의 앞에 섰다. 코랑송 가의 여인이 이자벨을 죽이도록 놔둘 수는 없었다. 탈리옹 출판사 직원들은 이자벨을 자보 여왕이라 불렀지만(말로센은 앞에서 대놓고 그렇게 불렀다) 그녀에게 루사가 카자망스의 깜둥이인 것처럼 루사에게 그녀는 언제나 이자벨, 까마득한 어린 시절부터 책은 영혼의 필수불가결한 매트리스라고 생각하던 산문팔이 소녀 이자벨일 뿐이었다. 디엔비엔푸가 함락된 직후인 1954년 6월의 어느 오후(루사는 이 일화를 말로센에게 들려준 적이 있다), 이자벨이 루사의 사무실로 전화를 걸어 말했다. "루사, 얼마 전에 우리가 인도차이나를 잃었잖아. 얼마 안 있으면 중국 난민들이 동남아시아를 떠나 여기 파리로 몰려와 정착할 거야. 그러니까 빨리 중국어를 배워봐. 그리고 중국 문학의 주요 작품은 죄다 번역해줘. 중국인들이 파리에 도착했을 때 중국 문학 작품들이 먼저 깔려 있게 말이야. 걔들이 잘 침대를 마

* 13.5는 시디브라임의 알코올 도수다. 작가는 한국어의 '대포'라는 단어처럼 '총기'와 '술 한 잔'이라는 뜻을 모두 갖고 있는 프랑스어 단어 'canon'을 가지고 말장난을 하고 있다.

련해줘야지." (루사는 뱅자맹을 위해 건배하면서 이야기를 마무리 지었다. "그래서 내가 지금 중국어를 이렇게 잘하는 거야, 등신아. 간뻬이, 건배!")

그랬다. 말로센과 아무리 친했다 한들 루사는 쥘리가 이자벨에게 총알 세례를 퍼붓게 놔둘 수 없었다. 살육이 시작된 뒤로 루사는 시디브라임을 한 잔도 마시지 않았다. 반사신경도 오롯이 회복했으니 때가 되면 이자벨과 저격수 사이에 뛰어들 작정이었다…… 평생의 소원대로 여인을 위해 죽는 것이다. 그것도 여자 손에 죽는 것이니 금상첨화 아닌가.

*

느닷없는 습격에 그 자리에 있던 사람 모두가 놀랐다. 습격은 여자가 아니라 하늘에서 왔다. 사람들이 고티에를 평생 마지막으로 택시에 태워주려는 순간, 칼리냐크는 왼쪽 어깨가 터져나가는 것을 느꼈다. 다른 사람들 모두가 총소리를 들었다. 칼리냐크는 친구들에게 둘러싸여 있었다. 사람 키 높이에서는 그를 공격할 수 없었다. 높은 곳에서 쏜 것이다. 14인이 순식간에 칼리냐크를 덮쳐 땅바닥에 쓰러뜨렸다.

"씨팔, 놔줘, 어디서 쐈는지 봐야겠어."

"너 꼼짝이라도 하면 후장 파열시켜준다."

친구들이 칼리냐크의 몸을 완전히 가려버리기 전에 두번째 총알이 그의 장딴지를 관통했다. 스탠드오프 라메종이 순발력 있게 몸을 날려 피투성이 장딴지를 덮었다.

"잡년이 조준은 더럽게 잘하네!"

이제 칼리냐크는 보이지 않았다. 생로크 성당 계단에는 이제 한 사람도 서 있지 않았다. 다들 서로를 깔고 엎드려 있었다. 루사는 이자벨을 깔고 있었다.

"50년 동안 날 덮치고 싶었던 거지…… 솔직히 말해."

"움직이지 마."

죽은 자를 제외하고는 모두 엎드려 있었다. 홀로 버려진 애송이 고티에는 영구차에서 미끄러져 나왔다. 그는 엎드려 있는 산자들 한복판에 자신의 상자를 위풍당당하게 세웠다.

하늘이 잠시 머뭇거렸다.

그 머뭇거림은 하늘에게 치명적이었다.

납작 엎드린 자들 사이에서 갑자기 2인 1조가 일어났다. 호치민의 태평한 얼굴과 분노한 아기의 얼굴을 함께 달고 있는 자였다. 그는 두 다리를 벌리고 탄탄히 버티고 서서 어느 하녀방 창문을 향해 커다란 마뉘랭 권총을 겨누더니 사격 교본 같은 자세로 탄창을 비워나갔다. 길 건너편 건물, 7층, 오른쪽에서 세번째 창문이었다. 그의 등에 매달린 아기의 시선이 그에게 목표물을 가리켜주는 것 같았다. 아기는 전문가들이 사격 연습을 할 때 고막을 보호하려고 쓰는 털 귀마개를 착용하고 있었다. 하녀방의 유리창이 깨져나가고 창틀 파편이 튀었다. 티안은 멕시코군 일개 대대가 단 하나의 표적에 일제사격을 가하는 것처럼 총을 쏴댔다.

"용서하려무나, 쥘리."

티안은 쥘리에게 말하면서 사격을 했다.

"이제 편안해질 거야."

티안은 배우자를 잃는 고통을 알고 있었다. 젊었을 때 아내 키다리 자닌을 잃었고, 나중에는 자닌의 딸 제르베즈도 잃었다. 티안이 베르됭처럼 가죽 멜빵에 안고 다녔던 제르베즈는 티안을 떠나 신에게 갔다. 수녀가 된 것이다. 당시의 티안이라면 멕시코군 일개 대대가 자신의 고통을 단축시켜주는 쪽을 선호했을 것이다.

"사랑이 죽고 나면 인생은 끝없는 고통뿐이야."

티안은 자비를 베푸는 마음으로 쥘리에게 사격을 가했다. 하나 둘씩 다른 경찰들이 합류했다. 그들은 총알에 티안과 같은 감정을 담지 않았다. 티안은 그자들을 모조리 쏴 죽이고 싶었다. 하지만 그의 탄창은 이미 비어 있었다.

덩치 좋은 형사 하나가 차분하게 달려 길을 건너고 있었다. 목에 털이 달린 항공 점퍼 차림이었다. 그는 건물 안으로 진입해 비상계단으로 올라갔다. 바깥에서는 1795년 방데미에르 13일에 젊은 부오나파르테*가 같은 성당의 계단에서 그랬던 것처럼, 쿠드리에 총경이 사격 중지를 명령했다.

---

* 나폴레옹 보나파르트의 이탈리아식 이름이자 본명. 여기서는 프랑스 혁명기의 총재정부 시대에 왕당파가 혁명정부에 반대해 일으킨 폭동을 나폴레옹의 지휘로 진압한 사건을 암시한다. 진압 과정에서 수백 명의 왕당파 폭도들이 생로크 성당의 계단에서 사살당했다.

5부

줄의 값

줄 하나에 목숨을 의지하고 있을 때
그 줄 값이 얼마나 비싸겠어!

27

"그렇게 말했어! 내가 들었다고!"

제레미는 의사 베르톨드의 목청문을 외과용 메스로 겨누고 있었다.

"제레미, 그거 내려놔."

하지만 이번에는 클라라의 부드러운 말도 먹히지 않았다.

"싫어, 난 까딱도 안 할 거야. 이 자식이 뱅자맹 형의 인공호흡기를 뗄 거라고 했단 말이야."

의사 베르톨드는 벽에 붙은 채 그런 말을 한 것을 후회하는 눈치였다.

"안 그러실 거야."

"맞아, 내가 이 자식 목을 따버리면 그렇게 못하겠지!"

"제레미, 그만해."

"뭐라고 그랬는지 알아? '그 병신 같은 마르티가 순회강연하러 일본으로 떠나면 바로 호흡기를 뗄 거야.' 이렇게 말했단 말이야!"

그 말은 전적으로 사실이었다. 의사 베르톨드는 제레미의 형인 말로센의 인공호흡기를 떼어버릴 작정으로 의사 마르티가 출발할 날만 손꼽아 기다리고 있었다. 의사 베르톨드의 동기는 단순했다. 그는 의사 마르티를 좋아하지 않았다.

"제레미, 그만 좀 해……"

"이놈이 저 여자한테 그렇게 얘기했어. 저기 저 겁쟁이 뚱보한테도."

제레미는 입고 있는 간호사복보다 하얗게 질린 간호사와 그 간호사보다 더 하얗게 질린 겁쟁이 뚱보를 고갯짓으로 가리켰다.

"꼼짝이라도 하면, 누구한테 알리려고 하면 바로 수술 들어갈 거야!"

그들은 베르톨드의 조수였다. 그들은 꼼짝도 하지 않았다. 그들은 머릿속으로 조수 짓을 안 해도 되는 직업을 열심히 찾고 있었다.

"제레미……"

클라라가 앞으로 반걸음 떼려 했다.

"누나도 안 돼, 움직이지 마."

그녀는 그대로 멈춰 섰다.

"문 닫아."

이제 그들뿐이었다.

*

말로센 사건은 그 유명한 베르톨드와 마르티 싸움의 재판再版이었다.

"이 사람은 죽었어. 의학적으로 사망했다고!" 베르톨드가 소리를 질러댔다.

마르티는 꿈쩍도 하지 않았다.

"베르톨드, 이 사람이 너만큼 뇌사 상태가 되면 호흡기를 뗄게. 그전엔 안 돼."

마르티도 베르톨드를 좋아하지 않았다. 하지만 그렇게 열렬히 싫어하는 것은 아니었다.

"마르티, 지금 제정신이야? 이 환자는 중추신경계의 비가역적인 손상으로 인공호흡기에 전적으로 의존하고 있어. 반사도 완전히 소실되었고, 뇌파 검사에서도 아무 신호도 잡히지 않아. 여기서 뭐가 더 필요해?"

'그거면 됐지.' 마르티는 생각했다. 모든 징후가 확실했다. 말로센은 정말 죽었다.

"조용한 거, 베르톨드, 조용한 게 필요해."

"마르티, 내가 조용히 있는다고 뭐가 달라질 것 같아? 식물이나 재배하려고 병상을 쓰고 있는데 소문이 안 날 거라 생각해? 사람들이 안 떠들어댈 것 같아?"

베르톨드는 그런 태도가 몸에 배어 있었다.

"네가 누구한테 뭘 가르치기도 하네."

베르톨드는 탁월한 외과의였다. 하지만 교수로서 베르톨드의 강의에는 장티푸스균이 살포된 것처럼 학생들이 없었다.

"난 네가 싫어, 마르티."

그들은 마주 보고 서 있었다. 키가 큰 쪽은 분통을 터뜨리고 있고, 키가 작은 쪽은 차분했다.

"난 네가 좋아, 베르톨드."

마르티의 강의에는 학생들이 꽉 찼다. 계단식 강의실에는 발 디딜 틈이 없었고, 순회강연을 다녔고, 세계 곳곳에서 도와달라는 요청이 쇄도했다. 학생들은 그의 말에 귀를 기울였고 의사가 되었다. 그를 만난 환자들은 운이 좋았다.

"뇌사란 말이야, 마르티!"

베르톨드는 호흡기를 끼고 있는 말로센을 덜덜 떠는 손가락으로 가리켰다.

"비가역성 혼수상태라고!"

베르톨드는 뇌파 측정기를 가리켰다. 파동이라고는 전혀 없는 수평선이었다.

"트로츠키와 케네디도 이 사람보다는 상태가 좋았어!"

마르티도 속으로는 동의했다. 하지만 그는 단념하지 않았다.

"혼수상태가 지속되고 있을 뿐이야, 베르톨드, 만성 식물인간 상태지만 멀쩡히 살아 있어."

"어, 그래? 그걸 어떻게 증명할 수 있는데?"

바로 그게 문제였다. 의학적인 지표들은 하나같이 명백한 사실을 보여주고 있었다. 돌이킬 수 없는 손상이었다. 말로센은 끝난 상태였다. 그게 아니라는 것을 증명하는 일은 나사로를 한 번 더 부활시키는 일이나 다름없었다.

"마르티, 네가 지금 무슨 짓을 하고 있는지 알고는 있어?"

"너한테 코감기가 옮고 있잖아. 가서 코 좀 풀고 좀 떨어져서 말해. 규정대로 세 걸음 떨어져."

"넌 지금 의학적인 수단으로 억지로 생명을 연장시키고 있는 거야! 과대망상에 빠져서 이 죽은 고깃덩어리에다 호흡을 시키고 있는 거라고! 이 병상은 너 때문에 지금 어디선가 죽어가고 있을 다른 환자를 위해 써야 해!"

"베르톨드, 계속 내 신경을 긁다간 얼마 뒤엔 네가 이 병상에 누워 있게 될 거야."

"뭐야? 협박이야? 신체적인 위해를 가하겠다고? 네가? 나한테?"

"협박이 아니라 의사로서의 소견이야. 내 환자 건드리지 마, 알았어?"

*

그들은 일단 거기서 멈췄다. 일단은. 나중으로 미룬 것이다. 휴전은 오래가지 않을 것이다. 베르톨드는 분명 말로센의 인공호흡기를 뗄 수 있었다. 그리고 일단 그렇게 되면 마르티는 뭐라고 할 수 없었다. 그러니 철저히 감시해야 할 것이다. 이번에도 의학 자체와는 무관한 일에 신경 써야 했다. 마르티 교수는 스쿠터를 타고 파리의 자동차들 사이를 아슬아슬하게 빠져나가고 있었다. 베르톨드라면 엄두도 못 낼 일이었다. 그들은 서로 뒤엉켜 둘 다 꼼짝도 못하고 있는 레슬링선수들 같았다. 마르티는 베르톨드의 오른쪽 불알을 쥐고 있고 베르톨드는 마르티의 왼쪽 불알을 이빨로 물고 있었다. 늘 그렇듯 베르톨드는 마르티에 대한 콤플렉스 때문에 괴로워하고, 늘 그렇듯 마르티는 환자 때문에 괴로워하고 있었다. 그 환자는 완전히 끝장난 상태였다. 단지 그게 평범한 환자가 아니라는 게 문제였다. 말로센이었다. 신호등이 빨간불에서 파란불로 바뀌었다. 물론 평범한 환자는 없다. 하지만 이 환자는 말로센, 말로센인 것이다. 스쿠터를 타고서도 마르티는 교통 체증 때문에 오도 가도 못했다. 그는 이 동어반복 속에 갇혀 있었다. 2년 전 마르티는 학교에 불을 질렀다가 통닭 신세가 된 제레미 말로센을 치료해주었다. 이듬해에는 유대식 잉어 요리처럼 뼈가 발린 쥘리 코랑송을 구해주었다. 그리고 이제 말로센 본인이 뇌에 터널이 뚫린 채로 실려 온 것이다. 아무리 마음을 독하게 먹어도 어떤 환자들에게는 집착하게 된다. 이 집안 사람들은 다래끼나 소화불량 따위로 마르티를 귀찮게 하지 않았다. 맹장 수술 정도는 자기 손으로 직접 해버리는 사람들이었다. 그런 그들이 말로센을 데려온 것이다. 제레미가 선두에 서서.

"선생님, 형을 살려주셔야 해요."

온 가족이 와 있었다. 물론 어머니는 없었다. 대신 야스미나라는 뚱뚱한 아랍 여자가 있었다. 그리고 벤 타예브 영감도 백발을 휘날리며 서 있었다.

"제 아들 뱅자맹이에요."

그들은 병원을 습격했다. 경찰이 사이렌을 있는 대로 울리면서 그들의 등장을 알렸다.

"어떻게 손쓸 도리가 없을까요?"

몸에 딱 붙는 정장을 입은, 옆모습이 매 같은 아랍계 청년이 먼저 물었다.

"얘는 제 아들 아두슈예요." 영감이 설명했다.

응급실 복도를 달려 수술실로 향하면서 오간 대화였다.

하늘이 도우사, 베르톨드가 그곳에 있었다.

마르티와 베르톨드는 아무 말 없이 일을 시작했다.

베르톨드는 바보 천치였다. 하지만 메스 놀리는 데는 파리에서 따라올 자가 없었다. 인간 배관 공사에 관한 한 베르톨드는 진정한 천재였다. 수술은 마르티의 특기가 아니었다. 하지만 마르티는 베르톨드가 수술할 때 보조할 기회를 절대 놓치지 않았다. 그는 조용히 옆에 서 있다가 베르톨드가 달라는 대로 수술 도구를 건네주었다. 마르티는 자기 눈을 의심할 지경이었다. 베르톨드는 손가락에 뇌가 달린 것 같았다. 그들은 둘이서만 수술을 했다. 그들은 다른 사람이 자기들 식탁에 앉는 것을 견디지 못하는 진정한 미식가의 표정을 마스크 속에 감추고 있었다. 겉으로 보면 화해한 것 같았다. 사실은 이 특별한 순간, 둘 사이에는 호감의 기류 같은 것은 전혀 흐르지 않았다. 베르톨드는 놀라움 가득한 마르티의 시선을 받으면서 '네놈을 납작하게 눌러주겠어'라고 생각했다. 베르톨드는 마르티의 경탄을 부러움으로 여겼다. 이것이 그의 메스에 날개를 달아주었다. 그는 단순한 사람이었다. 한편 마르티의 경탄은 지적인 호기심에서 나온 것이었다. 사실 의학에 대한 마르티의 심정은 거의 언제나 그런 것이었다. 베르톨드의 사례는 그를 흥분시켰다. 의학에서 말하는 정신박약의 극한에 도달한 어마어마한 바보 천치가 그렇게 능숙하게 수술할 수 있다는 사실에, 수술 환자의 생체반응에 대해 그토록 확실한 직관을 가질 수 있다는 사실에, 마르티는 끝을 알 수 없는 학문적인 호기심에 빠졌다. 어떻게 그런 일이 가능하지? 그것은 진정 종種의 신비였다. 마르티는 오래전부터 이 수수께끼를 추적해왔다. 아주 어렸을 때부터 마르티는 유별나게 흉한 물건을 찾아 골동품 가게를 헤매는 사람처럼 천재적인 바보들의 사례를 수집해왔다. 그는 베를린 필하모닉의 수석 바이올린 주자, 세계 선수권 결승에 두 차례 진출한 체스의 명인, 노벨상을 수상한 핵물리학자 등을 찾아냈다. 이 세 명은 모두 이론의 여지 없는 천재였다. 하지만 일상생활에서 이들의 모습을 보면 진화의 사다리에서 맨 아래 단계에 놓인 단세포동물이라도 복잡한 지성체로 보일 지경이었다. 그리고 이제 베르톨드라는 사례를 찾은 것이다! 마르티는 이런 사례를 발견하면 뿌듯했다. 분명 인간은 자연이 뉴런을 가지고 놀 때 사용하는 기술을 아직 다 본 게 아니었다. 자연은 자신의 오류를 만회하는 방어기제를 갖추고 있었다. 불가능한 희망은 없었다. 마르티는 우울할 때면 그렇게 믿으면서 직업적 낙관주의의 배터리를 충전했다. 베르톨드는 마르티의 조커 패였다.

그래서 베르톨드와 마르티는 말로센의 머리를 열었다. 그들은 안을 들여다보았다. 그들은 눈짓을 교환했다. 그들은 머리를 다시 닫았다. 베르톨드는 인공호흡기를 떼려 했다. 마르티가 제지했다.

*

"어때요?"

대기실에 모여 있던 패거리 전체가 제레미의 목소리를 빌려 똑같은 질문을 던졌다.

"바로 얘기하는 게 낫겠구나, 제레미. 가망이 전혀 없어."

마르티는 솔직하게 얘기하는 편이 낫다고 생각했다.

인공호흡기를 뗄 건가요?

늘 나오는 질문이다.

"가족의 동의 없이는 떼지 않겠습니다."

말로센의 간호사 여동생인 루나는 분명한 답변을 원했다.

"정말로 가망이 없나요?"

마르티는 클라라를 흘낏 쳐다보고 그 창백한 표정을 봤음에도 입을 열었다.

"뇌사예요."

"그게 무슨 뜻이죠?" 누군가가 물었다.

"인공호흡기를 떼면 죽는다는 말이야." 루나가 통역해주었다.

"말도 안 돼요!"

테레즈였다. 싸늘한 시체 테레즈였다. 그녀는 뒤쪽에 물러나 있었다. 그녀는 그 자리에서 꼼짝도 않고서 단지 이렇게 말했다.

"말도 안 돼요!"

감정이 전혀 담기지 않은 목소리였다.

그녀는 덧붙였다.

"뱅자맹 오빠는 아흔세 살에 침대에서 죽을 거란 말이에요."

*

신호등의 빨간불이 파란불로 바뀌었다. 마르티 교수는 클러치를 넣었고 스쿠터는 앞으로 튀어나갔다. 테레즈…… 테레즈의 발언만 아니었다면 모든 일이 간단했을 것이다. 마르티는 딱히 신비주의를 믿는 편이 아니었다. 교령 원탁이니, 천체의 영원한 순환이니, 손바닥에 인생의 의미가 담겨 있다느니 하는 헛소리만 들으면 과학자 마르티는 털이 곤두섰다. 그가 용인할 수 있는 수정구水晶球는 계단 난간에 단단히 고정해둔 것뿐이었다. 그것은 아이들이 계단 난간에서 엉덩이로 미끄럼을 타지 못하게 막아주었다. 그게 다였다. 하지만, 하지만 그가 베르톨드에게 말로센은 혼수상태가 지속되고 있을 뿐이고 만성 식물인간 상태인 거라고 대답했을 때, 이 시체를 '멀쩡히 살아 있는' 자로 분류했을 때 마르티가 생각하고 있던 것은 테레즈였다. "어, 그래? 그걸 어떻게 증명할 수 있는데?" 마르티의 유일한 증거는 테레즈였다. 마르티가 내놓을 수 있는 유일한 답변은 테레즈였다. 그는 대답하지 못했고 베르톨드는 한 골을 넣었다.

그건 마르티가 테레즈의 능력을 본 적이 있기 때문이다. 그것도 세 번이나. 3년 전 마르티는 테레즈가 폭탄 테러를 예고하는 것을 들은 적이 있다. 그리고 실제로 예고한 날 몇 초 차이로 테러가 일어났다. 작년에는 그녀가, 죽어가는 노인이 찬란한 미래가 기다리고 있는 것처럼 행복하게 죽음을 맞이하게 만드는 것을 보았다. 신호등은 빨간불이었다. 테레즈는 또한 총상을 입은 뒤 살겠다는 의지를 완전히 버린 티안 영감을 살려냈다. 또 교통체증에 걸려들었다. 마르티는 테레즈 앞에 있으면 기사장의 동상 앞에 선 돈 후안 같은 기분이었다. '분명히 내가 이해할 수 없는 점이 있어. 하지만 그래도 나는 여전히 의사야. 그 어느 때보

다도.'

스쿠터가 왼쪽으로 급선회하더니 정체 구간을 벗어났다. 마르티는 벨빌을 향해 달렸다, 마르티는 말로센 가족의 집으로 갔다, 마르티는 그 여자와 독대해 설명할 것이다. 이번에는 네가 틀렸다고, 이젠 할 수 있는 일이 아무것도 없다고, 오빠는 가망이 없다고, 완전히 끝났다고, 이제 하늘의 별들은 은퇴시키라고, 싸늘한 테레즈는 이제 이 세상이나 신경 쓰는 게 좋을 거라고, 현실에 발을 딛고 사는 게 좋을 거라고 설명할 것이다. 성게 껍질 속을 숟가락으로 휘저은 것처럼 총알이 뇌를 헤쳐놓았을 땐 테레즈 말로센이라고 해도 소용이 없다. 다진 고기는 어떤 일이 있어도 절대로, 절대 스테이크가 될 수 없다.

"선생님, 안녕하세요? 밥 먹으러 오셨어요?"

제레미가 문을 열어주었다. 제레미는 표정이 아주 밝았고, 철물점을 개조한 이 가옥에서는 양질의 쿠스쿠스 냄새가 풍겼다. 마르티는 곧 깨달았다. 테레즈 덕에 온 가족이 생루이 병원에 누워 있는 뱅자맹을 가벼운 기관지염 환자 정도로 여기며 속 편하게 살고 있는 것이다.

"게다가 최근에는 쥘리위스의 간질이 발작한 적이 없어요."

"저도 악몽을 안 꿨어요." 분홍테 안경의 프티가 덧붙였다.

그들은 징조들을 믿고 매달리고 있었다.

클라라조차 마르티를 보며 미소 지었다. '임신 상태는 걱정할 필요가 없겠구나.' 마르티는 생각했다.

마르티는 테레즈를 독대할 생각을 단념했다. 침 흘리는 개를 무릎에 앉혀놓고 쿠스쿠스를 먹으면서 마르티는 일본 순회강연을 계획대로 진행하기로 마음먹었다.

*

다음 날 마르티는 그래도 베르톨드와 화해를 시도하려 했다. 그는 말로센의 호흡기를 떼지 말도록 설득하려고 베르톨드를 '라일락 정원'*에 초대했다. 그들은 레닌의 테이블에 앉았다. 레닌도 그에 못지않게 까다로운 도박에서 이긴 바 있었다.

"베르톨드, 말로센의 호흡기를 떼지 마. 그 사람 살아날 거야."

접시에는 가스코뉴식 푸아그라가 놓여 있고 잔에는 번쩍이는 호박琥珀 색의 소테른산 백포도주가 담겨 있었다.

"증거가 뭔데?" 베르톨드가 음식을 먹느라 우물거리며 물었다.

"증거는 너야, 베르톨드."

---

* 몽파르나스 대로에 위치한 식당 겸 카페. 19세기부터 레닌을 비롯한 많은 예술가, 작가가 드나들었다.

"아, 그러셔?"

베르톨드는 소테른 포도주를 생맥주처럼 들이켰다.

"베르톨드, 넌 천재 외과의사야."

"그거야 사실이지. 그 고기파이 좀 줘봐."

'맙소사, 고기파이라니. 이건 콩동산産 최고급 푸아그라란 말이야!' 마르티는 생각했다.

"너는 최고의 외과의사야."

베르톨드는 동의하면서 잔을 채우더니 지나가는 웨이터에게 빈 병을 흔들었다.

"너한테 뇌엽 절제 수술을 받으면 전봇대라도 에디슨의 지능을 회복할 거야." 마르티는 말을 이었다.

"그게 말로센이랑 무슨 상관인데?"

"간단한 얘기야, 베르톨드. 너 정도의 바보가 그런 대단한 일을 할 수 있는데 세상에 불가능한 일이 뭐가 있겠어? 말로센도 회복될 수 있을 거야."

소테른 잔에 담겨 있던 것이 마르티의 머리를 스치고 지나 세기적인 스캔들을 일으킨 적이 있는 어느 은퇴한 초현실주의자에게 착륙했다.

*

마르티는 짐 가방을 다 꾸렸다. 자신의 혈액학 연구의 최근 결론이 머리에 차곡차곡 정리되어 있었다. 시간이 그리 넉넉하지는 않았지만 그는 그래도 병원에 들렀다 가기로 했다. 병원에 도착하니 제레미 비슷한 놈이 메스를 쳐들고 있고 베르톨드는 벽에 달라붙어 있었다. 마르티는 방을 가로질러 가서 제레미의 손에서 메스를 빼앗고 무지막지하게 따귀 두 대를 날렸다. 그리고 베르톨드에게 말했다.

"어쨌든 호흡기를 떼면 안 될 이유는 이걸로 충분하겠지?"

그는 편한 마음으로 일본행 비행기를 타러 갔다. 베르톨드는 말로센의 인공호흡기를 떼지 않을 것이다.

28

카레가 형사가 7층 복도에 도착해 문 앞에 서자마자 쿠드리에 총경은 생로크 성당 광장에서 사격 중지 명령을 내렸다. 카레가 형사는 존경심이 절로 들었다. 총경은 그의 보폭을 믿은 것이다. 카레가는 생토노레 로를 건너 건물 7층까지 오르는 동안 한결 같은 속도를 유지했다. 그가 방문 앞에 서자마자 돌연 일제사격이 멈췄다. 대단해! 카레가는 다른 사람을 상관으로 모시고 싶지 않았다. 이제 그는 총을 손에 쥐고 벽에 등을 밀착한 채 문이 열리기를 기다렸다.

카레가는 쥘리 코랑송을 죽이고 싶지 않았다…… 우선 여자라는 점이 걸렸다. 또한 그녀는 말로센의 여자였다. 총경과 마찬가지로 카레가도 말로센에게 호감을 품고 있었다. 3년 전 카레가는 직장 동료들에게 린치당한 말로센을 구한 적이 있었다. 작년에는 파스토르 형사를 도와 말로센의 무죄를 입증했다. 말로센 같은 사람은 훌륭한 경찰이 존재해야 할 이유였다. 카레가는 말로센의 여자를 죽일 생각이 없었다. 어쨌든 코랑송은 자기 남자를 위해 복수를 하고 있는 것뿐이니까. 카레가는 젊은 피부관리사 카롤과 사귀고 있었다. 카레가가 총에 맞아 죽으면 카롤은 파리를 불바다, 피바다로 만들 수 있을까? (아마 그럴 것이다. 하지만 오전 11시는 넘어야 할 것이다. 카롤은 늦게 일어나는 편이었다.) 카레가는 방 안에서 무슨 소리가 나는지 귀를 기울였다. 이론적으로 만약 코랑송이 죽지 않았다면 그녀는 사격이 잠잠해진 틈을 타 문을 열고 복도로 도망쳐야 했다. 일제사격의 목적은 거기 있었다. 일제사격을 가하면 저격수는 은신처 바닥에 엎드려 꼼짝도 할 수가 없다. 총알이 천장에 맞고 튀어 저격수는 창가에 몸을 드러낼 수도 없고 문에 접근할 수도 없다. 그사이 한 팀이 출구를 봉쇄하는 것이다. 카레가는 1인 팀으로 움직이기를 좋아했다. 출구 봉쇄 팀은 카레가 혼자였다. 그리고 카레가는 실제로 출구를 봉쇄했다. 코랑송이 모습을 드러내면 그녀를 사살하지 않으려 노력할 것이다. 그녀의 몸을 덮쳐 태클을 걸거나 팔목을 비틀 것이다. 그것은 그녀가 몸 어디쯤 총을 들고 있느냐에 달린 일이었다. 하지만 그녀는 반 티안 형사의 총에 맞아 벌써 죽었을 가능성이 높았다. 카레가는 티안이 사격하는 것을 이미 본 적이 있다. 티안은 최근에 사격 연습을 다시 시작했다. 경찰청 전체의 이목이 집중된 일이었다. 물론 나무 타는 원숭이처럼 티안에게 매달려 있는 아기 때문이었지만, 티안의 사격술 자체도 놀라웠다. 아기를 안고 있지 않더라도 티안이 사격 연습을 시작하면 다들 구경을 가느라 사무실이 텅텅 비었다. 티안은 타의 추종을 불허하는 사격의 달인이었다. 티안이 사격을 마치고 나면 표적지에는 구멍이 딱 하나만 뚫려 있었다. 그는 사수이자 총이자 총알이자 과녁이었다. 등골이 오싹할 지경이었다. 게다가 얼마나 빠른지. 두 손에 아무것도 없었는데 눈 깜짝할 새에 손에 총이 들려 있고 눈 깜짝할 새에 탄창이 비었다. 그것도 대구경이었다. 티안의 체중보다 무게가 더 나가는 350 탄환이었다. 총을 쏘는 동안 팔은 흔들리지 않았다. 신비로운 힘이 반동을 대신 받아주었다. 물론 아기가 진드기처럼 달라붙어 있을 때는 더욱 장관이었다. 티안은 특별 제작한 귀마개를 아기에게 씌웠다. 그래서 아기는 거대한 파리 머리처럼 보였다. 그는 권총집 위에 가죽 멜빵을 차고 아기를 데리고 다녔다. 그 때문에 분노한 눈빛의 아이가 티안의 총을 품고 있는 것처럼 보였다. 총을 뺄 때는 순식간에 왼손을 놀려 아이를 밀었다. 그와 동시에 오른손이 총을 뽑아 과녁을 겨눴고 그때 아기는 이미 티안의 몸을 반 바퀴 돌아베트남인의 오른쪽 어깨 위로 머리를 내밀고 조준선을 주시하고 있었다. 그 광경을 본 경찰들은 아동보건국 사람들에게 얘기해 봤자 믿지 않을 거라 생각했다. 경찰들은 그저 자기들만 그렇게 생각하는 것으로 만족했다. 그들은 티안이 사격하는 것을 쳐다보았다. 비록 그들 대부분은 너무 젊어 직접 겪지 못한 일이었지만 디엔비엔푸는 아비규환이었을 거라 생각했다.

방에서는 아무 소리도 들리지 않았다. 카레가는 벽에서 떨어져서 잠시 문 앞에 서 있었다. '셋을 세고 들어간다.' 셋을 세자마자 순식간에 발길질에 문의 자물쇠가 날아갔고 카레가는 튕긴 문이 반동으로 다시 닫히기도 전에 방 한가운데 들어와 있었다.

방에는 아무도 없었다. 베이루트의 건물처럼 총알로 벌집이 되긴 했지만 아무도 없었다. 아무도 없었지만 사방에 유혈이 낭자했다. 창문 파편에 핏방울이 맺혀 있었다. 벽에는 손가락 두 개가 나와 있었다. 티안의 총알이 손아귀를 찢어 손가락 두 개를 벽에 박아놓은 것이다. 비웃기라도 하듯 두 손가락이 승리의 V자를 그리고 있었다. 하지만 방에는 아무도 없었다. 보이는 것은 바닥에 뒹굴고 있는 여성용 가발 세 개('내가 옳았어, 가발을 쓴 거였어.' 카레가 형사는 생각했다)와 조준경 달린 소총의 파편들뿐이었다. 정밀사격용 카빈총이 두 동강 나 있었다. 22구경 스윈리 총이었다. 손가락 두 개는 개머리판을 받치고 있던 손에 달려 있었을 것이다.

*

"니하오, 등신?(등신아, 잘 있었냐?)"

루사 드 카자망스는 꾸준히 말로센에게 면회를 왔다.

"워 스.(나도 잘 있었어.)"

매일같이 정확하게 저녁 7시 30분 정각에 왔다.

"이 방은…… 젠러! 하오러!(왜 이렇게 덥냐!)"

그는 스펀지처럼 주저앉았다.

"바깥도 그래. 티엔추이 헌 먼.(바깥도 후덥지근해.)"

혹시 몰라서 그는 물어보았다.

"오늘은…… 닌 선티 하오 마?(좀 어때?)"

뇌파 측정기는 시작도 끝도 없는 초록색 선으로 대답했다. 우울하게도 직선의 정의 그대로였다.

"상관없어. 워 헌 가오싱 지안다오 닌.(널 보니까 좋네.)" 루사가 말했다.

기실 침대가 비어 있었다면 루사는 마음이 아팠을 것이다.

"워 토우통(나도 머리가 아파), 나도야. 두통이 지독해!"

그는 중국어로 말했지만 꼼꼼하게 그 말을 통역했다. 그는 말로센에게 중국어를 가르칠 작정이었다. ("등신아, 벨빌은 중국인 동네가 되고 있어. 수면 학습법이 효과가 좋다던데…… 나중에 낮잠에서 깼을 때 그렇게 잔 시간이 뭔가 보람이 있으면 좋잖아.")

"네 여자친구가 우리를 다 사살하려고 하는 거 알아? 네가 죽은 게 우리 책임이라고 생각하는 거야."

그는 시체에다 대고 말하고 있다는 사실을 추호도 의심하지 않으면서도 살아 있는 뇌에게 얘기하는 것처럼 말했다.

"물론 완전히 틀린 말은 아니지. 하지만 우리 책임이라는 게 기껏해야 간접책임 정도라는 건 너도 인정할 거야."

루사 드 카자망스는 까다롭게 따지는 성격이 아니었다. 죽은 자들이라고 특별히 꺼리지 않았다. (빅토르) 위고처럼 루사도 죽은 자를 훌륭한 대화 상대라고 믿었다.

"한 여자가 너를 위해 복수극을 벌이고 있단 말이야! 무슨 말인지 알겠어? 왜 나는 그런 영광을 못 누리는 거야!"

말로센은 초록색의 직선일 뿐이었다.

"사실 나야 여자들이 나 때문에 자살할 쪽이지. 여자가 날 위해 복수하는 게 아니라 나한테 벌을 주려고 할 거야, 무슨 말인지 알아?"

의학이 말로센을 대신해 호흡해주고 있었다.

"네 여자친구 쥘리가 샤보트와 고티에를 죽였어. 오늘 아침에는 칼리냐크도 당했고. 칼리냐크야 어깨하고 다리만 당했지만. 칼리냐크의 몸뚱이 중 나머지 부분은 좀 더 기다려야 할 거야. 네 친구 티안이 쥘리를 쐈는데 손가락 두 개만 남기고 사라졌어."

의학이 말로센에게 영양분을 공급하고 있었다. 인색하게도 한 방울씩.

"나는 무섭지 않아. 나 알지? 물론 이성적으로 약간 두려워하는 게 맞겠지만. 하지만 쥘리가 이자벨을 죽이진 않았으면 좋겠어."

말로센의 텅 빈 두개골에는 의학이 튜브로 연결되어 있었다. 의학이 두개골에게 메시지를 좀 달라고 구걸하고 있었다.

"그래서 말인데, 네가 이자벨을 위해 중재 좀 해주지 않을래? 쥘리의 머릿속에 잠깐 다녀오면 안 되겠냐?"

죽은 자는 이제 무無로 돌아갔으니 무엇이든 할 수 있어 보였다.

"이자벨은 말이야, 등신아, 이자벨은…… 그래, 네가 이자벨과 싸운 거야 하늘이 알고 땅이 아는 일이지만……"

루사는 말을 고르는 중이었다. 중국어와 프랑스어 단어를 왔다 갔다 했다.

"이자벨은…… 이자벨은 정말 순수한 사람이야…… 장담해…… 얼마나 순수한데, 와와 잉얼, 완전히 아기라고, 그렇게 작은 소녀가 세상에 해가 되면 얼마나 되겠어?"

루사는 눈물 젖은 마음에 떨리는 목소리로 말했다.

"그래, 이자벨이 평생 저지른 죄라곤 그것밖에 없어, 이자벨의 목을 걸고 단언하는 거야. 그 가냘픈 손가락을 들어 이 광대한 세상을 위협한 것밖에 없어. 그냥 어린애야, 정말이야……"

그렇게 그날 저녁 7시 몇 분에 루사 드 카자망스는 재판 서류를 담당 판사에게 전달할 최적임자로 보이는 말로센이라는 자 앞에서 자보 여왕을 위한 변론을 시작했다.

"이자벨 얘기 해줄까? 나와 이자벨의 얘기를 해줄까?"

"……"

"좋아?"

"……"

"그러면 이제부터 잘 들어. 그녀의 친구 카자망스의 깜둥이가 들려주는 자보 여왕의 이야기야."

29장

산문팔이 소녀

그녀의 친구 카자망스의 깜둥이가 들려주는 자보 여왕의 이야기

(여담)

자보 여왕은 전설의 공주다. "몇 안 되는 진짜 공주란 말이야, 등신아." 그녀는 출신은 비천했으나 지금은 종이 왕국을 다스리고 있다. 그녀의 책에 대한 사랑은 부모나 조상에게 물려받은 게 아니라 쓰레기통에서 감염되었다. 그녀는 도서관이 아니라 폐지에서 글을 깨우쳤다. 글이 아니라 종이를 가지고 권좌에 오른 출판인은 파리에서 그녀가 유일하다.

그녀가 눈을 감고 콧구멍을 벌려 책장 전체의 냄새를 들이마셨다가 조금씩 숨을 내쉬면서 베르제지紙, 반겔더지와 한 포대의 싸구려 에스파르토지로 가득한 책장에서 일본지로 만든 기명記名 인쇄본 다섯 권을 찾아내는 것을 보았어야 한다. 그녀는 절대 틀리는 법이 없었다. 그녀는 모든 것을 냄새로 분류했다. 넝마 섬유 종이, 천, 황마, 면, 마닐라삼 등등.

루사는 그녀와 그렇게 놀았다. 둘만의 비밀 놀이였다. 이자벨의 집에 둘이만 앉아서 루사가 이자벨의 눈을 가리고 손에 벙어리장갑을 끼워주고 책을 들려주었다. 시각이나 촉각으로는 아무것도 알 수 없었다. 후각이 혼자서 알아내고야 말았다.

"루사, 지금 준 거 진짜 예쁘다, 수명이 짧은 종이가 아니라 곱게 짠 올랑드지야…… 풀은 엑셀랑스테시에인걸…… 잉크는 내 짐작이 틀리지 않다면…… 어디 보자……"

그녀는 잉크의 기체성 냄새와 풀의 강력한 동물성을 구별해냈고 성분을 하나씩 열거해 마침내 지금은 고인이 된 그 대단한 잉크의 생산업자 이름과 정확한 제조 일자까지 말했다.

그녀는 낄낄대며 웃기도 했다.

"나쁜 놈, 날 속이려고 했지. 제본한 시대가 달라…… 가죽은 그보다 20년 더 된 거야. 루사, 시도는 좋았는데 날 너무 만만하게 보는 거 아냐?"

그다음에 그녀는 종이를 만든 제지 공장 이름, 각 성분을 이런 식으로 조합해서 쓰는 유일한 인쇄업자의 이름, 책 제목, 저자명, 출간 연도를 말했다.

어떤 때는 이자벨이 손가락만 쓰게 하기도 했다. 벙어리장갑을 벗기고 대신 콧구멍을 탈지면으로 막은 다음 이자벨이 손으로 종이를 만지는 것을 보았다.

"보송보송하고 틈이 없어서 습기를 너무 잘 빨아들이는 종이야. 이 종이는 80년 안에 누렇게 변색될 거야. 우리 증손자 대에 가면 샛노래질걸. 간염이 벌써 활동을 시작했어."

하지만 그렇다고 해서 이자벨이 목질 섬유로 된 수명 짧은 종이를 싫어한 것은 아니다. 그 방면에 박식한 것은 사실이지만 허영심은 전혀 없었다. 그녀는 책들도 수명을 다할 수 있다는 사실에 감동했다. 그녀는 그 책들과 함께 늙어갔다. 그녀는 단 한 권의 책도 버리지 않았다. 아직 살아 있는 책은 죽을 때까지 내버려두었다.

*

말로센의 머리맡에서 루사의 음성은 확신으로 떨렸다.

"포켓판 한 권도 버리지 못하는 여자가 어떻게 널 죽음으로 내몰았겠니? 쥘리한테 그걸 알려줘야 해."

하지만 쥘리가 이자벨을 이해하게 하려면 다른 것을, 그보다 훨씬 많은 것을 알려줘야 했다. 루사가 이자벨을 처음 만난 그날 밤까지 거슬러 올라가야 했다. 1930년대의 대공황기로 다시 뛰어들어야 했다. 당시는 전 유럽이 기아에 허덕였지만 직물의 제왕들과 종이광들, 고급 패션 업계의 대부호들과 애서가 왕족들은 아무 일도 없는 것처럼 그들의 열정을 채웠다. 이 두 산업은 하나로 연결되어 있었고, 그 사슬의 고리 중 가장 비루한 무리들은 깜깜한 밤마다 쓰레기통을 뒤지고 다녔다.

하지만 그 빈곤의 시기에는 쓰레기통마저 꽉 차 있는 일이 드물었다. 쓰레기통에 버리는 물건은 얼마 되지 않았고, 그중 상당수는 누군가가 다시 꺼내 갔으며, 그 쓰레기를 두고 목숨을 건 쟁탈전이 벌어졌다. 모든 싸움의 근원은 하나의 명제였다. 쓰레기통은 비는 것을 싫어한다.* 르발루아에서 쓰레기통 하나를 두고 싸움이 벌어지면 온 유럽이 불바다가 되었다. 그리고 전쟁은 깨끗해야 했다……

이 두번째 세계대전을 장식한 첫 부대는 갈고리를 손에 쥐고 눈을 부릅뜬 채 진창 속을 걷던 넝마주이 무리들이었다. ("그 갈고리에 한번 긁히면 어떤 흉터가 남는지 넌 상상도 못할 거야, 등신아……") 하수도 청소반이 새벽녘에 인도 위로 나오면 지상에는 머리에 갈고리를 맞은 넝마주이들이 텅 빈 쓰레기통 속에서 뒹굴고 있는 것이 보였다. 이런 소규모 교전은 생드니나 비세트르, 오베르빌리에의 하수처리장에서 벌어지는 전투에 비하

* 아리스토텔레스의 "자연은 진공을 싫어한다"라는 말을 패러디한 것.

면 아무것도 아니었다. 장소 이동 없이 같은 자리에서 계속되는 이 전투들은 스탈린그라드 전투의 예고편이라 할 만했다. 오수 배출구 하나의 정복을 위해, 쓰레기 구덩이 하나의 통제권을 위해, 쓰레기차들이 싣고 온 것을 버리는 레일에서 30미터 떨어진 가공 공장 입구의 확보를 위해 사람 비슷하게 생긴 똥무더기들이 서로 주먹질을 해댔다.

2차 대전의 전초전이었던 이 전쟁에는 부대들이 있고, 전략가들이 있고, 장군들이 있고, 정보기관이 있고, 병참 팀이 있고, 조직이 있었다. 그리고 무리에 소속되지 않고 홀로 활동하는 이들이 있었다.

왕대머리는 그렇게 혼자 활동하는 넝마주이 중 하나였다.

왕대머리는 광산 불황으로 지상에 내던져진 폴란드인이었다. 왕대머리는 이자벨의 아버지였다. 이 폴란드인은 실업자 신세가 된 뒤 다시는 갱도에 들어가지 않겠다고 결심했다. 왕대머리는 폴란드에서 가장 아름다운 머리카락을 막장에 남겨두고 나왔다. 그는 털 한 오라기 없는 머리로 거리를 방황했다. 그는 검은색에 대한 직업적인 혐오감 때문에 보란 듯이 새하얀 양복을 입고 다녔다. 왕대머리 본인 말고는 그가 석탄업계 출신인 것을 아는 사람이 한 명도 없었다. 사람들은 그를 프랑스의 택시 운전 일자리를 빼앗으려고 동유럽에서 온 몰락한 폴란드 왕족 쯤으로 여겼다. 하지만 왕대머리는 택시를 몰고 싶지 않았다…… 택시는 수평으로 된 갱도였다. 그래서 왕대머리는 남들의 지갑으로 살아갔다. 그는 구걸하지 않았다. 그는 노상강도질을 했다. 노상강도질을 하고 돈을 챙기고 돈을 쓰고 다시 주먹질을 했다. 그는 그런 식으로 평생 살 수는 없다는 것을 알았다. 더 나은 아이디어가 떠오를 때를 기다리며 노상강도질을 했다. 그는 운을 믿는 도박중독자처럼 맹목적으로 '아이디어'가 떠오를 거라 믿었다. 심지어 마누라도 아이디어를 찾았는데 자기라고 못 찾을 리 없었다. 왕대머리와 그의 마누라는 불화로 헤어졌다. 그녀는 뜨개바늘로 먹고살기로 했다. 그것이 그녀의 '아이디어'였다. 불법 낙태 시술사가 된 것이다. 왕대머리는 가톨릭 신자였으므로 그들은 별거했다. 그는 마누라에게 아들 셋을 남기고 자기는 딸 하나를 데리고 떠났다. 이자벨은 부친의 마음을 아프게 했다. 그녀는 인생을 불신하기라도 하듯 음식을 거의 입에 대지 않았다. 아이의 입맛에 맞추려고 최고급 요리들을 다 먹여보려니 돈이 많이 들었다. 왕대머리는 캐비아를 쓰레기통에 버리고 다시 거리로 내려오곤 했다. 그는 이자벨이 과도한 독서량 때문에 음식을 못 먹는 거라고 생각했다. 딸을 위해 노상강도질을 하려고 나올 때마다 그는 앞으로 딸이 책을 못 읽게 해야겠다고 결심했다. 하지만 매번 도중에 뜻이 꺾였다. 그는 딸아이가 좋아하는 잡지를 잔뜩 들고 다시 집으로 올라갔다. 그는 이자벨이 자기와 꼭 닮은 집채만 한 머리통을 숙이고 〈패션과 꾸미기〉 〈우아한 여성〉 〈형태와 색채〉 〈실루엣〉 〈보그〉 등의 잡지를 읽는 것이 좋았다. 이자벨은 클로드 생시르나 잔 블랑쇼처럼 유명한 모자 디자이너가 될까? 그러려면 밥을 먹어야 했다. 심지어 모델들도 밥을 먹었다. 하지만 이자벨이 먹어치운 것은 잡지, 종이였다…… 특히 잡지에 실린 소설들을 먹어치웠다. 이자벨의 머릿속에서는 연재소설들이 끝없이 이어졌다. 그녀는 호별로 실린 연재소설의 해당 면을 잘라 바느질로 엮어서 책을 만들었다. 다섯 살부터 열 살 사이에 이자벨은 보이는 건 무엇이든 무차별적으로 읽어댔다. 그리고 접시 위의 음식에는 여전히 손을 대지 않았다.

왕대머리는 어느 밤 포부르 생토노레*에서 매복하던 중 '아이디어'를 찾았다. 그는 트위드 정장을 입고 무사태평하게 걷고 있는 뚱뚱한 60대 남자의 뒤를 밟고 있었다. 주먹을 준비했다. 그런데 튈르리 아케이드 밑에서 경쟁자들이 먹잇감을 채갔다. 어둠 속에서 튀어나온 두 개의 그림자였다. 놀랍게도 트위드 정장의 사내는 지갑을 놓지 않으려 했다. 그는 흠씬 두들겨 맞았다. 발길질당해 얼굴은 곤죽이 되고 가슴에서는 뚝 소리가 났다. 고

* 고급 패션 의상실이 밀집해 있는 파리의 거리.

통으로 숨이 막혀 소리도 지르지 못했다. 왕대머리는 저자들이 상도의를 어지럽힌다고 생각했다. 그는 구조반으로 나섰다. 그는 두 불량배를 잡아 서로 박치기를 시켰다. 두 명은 그 자리에 뻗었다. 빈 도시락 통만큼이나 몸이 가벼운 어린애들이었다. 다음에는 트위드 정장의 뚱보가 일어서도록 도와줬다. 피가 샘솟듯 솟았다. 왕대머리는 지혈을 했다. 하지만 상대는 한마디만 되풀이했다.

"내 로티, 내 로티……"

그자는 입에서 핏덩이를 뱉어내면서도 한마디만 되풀이했다.

"내 로티……"

그가 우는 것은 육신의 고통 때문이 아니었다.

"초판본이에요……"

왕대머리는 전혀 이해가 되지 않았다. 트위드 정장의 남자는 안경을 잃어버린 상태였다. 그는 인도 위를 기어다녔다. 이놈은 대체 왜 자기 핏자국 속에서 뒹구는 거야? 그자는 길 위를 더듬고 있었다.

"일본 황실 종이로 만든 책이에요……"

왕대머리는 탄광에서 오랜 세월을 보냈고 이제는 밤마다 매복을 하다보니 밤눈이 밝았다. 그는 그자가 찾고 있는 것을 발견했다. 그자가 빠뜨린 작은 책은 그곳에서 몇백 미터 떨어진 곳에 있었다.

"아! 선생님…… 선생님…… 이게 얼마나……"

트위드 정장의 남자는 벌벌 떨면서 그 책을 품에 꼭 안았다.

"받으세요, 부탁이에요, 꼭 받아주세요……"

그자는 지갑을 열더니 왕대머리에게 어마어마한 돈을 주었다. 왕대머리는 망설였다. 노상강도에게 그것은 부정직한 돈이었다. 하지만 상대방은 지폐 다발을 왕대머리의 주머니에 쑤셔넣었다.

왕대머리가 그 이야기를 들려주자 이자벨은 좀처럼 짓지 않던 미소를 보였다.

"아빠, 그 사람 애서가야."

"애서가?" 왕대머리가 물었다.

"문학보다 책 자체를 더 좋아하는 사람." 딸은 설명했다.

왕대머리는 멍해졌다.

"그런 사람들한테 중요한 건 종이뿐이야." 이자벨이 말했다.

"거기에 아무것도 안 적혀 있어도?"

"내용이 아무리 바보 같아도 상관 안 해. 책을 빛이 안 닿는 곳에 고이 모셔두고 책 페이지를 자르지도 않아.* 얇은 장갑을 끼

* 유럽에는 애초에 제본 단계에서 한 방향의 페이지를 절단하지 않아 책 전체 페이지가 두 장씩 붙어 있는 책들이 있다. 물론 이 경우 책을 읽으려면 구입한 독자가 페이지를 일일이 종이칼로 잘라야 한다.

고 어루만지기만 해. 읽는 게 아니라 쳐다보는 거야."

이자벨은 웃음을 터뜨리더니 한참이 지나도 웃음을 그치지 못했다. 이자벨은 이렇게 한번 웃기 시작하면 웃음을 멈추지 못하는 일이 종종 있었다. 오랫동안 왕대머리는 그것을 탄광촌의 먼지 때문에 생긴 천식의 발작이라고 생각했다. 하지만 천식 발작이 아니었다. 이자벨의 두 뺨 사이의 공기 배출은 그저 웃음이 멈춰지지 않는 것일 뿐이었다. 왕대머리는 그 이유를 끝내 이해하지 못했다. 이번에는 딸이 설명했다.

"굉장히 '포부르 생토노레'스러운 아이디어가 떠올랐어, 아빠."

왕대머리는 다음 말을 기다렸다.

"에르메스, 잔 라포리, 워스, 오로센의 옷감으로 희귀한 책을 만들면 재미있을 것 같아."

그녀는 딸꾹질을 하면서 그 동네 디자이너들의 이름을 모조리 읊었다.

"굉장히 '시크'한 생각 아냐?"

이자벨의 아이디어는 왕대머리의 아이디어가 되었다. 딸아이의 생각이 옳았다. 왕대머리는 한 가지 사실을 이제 막 깨달았다. 아름다운 것을 탐하는 자들은 절대 지출을 줄이지 않는다. 세상에 무슨 일이 닥치든 고급 패션업계는 계속 값비싼 옷을 만들어낼 것이고, 왕족들은 계속 비싼 음식을 먹어댈 것이고, 음악 애호가들은 어떻게든 공연장에 갈 것이며, 아무리 끔찍한 세계적인 대공황이 닥치더라도 초판본을 위해 목숨을 내던질 수 있는 트위드 정장의 뚱보는 언제나 있을 것이다.

왕대머리는 패션 디자이너들을 찾아갔다. 그들도 그 아이디어가 '시크'하다고 생각했다. 왕대머리는 그들에게 쓰고 버린 자투리 천을 받아 왔다. 이자벨은 쓰레기통들을 뒤지고 다니면서 옷감을 골라냈다. 모직물과 당시 막 선보인 합성섬유는 버리고 아마, 면, 삼, 실은 챙겨 왔다. 왕대머리는 일급 제지 공장들에 용역을 주었고, 곧 최고의 인쇄소들에서 발렌시아가 옷감으로 만든 모리스 바레스, 에르메스로 제본한 폴 부르제, 샤넬의 옷을 입은 장 아누이, 워스제製 생사生絲로 짠 젊은 드골의 『칼날』을 찍어냈다. 작가별로 기명 인쇄본 몇 부만 생산했지만 워낙 고가로 판매되었기에 이제 이자벨 밥 먹일 걱정은 하지 않아도 되었다.

왕대머리는 그것으로 만족했어야 했다. 그의 '아이디어'는 마누라의 아이디어보다 기독교적이었고, 그의 흰 양복은 흠잡을 데 없는 고급 재질이었으며, 어린 딸은 마침내 입맛에 맞는 세상을 발견해 실컷 먹을 수 있었다.

안타깝게도 왕대머리는 팽창주의자였다. 그는 희귀본 사업으로 큰돈을 벌었지만 애서가들의 교황이 되고, 불멸의 책을 만드는 넝마 섬유 종이의 신이 되고 싶었다. 디자이너들이 쓰다 버린 자투리 천만으로는 이제 충분치 않았다. 파리의 넝마를 모조리 독차지해야 했다. 하지만 왕대머리는 매우 기독교적인 폴란드인이기도 했다. 그는 상티에 지구나 마레 지구의 유대인들과는 협상할 생각이 없었다. 문제는 그곳에 옷감이 있다는 것이었다. 또한 장정용 가죽도 그곳에 있었다. 왕대머리는 넝마주이들을 잔뜩 고용해 유대인들의 쓰레기통을 뒤지게 했다. 그의 부대는 잔뜩 두들겨 맞고 빈손으로 돌아왔다. 왕대머리는 깜짝 놀랐다. 장애물을 만난 것이다. 그런 일은 처음이었다. 그는 독을 칠한 갈고리로 넝마주이들을 무장시켰다. 그중 두 명이 시체가 되어 돌아왔다. 살아 돌아온 자들은 어찌나 겁에 질려 있던지 설명도 제대로 못했다. 자기들이 무슨 일을 당한 건지도 몰랐다. 아무것도 보지 못했다. 마치 어둠이 갑자기 단단한 고체가 되는 바람에 어둠의 벽을 들이받고 다친 것 같았다. 그들은 귀신 들린 쓰레기통의 습격을 받고 패주했다. 그들은 그 유대인 거리에 다시는 발을 들여놓지 않겠다고 했다. 쉽게 돈을 벌 수 있는 일이라고 달래도 보고 주먹질도 해봤지만 왕대머리의 군대는 해체되었다. 왕대머리는 지독한 악몽에 시달렸다. 이자벨은 아빠가 잠결에 소리 지르는 것을 들었다. "밤은 유대인놈들의 것이야!" 그의 두려움은 포부르 생토노레 전체에 울려퍼졌다. "밤은 유대인놈들의 것이야!" 폴란드에서 어린 시절에 듣고 잠을 이룰 수 없었던 괴담들이 생각났다. 폴스카 할머니가 다시 왕대머리의 요람에 몸을 숙였다. 폴스카 할머니는 왕대머리에게 기도문을 암송하게 한 뒤 이야기를 들려주었다. 할머니는 비스와 강가의 한 유대인 마을 이야기를 해주었다. 그 마을에서는 금요일 밤마다 턱수염 옆까지 내려오는 긴 옆머리를 휘날리는 제사장들이 어린 소년들을 커다란 가위로 잘라 제물로 바친다고 했다. 폴스카 할머니의 말에 따르면, 이 원혼들의 통곡이 발트 해의 얼음장 같은 바람을 타고 강을 거슬러 그단스크에서 바르샤바까지 올라가면서 "잘 자, 꼬마야"라는 말로 잠든 기독교도 아이들의 영혼을 괴롭힌다고 했다. 왕대머리는 자다가 벌떡 일어나곤 했다. 그놈의 유대인 놈들이 그의 마누라보다 더 끔찍했다! 그들은 낙태를 하는 게 아니라 아예 산 사람을 가위로 잘랐다.*

어느 날 밤 왕대머리는 잠을 자지 않기로 결심했다. 그는 새하얀 알파카 외투를 걸치고 흰색 넥타이를 매고 하얀 카네이션을 꽂은 다음, 이자벨의 손을 잡고 유대인들을 때려잡으러 나섰다. 딸은 옷감 냄새를 맡는 데 필요했다. 그 외에는 자신의 신앙과 주먹, 그리고 트레일러 세 대를 단 사륜구동 라틸 트랙터만 있으

* 반유대주의 때문에 유대인의 할례 의식을 곡해하는 것으로 보인다.

면 되었다.

이자벨의 코는 먼 곳에서도 최고의 자투리 천을 찾아냈다. 왕대머리는 쓰레기통을 잡고 안에 든 것들을 트레일러에 쏟아 부었다. 다섯번째 쓰레기통에 가서야 위험을 느꼈다. 그러나 퐁토슈 로路에는 아무도 없었다. 하지만 할머니는 말씀하셨다. "유대인들은 귀신의 존재를 굳게 믿어서 그들 자신이 안 보인단다. 어딜 가나 유대인이 없는 곳은 없지만 유대인은 어디서도 보이지 않아." 왕대머리는 살기가 느껴지는 쪽으로 주먹을 날렸다. 주먹이 누군가의 얼굴에 맞았다. 타격 지점에서 꽤 떨어진 곳에서 사람 몸이 땅에 떨어지는 소리가 들렸다. 왕대머리는 그자가 누구인지는 신경 쓰지 않고 쓰레기통을 트레일러에 비워낸 뒤 포도를 수확하는 농부처럼 위풍당당하게 길을 재촉했다.

*

"그 반유대주의자 새끼가 죽인 건 내 큰형이었어."

50여 년이 흐른 지금, 카자망스의 깜둥이 루사는 친구 말로센의 머리맡에서 고개를 끄덕였다.

"물론 지금 네가 남을 동정할 기분은 아니겠지. 하지만 그래도 말이야, 그 일을 생각하면 나는 지금도 뭔가가 치밀어올라."

말로센은 수평선이었다.

"딱 한 대 맞은 건데 형 얼굴은 파리채에 맞은 파리처럼 납작해졌어."

말로센은 귀 기울여 듣고 있었다.

"근데 내가 이자벨을 처음 만난 것도 그날 밤이었어."

루사의 음성이 누그러졌다.

"나는 형들이 고물을 수집하는 동안은 보통 숨어 있었어. 가로등 근처 한구석, 편안하고 한갓진 곳에 틀어박혀 주머니에서 책을 꺼내곤 했지."

*

그날 밤 소녀의 커다란 머리통이 루사의 쓰레기통 입구를 막았을 때, 루사는 월식이 일어난 줄 알았다. 아니면 누가 가로등을 떼어 갔거나. 그때 목소리가 들렸다.

"너 지금 무슨 책 읽어?"

천식에 걸린 소녀의 헐떡이는 쉰 목소리였다. 루사는 대답했다.

"도스토옙스키야. 『악령』."

엄청나게 투실투실한 손이 쓰레기통 안으로 들어왔다.

"나 빌려줘."

루사는 방어적이 되었다.

"읽어봤자 전혀 이해 못할걸."

"빨리 줘! 돌려줄게."

그 목소리에는 두 가지 부탁이 담겨 있었다. 빌려줄 것, 그것도 빨리 빌려줄 것. 이자벨은 루사가 무엇인가를 양보한 첫 여자였다. 그리고 절대 후회하지 않았던 유일한 여자이기도 했다.

"절대 움직이면 안 돼."

그녀는 옆에 굴러다니던 상자 판지로 쓰레기통을 덮었다. 그녀는 아빠에게 고갯짓으로 아무것도 없다고 하고는 다음 쓰레기통으로 이동했다.

*

맏형의 시체를 집으로 데려온 루사의 형들이 부친에게 한 설명은 넝마주이들이 왕대머리에게 한 것보다 나을 게 없었다.

"귀신의 습격을 받았어요."

"라틸 트랙터를 탄 새하얀 귀신이었어요."

"귀신이 무슨 트랙터를 몰아." 아버지가 말했다. "깜둥이들의 미신이야."

"그쪽에 다시는 발을 들여놓지 않을래요." 자식들이 말했다.

왕대머리는 자신이 누구에게 선전포고를 한 것인지 몰랐다. 그는 유대인의 밤의 승자가 되어 귀환했고, 그것이면 족했다. 다음 날 밤 그는 다시 그곳에 갔다. 하지만 2차 원정에서 돌아와 보니 창고들이 불타고 있었다. 불을 지른 것은 아프리카 출신의 거한巨漢으로, 왕대머리가 대머리인 것만큼이나 완벽한 곱슬머리이고, 왕대머리가 새하얀 것만큼이나 새까맸다. 같은 흑인들은 그를 왕족으로 여겼다. 프랑스의 택시 운전 일자리를 빼앗으러 온 카자망스의 왕자, '징가포르'의 국왕 정도로 여겼다. 하지만 사실 그는 땅콩 가게 점원에 불과했다. 그는 주인이 그를 또다시 커다란 비비원숭이 취급하자 주인의 머리통을 박살 내버렸다. 카자망스의 왕자는 택시를 경멸했다. 그는 마레 지구의 쓰레기통을 장악하고 있었다. 하지만 그것은 동족들에게 옷을 입히기 위한 것이지 왕대머리에게 나눠주기 위한 것이 아니었다.

*

"자세한 얘기는 생략할게, 등신아, 하지만 이 두 사람은 언젠가는 만날 수밖에 없었어. 전설로 회자될 대결을 벌이지 않는다면 그게 더 이상한 일이었지. 보름달이 뜬 어느 밤 대결이 벌어졌고, 내 유년기는 그날로 끝이 났어. 두 명 다 시체로 발견되었어. 넝마주이의 전통대로 갈고리에 찢긴 살점이 잔뜩 널려 있었지."

말로센의 호흡이 너무 인공적이어서 그는 이제 현실에 존재하는 것 같지 않았다.

"근데 이자벨은?"

말로센이 의식이 있었다면 아마 이렇게 물었을 것이다.

"그러니까 두 사람이 혈투를 벌이는 동안 이자벨은 내가 짱박혀 있던 쓰레기통으로 찾아왔어. 도스토옙스키를 읽고 약속대로 돌려준 거야. '책이 이해가 돼?' 내가 물었어. '아니, 전혀.' '거봐……' '책이 어려워서 그런 게 아냐.' '그래?' '응, 다른 것 때문에 그래.' (등신아, 다시 말하지만 그때 멀지 않은 곳에서 아빠들은 죽음의 결투를 하고 있었어.) '뭣 때문인데?' '스타브로긴 때문에.' 이자벨은 그렇게 대답했어. 이자벨의 얼굴은 그때나 지금이나 마찬가지야. 나이를 짐작할 수가 없지. '스타브로긴?' '응, 스타브로긴, 주인공 말이야. 그는 뭔가를 감추고 있어, 진실을 얘기하지 않아, 그래서 책이 그렇게 어려운 거야.' '넌 이름이 뭐야?' '이자벨.' '나는 루사야.' '루사?' '루사 드 카자망스.' (덩치 큰 두 아빠의 숨소리가 들렸어, 갈고리가 서로 부딪히는 소리도 들렸어.) '루사, 이 일이 다 끝나면 우리 또 봐야 해.' '그래, 또 봐야지.' '언제나 또 봐야 해.' 어린애다운 말이지? 하지만 곰 곰 생각해보면 이자벨은 지금도 '절대' 혹은 '언제나' 같은 말을 즐겨 쓰지.

두 사람의 장례식이 끝난 뒤 우리는 기숙학교에 들어가게 되었어. 물론 같은 학교는 아니었지. 하지만 우리는 용감하게 맞섰어. 최대한 자주 만났고. 기숙학교 담장이란 건 뛰어넘으라고 있는 거잖아.

이제부터 얘기 잘 들어, 등신아. 1931년 7월 9일에 이자벨과 나는 식민지 박람회에 구경 갔어. 무슨 말인지 네가 알지 모르겠는데 내가 식민지 근성이 좀 있거든.* 그래서 우리는 식민지 박람회에 갔어. 근데 거기서 최초의 이동도서관을 본 거야. 10마력짜리 엔진이 달린 버스가 2500권의 책을 싣고 다녔어. 교양에 바퀴가 달린 거야. 『삼총사』를 세네갈의 카자망스로 보내기 위한 것이었을까…… 우리가 얼마나 흥분했을지 상상이 돼?

우리는 다른 어린애들이랑 버스에 타서 무릎 위에 책을 펼쳐 놓고 파리 시내 곳곳을 누볐어.

1931년 7월 9일이라는 날짜를 꼭 기억해둬. 이자벨에게는 정말 중요한 날이니까. 이자벨은 책장에서 자그마한 책 한 권을 찾아내더니 말했어. '이것 좀 봐.' 『스타브로긴의 고백』이었어. 『악

---

* 이자벨에 대한 충성스러운 예속을 뜻한다.

령』의 마지막 부분을 따로 떼어 출간했던 거야.* 아마 플롱 출판사였을걸. 이자벨은 그 책을 개인적인 편지라도 되는 것처럼 읽기 시작했어. 그러더니 곧 울음을 터뜨렸어. 너 같으면 문학소녀의 감성이라 여겨, '어린 여자애가 소설책을 읽으면서 울다니 정말 아름다운 일이야……'라고 생각하겠지. 이자벨은 책을 보는 내내 울었지만 그건 전혀 아름다운 일이 아니었어. 몸에서 물이 전부 빠진 거야. 나는 이자벨이 탈수증으로 그 자리에 쓰러져 죽는 줄 알았어. 버스가 아마 중간에 우리를 내리게 했던 것 같아. 개장 첫날부터 어린애가 눈물로 익사하면 곤란하잖아. 당페르로슈로의 사자 동상 앞에서 이자벨이 날 쳐다보았어.

'『악령』에서 스타브로긴이 왜 미친 사람처럼 행동했는지 이제야 알겠어.'

이제 그녀의 눈은 부싯돌처럼 메말라 있었어. 나는 한 가지 생각밖에 없었어. 앞으로 다시 울 수 있게 이자벨에게 물을 채워줘야지.

'스타브로긴은 어린 소녀를 강간했어.'

그 말에 내가 무슨 대답을 할 수 있었겠어?

* 『스타브로긴의 고백』은 검열 문제로 도스토옙스키 사후에야 부록으로 『악령』에 수록되었다. 루사와 이자벨이 처음 읽은 판본에는 이 부분이 없었던 것으로 보인다.

'루사, 그 소녀가 어떻게 했는지 알아?'

'아니.'

'손가락을 들어 그를 위협했어.'

'그게 다야?'

'어린 소녀가 그 이상 무슨 일을 할 수 있겠어?'

'글쎄.'

'소녀는 목매달아 자살했어.'

거기까지 얘기한 다음 이자벨은 다시 울음을 터뜨렸어. 하지만 눈물은 나오지 않았어. 끔찍한 장면이었지. 머리통이 벌써 그렇게 물컹물컹해졌는데 몸엔 뼈만 남았으니 자기 몸에 찔려 다칠까 걱정되더라고.

'나는, 내가 어른이 되면……'

그녀는 숨을 제대로 못 쉬었어.

'내가 어른이 되면 아무도 날 못 건드리게 할 거야.'

그러더니 갑자기 의기양양하게 웃음을 터뜨렸어. 알지? 소리가 새는 듯한 이자벨의 웃음소리 말이야…… 그녀는 손을 들어 말뚝 같은 몸뚱이에 꽂힌 자기 얼굴을 허공에 그렸어. 그리고 히죽거리면서 말했어.

'지금처럼 말이야, 아무도 못 건드리게!'"

*

루사는 문손잡이를 돌려 병실을 나섰다. 나가는 길에 살해당했으면 하는 마음이 없지 않았다. 그는 혼수상태의 친구를 돌아보았다.

"쥘리에게 그 점을 설명해주란 말이야, 등신아, 목매달아 죽은 소녀를 가슴에 품고 있는 여자를 총으로 쏴 죽인다는 게 말이 되냐고."

30

그 말이 맞아, 쥘리, 젠장, 살육을 중단해, 사격을 중지해, 무기를 내려놔, 그만둬! 이놈의 복수 이야기가 다 뭐야? 이제 너도 다른 사람들하고 똑같아진 거야? 너도 누구 책임인지 따지는 거야?* 샤보트는 나를 죽였고, 고티에는 샤보트를 위해 일했고, 칼리냐크는 고티에에게 월급을 주었고, 자보는 칼리냐크를 고용했고, 루사는 자보를 사랑해…… 그럼 다들 책임이 있는 거야? 쥘리, 어디까지 가려는 거야? 그렇게 따지면 책임 없는 사람이 얼마나 되겠어? 그런 식으로 하면 너의 살육에는 끝이 없어, 생각

* 이 문장은 명백히 모든 사건마다 책임을 뒤집어쓰는 희생양 뱅자맹의 과거를 지칭하고 있다.

좀 해봐, 씨팔! 그놈의 비련의 여주인공 행세는 그만해! 샤보트가 맨 꼭대기에 있었는데, 그럼 샤보트 밑에 있는 사람들은 죄다 쏴 죽일 셈이야? 쿠드리에, 카레가, 티안부터 시작해서 경찰청 사람을 전부 죽일 거야? 그쪽을 싹 청소해버리고 나면 다른 사람한테 쓸 총알이 탄창에 남아 있겠어? 쥘리, 복수의 영토는 끝없이 확장될 뿐이야. 총독이었던 아버지한테 그 얘기 지겹게 듣지 않았어? 베르사유조약은 독일인들을 고생시키고 독일인들은 유대인들을 떠돌이로 만들고 유대인들은 팔레스타인인들을 떠돌이로 만들고 팔레스타인인들은 임신한 과부들을 떠돌이로 만들고 그 과부들 배 속의 아기들은 나중에 테러리스트가 되어 복수에 나설 거야…… 정말 탈리옹 출판사 직원들을 한 명도 남기지 않고 처형할 작정이야? 그렇다면 벤 타예브 부족이나 우리 식구들은 왜 안 죽이는 건데? 예를 들어 클라라는 J. L. B.의 사진들을 얼마나 예쁘게 찍었는데. 제레미와 프티는 내가 J. L. B.의 인터뷰를 연습하는 걸 얼마나 열심히 도와줬다고. 다들 책임 있는 거 아냐? 정도degré가 다르다고? 하지만 쥘리, 복수의 땅에는 기온차degré 같은 건 없어! 날씨가 없는 나라라고! 정신적인 풍경일 뿐이야! 대기가 까딱도 않는다고! 기분 변화 같은 것도 없고 절대적 확신으로 꿈쩍 않는 단일한 기후의 행성이란 말이야! 연쇄반응이 한번 시작되면 절대 멈출 수가 없어. 흉수는 살해당하기 직전에 다른 흉수를 지목하고, 죄인은 총알을 다른 죄인에게 넘기고, 복수의 여신은 콤바인 수확기처럼 제대로 보지도 않고 무차별적으로 쓸어버리는 거야. 그만해, 쥘리! 이제 총을 거둬! 티안에게 아직 잘리지 않은 손가락에 물집이 잡힐 때까지 쏴대서 움직이는 건 모조리 사살한 다음에는 그 복수의 논리에 따라 나를 끝장내러 올 거잖아! 나랑 헤어지기 전에 우리가 어떻게 싸웠는지 기억나? 기억나, 안 나? 내가 자기 자신이 되지 않는 죄를 저질렀다고 했잖아, 너한텐 그거야말로 가장 질 나쁜 범죄 아냐?

사실이야, 쥘리, 그렇게 될 수밖에 없어. 너는 결국 네게서 나를 빼앗아 간 나의 다른 자아를 끝장내려고, 녀석의 호흡기를 떼러 오게 될 거야. 어느 겨울밤일 거야—아마 새벽이겠지, 처형은 언제나 새벽에 하니까, 목숨을 하루라도 더 빼앗으려고 말이야—어느 겨울 새벽일 거야. 나는 내 목숨을 끊어버리려는 미치광이 베르톨드를 기다리느라 살갗이 깨어나고 솜털이 모두 곤두서 있겠지. 내 피부의 돌기들이 네 걸음의 진동을 포착할 거야. 공기도 따라 흔들리거든. 몰랐지? 우리 피부는 평생 그 진동을 해독하고 있다고, 몰랐지? 내 피부는 말하겠지. "베르톨드가 아니야, 말로센, 긴장 풀어, 쥘리야." 그리고 정말 네가 병실에 들어올 거야. 나는 제레미의 웃음소리, 클라라의 평온한 목소리, 임신한 클라라의 두 개의 고동 소리, 테레즈의 짧게 내뱉는 발음, 프티의 바이브레이션만큼이나(프티는 단어의 소릿값을 재미있어하면서 아직도 새가 지저귀는 것처럼 말해) 확실하게 네 소리라는 걸 알아차릴 거야…… 쥘리, 네가 복도에 처음 발을 디디자마자 너를 알아볼 거야, 나는 듣지는 못해, 하지만 싸움꾼 여기자가 성큼성큼 걸으면서 밀어젖히는 공기가 내 피부에 와서 부딪힐 거야, 그렇게 널 알아볼 거야, 어디 갈 때 너처럼 확신에 차서 힘차게 걷는 사람은 세상에 또 없으니까.

*

말로센은 비가역성 혼수상태로 그런 생각에 빠져 있었다. 만약 어느 날 총알이 파놓은 터널에서 빠져나온다 해도 말로센은 사후 세계에서 살아 돌아온 사람들이 텔레비전 카메라 앞에서 늘어놓는 그 눈부신 이야기들(북극에 온 것처럼 신비로운 빛으로 눈앞이 하얘지고 정신의 휴식, 마음의 평화, 영혼의 오르가슴을 느꼈다는 식의)을 하지 않을 것이다. 아니, 그는 단지 베르톨드가 호흡기를 뗄까 두려웠다는 얘기밖에 하지 않을 것이다. 걱정이 많은 것은 살아 있을 때와 크게 다를 바 없었다는 말밖에 하지 않을 것이다. 쥘리가 자기를 죽이러 올 거라고 정말로 생각한 것은 아니다. 그것은 베르톨드 생각을 하지 않으려고 꼼수를 쓴 것에 불과하다. 그는 쥘리를 소환했다. 연애 문제를 가지고 짓궂게 투정을 부렸다. 그는 뇌전도기 화면을 가로지르는 초록색의 직선을 따라 팔을 벌리고 그녀를 향해 미끄러져 갔다. 베르톨드의 모습을 떨쳐버리고 쥘리의 모습에 안겼다. 제레미가 베르톨드의 손에서 그를 한 번 구하기는 했지만 나쁜 놈들은 쉽게 버릇을 고치지 않는 법이다. 그런 놈들은 무서운 게 있어야 나쁜 짓을 안 하는데, 베르톨드가 제레미의 메스를 언제까지나 무서워하지는 않을 것이다. 베르톨드가 무서워하는 것은 마르티뿐이다. 그런데 마르티는 일본인들의 건강을 챙기겠다고 일본 순회강연을 다니고 있다. 마르티, 마르티, 왜 날 버린 거야? 줄 하나에 목숨을 의지하고 있을 때 그 줄 값이 얼마나 비싸겠어! 그런데 말로센은 정말 살아 있기는 한 것일까? 비가역성 혼수상태…… 뇌사…… 아무것도 없이 텅 빈 상태…… 그는 의사의 진단을 반박하는 성격이 아니었다…… "이 사람은 죽었어. 의학적으로 사망했다고!" 베르톨드는 확인 사살을 했다…… "중추신경계에 비가역적인 손상을 입었다고!"…… "트로츠키와 케네디도 이 사람보다는 상태가 좋았어!" 그 말에 대답하는 마르티의 목소리는 단호했지만 확신은 없었다. "혼수상태가 지속되고 있을 뿐이야, 베르톨드, 멀쩡히 살아 있어!" 그 말은 거짓처럼 들렸다. 다정했고 애석함이 묻어 있기는 했지만 이번만은 비과학적으로 들렸다. 마르티는 마지못해 대답하고 있었다. 베르톨드의 과학에 맞서려면 과학이 필요했다. 그런데 테레즈는 아주 단호하게 자기의 과학을 제시했다. "말도 안 돼요!" 테레즈의 느낌표는 무시할 수 있는 게 아니다. 세상의 어느 나무꾼도 그 느낌표를 쓰러뜨릴 수 없을 것이다. "뱅자맹 오빠는 아흔세 살에 침대에서 죽을 거란 말이에요!" 그걸 위로라고 하는 거니? 식물인간 상태로 침대에 누워서 아흔세 살까지 살라고? 그래서 뼈가 갈라지고 살이 푸석푸석해지고 진물이 흐르다가 러브호텔의 진동 침대 비슷한 것 위에서 인생을 마치라고? 작열하는 햇볕 아래 울타리에 눌어붙은 끈적끈적한 무화과 열매가 말로센의 눈앞에 떠올랐다. 흘러나온 즙이 끓고 있다…… 아흔세 살이라니…… 테레즈, 퍽도 고맙다! "식물이나 재배하느라 병상을 쓰고 있는데 소문이 안 날 거라고 생각해? 사람들이 안 떠들어댈 것 같아?"…… 근데 맙소사, 내가 어떻게 저 말을 들을 수 있는 거지? 의학 아카데미의 말에 따르면 이제 아무 말도 들을 수 없다는 이 환자가 어떻게? 내가 어떻게 생각을 하고 있는 거지? 생각의 실타래를 딱딱한 스파게티처럼 평평한 일직선으로 한없이 펼쳐내면서 평탄 뇌파를 그리고 있는 이 뇌의 임자가 어떻게? 내가 어떻게 이걸 다 알고 있는 거지? 내가 이미 죽었다면 내 안의 누가 이걸 다 아는 거지……?

하지만 총알이 그를 죽인 순간부터 그가 모든 것을 알고, 모든 것을 깨닫고, 모든 것을 기억하고 있다는 사실에는 의심의 여지가 없었다. 패거리가 요란법석을 떨면서 응급실로 달려간 것하며, 원수지간인 의사 둘이 그의 두개골을 열었다 닫은 것하며, 가족들이 꾸준히 면회를 오는 것하며(가족들은 병실이 북적대거나 그가 혼자 남는 일을 피하려고 보통 시간대를 달리해 한 명씩 따로 왔다. 테레즈의 지시에 따라 가족들은 그가 멀쩡히 살아 있는 것처럼 그에게 이야기했다. 그런데 정작 테레즈는 한마디도 하지 않았다) 하나도 빠짐없이 모조리 알고 있었다. 그 덕에 그는 친지들을 알아볼 수 있었다. 그래서 제레미가 화학에서 만점을 받았다는 얘기(다들 조심해, 녀석이 화학을 잘한다는 건 공공의 위협이야), 클라라가 "오빠, 아기가 움직여, 발길질을 하고 있어"라며 들려준 휴대용 클라랑스의 현황(앞날이 걱정된다……), 프티가 들려준 견공 쥘리위스의 엄청난 연애담 등을 알게 되었고, 루사의 중국어 강의 및 자보의 신변에 대한 걱정을 듣게 되었으며, 아마 한밤중이라 짐작되는 시간에 루사가 책을 읽어주는 것도 들었다. "이번 주에 서점에 깔린 책이야, 등신아. 그래도 J. L. B. 책보다는 낫잖아?" 그렇다면 그는 정말 살아 있는 것일까? 루사가 일부러 농담을 해줄 만큼? 아니면 그저 죽음이란 친지들의 애정을 달콤히 즐기면서, 듣는 말에 대답하지 않아도 되고 중력도 느끼지 않아도 되어 안심하면서, 자기는 아무것도 하지 않으면서, 사랑하는 사람들이 가까이 있어 흐뭇한 것에 불과한 것일까? 그렇게 지낼 수 있는 거라면, 죽음 만세다!…… 하지만 그럴 리 없다…… 그렇게 좋기만 할 리가 없다…… 그들은 결국 병실을 떠났다. 맨 나중에 온 루사까지 그가 사랑하는 사람들 모두 병실을 떠났다. 그리고 말로센의 생각은 그들을 따라갈 수 없었다. 지구 중력을 전혀 벗어나지 못해 그곳에, 침대 위에, 이 몸뚱이 안에 찌부러져 있었다. 말로센은 병원에 홀로 남았다.

그럴 때면 베르톨드가 호흡기를 떼러 올 거라는 두려움이 엄습했다. 그리고 그 두려움과 함께 그가 분명히 살아 있다는 증거도 도착했다. 바로 여기 꼼짝달싹 못하면서 죽을까 두려워하고 있다는 게 그 증거였다. 어쩌면 그의 뇌파가 침묵을 지키는 유일한 이유는 그 두려움일지도 몰랐다. 그의 뇌는 두려움에 말문이 막혀 평탄 뇌파를 그렸다. 그의 뇌는 베르톨드의 전지가위 같은 시선 아래 체념하고 직선을 그렸다. 12인의 총살 집행반 앞에 선 것처럼 무표정했다. 물론 그의 뇌는 그러지 말았어야 했다. 그의 뇌는 당연히 발광하면서 위아래로 뾰족한 점을 수없이 그리면서 출렁거려야 했다. 뇌전도기 화면을 위아래로 정신없이 채워야 했다. 하지만 사형집행반의 총부리 앞에서 그렇게 반응하는 사형수가 어디 있단 말인가? 사형집행반이 총살하는 것은 감자 포대다. 사형수는 언제나 일제사격이 시작되기도 전에 온몸이 마비되어 총을 맞기 전에도 별로 살아 있는 사람 같지 않다. 예비 시체는 온순하게 권위에 절대 복종하는 것이다. 권위자의 말에 꾸벅 죽는 것이다. "그들이 내게 사형선고를 내렸으니……" 아마 그의 뇌도 그런 말을 중얼거리고 있었을 것이다. "뇌사라고? 그렇게 말하면 그런 거겠지……"

하지만 그렇다면 의학적으로 사망한 이자의 내부에서 버티고 있는 것은 무엇일까?…… 베르톨드가 오기를 기다리는 것은 누구일까? 뇌 자체가 완전히 뻗어버렸다면 이 경계심은 어디서 나오는 것일까? 그의 신체 내부에서는 분리주의 운동이 한창이었다. 이제는 숨길 수 없는 일이었다. 망자의 3인칭(그는 죽었어, 그가 많이 보고 싶을 거야, 그는 정말 좋은 사람이었어)이 되는 것을 순순히 수락한 뇌에 대항해 결연한 의지의 1인칭이 봉기했다. 나는 여기 살아 있어! 이 비겁한 놈아, 네놈의 병신 같은 좌뇌 우뇌와 90억 피라미드 세포 따위는 나가둬져! 나는 베르톨드가 네 선을 뽑아 날 죽이게 내버려두지 않겠어! 나도 존재한단 말이야! 더구나 나도 존재하고 싶다고!

누군가가 연단에 올라 뇌에 속하지 않은 수많은 세포에게 연설하는 것 같았다. 생존권을 건 항의 집회의 규모가 무시무시해졌다. 그는 지금껏 정치 집회 따위에는 한 번도 참여한 적이 없지만 이제 자기 몸이 전례 없는 대규모 시위의 장이 되었음을 깨달았다. 이 시위장에서 1인칭으로 말하는 자는 수많은 세포의 이름으로 말하고 있었다. 그리고 몸의 가장 은밀한 구석에 박힌 세포들까지 그 말에 귀 기울이고 있었다. '옳소, 옳소!' 하는 분위기가 한없이 퍼져나가 역사적인 발언이, 세상의 질서를 전복하는 마법의 주문이, 사람을 변화시키는 문장이, 지금껏 누구도 들은 적 없는 새로운 단어가 터져나오고 있었다. 그는 자기 내부에서 어떤 진실이 성장하고 있는 것을 느꼈다. 그 진실에 살이 붙고 있었다. 그 진실은 조만간 발현될 터였다. 그 모든 세포들이 자기 존재를 잊을 정도로 귀를 기울이면서 침묵의 대성당이 만들어졌다. 그 진실이 터져나와 영원히 새겨질 대성당…… 최소한 영원히!

마침내 그 진실이 터져나왔다.

진실은 순식간에 인파를 불러 모으는 표어의 형태로 터져나왔다. 모든 세포는 독자적으로 생명을 영위한다! 뇌중심주의에 반대한다!

"뇌중심주의에 반대한다!" 세포들이 이구동성으로 따라 외쳤다.

"뇌중심주의에 반대한다!" 온몸이 일심동체로 소리쳤다.

"뇌중심주의에 반대한다!" 작은 전구 몇 개만 깜박거리는 어둑

어둑한 병실에서 뱅자맹 말로센의 누운 몸이 말없이 외쳤다.

*

희끄무레한 화면에 초록색으로 이어진 뇌파는 이 혁명을 경축하기 위한 어떤 몸부림도 보이지 않았다. 그래서 베르톨드는 자신의 각진 그림자를 병실 안으로 끌고 들어오면서, 인공호흡기를 끼고 누워 있는 자 쪽은 쳐다보지도 않았다.

베르톨드가 함께 온 간호사에게 말했다.

"이제 시작하지. 이만하면 기다릴 만큼 기다렸어."

31

그날 밤 클라라도, 테레즈도, 제레미도, 무엇이 그들의 잠을 깨웠는지 알지 못했다. 프티의 비명인지, 개의 길고 깊은 비탄 섞인 흐느낌인지. 티안 영감은 즉시 반사적으로 베르됭에게 달려갔다. 베르됭은 주먹을 꽉 쥐고 어둠을 노려보고 있었다. 요람이 부서질 듯 떨렸다. 티안은 조금만 더 있다간 베르됭이 폭발할 거라는 걸 깨달았다.

프티는 꿈을 꾸고 있었다.

개는 발작하고 있었다.

티안이 베르됭의 요람에 달려드는 사이, 테레즈는 예기치 않은 폭풍 때문에 함교로 나온 함장처럼 각자에게 짧고 명확하게 명령을 하달했다.

“제레미, 프티한테 안경 씌워! 클라라 언니, 쥘리위스의 혀를 잡아! 혀를 못 삼키게 해!”

“얘는 안경을 어디다 둔 거야?”

“부엌 식탁 위를 찾아봐, 프티가 보는 독본 옆에.”

“테레즈, 나 좀 도와줘, 쥘리위스 턱을 못 벌리겠어!”

“내가 할게, 언니는 루나 언니한테 전화해서 로랑 형부 좀 와 달라고 해. 티안 삼촌, 베르됭은 어때요?”

“진정하고 있어.”

“씨팔, 식탁 위엔 안경이 없던데!”

“그러면 프티 멜빵바지 주머니를 찾아봐.”

“여보세요? 루나 언니? 나 클라란데, 쥘리위스가 간질 발작을 일으켰어.”

이제 건물 전체가 깨어나 소란에 가세했다. 윗집 사람이 철물점 천장을 미친 듯이 두들겨대는 소리, 마당에 부딪혀 튕겨오르는 욕설, 잠 좀 자라는 명령, 일찍 일어나는 사람들의 항의, 정상인들의 근무 시간이 어떻네, 노동의 신성함이 조롱받고 있네, 있을 수 없는 일입네 떠드는 소리, 부녀회·소방서·경찰·정신병원에 신고하겠다는 협박, 줄줄이 열거되는 예전의 불만 사례, 예상되는 향후의 범죄 행각, 하지만 포화 상태의 소음 때문에 아무 소리도 제대로 들리지 않았다! 프티의 비명이 소리 종합선물세트를 관통하고, 미친 여자의 비명을 닮아가는 견공 쥘리위스의 통곡(히스테리가 아직 공포의 대상이었던 20세기 초엽처럼)이 만인의 증오의 합창을 뒤덮어버렸다.

그리고 갑자기 침묵이 찾아들었다.

프티가 조용해졌다. 제레미가 안경을 씌워주자 순식간에 잠이 깬 것이다. 한참 전부터 잠이 깨어 있던 것처럼.

쥘리위스가 조용해졌다. 테레즈가 목구멍 속 공포의 심연에서 혀를 꺼내주자 잠잠해진 것이다.

건물이 조용해졌다. 혼자 소리 지르는 게 좀 부끄러워진 것이다. 창마다 불이 하나씩 꺼졌다. 덧창이 하나씩 닫혔다.

그리고 크레센도로 제레미가 프티에게 질문을 퍼부었다.

"프티, 꿈을 꾼 거야? 무슨 꿈 꿨어?"

"아저씨 한 명이……"

"응……"

"아저씨였어."

"어떤 아저씨? 어땠는데?"

"하얀 아저씨였어."

"계속해봐, 기억을 되살려봐. 그 백인 아저씨가 뭘 하고 있었는데?"

"하얀 아저씨였어."

“그 얘긴 했잖아, 꿈에서 그 아저씨가 뭘 하고 있었어?”

“새하얬어. 외투도 하얗고, 모자도 하얗고, 마스크도 하얬어.”

“마스크를 썼어?”

“응. 코하고 입을 가리는 마스크 있잖아.”

제레미가 테레즈에게 말했다.

“누나, 들었지?”

테레즈는 그 말을 들었다.

“모자는 어땠어? 어떤 모자였는지 얘기해봐.”

“챙이 없었어. 빵모자 비슷해.”

“하얀 빵모자래, 누나. 프티, 계속 얘기해봐, 멈추지 말고……”

“그 아저씨가 칼을 들고 있었어.”

그 칼은 여전히 프티의 머릿속에 남아 있었다. 네 발을 하늘로 뻗은 채 사막의 썩은 짐승 시체처럼 부풀어오른, 까칠까칠한 몸으로 누워 있는 개의 정신나간 눈에도 남아 있었을지 모른다.

“그리고?”

“그 아저씨가 뱅자맹 형의 병실에 들어갔어.”

프티는 몸을 움츠렸다.

“테레즈 누나, 그자가 병실에 들어갔대, 무슨 말인지 알겠어? 베르톨드가 뱅자맹 형의 병실에 들어간 거야!”

*

"'뱅자맹 오빠는 아흔세 살에 침대에서 죽을 거란 말이에요!' 병신, 누나가 그렇게 말하지 않았어? 안 그래? '뱅자맹 오빠는 아흔세 살에 침대에서 죽을 거란 말이에요……' 놀고 있네! 베르톨드 같은 놈이 옆에 붙어 있는데? 클라라! 테레즈! 누나들은 내가 병실에서 자면서 형을 지킨다는데 왜 말렸어? 테레즈, 왜 그랬냐고? 씨팔, 대답해보란 말이야! 테레즈 누나는 모르는 게 없다 이거지! 테레즈는 항상 옳다 이거지! 테레즈는 그 병신 같은 하느님보다 더 대단하다 이거지! 안 그래? 말해봐, 안 그래? 내 말 잘 들어, 테레즈 누나, 나는 베르톨드 그 개새끼, 죽여버릴 거야, 메스로 목을 따서 피 한 방울 안 남기고 뽑아버릴 거라고, 누나의 오빠는 호흡기를 떼서 죽고 누나의 동생은 살인자가 되는 거야, 대단하지 않아? 그러면 클라라 누나는 예쁜 사진을 찍을 수 있을 거야! 누나들은 병신이야, 둘 다 병신이야, 그다음에는 탈리옹 출판사에 불을 지를 거야, 그리고 집을 나갈 거야, 쥘리 누나를 만나서 같이 다니면서 죄다 죽여버릴 거야. 쥘리 누나밖에 없어. 그래서 형이 쥘리 누나를 사랑한 거야! 쥘리 누나가 형의 원수를 갚는 동안 누나들은 뭘 한 거야? 그러고도 사랑하는 오빠라고 떠들 수 있는 거야? 누나들은 형을 베르톨드의 손아귀에 남겨

됐어! 하긴, 누나들이 하는 일이 다 그렇지! 형은 베르톨드한테 맡겨두고 자기들은 평온한 일상으로 돌아가면 그만이라 이거지. 클라라 누나는 배 속 아기 생각뿐이고 테레즈 누나는 그 병신 같은 별들에나 매달려 있었던 거잖아. 형이 아흔세 살에 죽을 거라고 한 게 그 병신 같은 별들이잖아! 세상에 별보다 병신 같은 게 뭔 줄 알아? 테레즈 누나야! 하늘의 별을 모두 합친 것보다 더 병신이지! 별들이 하늘에 뭐라고 써놨는지 알아? '테레즈 병신 짓 만세!'라고 써놨어! 수백만 광년을 헤맨 끝에 마침내 자기들보다 심한 병신을 찾았으니 얼마나 행복하겠어! 마침내 지구에서 찾은 거잖아. 병신투성이 행성, 우주에서 악취가 제일 심한 행성, 버림받을 대로 버림받은 행성, 테레즈, 베르톨드, 샤보트 같은 병신들이 잔뜩 태어나는 행성 말이야! 테레즈, 누나가 내 누나인 게 다행인 줄 알아! 누나도 베르톨드나 샤보트하고 다를 게 없으니까! 내 말 듣는 거야? 내 말 듣고 있냐고? 나는 지금 별들을 대신해서 말하는 거야! 그러니까 별들에게 한번 물어봐, 누나 동생 제레미가 무슨 짓을 할 생각인지, 내 머릿속에 내 주머니에 뭐가 들었는지 별들에게 공식적으로 물어봐. 그리고 묻는 김에 베르톨드 그놈이 살 시간이 얼마나 남았는지도 물어봐. 그놈도 신변 정리 할 시간은 필요할 테니까……"

*

티안의 차를 타고 사이렌을 울리며 병원을 향해 달리면서 제레미는 그렇게 말했다. 주머니에 든, 양탄자 자르는 짧은 삼각날 칼(그들은 뱅자맹이 퇴원할 때를 대비해 철물점을 수리하기로 했지만 아직은 어떻게 수리할지를 두고 싸움질만 하는 단계였다)을 꽉 쥐면서 그렇게 말했다. 뱅자맹의 병실로 통하는 환한 복도를 달리면서 그렇게 말했다. 설사 병실이 어디인지 몰랐다 해도, 그들은 눈을 감고서라도 기필코 찾아냈을 것이다.

그들은 마침내 병실 문 앞에 도착했다.

그렇게 정신없이 뛰다가 뚝 멈춰버린 것에 스스로들 놀랐다. 서로 침묵하고 있는 것에도.

그들은 병실 문 앞에 서 있었다. 문 뒤에 진실이 있었다. 진실은 언제나 사람을 멈칫하게 한다.

2인 1조가 된 티안과 베르됭의 몸이 문과 제레미 사이를 가로막고 있었다.

"티안 삼촌, 여세요."

자신 없는 목소리였다. 결국 그때껏 침묵을 지키고 있던 테레즈의 목소리가 필요했다.

"티안 삼촌, 문 여세요."

*

아니었다. 뱅자맹은 거기 있었다. 깜빡이는 기계들 사이에 누워 있었다. 네온 불빛 아래 조금 낯설어 보이긴 해도 분명 뱅자맹이었다. 공들여 연결해놓은 튜브와 선들은 그대로였다. 깜박이는 희미한 불빛 속이라 그런지 평소보다 움직임이 없어 보이긴 했다. 잠들어 있는 병원이라 그런지, 갑작스레 깊은 잠에 빠져든 도시 안이라 그런지. 하지만 이 시간에 움직이지 않는 건 이상한 일이 아니었다. 오히려 행성의 이쪽 면에 유일하게 직립해 있는 이 네 명이야말로 이 시간에 도대체 뭘 하고 있는 거냐는 질문을 받아야 했다. 티안, 제레미, 베르됭은 마음을 진정시켰다. 테레즈 혼자 뱅자맹의 가슴에 손바닥을 대보고(호흡 정상), 뱅자맹의 눈꺼풀을 들어보고(눈도 홍채도 평소와 동일. 여전히 초점 잃은 눈), 차가운 손가락으로 뱅자맹의 맥박을 짚어보고(평소처럼 느림), 신기술에는 문외한이지만 거짓말만큼은 놀랄 만치 잘 탐지하는 눈으로 기계들을 심문했다. 기계들은 거짓말을 하지 않았다. 기계들은 이 세기말의 테크놀로지가 허락하는 한 최대한의 안락을 제공하면서 뱅자맹의 생명을 유지하고 있었다. 기계들은 뱅자맹을 대신해 밥 먹고 숨 쉬고 배설하고 있었다. 뱅자맹은 쉬고 있었다. 테크놀로지가 대신 일하고 있었다. 뱅자맹의 자리에서 세기말이 대신 살아주고 있었다. 세상에서 존재감이 사라진 지 오래인 불쌍한 뱅자맹에겐 필요한 일이었다. 그는 이 휴식을 누릴 자격이 있었다. 그것이 테레즈의 의견이었다.

"집에 가자." 테레즈가 말했다.

32

뭐라고? "집에 가자"?

말이 돼? 뇌에 속하지 않은 수십억 세포가 어둠 속에서 고함을 쳤건만 그 세포들과 가장 가까운 사람들이 그 세포들의 말도 들어보지 않고 집으로 돌아가다니! 몸 전체가 있는 힘을 다해 아우성치건만 침대 발치에 있는 사람들은 아무것도 느끼지 못하다니! 그들이 병실에 들어왔을 때 다들 얼마나 희망에 부풀었는데! 다들 얼마나 서로 소식을 전했는데! 얼마나 반가워했는데! "나 제레미야, 나 테레즈야, 난 티안 영감이야, 난 베르뒹이고!" 촉각소체들은 진피眞皮 보초병 역할을 더할 나위 없이 훌륭하게 수행해 피하조직에 정보를 전달하고 지방세포들에게 잔소리를 했다. "다들 분발해, 뇌를 통하지 말고 직접 전해, 뇌 녀석은 배신했어!" 측면 전송으로 몸 전체가 알림을 받고 모든 세포가 친지들이 온 것을 전달받아, 융합중인 세포핵들은 1인칭으로 소리를 질러댔다. "살려줘! 날 데려가! 날 베르톨드의 손아귀 안에 남겨두지 마! 그놈이 얼마나 흉악한지 너희는 몰라!"

그런데 테레즈는 심장 박동을 느껴보고 맥박을 짚어보고 생각하더니……

이렇게 말했다.

"집에 가자."

6부

죽음은 직선의 과정이다

그 말을 어디서 봤더라?

33

쿠드리에 총경은 감식반에게 소식을 들었을 때 자기 귀를 의심했다. 감식반이 증거를 제출했을 때 자기 눈을 의심했다. 하지만 쿠드리에 총경은 놀라서 까무러치지는 않았다. 그는 단지 귀를 갈아 끼우고 경찰의 눈을 장착했다. 그럼에도 흠집 하나 없는 작은 수술 도구 통에 담겨 가죽 장정의 서류철 위에 누워 있는 진실은 꽤 놀라운 것이었다. 놀랍긴 해도 직업적인 관점에서 볼 때 그것은 대번에 받아들일 만한 일이었다. 그들 모두가 착각한 것이다. 쿠드리에를 필두로 모두가 눈이 멀었던 것이다.

"엘리자베트, 커피 한 잔 준비해주면 고맙겠어."

경찰 생활이 몇 년인데 어떻게 이런 실수를 저지를 수가 있지?…… 인간은 역시 그 무엇도 배울 수 있는 존재가 아니야. 쿠드리에 총경은 발로 스위치를 살짝 눌러 전등의 조도를 낮췄다.

"그리고 반 티안 형사 좀 불러줘…… 가능하면 아기는 안 데려오면 좋겠다고 하고."

*

하지만 그것은 가능하지 않았다. 반 티안 형사가 상관과 마주 앉자, 베르됭의 시선이 총경을 덮쳤다.

침묵.

침묵. 그러다 반 티안 형사는 아기의 머리를 나폴레옹의 구리 흉상 쪽으로 돌려주었다.

"고맙네."

다시 침묵. 하지만 이번에는 중대한 얘기를 꺼내기 직전의 침묵이었다.

"티안, 자네는 왜 경찰에 들어왔나?"

'졸업장하고 전후戰後의 상황 때문이었죠.' 상관이 진정 답변을 원했다면 반 티안 형사는 그렇게 대답했을 것이다. 하지만 총경은 독백을 하고 있었다. 총경은 내면 여행을 하는 중이었다. 총경과 알고 지낸 지 오래된 티안에게는 익숙한 일이었다.

"그러면 나는 왜 경찰이 되었는지 아나?"

‘이 직업을 막 시작한 애송이나 떠날 때가 된 늙은이들이 으레 던지는 질문이지.’ 반 티안 형사는 생각했다. ‘난처한 상황에 빠졌을 때마다 쿠드리에가 던지는 질문이기도 하고.’

“나는 놀랄 일을 미리 알려고 경찰이 되었다네. 뜻밖의 일을 굉장히 싫어하거든.”

‘클라라가 생티베르의 시신을 찍은 것하고 마찬가지네.’ 반 티안 형사는 생각했다. 그리고 자기도 내면의 유람선을 타고 여행을 시작했다. 졸업장, 그랬다, 전후의 상황, 사실이었다. 하지만 티안이 경찰에 들어온 것은 경찰 망토가 누군가의 모습을 만들어주기를 원했기 때문이기도 했다. 경찰 자전거가 그의 영토에 국경선을 그어주길 원했던 것이다. 그는 청소년기에 정체성의 혼란을 겪었다. 절반은 백인이고 절반은 동양인인 통킹의 파리지앵, 호치민의 얼굴에 장 가뱅의 목소리, 포도주 도매업에 종사하는 파리 출신의 모친 루이즈, 양귀비 사업에 몸담은 베트남인 부친 몽카이의 티안. 그래서 그는 경찰이 되었다. 그리고 경찰 망토를 걸치자 마침내 프랑스인의 심장이 뛰게 되었다.

“나는 현미경을 들여다보면서 미래의 바이러스들을 추적하는 인생을 살 수도 있었어, 티안. 실제로 그 일로 인생을 시작했으니까. 처음엔 의대에 다녔거든.”

반 티안 형사의 첫 직업은 신문팔이였다. 놀랄 일들이 그에겐 돈벌이 수단이었다. "〈스 수아르〉 나왔습니다! 라마디에가 연립 정부에서 공산당을 축출했습니다!" "〈레키프〉에 실린 감동의 서사시를 놓치지 마세요! 로빅이 투르 드 프랑스*의 전후 첫 우승자가 됐습니다!" "〈콩바〉 있습니다! 인도가 독립했습니다!" "방금 나온 따끈따끈한 〈르 피가로〉요! 르클레르 비행기가 알제리에서 추락했습니다!"

황인종 꼬마가 세상에 색종이 조각을 흩뿌리고 있었다……

"하지만 티안, 뜻밖의 일보다 더 나쁜 게 있어…… 그건 바로 확신이야!"

쿠드리에 총경은 초록색 조명 속에서 혼자 중얼거렸다. 티안은 그 틈을 타서 잠시 말로센 짓을 했다.

뱅자맹이 총을 맞은 뒤로는 당연히 아이들에게 J. L. B.의 책을 읽어줄 수 없었다. 가족들은 큰 혼란에 빠졌다. 날이 어두워지면 뭘 하지? 아이들은 금단증상을 보였다. 그러자 클라라가 제안했다. "티안 삼촌, 삼촌의 인생을 들려주시면 어떨까요?" 내 인생이라니? 그는 무력감에 망연자실했다. 클라라가 방금 알려주기 전까진 자기도 인생이 있었다는 것을 까맣게 잊고 있었다. "좋은 생각이네." 테레즈가 말했다. "맞아, 삼촌이 수사한 사건

* 매년 7월에 3주간 진행되는 프랑스 전국 일주 국제 사이클 대회.

들 얘기가 있잖아……" 제레미는 침대로 달려갔다. "그리고 삼촌이 어렸을 때 얘기도 해주세요!……" 아이들은 잠옷을 뒤집어썼다. 내 인생이라니? 아이들은 그가 평소 이야기를 들려줄 때 앉던 등받이 없는 의자에 티안을 앉혔다. 아이들은 티안이 인생을 살기를 기다렸다.

"그래." 쿠드리에 총경은 독백을 하고 있었다. "우리에게 가장 지독한 놀라움을 선사하는 것은 우리의 확신이야!"

확신이 없으면 놀라움도 없는 게 사실이지, 반 티안 형사는 인정했다. 내 인생이라고? 그는 테레즈한테 미래를 점쳐달라는 부탁을 받기라도 한 것처럼 놀라서 그 자리에서 꼼짝도 못했다. "삼촌의 첫사랑도요……" 클라라가 중얼거렸다. "맞아요, 첫사랑 얘기해주세요, 티안 삼촌!" "첫-사-랑! 첫-사-랑!" 인기투표라도 하는 분위기였다. 티안에게는 첫사랑이 없었다. 티안에게는 처음부터 자닌밖에 없었다. 티안은 10대에 매음굴에 드나들다가 곧바로 키다리 자닌에게 넘어갔다. 자닌 역시 툴롱의 창녀촌에서 사랑을 팔고 있었다. 티안은 처음부터 자닌, 죽을 때까지 자닌뿐이었다. 티안이 사랑 독점권을 따기라도 한 양. 티안은 자닌을 납치함으로써 수많은 홀아비를 만들었다. 툴롱에 정박한 배들의 선원 모두가 홀아비가 된 것이다. 하지만 그런 얘기를 아이들한테 해줘도 될까? 티안은 자닌 이야기를 벌써 두 시간째 하면서도 여전히 그 점을 망설였다……

"정말 고약한 직업이야, 티안……"

쿠드리에 총경은 천천히 수면 위로 부상했다. 잠시 뒤면 총경의 전등이 그의 하늘을 전부 밷어놓을 것이고 반 티안 형사는 상관이 왜 자기를 호출했는지 알게 될 것이다.

티안은 자기가 자닌을 납치하는 바람에 생긴 소동을 아이들에게 들려주었다. 수녀원에서 여자를 빼왔어도 그만큼 골치 아프지는 않았을 것이다. 자닌의 코르시카 출신 사촌들이 떼거리로 티안을 습격했다. 그들은 사촌 자닌이 매춘을 해서 자기들에게 용돈을 마련해주는 것은 용인할 수 있지만(전통의 문제라 했다) 자닌이 황인종과 사귀는 것에는 분통을 터뜨렸다(원칙의 문제라 했다). 지옥 같은 추격극이 시작되었다. 가족의 제재를 피해 그들은 진짜 투르 드 프랑스를 했다. 광분한 사촌들은 그들의 사랑을 벌집으로 만들려고 총알 세례를 퍼부었다. 티안이 지금 베르됭을 데리고 다닐 때 쓰는 가죽 멜빵의 사용법을 익힌 것은 자닌의 딸 제르베즈를 안기 위해서였다. 매복할 때면 티안은 제르베즈를 등에 업고 자기 몸을 방패 삼아 제르베즈를 보호했다. 총알이 제르베즈의 머리칼을 스쳐 지나갔다. 연애 때문에 사격에 능해진 사람은 세상에 티안밖에 없었다. 물론 재능을 타고난 것도 사실이었다. 키다리 자닌도 실력이 나쁘지 않았다. 그 과정에서 그녀의 사촌 몇 명이 생에 이별을 고했다. "아니, 삼촌은 그런 일을 겪었으면서 인생에 특별한 일이 없었다고 하신 거예요?" "제레미, 조용히 해, 삼촌 이야기 끊지 마."

"티안, 자네는 경찰의 가장 큰 덕목과 가장 큰 결함이 뭐라고 생각하나?"

"경찰이라는 것이죠, 총경님."

"의심이야, 이 친구야, 의심!"

쿠드리에 총경은 이제 수면 위로 완전히 떠올랐다. 명철한 분노를 후광으로 깔고 있는, 그 어느 때보다 황제 같은 얼굴이 환한 조명에 드러났다.

"티안, 지난번에 생토노레 로에서 어디다 대고 총을 쏜 건가?"

*

쿠드리에 티안, 지난번에 생토노레 로에서 어디다 대고 총을 쏜 건가?

반 티안 쥘리 코랑송에게 쐈습니다.

쿠드리에 누구에게 쐈냐고 묻는 게 아냐, 어디다 대고 총을 쐈냐는 거야.

반 티안 조준경의 반사광, 여자의 머리칼, 정밀사격용 카빈총을 쥔 손을 쐈습니다.

쿠드리에 그중 어느 것이 최우선 목표였나? 조준경이었나, 머리카락이었나, 아니면 손이었나?

반 티안 잘 모르겠습니다. 아마 손이었던 것 같습니다.

쿠드리에 손? 왜 머리카락이 아니고?

반 티안 ……

쿠드리에 왜 그랬는지 내가 얘기해볼까, 티안? 자네는 코랑송 양을 죽이고 싶진 않았던 거야.

반 티안 그건 아니었을 겁니다. 어찌 되었든 그 거리에서는……

쿠드리에 자네 같은 명사수에게 거리 같은 건 상관없잖아. 내가 자네 솜씨를 한두 번 봤나?

반 티안 ……

쿠드리에 ……

반 티안 ……

쿠드리에 진실은 이런 것이겠지. 일부러 그랬든 아니든 자네는 코랑송 양을 살려주려고 다른 동료들보다 먼저 사격을 개시했던 거야.

반 티안 제 기억은 좀 다릅니다.

쿠드리에 그 머리카락이 무슨 색깔이었나?

반 티안 빨강머리였던 것 같습니다.

쿠드리에 새빨간 머리였나, 붉은 기운이 좀 있는 정도였나?

반 티안 새빨간 머리였습니다.

쿠드리에 적갈색이었어, 티안…… 적갈색 가발이었다고. 그러니 자네 기억력 얘기는 하지 말게.

반 티안 ……

쿠드리에 솔직히 얘기하도록 하세. 나는 자네의 정직함을 의심하는 게 아냐. 우리가 알고 지낸 지 얼마나 오래되었는데 내가 그런 바보 같은 생각을 하겠나. 자네가 코랑송을 죽이기로 작정했다고 가정하세. 아마 그녀가 이후에 겪을 일들을 피하게 해주려고 그런 것이었겠지만. 자네라면 충분히 그런 식으로 생각할 테니까. 그러니 그렇게 가정하도록 하세. 그런데 자네는 자기도 모르게 그녀를 살려주려 한 거야. 아마 말로센의 여자라서 그랬겠지……

반 티안 ……

쿠드리에 ……

반 티안 ……

쿠드리에 티안, 자네의 그런 감정은 무척 고결한 것이야……

반 티안 ……

쿠드리에 하지만 그 감정 덕에 우리는 엄청난 곤경에 빠졌다네.

반 티안 예?

쿠드리에 이걸 좀 들여다보게.

*

쿠드리에가 들여다보라고 한 '이것'은 수술 도구를 담는 통이었다. 그 깨끗한 금속 재질을 보니 티안은 페니실린의 등장을 떠올리지 않을 수 없었다. 폐가 조금이나마 정상적으로 기능하는 결핵 환자들을 고산지대의 요양소에 풀어놓는 대신 1950년대부터 환자의 엉덩이에 놓기 시작한 무시무시한 불주사 말이다. 모친 루이즈와 아내 키다리 자닌의 모습이 잠시 티안의 뇌리를 스쳤다. 모친이 그를 바닥에 엎드리게 하고 아내가 겁에 질려 오그라든 엉덩이를 주사기로 조준했다. 그가 가장 사랑한 두 여인은 페니실린처럼 웃어댔다. "티아누, 요즘은 결핵에 걸렸다고 요양소에 가지 않아, 접종을 하지." 그러니까 오늘 밤에는 아이들에게 결핵에 걸렸던 얘기를 하면 될 것이다. 그가 평생 정말로 무서워했던 단 하나, 주사기의 공포를……

"티안, 기운 내. 자네 엉덩이에 주사를 놓을 게 아니니까 제발 그 통을 열어보라고."

수술 도구 통이 손가락 사이로 미끄러진다. 잡을 곳도 없다.

"이리 주게."

쿠드리에 총경은 손쉽게 통을 열더니 시가 상자를 건네듯 그 통을 티안에게 주었다. 문제는 지금 누렇게 물든 폭신폭신한 솜에 얹혀 티안의 시야에 들어온 물건이 시가가 아니라 손가락 두 개라는 것이었다. 잘린 손가락 두 개였다. 너무 비현실적이지만 분명히 눈앞에 있었다. 손가락 두 개였다. 예전에는 분홍빛 도는 살이었을 테지만 이제는 광택 없는 누런색이었다.

"이게 자네의 과녁이었네, 티안."

손가락 두 개가 살점 하나로 연결되어 있었다. 두 손가락 밑동에는 찢긴 자국이 보였다. 손가락 귀신 둘이었다. 하지만 반 티안 형사는 자기가 잘라낸 쥘리의 두 손가락을 쿠드리에 총경이 왜 이런 식으로 불쑥 보여주었는지 알 수 있었을까?

"이건 코랑송 양의 손가락이 아니기 때문이야, 티안."

(뭐라고?)

"그래, 이건 남자의 손가락이야."

(그렇다면 피아니스트의 손가락이겠는걸…… 이렇게 섬세한 손가락이라니……)

"법의학 인턴생이 우연히 발견한 것이네. 우리는 이게 당연히 코랑송 양의 손가락일 거라고 생각해 제대로 검사할 생각도 안 했지. 우리처럼 나이를 먹을 만큼 먹은 사람들이 일 처리를 이런 식으로 하다니, 대단하지 않나?"

그러더니 자세히 설명해주지 않으면 상황을 이해 못할 거라고 생각하기라도 했는지 이렇게 덧붙였다.

"그러니까 창문 위에서 우리에게 총을 쏜 것은 남자였네."

그리고 굳이 확인 사살을 해야겠다는 듯 말했다.

"티안, 자네가 살려준 것은 남자였어."

쿠드리에는 최후의 일격을 날렸다.

"살인자를 살려준 거야."

34

그런 상황에서는 쥘리도 다른 사람들과 크게 다를 바 없었다. 인간이라면 누구나 갖고 있는 본능대로 반사적으로 행동했다. 다른 사람이 자기 창문에서 총을 쏘아대기 시작했을 때, 쥘리는 다른 사람들처럼 아스팔트 밑으로 파고들고 싶은 마음으로 급히 엎드렸다. 심지어 칼리냐크의 어깨가 터지는 것을 볼 시간도 없었다. 총격이 시작되기 전, 쥘리는 자보 여왕을 지그시 바라보고 있었다. 그 자그마한 흑인 남자는 감동적일 만큼 단호하게 보디가드 역할을 수행했다. 아마 루사 드 카자망스일 것이다. 뱅자맹은 그의 얘기를 자주 했다. 뱅자맹의 친구 루사의 빈약한 가슴이 친구 자보의 해골 앞에서 불룩거렸다.("비장한 게 지나치면 우스꽝스러워지지." 쥘리는 총독이었던 부친이 즐겨 쓰던 표현을 떠올렸다.) 루사가 자기 여왕을 보호하려 한 것은 옳은 판단이었다. 쥘리는 살인자가 자보를 죽이려 한다는 것을 알고 있었다. 여왕을 보호할 임무를 띤 경찰들이 잠시라도 한눈을 팔았다면 자보는 정말 죽었을 것이다. 쥘리는 여왕에게 다가갔다. 쥘리는 반사신경에 자신이 있었기에 살인자가 여왕에게 총을 겨누자마자 누구보다 먼저 그자를 쏘아 쓰러뜨릴 생각이었다. 총독의 제식 권총 때문에 쥘리의 점퍼가 눈에 띄게 불룩했다. 쥘리는 경찰로 변장해 자신을 찾고 있는 경찰 무리에 섞여 있었다. 정복 경관이 아니라(쥘리는 삼류 드라마 취향이 전혀 아니었다) 신세대 경찰이었다. 점퍼, 체인 팔찌, 운동화, 거기에 흠잡을 데 없는 청바지 라인이 입증하는 남성의 심벌 등등. 쥘리는 면도를 제대로 안 한 젊은 경찰이었다. 엉덩이가 좀 크긴 하지만 자연스럽게 거들먹거리는 태도로 돌아다녔다. 쥘리는 고티에의 장례식에 참석해 경찰이 아닌 사람과 사물을 빼놓지 않고 주시하고 있는 경찰 중 하나였다. 그곳에는 해당 지역 관할 경찰과 경찰청 강력반 경찰들이 뒤섞여 있었다. 쥘리는 이들이 서로 같은 경찰이라는 것은 알아차리면서도 서로 얼굴은 모르는 사이라는 점을 믿었다. 쥘리는 감자튀김을 파는 승합차에서 모와 시몽을 끄집어냈던 항공 점퍼 차림의 경찰에게 귓속말을 하기까지 했다.

"애인의 복수를 하려고 나선 여자보다 무서운 것도 세상에 없지."

타고난 미성에 약간의 걸걸한 음색을 섞은 목소리였다. 뱅자맹은 그 목소리를 "대초원의 포효"라고 했다. 상대는 고개를 끄덕였다. 쥘리는 수수께끼를 찾고 있는 해답인 셈이었다. 동료 형사들과 마찬가지로 그녀는 매복한 살인자가 어떻게 생겼는지 몰랐다.

첫 총성을 들었을 때 쥘리는 서둘러 아스팔트에 코를 박느라 루사가 자신의 여왕을 땅바닥에 쓰러뜨리는 것밖에 보지 못했다. 총독의 제식 권총은 왼쪽 젖가슴에 걸려 있어서 아무 소용이 없었다. (남자로 변장하려고 가슴을 꽉 조이는 도중, 싸늘한 테레즈를 처음 만났을 때 그 애가 한 말이 생각났다. "젖가슴이 그렇게 크면 엎드려 잘 때는 어떻게 해요?" 말로센 가족은 한 번도 어머니가 제대로 있었던 적이 없어서 여자의 젖가슴에 강박적인 집착을 보였다. 뱅자맹은 그 말에 이죽거리곤 했다. "강박적인 집착이라고? 놀고 있네. 얼치기 정신분석은 그만두고 유방이나 좀 빌려줘." 뱅자맹의 유일한 영양분 공급원은 쥘리의 가슴이었다.) 두번째 총성이 들리고 누군가의 탄성이 뒤따랐다. 쥘리는 그게 자기를 두고 하는 말이란 걸 알았다.

"잡년이 조준은 더럽게 잘하네!"

그리고 잠시 조용해지더니 갑자기 쥘리 바로 옆에서 대구경 권총 하나가 연속 사격을 시작했다.

맨 먼저 티안 옆에 서서 지원사격을 한 것은 쥘리였다. 다름 아닌 자기 방 창문이 표적이었다. 부서진 창문 파편이 허공에 튀었다. 곧이어 동료 경찰들이 합세했다. 쥘리는 분노로 제정신이 아니었다. 그녀는 두 발을 벌려 낡은 총의 강력한 반동을 몸으로 견디면서 총을 쏴댔다. 바주카포의 반동이라도 견딜 수 있을 것 같은 기분이었다. 그 건물을 가루로 만들고 싶었다. 땅바닥에 엎드렸을 때의 두려움을 지우고 싶었던 동료 경찰들 역시 같은 마음이었다. 쥘리의 이유는 그보다 심각했다. 쥘리는 지금 저자를 잡지 못하면 자기는 끝장이라는 걸 처음부터 알고 있었다. 그때 반 티안의 시선이 느껴졌다. 쥘리는 자기 얼굴이 얼마나 분노에 휩싸여 있는지 그제야 깨달았다. 창문에 사격을 하면서 티안은 알아들을 수 없는 말을 중얼거렸다. 이제 티안은 두 눈을 반짝이며 쥘리를 쳐다보고 있었지만 그녀를 알아보지는 못했다. 탄창이 비지 않았다면 티안이 그녀와 다른 경찰 몇 명을 그 자리에서 죽여버렸을 게 확실했다. 하지만 노형사는 그러는 대신 순식간에 총을 총집에 넣더니 베르됭의 눈빛으로 인파를 헤치며 사격장을 벗어났다.

*

"그년이 방에 없었대."

"진짜야?"

"그년 다쳤어, 벌써 튀었는데 벽에 손가락 두 개가 붙어 있더래."

"뭐라고?"

"베트콩이 그년 손가락 두 개를 자른 거야."

"손가락 두 개가 잘렸는데 도망갔다고?"

"다리가 잘린 건 아니잖아."

"그래도 그렇지……"

"대단한 년 아냐?"

"그런 년은 적으로 만날 게 아니라 침대에서 만났으면 좋았을 텐데."

"일당백이야. 여자 람보라니까……"

대화들이 오갔고 사람들이 움직였다. 지원 병력이 도착하고, 각 건물을 샅샅이 수색하고, 사이렌들이 합창하고, 변사당할 일은 없는 동네인 줄 알고 생토노레, 피라미드, 생로크 지구에 집을 산 일본인들이 후회하는 동안 쥘리는 입을 꽉 다물고 그 자리를 벗어났다.

쥘리는 리볼리 로路 쪽으로 향했다. 자동차를 그곳에 주차하고 선팅한 앞유리에 경찰 카드를 눈에 띄게 붙여놓았었다. 쥘리가 렌트한 차는 젊은 경찰들에게 지급되는 푸조 205 GTI로 지금 그녀가 신고 있는 운동화와 마찬가지로 빨간색 줄이 두 개 그어져 있었다. 그녀는 외곽순환도로로 빠져 액셀을 끝까지 밟고 상황이 이해될 때까지 달리고 싶은 기분이었다. 그놈의 머릿속에 들어갈 때까지 달리고 싶었다. 어쩌다보니 쥘리의 탄창에는 총알이 한 발 남아 있었다. 그놈의 머리에 박으면 딱 좋을 것이다. 그녀는 그자의 얼굴이 어떻게 생겼는지 몰랐다. 하지만 조금 전 그녀를 공격한 경찰들보다는 그자에 대해 아는 것이 많았다. 쥘리는 무엇을 알고 있었을까? 쥘리는 자기가 아는 것을 꼽아보았다.

첫째, 쥘리는 자기가 샤보트를 심문한 뒤 그자가 샤보트를 죽였다는 것을 알고 있었다. 그녀는 샤보트를 심문하는 것으로 만족했던 것이다.

둘째, 쥘리는 자기가 고티에를 심문한 뒤 그자가 고티에를 죽였다는 것을 알고 있었다. 그녀는 고티에를 심문하는 것으로 만족했던 것이다.

셋째, 쥘리는 그자가 두 범행 장소에 쥘리가 범인이라는 노골적인 증거를 남겼다는 것을 알고 있었다. 그녀가 렌트한 BMW는 샤보트의 시체가 발견된 불로뉴 숲 어귀에 버려져 있었고, 그녀가 렌트한 아우디는 고티에의 시체가 발견된 몽수리 공원 옆 가장 로路에 버려져 있었다.

쥘리는 그자가 자기를 계속 미행하면서 그때그때 쓰지 않는

차들을 훔쳤다는 것을 알고 있었다. 쥘리는 그자가 자기의 가짜 신원을 모두 안다는 것을 알고 있었다. 이탈리아인, 그리스인, 오스트리아인으로 변장했던 것은 물론이고 조금 전 사복형사로 변장한 것까지 알고 있는 게 틀림없었다. 그자는 그녀의 은신처, 변장 수법, 속임수, 동선, 자동차 등을 모조리 꿰뚫고 있었다. 그는 쥘리를 개인적으로 알고 있었다. 빠져나갈 방법이 없었다. 그는 쥘리를 알고 있고 그녀에게 학살극의 혐의를 덮어씌우려 하고 있었다. 그녀는 그자가 왜 사람들을 죽이고 다니는지 이해할 수 없었다. 그녀가 심문한 자들의 입을 막으려 한 것일까? 말도 안 되는 얘기였다. 그자는 그녀가 그들을 심문한 다음에 그들을 죽였다.

혈기 왕성한 젊은 경찰의 자동차 쪽으로 걸어가면서 쥘리는 그런 생각에 빠져 있었다. 그자는 누굴까? 뭘 원하는 거지? 도대체 어디까지 가려는 거야?

바로 이 순간 그녀는 아직 과부 역할을 하고 있는 것이었을까, 아니면 다시금 목표물을 추적하는 기자가 된 것일까? 이 질문을 들었으면 뱅자맹은 신이 났겠지, 쥘리는 생각했다. 그녀는 왜 아무 경찰이나 붙잡고 진상을 설명하지 않았을까? 그녀는 자기가 저지르지도 않은 살인사건 때문에 경찰의 추적을 받고 있었다. 쿠드리에 총경의 가죽 장정 서류철 위에 열 손가락을 펴 보이기만 하면 무죄가 입증될 일이었다. 손가락 두 개가 잘리지 않고 멀쩡히 붙어 있으니 말이다. 그 대신 쥘리는 사살 허가를 받은 짭새들이 우글거리는 도시 한복판에서 인간 과녁 행세를 하고 있었다. 더 큰 문제는 그녀가 살인자의 정체를 밝히겠다고 동분서주하는 바람에 쿠드리에의 수사에 혼선이 빚어졌다는 것이다. 경찰이 어리석게도 코랑송을 뒤쫓는 동안 뱅자맹의 진짜 암살범은 유유히 돌아다니고 있었다.

그래, 과부인 거야, 기자인 거야? 쥘리, 너 지금 심장이 고동치는 게 너무 슬퍼서 숨을 제대로 못 쉬는 거야, 아니면 사냥감을 모는 쾌감이 너무 달콤해서 그런 거야? 뱅자맹, 나 좀 건드리지 마. 일 좀 하게 내버려둬…… 일이라고? 응, 뱅자맹, 일. 누구보다 먼저 도착하는 게 내 일이란 말이야. "기자들이 누구보다 먼저 도착한다고? 장난하냐? 개인적으로 조사를 한다고? 놀고 있네." 뱅자맹은 비웃었다. "요즘 세상에 기자놈들이 할 줄 아는 게 짭새들한테 가서 정보 달라고 졸라대는 것밖에 더 있어? 짭새도 취재원이라 이거지! 그래서 그렇게 기자들이 취재원을 익명으로 남겨두는 거였구나! 쥘리, 기자는 경찰의 따까리일 뿐이야. 수사판사의 메모를 베껴 적은 다음 취재원 보호가 언론 자유의 핵심이라고 외치는 거 아냐?" 뱅자맹과 쥘리…… 그들의 유일한 언쟁거리는 저널리즘이었다. 하지만 한번 싸움이 터지면 난리가 났다.

리볼리 로에 접어들었을 때 쥘리는 뱅자맹과의 언쟁이 떠올라 화가 나서 얼굴이 하얘져 있었다. 자기가 왜 그 살인자를 쫓고 있는지 이제는 알 수 있었다. 이유는 단 하나였다. 저널리즘이 아직 존중받을 이유가 있다면 자기가 바로 그 이유라는 것을 뱅자맹에게 증명하고 싶었던 것이다. 뱅자맹이 찍소리도 못하게 만들고 싶었다. 그녀 나름대로 과부 짓을 하는 방식이었다. 그렇다, 그녀는 쿠드리에를 찾아가지 않을 것이다, 그렇다, 그녀는 경찰의 따까리가 아니었다. 혼자 힘으로 그자를 잡을 것이다. 혼자서 진실을 밝힐 것이다. 탄창에 남은 마지막 총알을 그자의 머리에 박을 것이다. 혼자서.

*

하지만 우선 차를 찾아야 했다.

그러나 리볼리 로에는 차가 없었다.

차를 세워둔 자리가 비어 있었다.

알았어, 쥘리는 생각했다.

그렇다 이거지.

그녀가 푸조 205를 주차해둔 바로 그 자리에는 피가 인도에서 배수로로 한 방울씩 떨어져 웅덩이를 이루면서 슬그머니 하수구로 도망치고 있었다.

35

쿠드리에 그래 결론이 뭔가, 티안?

반 티안 쥘리 코랑송이 범인이 아니라면 다른 사람이 범인인 겁니다.

쿠드리에 티안, 겨우 그 정도 결론으로 만족하기엔 자네 경력이 아깝지도 않나?

반 티안 ……

쿠드리에 전국의 경찰이 자네를 뒤쫓고 있는데 무죄를 입증할 증거를 갖고 있다면 자네는 어떻게 하겠나?

반 티안 근처 경찰서에 가서 증거를 제시하겠죠.

쿠드리에 축하하네. 문제는 쥘리 코랑송은 어느 경찰서에도 나타나지 않았다는 거야.

반 티안 ……

쿠드리에 ……

반 티안 죽은 게 아닐까요?

쿠드리에 레바논에서 아프가니스탄에 이르기까지 별의별 전쟁을 다 쫓아다니면서 기사를 쓴 여자야. 마약 밀매 문제로 터키 내무부 장관을 실각시키기도 했고. 티푸스로 사람이 수없이 죽어나간 태국 감옥에서도 살아서 빠져나왔어. 소형 보트에 몸을 싣고 남중국해를 떠돌다가 급성맹장염이 터졌을 땐 자기 손으로 수술한 여자야. 작년에는 악당들이 발목에 납으로 된 수갑을 채워서 센 강에 빠뜨리기도 했어…… 티안, 자네도 이런 얘기들을 나 못지않게 잘 알고 있잖아. 이 여자의 목숨은 벨기에 만화의 주인공만큼이나 질기다고.

반 티안 벨기에요?

쿠드리에 그래, 벨기에. 손자들 얘기로는 그쪽 방면으로는 벨기에가 최고라고 하더군.

반 티안 ……

쿠드리에 ……

반 티안 ……

쿠드리에 말로센 가족은 어떻게 지내고 있나?

반 티안 프티는 악몽을 꿨고, 개는 간질 발작을 일으켰습니다.

클라라는 이제 임신 9개월째이고, 테레즈는 점집을 차리려고 하고 있습니다. 제레미는 소이탄을 만들고 있고, 베르됭은 어금니가 나는 중이라 꽤 힘들어하고 있습니다.

쿠드리에 소이탄?

반 티안 점화장치를 다듬고 있습니다.

쿠드리에 목표물은?

반 티안 녀석 말로는 빌쥐프에 있는 탈리옹 출판사 창고랍니다.

쿠드리에 그 애한테 직접 들었단 말인가?

반 티안 다른 사람에게 말하지 않는다는 조건으로 얘기하더군요.

쿠드리에 ……

반 티안 ……

쿠드리에 책은 불에 잘 타는 물건이 아냐. 특히 창고에서는. 너무 다닥다닥 붙어 있다고.

반 티안 ……

쿠드리에 말로센은?

반 티안 신장에 문제가 생겨서 투석중입니다. 하지만 테레즈는 여전히 오빠가 무사히 돌아올 거라고 믿고 있습니다.

쿠드리에 ……

반 티안 ……

쿠드리에 젠장, 코랑송은 왜 우리를 찾아와서 멀쩡한 열 손가락을 보여주지 않는 거야?

반 티안 제가 그자의 손가락 두 개를 잘랐다는 걸 모르는지도 모르죠.

쿠드리에 그럴 리가 없어.

반 티안 저도 그렇게 생각합니다.

쿠드리에 이 친구야, 자네 추리는 어쩌면 이렇게 아무 도움이 안 되나?

반 티안 총경님이나 저나 이럴 땐 파스토르가 그립죠. 추리는 그 녀석이 전문이니까요.

쿠드리에 파스토르라…… 소식 들은 건 있나?

반 티안 전혀 없습니다.

쿠드리에 나도 마찬가지네.

반 티안 ……

쿠드리에 ……

반 티안 ……

쿠드리에 가능한 설명은 한 가지밖에 없네, 티안.

반 티안 예?

쿠드리에 그녀가 누군가를 비호하고 있는 거야.

반 티안 공범이 있단 말인가요?

쿠드리에 당연하지, 공범이 있는 거지! 그 여자가 누구를 비호하겠나! 자네 정신 좀 차려!

반 티안 정신은 차리고 있습니다, 총경님. 하지만 그게 누구든간에 자기 공범인 여자를 세 건의 살인사건 용의자로 만든다니, 좀 이상하지 않습니까?

쿠드리에 ……

반 티안 ……

쿠드리에 ……

반 티안 ……

쿠드리에 우리를 유인하려고 그랬을 수도 있지. 우리가 그녀를 뒤쫓는 동안 그자는 편안히 작전을 수행하는 거지.

반 티안 그럴 수도 있겠죠.

쿠드리에 말로센의 친구 중에 이렇게 복잡한 작전을 꾸밀 만큼 머리가 좋은 자가 누가 있을 것 같나?

반 티안 모시족 모와 카빌리아 사람 시몽은 감방에 있고, 아두슈 벤 타예브는 벨빌 전체보다 엄중한 감시를 받고 있습니다……

쿠드리에 그렇다면?

반 티안 저를 제외하고는 모르겠습니다.

쿠드리에 나는 알 것 같네.

반 티안 ……

쿠드리에 티안, 그자는 살인자야. 냉혹한 살인자. 우리가 아는 사람이야. 윤리적인 살인자야.

반 티안 ……

쿠드리에 ……

반 티안 파스토르 얘깁니까?

쿠드리에 그래, 파스토르.

반 티안 파스토르는 베네치아에 있습니다. 그 녀석은 말로센의 어머니와 연애하느라 정신이 없는데요.

쿠드리에 그건 확인해봐야지, 티안. 지금 당장.

(총경이 인터폰 쪽으로 상체를 숙인다.)

쿠드리에 엘리자베트? 베네치아의 다니엘리 호텔에 전화 좀 연결해줄 수 있나? 파스토르 형사를 찾는다고 하고.

*

파스토르…… 쥘리도 그런 결론에 도달했다. 말이 되는 가설은 그것뿐이었다. 파스토르는 베네치아에서 뱅자맹의 어머니와 뜨겁게 연애중이었다. 어찌어찌해서 파스토르도 소식을 들었을 것이다. 파스토르는 그동안 말로센 가족을 자기 가족이라 생각하게 되었을 것이고 그래서 뱅자맹 암살 문제를 떠맡기로 결심했을 것이다. 파스토르가 여기 있는 것이다. 파스토르가 청소를 하고 있는 것이다. 파스토르라면 양심의 가책 따위로 발목 잡힐 일은 없을 것이다. 파스토르는 악당들을 죽일 때면 눈 하나 깜짝 안 하는 사람이었다. 파스토르는 쥘리를 알고 있었다. 파스토르는 그녀가 애인의 원수를 갚을 여자라는 것을 알고 있었다. 파스토르는 그녀를 미행했고, 그녀가 조사한 내용을 이용했고, 샤보트를 심문해 그녀가 끄집어내지 못한 자백을 얻어냈다. 샤보트 퇴장. 그러고 나서 파스토르는 고티에를 심문했다. 고티에 안녕. 파스토르는 그녀를 방패로 이용했다. 그는 용의선상에서 처음부터 완벽히 벗어나 있어야 했다. 베네치아에 전화해보면 바로 들통날 일이니까. 따라서 그는 남몰래 행동해야 했다. 그런데 이제 파스토르는 손가락 두 개를 증거로 남겨버렸다. 파스토르는 또다시 그녀의 차를 훔쳤다. 파리 어딘가에서 파스토르는 피를 흘리면서 쥘리가 오기를 태평하게 기다리고 있을 것이다.

쥘리는 그가 어디 있을지 알았다. 간단했다. 쥘리의 거처에, 쥘리가 머물렀던 은신처 중 하나에 있을 게 분명했다.

파스토르……

이제는 당연히 머리에 총알을 박을 이유가 없다.

쥘리는 자신의 하녀방들을 돌아보기 시작했다. 10구의 모뵈주 로路에는 파스토르가 없었다. 14구의 조르주 드 포르토리슈 로路

에도 아무도 없었다. 하지만 푸르 로路 49번지의 7층 좁은 복도 왼쪽 끝 방문 뒤에는……

쥘리는 기자 생활을 하면서 부상자의 숨소리라면 이골이 나게 들어본지라 자기 방 안에 있는 사람의 몸 상태가 좋지 않다는 것을 금세 파악할 수 있었다.

문은 잠겨 있지 않았다.

그녀는 문을 열었다.

피범벅이 된 헝겊으로 오른손을 감고 있긴 했지만 손에 권총을 쥐고 쥘리 앞에 빳빳이 서 있는 창백하고 키 큰 남자는 장바티스트 파스토르가 아니었다. 처음 보는 사람이었다. 그럼에도 그자는 핏기 없는 미소를 지었다.

"드디어 만났네요."

그렇게 말하고는 그는 그녀와 옛날부터 아는 사이라도 되는 듯 실신했다.

*

반 티안 베네치아에 전화해볼 필요 없습니다, 총경님. 범인이 파스토르일 가능성은 전혀 없습니다.

쿠드리에 무슨 소린가?

반 티안 지나가던 개가 발로 쏴도 파스토르보다는 총을 잘 쏠 겁니다. 그 창문 위에서 파스토르가 칼리냐크를 조준했다면 총경님이 쓰러졌을 겁니다. 아니면 성당 안쪽 제단의 성체가 쓰러졌든지요.

36

"완상 하오(잘 있었냐), 등신아."

누가 뭐라든 비가역성 혼수상태인 친구를 문병 가는 것만큼 기운 빠지는 일도 없다고 루사 드 카자망스는 생각했다.

"두이부치, 워 라이 완 러.(미안해, 좀 늦었네.)"

상대의 대답이 없다는 건 그리 큰 문제가 아니다. 문제는 자기 혼자 계속 말해야 한다는 것이다.

"워 레이러(피곤하네)……"

루사는 우정이 이렇게까지 부부관계 비슷해질 수 있으리라고는 상상도 못했다. 그는 잠시 생각에 빠져 있느라 말로센의 몸에서 태어나고 있는 새로운 기계를 바로 알아보지 못했다.

"타 먼 게이 니 팡 더 저 거 신 지 치 헌피아오 리앙!(네 몸에 새로 달린 그 기계 멋있다!)"

뱅자맹의 침대 위로 고가도로가 나 있었다. 밸브, 분기점, 얇은 막 등이 잔뜩 얽혀 있고 친구의 혈액이 거미줄처럼 얽힌 튜브를 타고 돌아다니면서 기괴한 아라베스크 무늬를 만들었다.

"저 시 선머, 도대체?(도대체 이게 뭐야?) 네 감정 표현 수단이야?"

루사는 별생각 없이 뇌파 측정기를 쳐다보았다. 뱅자맹은 여전히 대답이 없었다.

"알았어, 별거 아냐. 그나저나 좋은 소식 가져왔어, 등신아, 좋은 소식이 앞으로도 자주 있을지는 모르겠다만."

*

좋은 소식이라는 건 간단히 설명할 수 있었다. 루사가 J. L. B.의 소설 한 권을 중국어로 번역했다는 것이다. 『계산을 잘하던 아이』였다.(『헌 후이 쑤안 더 시아오 하이찌』야, 등신아.)

"넌 관심 없는 거 알아, 이 책은 읽지도 않았잖아. 하지만 혼수상태에 빠져 있더라도 이 책에서 인세 1퍼센트를 받게 된다는 걸 잊지 마. 이 번역서는 재불在佛 중국인뿐 아니라 중국 본토의 중국인들도 겨냥한 거야. 중국이 인구가 꽤 많은 거 알잖아. 줄거리 얘기해줄까? 싫어? 알았어, 그러면 간단히 설명할게. 홍콩의 수프 파는 소녀 이야기야. 얘는 주판을 들면 전 세계 어느 아이보다 계산을 빨리 했어. 심지어 그 애를 너무나 자랑스러워하던 아버지보다 빨랐어. 아버지는 그 애에게 '시아오 바오(작은 보물 小寶)'라고 이름을 붙여주고 남자아이처럼 키웠어. 그다음에 이야기가 어떻게 진행될지 상상이 가? 그런데 책이 시작되자마자 아버지는 중국 수프업계를 독점하겠다는 야망을 품은 현지 조직폭력배들한테 목숨을 잃게 돼. 500쪽 뒤에 가면 아이는 거대한 부를 축적하고 홍콩에 자리잡은 모든 다국적기업을 좌지우지하다가 결국 책 마지막 30페이지를 남겨두고 아버지의 원수를 갚아. 이 모든 일을 어릴 때 쓰던 주판만 들고 해내는 거야. 그러니까 J. L. B. 소설의 순수 결정체라고 할 수 있지. 오랜 잠에서 깨어난 중국에 이제 자유주의 리얼리즘을 전파하는 거야."

말로센은 튜브를 타고 자기 몸 주위를 뱅뱅 돌고 있었다. 무슨 생각을 하는지 알 수가 없었다. 루사 드 카자망스는 그것을 핑계로 탐욕스러운 표정을 지었다.

"내가 처음 50쪽을 어떻게 번역했는지 보고 싶지 않아? 안 그래?"

루사 드 카자망스는 이번에도 대답을 기다리지 않고 외투에서 교정쇄 뭉치를 꺼내더니 갑자기 읽기 시작했다.

"씨 왕 시 저 시안 더 신 청……"

그러고는 한숨을 쉬었다.

"이 첫 문장 번역하느라고 정말 죽는 줄 알았다니까. 샤보트는 책을 아버지가 모이족*의 쇠뇌에 목이 뚫려 죽는 장면을 묘사하는 걸로 시작하거든. 모이족이 호랑이 사냥할 때 쓰는 독화살 쇠뇌 말이야. 알겠어? 샤보트는 운명이라는 관념과 화살의 장력을 동시에 표현하기 위해 이렇게 썼어. '죽음은 직선의 과정이다.'"

루사는 적이 미심쩍은 표정으로 두세 번 고개를 저었다.

"죽음은 직선의 과정이다…… 그래…… 난 직역했어. '씨 왕 시 저 시안 더 신 청'…… 그래…… 중국인이 번역을 했다면 좀 더 완곡한 표현을 택했을 거야…… 근데 정말 직선적인 문장 아냐? '죽음은 직선의 과정이다.' 물론 '과정'이라는 단어에는 어떤 느림이 담겨 있지. 치명적인 느림, 운명이라고나 할까. 우리 모두가 거쳐야 하는, 아무리 빨리 달리는 자라고 해도 반드시 거쳐야 하는 치명적인 느림 말이야. 하지만 '직선의'라는 수식어가 이 느림을 정정해서 문장에 속도감을 부여하는 거야…… 속도감 있는 느림…… 이건 정말 중국적인 사유야…… 직역한 게 잘한 건지 모르겠어…… 넌 어떻게 생각해?"

---

* 베트남, 라오스 등지의 화전민족.

37

내 생각에는 말이죠, 루사 형님, 내 생각에는 형님이 이 문장을 몇 달 전에 읽어줬더라면 난 절대 J. L. B.의 대역 따위는 하지 않았을 거예요, 그놈의 관통력 높은 22구경 탄환도 다른 사람 머리에 박혔을 거고요, 형님, 형님이 이 문장을 예컨대 그 선사시대 거인이 내 사무실을 부수던 날 읽어줬다면 말이에요, 그 거인 기억나요? 그랬으면 샤보트는 아직 살아 있을 거고 고티에도 살아 있을 거고, 칼리냐크도 다치지 않았을 거고, 쥘리는 내 침대에서 뒹굴고 있었을 거라고요. 아, 루사 형님, 루사 형님, 왜 최악의 배신은 가장 가까운 친구들한테서 오는 걸까요? 그걸 왜 오늘에야 읽어주는 거예요? 하필 내가 거의 평온한 마음으로 내 세포들을 전부 놔주고 떠나기로 결심한 오늘 밤에요? 형님의 번역자로서의 양심은 정말 고매해요. 그 점에 대해서는 왈가왈부할 생각 없어요. 이 일이 시작되던 초기에 형님이 그 번역 문제로 내 사무실에 앉아서 "등신아, 죽음은 직선의 과정이다, 이 말을 중국어로 어떻게 번역하면 좋을까? 직역하는 게 나을까 완곡한 표현을 찾는 게 좋을까?"라고 물었다면, 책 제목 '계산을 잘하던 아이'와 저자의 필명 J. L. B., 그리고 그 필명 뒤에 숨어 있는 샤보트라는 이름을 꺼냈다면 난 이렇게 대답했을 거예요. "루사 형님, 붓 챙기고 그 표의문자들은 형님 뇌 속에 다시 정돈해 넣으세요. 그리고 이 책 번역하지 마세요." 그러면 형님은 깜짝 놀라 반문했겠죠. "등신아, 그게 무슨 말이야?" 그러면 난 또 대답했겠죠. "이 소설을 번역하면 상상을 초월하게 구역질 나는 문학 사기극에 연루되게 돼요." "그래?" 형님은 주름살 사이로 재미있다는 듯 초록 눈을 반짝이며 "그래?"라고 탄성을 지르면서 반응하겠죠. (내가 얘기했던가요? 형님 눈은 정말 근사해요. 검은 바탕에 초록색이라니. 이 다양한 빛깔의 행성을 형님 눈만큼 잘 표현한 것도 없어요.) "그래?" 그래요, 형님, 더러운 사기극이란 말이에요. 하지만 겉보기에는 너무나 깨끗한 일이죠. 사교계의 음모에 버금가는, 치밀히 계획을 세워서 꼼꼼하게 세부 사항을 모조리 검토하고 양심의 가책 따위는 말끔히 지워버리고 법적으로 아무 문제가 없게 철저히 방비해둔, 그야말로 철갑을 두른 희대의 사기극이라고요. 그리고 우리는 아무것도 모르는 채로 이 사기극에 너무 깊숙이 연루되었어요. 이젠 발을 뺄 수도 없어요. 자보, 칼리냐크, 형님, 나, 우리 회사 전체가 말이에요……

내가 이 얘기를 하는 동안 형님은 차분히 듣고만 있었겠죠. 차분히 나를 아마르 아저씨의 식당에 데려갔겠죠. 차분히 시디브라임을 주문했겠죠. 그리고 우리가 툭 터놓고 얘기할 분위기가 되면 차분히 물었겠죠.

"말 돌리지 말고 바로 말해, 등신아. 그놈의 사기극 얘기는 뭐야?"

그러면 난 진짜 진실을 내놓았겠죠.

"샤보트는 J. L. B.가 아니에요."

"정말?"

"예."

이 시점에서 형님은 늘 그렇듯 잠시 침묵을 지켰겠죠.

"샤보트가 J. L. B.가 아니라고?"

형님이 머릿속으로 하는 생각이 밖으로 튀어나오겠죠.

"그러니까 샤보트가 『계산을 잘하던 아이』를 쓴 게 아니란 거야?"

"예, 루사 형님. 『월스트리트에서의 마지막 키스』 『노다지』 『달러』 『엔화의 딸』 『소유』도 샤보트가 쓴 게 아니에요."

"샤보트가 한 권도 안 썼다고?"

"한 줄도 안 썼어요."

"그 자식, 대필 작가라도 두고 있는 거야?"

"아니요."

그러면 이제 진실이 깨어나면서 형님 얼굴에 미지의 땅에 떠오르는 태양처럼 처음 보는 풍경이 그려지겠죠.

"그 자식이 다른 사람한테서 그 책들을 전부 훔쳤다는 거야?"

"예."

"원저자는 죽었어?"

"아뇨, 멀쩡하게 살아 있죠."

그리고 마침내 형님은 피할 수 없는 질문을 던지겠죠.

"등신아, 넌 원저자를 알아?"

"예."

"그게 누군데?"

*

그놈은 내 양미간에 총알을 박은 놈이에요, 형님. 키가 크고 금발에 보기 드문 미남이에요. 얼굴만 봐서는 나이도 짐작할 수가 없어요. 정신적인 조숙함 때문에 영원한 젊음을 유지하는 J.

L. B.의 주인공들과 굉장히 닮은 도리언 그레이인 셈이에요. J. L. B.의 주인공들은 나이를 열 살까지만 제대로 먹잖아요. 서른 살에 이미 영광의 절정에 서 있고 외모는 열다섯으로 보이죠. 예순 살에는 딸자식의 애인으로 보이고 80대에도 여전히 전투를 치를 준비가 된 미모를 간직하고 있죠. J. L. B.의 주인공이라니까요. 젊음과 미모를 영원히 유지하는 자유주의 리얼리즘의 투사 말이에요. 날 암살한 자는 그렇게 생겼어요. 그자가 나를 괜히 죽인 게 아니에요. 내가 똥배를 내밀고 그 불쌍한 자식이 쓴 책들을 내 작품인 척하고 있었잖아요. 그래요, 루사 형님, 난 샤보트 대신 죽은 거예요, 샤보트는 자기 대신 죽으라고 특별히 나라는 인물을 창조한 거예요. 그 진짜 작가 녀석은 내가 자기 작품을 훔쳤다고 생각하고 조준경으로 내 머리를 겨냥해 방아쇠를 당긴 거예요. 그렇게 된 거예요. 난 내 임무를 완수한 거고요.

내가 어떻게 '죽음은 직선의 과정이다'라는 문장 덕에 비밀을 밝혀냈는지, 어떻게 해서 형님이 그 문장을 읽어주자마자 그자의 얼굴이 떠올랐는지—거인이 내 사무실을 가루로 만들던 날 나는 줄곧 그 문장만 생각하고 있었어요—죄송하지만 형님, 그 얘기는 설명하자면 너무 길어요, 너무 피곤하기도 하고요.

이번에는 정말 죽느라 바빴거든요. 알아요, 1인칭 단수로 이런 말을 해봤자 믿지 않으리란 거, 하지만 잘 생각해보면 사람이 완전히 죽을 때는 언제나 1인칭 단수인 거예요. 받아들이기 힘든 일이라는 건 인정해요. 두려움 없이 십자군 전쟁에 나서는 젊은이들은 전쟁터에 자신을 3인칭으로만 보내잖아요. 베를린으로 진격! 파리로 진격! 알라는 위대하다! 일은 열정이 저지르고 죽는 건 그 애송이들이죠. 그 애들은 몸뚱이와 피가 자기 것이라는 걸 모르고 제삼자라고 생각해요. 샤보트의 얼굴을 한 뒤틀린 생각에 자신의 1인칭을 빼앗긴 채 자기가 누군지도 모르고 죽어가는 거예요.

루사 형님, 나는 죽어가고 있어요, 진짜예요, 난 죽어가고 있어요. 아까 내 몸에 달린 기계를 보고 멋있다고 생각했죠? 그건 최신형 투석 장치예요. 난 지금 그 기계의 성능을 테스트하는 중이에요. 그 기계가 내 신장을 대신하고 있어요. 베르톨드가 내 콩팥 두 개를 떼어 갔거든요.(오토바이 사고였던 것 같아요, 젊은 커플인데 남자가 인도의 뾰족한 조각에 등을 찔려서 콩팥이 둘 다 찢어졌대요. 응급 상황이었던 거죠. 그래서 콩팥 두 개가 필요했고 베르톨드가 내 것을 떼어 갔어요.) 다른 많은 사람처럼 나도 인류의 은인의 손에 걸린 죄로 죽어가는 거예요. 베르톨드 말이에요! 그러면 콩팥만 떼어 갔느냐…… 루사 형님, 몇 주 안에 아무도 모르게 사람 몸에서 얼마나 많은 장기를 떼어 갈 수 있는지 형님은 몰라요! 가족 친지들이, 그것도 테레즈나 프티처럼 굉장히 똑똑한 친지들이 계속 병문안을 오지만 그래 봤자 아무것도 눈치 못 채요. 눈앞에서 거죽의 속을 긁어내는데도 그 거죽이 여전히 오빠라고 믿는 거예요. "뱅자맹 오빠는 아흔세 살까지 살 거예요." 베르톨드가 약탈하는 속도를 보면 아흔세 살이 되었을 때 내 몸에 도대체 뭐가 남아 있을지 모르겠어요. 손톱하나쯤 남으려나? 그래도 클라라, 테레즈, 제레미, 루나, 베르됭, 프티는 계속 그 손톱에게 병문안을 오겠죠. 농담이 아니에요, 형님도 내 말을 이해할 날이 올 거예요, 형님도 손톱한테 병문안을 올 거예요. 형님은 그 손톱한테 계속 중국어를 가르치고 이자벨 이야기를 하고 책을 읽어주겠죠. 내 가족들이나 형님이나 어차피 마찬가지니까요. 내 동생들은 오빠, 형이 아니라 형제애를 보러 오는 거고 형님은 친구(친구는 중국어로 펀규죠)한테 문안 오는 게 아니라 우정(유이)을 보러 오는 거잖아요. 이 병원에 자꾸 오게 되는 건, 육신을 가진 사람 때문이 아니라 자기감정에 도취돼서 그런 거잖아요. 그러니 경계심은 줄어들 수밖에 없고 의학적인 질문도 던지지 않고 의사들의 설명을 덮어놓고 믿게 되는 거죠.("예, 환자분께서는 신부전을 일으켰습니다. 그래서 복막투석을 시작해야 했습니다.") 그러면 친구라는 사람은 새로 달린 기계를 보고 신이 나는 거죠. "네 몸에 새로 달린 그 기계 멋있네!" 젠장, 베르톨드가 떼어 갈 때 내 콩팥들이 지르던 비명도 멋있었죠?

됐어요, 형님. 난 평온한 마음으로 죽기로 마음 굳혔어요. 다른 사람들을 위해 내 장기를 나눠줄 수 있어 기뻤어요. 그런데 짜증이 나는 거예요. 씨팔, 여자친구 앞에서 폼 잡으려고 오토바이를 부릉부릉대던 어느 집 병신자식한테 앞으로도 오줌 잘 누라고 내 콩팥을 떼어준다는 게 말이 돼요? 난 운전면허 시험 볼 생각 한 번 안 한 사람인데, 내가 오토바이 타는 놈들을 얼마나 싫어하는데, 툭하면 내 동생들의 생명을 위협하는 그 죽고 싶어 환장한 미치광이들에게 내 콩팥을 주는 게 옳은 일이라고 생각해요? 형님은 내 허파를 절단하는 게 정상이라고 봐요? 그래요, 콩팥 말고 허파요! 베르톨드가 다음에는 내 허파를 떼어 갈 작정이란 말이에요! 어떻게 하면 사람들을 속여먹을까 고민하느라 줄담배를 피우다가 초강력 암에 걸린 초보 개미투자자놈한테 내 허파를 이식할 거란 말이에요! 나는 담배를 피우지도 않는데! 나는 나 자신밖에 속이지 않고 살았는데!…… 여자가 사랑을 주체하지 못해 이빨로 애인의 물건을 잘라버린 뜨거운 연인들을 위해 내 남근을 이식해주는 거라면, 아니면 보티첼리의 작품을 복원하려고 부득이하게 내 엉덩이 살을 떼어 가는 거라면 불평하지 않았을 거예요. 그런데 그게 아니라 도둑놈들을 위해서 내 신체 일부를 도둑질해 가다니…… 나는 약탈당한 거예요, 형님, 멀쩡히 살아 있는데 살점을 하나씩 도둑질해 갔다고요. 그래서 이제 기계들이 내 행세를 하고, 친지들은 내가 아니라 기계한테 면회를 오고, 나는 죽어가는 거예요. 내 세포 하나하나가 수십억 년의 진화를 거쳐 생성된 것이면 뭐 해요? 그 세포들도 죽어가고 있는데. 그 세포들은 이제 희망을 버리고 죽어가고 있어요. 그리고 세포 하나가 죽을 때마다 한 명의 목숨이 사라지는 거예요. 매번 1인칭이 하나씩 꺼지는 거죠. 매번 시 한 편이 사라지는 거라고요……

38

"여자가 말을 하지 않는다는 건 믿을 수가 없어." 반 티안 형사는 말을 하지 않는 여인 앞에 한 시간째 앉아 이렇게 중얼거리고 있었다.

"마님께서는 16년째 말을 안 하십니다. 16년째 듣지도 말하지도 못하세요."

"여자가 말을 하지 않는다는 건 못 믿겠습니다." 조금 전 고 샤보트 장관의 집사인 앙투안의 매우 공손한 말에 반 티안 형사는 이렇게 대답했었다.

"나자레 키사파울루 샤보트 부인을 뵈러 왔습니다."

"마님께서는 손님을 받지 않으십니다. 마님은 말씀을 안 하십니다. 16년째 듣지도 말하지도 못하세요."

"제가 언제 부인의 얘기를 듣겠다고 했습니까?"

반 티안 형사는 간단한 추론에 매달렸다. 샤보트를 처형한 게 쥘리가 아니라면 다른 사람일 것이다. 범인이 다른 사람이라면 수사는 원점에서부터 다시 시작해야 한다. 그런데 수사할 때 원점이란 피해자의 주변 사람들이다. 특히 가족들. 거의 언제나 가족이 출발점이자 결승선이다. 살인사건의 80퍼센트는 가족의 선물이다. 그렇다! 조직폭력배보다 가족이 살인을 많이 한다. 사실이 그렇다.

"제가 언제 부인한테 할 말이 있다고 했습니까?"

그런데 고 샤보트 장관의 가족 중 살아 있는 사람이라고는 모친 나자레 키사파울루 샤보트 부인밖에 없었고 이 90대의 벙어리 여인은 이미 20년 전부터 세상과 격리되어 살아왔다.

"얼굴 뵈러 온 겁니다."

*

그래서 기어이 얼굴을 보고 있었다. 처음에는 넓디넓은 방 한구석에 사람 크기로 먼지가 오래도록 켜켜이 쌓인 것인 줄 알았다. 방 안에 깨끗한 어둠이 깔리면서 빛이 고통스레 몸을 뒤틀며 사라지고 있었다. 그리고 방 한구석 창문 옆에 쌓인 먼지 더미는 여인이었다. 티안이 문을 세게 닫았다면 흩어져 날아갔을 것이다. 그는 발끝으로 조심조심 방을 가로질렀다. 가까이 가보니 먼지 더미가 아니라 담요 더미였다. 정교한 칠기나 집안 대대로 내려온 오래된 가구가 상하지 않게 덮어둘 때 쓰는 아주 낡은 담요였다. 그래도 기본적인 인상은 변함이 없었다. 이사하면서 잊고 놔두고 간 물건 같았다. 더구나 방 안에는 물건이 거의 없었다. 닫집 침대 하나, 침대 발치에 놓인 가냘픈 의자 하나, 그리고 창가의 담요 더미, 그게 다였다.

티안은 (검은색 등받이에 금박을 입힌) 의자를 집어 창문과 나자레 키사파울루 샤보트 부인 사이에, 아니 창문과 부인의 유해 비슷한 것 사이에 가만히 놓았다. 티안을 바라보는 노파의 시선은 가족간 범죄에 관한 아무리 비관적인 통계 수치라도 확인시켜줄 만한 성질의 것이었다. 그 눈에 쌓인 깊은 증오심은 자식이 아무리 많은 집안이라도 씨를 말려버릴 성싶었다. 임신부의 배를 뚫고 들어가 난자 속의 증손자를 태워버릴 수도 있을 눈빛이었다. 티안은 이 노파를 보러 오길 잘했다는 것을 깨달았다. 화석 같은 시선이 갑자기 티안을 떠나 베르됭의 시선과 힘겨루기를 시작했다. 티안은 지금껏 이 아이의 눈앞에 그 무엇도 감춘 적이 없었다. 매일 아침 베르됭이 보는 앞에서 알몸으로 면도하고 매일같이 페르라셰즈 묘지의 조각상들 앞으로 산책을 데리고 나가고(무덤 위로 삐죽 솟은 싸늘한 손가락, 화강암에 파묻힌 얼굴 반쪽……) 살인자의 총알 앞에 아이를 노출시켰다. 하지만 지금 티안은 아이를 키우는 입장에서 처음으로 양심의 가책이 들었다. 그는 자리에서 일어나려 했다. 그런데 베르뒹이 완강히 버티는 게 느껴졌다. 베르뒹이 짧게 "노!"라고 외치는 게 들렸다. 티안은 이 자리를 떠날 생각이 애초에 없었다는 듯 다시 앉았다. 아이 입에서 처음으로 말이 나왔다는 것을 축하할 겨를도 없었다. "노!"는 베르뒹이 평생 처음으로 내뱉은 말이었다…… (첫 단어가 '노'라는 것은 놀랍지 않다.) 싫다고? 알았어. 티안은 자리잡고 앉아 참을성 있게 기다렸다. 이 자리에서 평생토록 기다려야 할지도 몰랐다. 언제까지 기다리느냐는 이제 두 여자의 뜻에 달려 있었다. 아기를 깡그리 태워버리려는 고대 유물 같은 노파와 고아인 게 얼마나 다행인지 깨닫고 있는 아기. 그렇게 한 시간이 흘렀다.

"운이 좋으시네."

처음에 티안은 자기가 한 말인 줄 알았다. 뭐가 운이 좋다는 거야? 그는 자기 자신과 토론을 시작하려 했다.

"그 정도로 사랑받고……"

말을 하는 것은 티안이 아니었다. 맞은편 안락의자에 쌓인 담요 더미였다. 푸석푸석한 목소리가 담요 더미에서 나왔다.

"……하지만 그게 오래갈 리 있나."

푸석푸석하고 사악한 목소리였다. 그녀의 두 눈이 다시 그를 바라보았다.

"오래갈 리 없지."

벙어리인 줄 알았더니, 지금 무슨 소리를 하는 거야?

"그 계집아이 말이야, 댁이 가슴에 안고 있는 아이."

입술이 마치 묘지의 금이 간 석고상 같았다.

"나도 그렇게 아이를 안고 다녔지."

아이? 샤보트? 샤보트 장관을 안고 다녔다고?

"그 애가 걸음마를 할 때까지."

말 한 마디를 할 때마다 입술에 금이 하나씩 더 생겼다.

"안고 있던 아이가 걸음마를 하게 되면 되돌아오는 순간부턴 거짓말을 할 거요."

금들이 크레바스처럼 넓어졌다.

"예외가 없지."

입술에서 피까지 났다.

"미안하오, 말을 하지 않은 지 너무 오래되어놔서."

거북이 혀가 핏방울을 핥았다.

*

그녀는 다시 입을 다물었다. 하지만 티안은 편안히 자리잡고 앉아 있었다. "여자가 말을 하지 않는다는 건 믿을 수가 없어." 이것은 티안의 말이 아니었다. 파스토르의 말이었다. 파스토르 형사는 귀머거리, 벙어리, 잠자는 사람을 심문하기를 좋아했다. "대답을 통해 진실을 파악하는 경우는 드물어요, 티안 선배. 대부분의 경우 진실은 질문을 계속 던져나가는 과정에서 드러나죠." 티안은 일종의 슬픈 환희를 느꼈다. '파스토르, 내가 너보다 한 수 위야. 나는 여기 와서 벙어리 노파 앞에 의자를 놓고 입을 다물었어. 그러니까 벙어리가 말을 하잖아.'

*

그녀는 정말 말했다. 샤보트 장관의 삶에 대해, 그의 죽음에 대해 필요한 모든 정보를 들려주었다. 인생이 통째로 거짓말이었던 자의 삶과 죽음.

그녀는 처음에는 그렇게 지독한 거짓말쟁이를 낳았다는 것에 괘념치 않았다. 그녀는 그런 기질을 유전 탓으로 돌렸고 그 점은 부끄러워할 이유가 없었다. 그녀는 창의력의 땅인 브라질 출신이었고 처녀 적 이름은 나자레 키사파울루였으며 그 누구보다 브라질적인 작가 파울루 페레이라 키사파울루의 딸이었다. 자식이 거짓말을 입에 달고 사는 것은 외가의 고귀한 장점을 물려받은 것이다. 이야기꾼의 손자인 샤보트는 거짓말쟁이가 아니라 이야기 자체였다. 그녀는 샤보트 문제로 그녀를 부른 선생들에게, 샤보트를 퇴학시킨 교장들에게, 샤보트를 새로 등록시킨 학교의 교장들에게 오만하게 그 점을 설명했다. 그럼에도 샤보트의 학업 성적은 탁월했다. 샤보트는 무한한 암기력과 놀라운 사고력을 타고나서 월반을 거듭했다. 그녀는 아들이 자랑스러웠다. 툭하면 퇴학당하느라 한 학교에 오래 붙어 있지 못했지만, 샤보트는 언제나 일등이었고 선생들을 경악에 빠뜨린 뒤 그곳을 떠났다. 샤보트는 가는 곳마다 전쟁을 일으켰지만 그녀는 걱정하지 않았다. 남들에게 이해받지 못하는 천재 아이가 아둔한 세상에 복수하는 것에 불과했다. 아들이 고등사범학교와 파리공과대학에 동시에 수석으로 합격했을 때 그녀는 날아갈 듯 기뻤고, 아들이 입학한 지 석 달 만에 파리공과대학에서 퇴학당했을 때는 분통을 터뜨렸다. 하지만 막 전쟁이 터진 덕에 그 수많은 불의는 시정될 수 있었다. 젊은 샤보트는 '원수님'의 측근이었고 '장군님'의 최고 정보원이었다.* 비시 정부에서는 내각에 몸담았

* 여기서 원수는 비시 정부의 페탱을, 장군은 런던 망명정부의 드골을 가리킨다.

고 런던에서는 영웅이었던 샤보트는 전쟁이 끝났을 때 불가능한 일을 성취했다. 프랑스의 명예를 저버리지 않으면서 공화국의 체제를 유지한 공로를 인정받은 것이다. 그를 비판하던 사람들은 원을 적분하는 것보다 어려운 이 문제를 풀지 못하고 고꾸라졌다. 1945년 이후로 샤보트는 아무리 정권이 바뀌어도 요직을 떠나지 않았다. 하지만 그는 정치가 자신의 천직이 아니라고 말했다. 단지 민주 사회에 산다는 특권에 보답하기 위해 자기 두뇌를 빌려준 것에 불과하다고 했다. 그의 천직은 다른 곳에 있었다. 그의 천직은 모친의 뿌리와 닿아 있었다. "엄마의 뿌리 말이야." 그는 타고난 이야기꾼이었다. 언젠가 그는 글을 쓸 것이었다. 하지만 그는 글을 쓴다는 것은 행동 양식이 아니라고 했다. "글을 쓰는 것은 존재 양식이야." 그는 말했다. 그리고 마침내 그는 존재의 시간이 온 것을 느꼈다. 그는 그렇게 말했다. 그녀는 그의 말을 믿었다.

*

한 사람의 일생을 듣다보면 날이 진다. 집 밖에 불이 켜진다. 티안에게는 이제 노파의 얼굴도, 그녀 눈의 광채도 보이지 않았다. 그녀의 목소리뿐이었다. 그녀는 이제 담요 더미가 아니라 유구한 강물이 남겨둔 그루터기였다. 16년간의 침묵은 수면을 잔잔히 유지하다가 이제 요동치는 심연으로 흘러들고 있었다. 말을 끊으면 안 돼, 티안은 생각했다, 발을 들여도 안 돼, 잘못하면 물살에 휩쓸릴 거야.

"반세기 동안 거짓말만 해댄 거라오!"

그녀는 숨을 골랐다. 그녀의 내부에서 이야기가 끓어올랐다. 말들이 올라와 그녀를 재촉했다.

"50년 가까이 난 거짓말쟁이한테 속고 산 거야. 바로 내가! 내 자식이라는 이유로 속아온 거지."

티안은 16년간의 침묵은 그 엄청난 놀라움의 소리 없는 표현이 아니었을까 생각했다.

"내 남편이 죽지만 않았어도 일이 그렇게 되지는 않았을 텐데."

그녀를 아버지의 사랑으로부터 떼어놓은 그녀의 남편 샤보트는 젊은 외교관으로 브라질 주재 프랑스 대사였다. 그녀가 임신했을 때 남편은 자기가 죽을지도 모른다고 생각했다. 바보 같은 죽음이었다. 악성 독감이었다.

"남편이 살아 있었더라면 내가 눈이 멀지 못하게 막았을 거요. 진실은 남자들 일이잖아. 진실은 거짓말쟁이의 일이잖아. 경찰, 변호사, 판사, 집달리, 모두 남자들 직업이지. 재판에 이겼다는 건 진실이 옷을 갈아입은 것 아니오? 재판에 졌다는 건 거짓말이 승리했다는 것 아니오?"

'샛길로 빠지지 마세요, 부인, 여담은 그만요.' 티안은 속으로 간청했다.

*

그녀가 임신하고 남편이 죽은 그해에 부친마저 죽지 않았다면 그녀는 브라질로 돌아갔을 것이다.

"거짓말쟁이 지식인들이 아버지를 자살로 몰고 간 거라오. 어찌 된 일인지는 나중에 설명해드리리다."

그녀는 브라질과 인연을 끊었다. 그녀는 아들 샤보트의 교육에 전념했다. 여기 프랑스에서. 그리고 16년 전 어느 밤 아들이 깡충깡충 뛰면서 기쁨에 들뜬 표정으로 이 방에 들어왔다. 지칠 줄 모르는 유연성과 활기 덕에 아들은 더도 덜도 아니고 술래 잡기하듯 무사태평하게 반세기 동안 수많은 학위와 훈장과 국회의원직과 장관직을 얻을 수 있었다. 아직까지 이렇게 사랑스러운 아이로 남아 있을 수 있다니! 아들은 이 방에 들어와 두 손가락으로 의자—티안이 지금 앉아 있는 의자—를 잡더니 조금 전에 티안이 한 것처럼 모친 앞에 의자를 놓았다. 매일같이 그 시간이면 아들은 어머니에게 와서 속내를 들려주었다. 그녀는 아들이 그날의 업적을 들려주는 그 시간을 손꼽아 기다렸다. 아들은 50년 전부터 꼬박꼬박 거짓말을 해왔지만 그녀는 아직 그것을 모르고 있었다. 이제 아들은 어머니 앞에 앉아 두꺼운 원고를 무릎 위에 얹고서 그녀가 스스로 깨닫기를 기다리며 아무 말 없이 반짝이는 눈으로 그녀를 바라보았다. 그녀도 복받쳐오르는 기쁨을 억눌렀다. 기쁜 소식을 너무 빨리 알고 싶지 않았다. 그녀는 알이 부화하는 것을 보려고 기다리듯 잠시 시간이 흐르기를 기다렸다. 그녀는 결국 더 못 참고 작은 목소리로 말했다.

"네가 책을 쓴 거냐?"

"책 정도가 아냐, 엄마."

"책을 쓰는 것보다 더 대단한 일이 뭐가 있을까?"

"장르를 하나 창안했어!"

그는 그렇게 외쳤다. "장르를 하나 창안했어!" 그러더니 자유주의 리얼리즘이라는 게 얼마나 새로운 것인지 정신없이 설명해댔다. 그는 소설 왕국에서 '상업'에 시민권을 부여한 최초의 인물이며 장사꾼을 건국 영웅의 반열에 올려놓은 최초의 사람이고 돈벌이를 떳떳하게 서사시로 승화시킨 최초의 작가였다…… 그녀는 아들의 말을 끊고 말했다.

"읽어주렴."

아들은 원고를 펼쳤다. 그는 제목을 읽었다. 『월스트리트에서의 마지막 키스』였다. 그리 세련된 제목은 아니지만, 자유주의 리얼리즘 이론에 따르면 아들의 야심은 미학적인 편견을 넘어서는 것이었다. 지구인의 절반이 읽을 책을 쓰는 데 난해한 제목을 달 수는 없었다.

"읽어봐."

그녀는 기다림에 지쳐 안절부절못했다.

브라질에서 온 전보가 임신한 젊은 과부에게 부친 파울루 페레이라 키사파울루의 자살을 알려준 그 옛날 옛적의 거울부터 그녀는 이 순간을 기다려왔다.

"내 아버지가 어떤 분이었는지 설명해야겠구려."

('됐습니다, 부인.' 티안은 생각했다. '부탁이니 제발 요점만 얘기해주세요! 요점만!')

"내 아버지는 '정체성주의'의 창시자였다오. 들어본 적이 있으신가?"

전혀. 반 티안 형사는 그 비슷한 것도 들어본 적이 없었다.

"들어봤을 리가 없지."

그래도 그녀는 설명했다. 엄청나게 혼란스러운 이야기였다. 1923년부터 1928년까지 브라질에서 벌어진 작가들의 논쟁사였다.

"당시 내 아버지 파울루 페레이라 키사파울루를 제외하고는 진짜 브라질 작가라고 할 만한 사람은 한 명도 없었다오!"

('그렇군요, 하지만 제가 관심 있는 건 아드님 얘깁니다, 샤보트 장관 말이에요……')

"브라질 문학이 얼마나 웃기고 불쌍한지 아시오? 낭만주의, 상징주의, 고답파, 데카당스, 인상주의, 초현실주의 등등 브라질 작가들은 프랑스 문학의 그레뱅 미술관*을 만들려고 애썼다오! 원숭이들 같으니! 밀랍 인형들 같으니! 브라질 작가들은 훔치기만 했지 고유의 것이라고는 하나도 없었어! 훔친 것도 너무 경직된 방식으로 소화했지!"

('샤-보-트! 샤-보-트!' 반 티안 형사는 속으로 박자를 맞춰 외쳤다.)

"그런 프랑스 숭배에 반기를 든 사람은 아버지뿐이었소."

('또 여담이군……' 반 티안 형사는 생각했다.)

"아버지는 조국의 혼을 말살하는 이러한 끔찍한 문화적인 소외에 맞서 전면전을 선포했다오."

('여담은 심문을 하다보면 꼭 생기는 찌꺼기이고 담쟁이덩굴이고 습진이지. 도저히 피할 길이 없어……')

"그런데 유파 없는 문학이란 있을 수 없기 때문에 아버지는 직

* 유명 인사들의 실물 크기 밀랍 인형을 전시해놓은 파리의 미술관.

접 유파를 창시했다오. 그게 바로 정체성주의지."

('정체성주의라……' 반 티안 형사는 생각했다.)

"더구나 그 유파의 성원은 아버지 혼자였소. 재생산할 수도 없고 이식할 수도 없고 전달할 수도 없고 모방할 수도 없었으니까!"

('그렇군요……')

"아버지의 시는 아버지 자신과 아버지의 정체성에 관한 것뿐이었소…… 그런데 아버지의 정체성은 바로 브라질이었다오!"

('한마디로 미친놈이었구먼. 귀여운 정신병자. 제정신이 아닌 시인이었다 이거지.')

"아버지의 시학은 3행으로 요약할 수 있다오. 달랑 3행으로."

어찌 되었든 그녀는 3행을 암송했다.

Era da hera a errar
Cobra cobrando a obra……
Mondemos este mundo!

('그게 무슨 뜻인데?')

방황하는 담쟁이덩굴의 시대
구렁이가 모든 작품을 휘휘 감으니……

이 세상의 가지를 치자!

('그게 무슨 뜻인데?' 반 티안 형사는 속으로 다시 물었다.)

*

그러니까……

밤늦은 시간이었다. 추위에 뼛속까지 시렸다. 파리는 달무리 같았다. 티안은 걸었다. 베르됭은 총 위에, 총은 자기 심장 위에 얹고서.

그러니까…… 반 티안 형사는 정리한다. 죽은 샤보트의 외할아버지인 그 브라질 시인이라는 작자의 작품은 평생 정식으로 출판되지 못했다. 단 한 줄도. 생전에도 사후에도. 그는 자비 출판으로 글을 읽을 수 있는 동포 아무에게나 공짜로 뿌려대느라 재산을 탕진했다. 정신병자였다. 읽을 수가 없는 시였다. 문단과 동시대의 비웃음을 산 것도 당연했다. 심지어 딸도 웃어댔다. 그런데 딸이 리우 주재 프랑스 대사와 결혼했으니! 아버지한테 소개하기에는 최악의 결혼 상대였던 것이다.

그래서 그녀는 브라질을 떠났다. 임신을 했다. 남편을 잃었다. 후회가 밀려왔다. 고국으로 돌아가고 싶었다. 하지만 너무 늦었다. 저주받은 시인은 권총 자살을 했다. 그녀는 아들 샤보트를 낳았다. 그리고 아버지의 작품을 다시 읽었다. 훌륭해! 그녀는 훌륭하다고 생각했다. "독창적"이었다. "진정성은 언제나 시대를 100년은 앞서 있어요." 그녀는 아버지의 복수를 하겠다고 맹세했다. 고국으로 돌아가리라. 대신 위풍당당하게 아들의 작품을 들고.

옛날 이야기였다……

퐁프 로에서 벨빌의 언덕까지 가는 길은 멀다. 하지만 몇 시간 동안 한 사람의 전 생애를 듣고 나와서인지 그렇게 시간이 오래 걸리는 것 같지 않다. 베르됭은 잠들어 있다. 티안은 파리의 골목을 걷고 있다.

옛날 이야기였다……

샤보트의 모친은 아들이 언젠가 글을 쓸 거라고 평생을 믿어왔다. 하지만 결코 그런 소망을 내비치진 않았다. ("난 그런 어미가 아니라오……") 하지만 아들이 작가가 되기를 바라는 마음이 너무 강했기에, 불쌍한 샤보트는 어머니가 자기를 볼 때마다 양복 입은 아카데미프랑세즈 회원의 모습을 그려보는 것을 모를 수가 없었다. 그렇게 된 것이다……

그리고 어느 저녁, 샤보트는 노모가 침실로 쓰는 왕릉에 다시 들어갔다. 그는 그렇게나 고대하던 자기 책, 자기 '작품'의 처음 몇 줄을 어머니한테 읽어주었다. 그러자 어머니가 말했다.

"그만!"

샤보트가 물었다.

"엄마 마음에 안 들어?"

어머니가 말했다.

"나가!"

아들이 뭐라 말하려는데 어머니가 말을 끊었다.

"다시는 내 앞에 나타나지 마!"

그녀는 포르투갈어로 분명하게 말했다.

"눙카 마이스! 다시는 나타나지 마!"

샤보트는 방을 나갔다.

그녀는 그 소설이 아들의 작품이 아니라는 걸 즉시 간파한 것이다. 학교 교과서와 경찰학교 수업 교재를 빼면 평생 책을 두 권도 안 읽어본 티안으로서는(아이들에게 J. L. B.를 읽어준 것은 치지 않았다) 어떻게 그런 일이 가능한지 알 수 없었다. 하지만 가능한 모양이었다. "아들은 내 아버지의 적들을 몽땅 합친 것보다 더 나쁜 짓을 했다오. 남의 작품을 도둑질했다고! 내 아들은 정체성을 훔친 도둑놈이오!"

하지만 더 재미있는 것은 그다음 이야기였다.

티안은 시린 손을 베르됭의 머리카락에 집어넣었다. 그렇다,

들쑥날쑥하긴 해도 베르뎅은 머리카락이 요사이 부쩍 자랐다.

그다음 이야기는……

샤보트는 다시는 얼굴을 보고 싶지 않다는 어머니의 말을 무시했다. 그는 계속해서 매일 저녁 같은 시간에 와서 의자에 앉았다. 그는 여전히 그날 하루 일을 어머니에게 들려주었다. 하지만 이제는 거짓말을 하지 않았다. 어머니에게 반말도 하지 않았다. "어머님을 볼 때마다 들었던 북극처럼 싸늘한 감정에는 존댓말이 더 어울릴 듯하네요." 그는 비아냥거렸다. "북극처럼 싸늘한 감정이란 말 꽤 괜찮지 않아요? 꽤 '작가'답지 않아요? 꽤 정체성주의자 같지 않아요?" 그는 어머니를 조금씩 고문했다. 그러자 어머니는 침묵이라는 무기를 선택했다. 16년간의 침묵이었다! 그것 때문에 샤보트는 정신 나간 시인이었던 할아버지만큼이나 미쳐버렸다. 미친 사람들이 다 그렇듯 그는 모든 것을 고백하고 진실만 말했다. "클라랑스 드 생티베르라는 젊은 교도소장 기억나세요? 어머니는 그 친구가 굉장히 매력적이고 품위 있고 진실해 보인다고 하셨잖아요. 사실은 그 친구의 수감자 중 한 명이 제 작품을 썼어요. 무기수예요. 엄청난 속도로 글을 써대니 앞으로도 얼마나 많이 쓰겠어요! 어마어마한 돈을 벌 게 확실해요. 생티베르와 저와 그 밖의 중개상 몇 명이 수익을 나눠 가질 거예요. 그 죄수놈은 당연히 아무것도 모르죠. 그놈 안중엔 예술밖에 없어요. 파울루 키사파울루 할아버지는 어머니가 낳은 아들보다 그런 사람을 손자로 얻으셨어야 했는데 말이죠……"

하루는 샤보트가 그 '중개상' 중 한 명을 데리고 모친의 방에 들이닥쳤다. 뱅자맹 말로센이라는 스리피스 정장 차림의 자그마한 배불뚝이 남자였다. "화장품 세일즈맨 같은 곱슬머리의 가짜 뚱보였다오." 샤보트는 그 말로센이라는 자에게 어머니를 손가락으로 가리키면서 외쳤다.

"우리 어머니예요! 나자레 키사파울루 샤보트 부인이에요!"

그리고 이렇게 덧붙였다.

"어머니는 항상 내가 글을 못 쓰게 했어요!"

그날 저녁 아들은 작은 의자에 걸터앉아 노파에게 설명했다.

"그 말로센이라는 자가 공개 석상에서 제 역할을 할 거예요. 만약 뭐가 잘못돼도 그자가 당하는 거예요. 사실은 불쌍한 생티베르가 살해당했거든요. 그 작가놈은 탈옥했고요. 죽음이 내 주위를 맴돌고 있는 거예요, 엄마, 흥분되지 않아요?"

먼저 말로센이 살해되었다. 다음에 그녀의 아들이 살해되었다. 그렇게 된 것이다.

"죽어도 싸지."

*

티안은 딱 한 가지만 물었다. 그녀가 말을 마치고 5분은 지난 뒤였다.

"왜 저한테 이 얘기를 하신 겁니까?"

티안은 그녀가 대답하지 않으리라 생각했다. 그녀는 이제 강가의 그루터기도 아니었다. 그녀는 깜깜한 밤의 바윗덩어리에 불과했다. 전에는 강물이 그곳을 지나갔을 것이다.

마침내 그녀가 중얼거리는 소리가 들렸다.

"내 아들을 죽인 자를 댁이 죽여줄 테니까."

*

"그래서 어쩌라고?"

아기를 안은 경찰은 밤거리를 걷고 있었다.

"'내 아들을 죽인 자를 댁이 죽여줄 테니까……'"

아기를 안은 경찰은 한밤중의 파리에서 독백을 하고 있었다.

"경찰에 대한 사람들 인식이란 게……"

고작 살인청부업자라니…… 아버지와 아들의 말 때문에 돌아버린 그 할망구는 티안을 하늘이 보내준 살인청부업자로 여겼다.

"내 아들을 죽인 자를 댁이 죽여줄 테니까……"

이건 확실히 해두죠, 저도 그러고 싶은 마음이 없는 건 아니에요…… 그자는 뱅자맹의 머리에 총알을 박았어요…… 저도 기꺼이 그놈을 죽여주고 싶어요…… 하지만 복수는 경찰공무원에게 금지된 식단이란 말입니다, 부인…… 맛을 보아서도 안 되고…… 절대 안 돼요…… 심지어 생각도 해선 안 돼요…… 그렇지 않으면 법질서가 어떻게 유지되겠어요?…… 각자 자기 할 일이 있는 거예요, 부인이 문학의 명예를 바라시는 것처럼 저는 경찰 곤봉의 윤리성을 위해 노력해야 한다고요…… 사람이 하고 싶은 대로 하고 살 수 있는 게 아니잖아요……

머리가 둘 달린 경찰은 어둠 속에서 혼잣말을 하고 있었다. 그의 쇄골에 머리를 파묻고 곤히 잠든 또다른 머리에게 말하는 게 아니라면.

"그러니까 네가 걸음마를 하면 이제 우리 사이도 끝인 거야?…… 나를 떠날 거야? 응?…… 그 말이 정말이라고 생각해?…… 날 버릴 거야? 너도?"

말도 총처럼 혼자 발사될 때가 있다. 방금 자기 입에서 나온 말이 아기를 안은 경찰의 가슴에 박혔다. 생각도 못한 일이다. 그냥 장난치다가 발사된 것이다. 그는 뚝 걸음을 멈췄다. 어린 여자아이가 인도에서 자기를 놔두고 뛰어가는 모습이 눈에 선했다. 숨이 멎었다. 다른 영상들도 떠올랐다. 키다리 자닌이 침대에서 죽어가던 모습, 자닌의 딸이자 티안의 딸이나 다름없는 제르베즈가 견습수녀의 옷을 입고 하느님을 찾아 그를 떠나던 모습. "티아누, 내가 수녀가 되느니 차라리 엄마처럼 매춘을 했으면 좋겠어?" 안 될 게 뭐야? 안 돼! 왜 안 되는지 얘기해줄게. "하느님이라는 병은 계시야, 티아누, 불치병이야."* 제르베즈는 하느님을 찾아 사라졌다. 노형사가 마지막으로 사랑한 파스토르도 이제 없었다. 파스토르는 말로센의 어머니와 사랑에 빠져 야반도주했다. "티안 선배, 그녀는 말이 없는 여자예요. 계시를 받은 느낌이었어요……" 파스토르는 베네치아에서 그 계시의 침묵을 사랑으로 요리하고 있었다.

그리고 티안은 여기 있었다.

인도 위에.

"그 미친 할망구 때문에 기분만 더러워졌잖아."

티안은 행로를 변경했다.

"인마, '큰집'에 들렀다 가자. 보스한테 보고해야겠어. 너무 오래 혼자서 품고 있으면 안 되는 일이 있는 거야. 알았지?"

---

* 여기서 제르베즈의 신앙을 질병에 비유하는 것에 대해서는 『기병총 요정』(문학동네) 348쪽을 참조할 것.

다시 출발했다. 다른 영상들이 떠올랐다. 말로센이 이 사건에서 맡은 역할이 무엇이었는지 알게 되면 쿠드리에가 어떤 표정을 지을까! 생각해보면 정말 기가 막히다니까…… 쿠드리에가 뱅자맹을 불러서 생티베르 사건에서 최대한 멀리 떨어져 있으라고 했더니, 뱅자맹이 펄펄 끓는 솥 안으로 뛰어든 거잖아.

말로센……

쿠드리에 총경의 부메랑인 건가……

뱅자맹……

"베르됭, 내 생각엔 말이지, 큰오빠가 의식불명인 게 차라리 다행이야……"

말도 안 돼!

"뱅자맹이 의식이 있어서 자기가 얼마나 더러운 역할을 떠맡았는지 알게 된다면 지금보다 상황이 열 배는 끔찍해질걸……"

39

재미있단 말이야, 비가역성 혼수상태에 대한 사람들 인식이라는 게…… 아무리 생각이 열린 사람이라도…… 안락하다, 적어도 정신적으로 편안하다고 생각하잖아…… 의식의 좋은 면…… 꿈을 꾼다든지…… 세상사에 얽매이지 않는다든지…… 망각의 보드라운 어둠 속을 둥둥 떠다닌다든지…… 그런 식의 이미지를 갖고 있잖아…… 뇌가 침묵했다는 핑계로 말이야…… 편견인데…… 뇌중심주의야…… 뇌에 속하지 않는 나머지 60조의 세포들은 없는 셈 치는 거잖아…… 그래, 하나의 몸을 이루는…… 60조의 작은 분자 공장을…… 엄청난 바벨탑인데…… 까마득한 바벨탑인데…… 입 닥치고 죽으라 이거지…… 한 명이 죽는다고 다 따라 죽으라 이거지…… 하지만 60조의 세포는 천천히 죽어간다고…… 세상을 결산할 시간을 남겨주는 모래시계야…… 그러고는 죽은 세포 무더기가 되는 거야…… 아니면 창 구석의 잊힌 노파처럼 무더기로 죽은 세포가 되는 거야…… 그 모습이 지금 뱅자맹의 어둠 속을 떠다녔다. 그 무시무시한 노파가 그 무시무시한 눈으로 위쪽을 뚫어지게 쳐다보고 있었다…… 생티베르의 감옥도 떠올랐다. 특히 그 예쁜 감옥의 독방 하나가. 수도승의 지식처럼 속이 깊고 사방을 책으로 두른 천장 높은 방이었다…… 하지만 그 도서관에는 실용적인 책밖에 없었다. 사전들, 백과사전들, 『크세주 총서』 전질, 〈내셔널 지오그래픽〉 전권, 『라루스 백과사전』, 『브리태니커 백과사전』, 상류사회 인명록, 『로베르 사전』, 『리트레 사전』, 『알파 백과사전』, 『쿠이드 백과』 시리즈, 하지만 소설이나 신문은 하나도 없었다. 경제학, 사회학, 동물행동학, 생물학 분야의 개론서들, 종교사, 과학사, 기술사 책들, 꿈이라곤 전혀 없고 꿈의 재료들뿐이었다…… 그리고 그 지식의 우물 안쪽에 보이는 몽상가 자신. 그는 젊고, 나이를 알 수 없고, 미모를 잃지 않은 사람이었다. 그는 클라라의 카메라 렌즈 앞에서 어색한 미소를 짓고는 서둘러 하던 일을 계속했다. 그는 다시 종잇장 사이에 머리를 박고 공들여 쓴 믿음직한 작은 글씨로 종이를 채웠다. 글씨가 어찌나 빽빽한지 글자로 종이를 뒤덮을 생각인 것 같았다(여백도 없이 앞뒤를 꽉 채워서 썼고 고칠 것은 자를 대고 취소선을 그었다)…… 그리고 살짝 열린 문 틈 사이에 서 있던 생티베르의 목소리, "클라라, 그만 가요, 알렉상드르 일하는데 방해하지 말고"…… 그리고 구기지도 않은 파지들이 삐져나온 휴지통을 찍은 클라라의 최근 사진들…… 그리고 클라라의 확대 사진 중 하나에서 보이는, 어디서 봤는지 잡힐 듯 말듯 생각나지 않던 그 문장, "죽음은 직선의 과정이다"…… 자를 대고 꼼꼼히 취소선을 그은 수많은 문장 중 홀로 선택된 그 문장, "죽음은 직선의 과정이다"…… 클라라의 현상실 빨랫줄에 매달려 있던 그 문장.

그러니까 알렉상드르, 그놈의 문장이 네 것이었어?

근데 그걸 남들이 훔쳐 간 거야?

다른 문장도 전부 훔쳐 갔어?

그리고 나를 너로 둔갑시킨 거야?

그래서 네가 자를 대고 쏜 일직선의 총알로 나를 지워버린 거야?

그렇게 된 거야?

그렇게 된 것이었다. 기억이 물밀듯 밀려와 뱅자맹에게 남기고 간 진실은 그것이었다…… 모범적인 감옥이라는 샹프롱 교도소에 처음 갔을 때, 클라라와 클라랑스가 처음으로 시선을 교환했을 때…… '클라라가 결혼하지 않았으면 좋겠다'…… 식사중에 재소자들에 대해 이야기하는 클라랑스, "제가 하려는 것은 단지 그들이 자기 자신을 견딜 수 있게 만드는 것뿐입니다. 그리고 적어도 그것만은 성공할 수 있다고 봅니다"…… 클라랑스…… 클라랑스의 새하얀 머리카락…… 너무나 설득력 있는 백발…… 알렉상드르, 네가 클라랑스를 죽인 거야?…… 생티베르의 시신을 난자한 게 너였어?…… 그리고 샤보트도…… 고티에도…… 칼리냐크를 다치게 하고…… 그들이 너의 글을 훔쳤기 때문에…… 이해할 수 있어…… 생티베르는 말했지, "그들이 살인을 하는 건, 대부분의 범죄자처럼 자멸적인 행위가 아니에요. 자기의 실존을 증명하려는 거죠. 자기를 가두는 벽을 쓰러뜨리는 거라고 생각하면 될 거예요"…… 그래…… 아니면 책을 쓰는 것처럼…… "그들 대부분에겐 창조적인 기질이라고 할 만한 어떤 것이 있어요"…… "창조적인 기질이라고 할 만한 어떤 것"…… 그러니까 당연히 그들에게서 단어…… 문장…… 작품을…… 하나라도 훔친다면……『백치』가 투르게네프의 이름을 달고 출간된 것을 봤다면 도스토옙스키가 어떻게 했을까?…… 플로베르의 여자친구 루이즈 콜레가 엠마를 훔쳤다면?…… 도스토옙스키나 플로베르라면 그런 짓을 한 사람들을 찢어 죽이고도 남았을 거야…… 그들은 살인자처럼 글을 썼으니까……

뱅자맹의 세포들은 그렇게 이어졌다…… 이론의 여지가 있는 자잘한 의견들이 더이상 이론의 여지가 없어질 때까지 잘게 부스러졌다…… 이미지들이 가루가 되었다…… 그렇게 이어지다가 갑자기 멈추곤 했다…… 의식에 혈전이 뭉친 것처럼…… 뭔가가 걸려서, 막혀서…… 예를 들어 클라라의 말, "나 클라랑스한테 숨기는 일이 있어……" "클라리넷, 숨기는 일이라고?……" "뭔가를 숨기는 건 이번이 처음이야…… 알렉상드르에게 소설을 빌려줬어……" "알렉상드르?……" "오빠도 봤잖아, 하루 종일 글을 쓰는 죄수…… 그 사람한테 J. L. B.의 소설 한 권을 갖다 줬어……" 뭐라고?…… 뭐라고?…… 뭐라고?…… 클라라가?…… 이게 다 클라라의 잘못으로 생긴 일이란 말이야?…… 내 머리에 총알이 박힌 것도?…… 사람들이 떼거지로 죽어나간 것도?…… 젠장 젠장 젠장…… 그리고 다시 클라랑스의 목소리, **"결국 바깥세상과의 완벽한 단절을 선언한 제수감자들이 예외적으로 감옥에 들어와도 좋다고 유일하게 허락한 사람이 클라라인 거죠"**…… 클라라가 감옥 안에 들어가서…… 클라라가 너무나 천진난만하게 J. L. B.의 소설을 **진짜** J. L. B.의 눈앞에 놓아서…… "오빠, 내가 잘못한 걸까?……" 늑대들은 천진난만해…… 늑대들이 양떼 속으로 들어가는 것은 배가 고파서도 아니고 교활해서도 아니고 살심殺心을 품어서도 아니야. 천진난만해서지…… 클라라가 양떼 속으로……

뱅자맹 말로센의 세포들은 그렇게 이어졌다…… 가끔 덜컹거리면서…… 덜컹거리는 충격이 너무 커서 뇌파 측정기의 직선마저 푸르스름한 화면에서 잠시 섬광을 발한다…… 하지만 아무도 보지 못한 섬광은 누구에게도 섬광이 아니다…… 그리고 죽음은 다시 가던 길을, 곧은길을 간다…… 작가들은 불쌍하기도 하지, 뱅자맹의 세포들은 모래시계 속에서 밑으로 떨어지면서 중얼거린다…… 작가들은 불쌍하기도 하지…… 작가들에게 거울을 주지 마세요…… 작가들을 이미지로 바꾸지 마세요…… 작가들에게 이름을 주지 마세요…… 그러면 미쳐버려요……

40

"크라메르야."

"크라메르요?"

"크라메르. 범인의 이름은 알렉상드르 크라메르야."

반 티안 형사는 말이 없다. 쿠드리에 총경은 속삭이듯 말한다. 베르됭을 깨우면 안 된다. 그 눈을 다시 뜨게 하면 안 된다.

"벙어리 노파들만 입을 여는 게 아냐, 티안. 잘린 손가락들도 입을 열지."

"지문을 채취할 수 있을 만큼 살갗이 남아 있었습니까?"

"그랬다네."

"그 크라메르라는 자는 도대체 어떤 놈입니까?"

"그건 자네 동료들이 말해줄 걸세."

쿠드리에 총경은 그 자리에 와 있는 다른 형사 세 명에게 발언권을 넘긴다. 크라메르는 세 번 체포되었다. 사건이 셋, 담당 형사가 셋이었다. 파이프를 문 나이 많은 첫번째 형사가 잠든 베르됭을 조심스레 곁눈질하면서 말을 시작한다.

"처음에는 별것 아니었어, 티안. 팔팔한 애송이 사기꾼이었지. 크라메르는 가출을 했어. 열여덟 살 때. 그리고 파리에 와서 블랑셰의 연극 강의에 등록했어. 공부하기 싫어하는 어린애들이 많이들 그러잖아, 알지? 근데 선생들 말로는 연기에 재능이 없었다나봐…… 얼굴은 예쁘장한데 무대에 섰을 때 존재감이 없는 거야. 그런데 이놈이 포기를 안 한 거야. 블랑셰 앞에서 멋지게 실력을 발휘하고 싶었던 거지. 블랑셰가 원장이었거든. 7월에 블랑셰가 가족과 바캉스를 떠난 틈을 타서 크라메르는 블랑셰의 아파트에 들어갔어. 그리고 부동산 정보지에 매물 광고를 낸 다음 한 치과의사에게 아파트를 팔았어. 진짜야, 티안, 정식으로 등기가 된 상태였고 공증인도 부동산 등기증이 위조된 걸 눈치채지 못했어. 원장이 돌아와보니 치과의사가 자기 집에 떡하니 누워 있는 거야. 어떤 표정이었을지 상상이 가지? 그때 크라메르가 멋지게 등장해서 '원장님, 제가 형편없는 배우라고요? 정말요?'라고 한 거야. 나는 이 사건이 재밌더라고. 그래서 사건을 무마하려고 했어. 결국 치과의사는 고소를 취하했지. 하지만 원장은 정말 악질이었어. 그놈은 고소를 유지했어. 공증인도 그랬고. 결국 크라메르는 징역 6개월을 언도받았어. 범행 한 달 전에 형법상 성인이 되었거든."

"가족은?"

"알자스에서 베른하임 포도주 도매상을 하고 있었어. 참 정직하게도 자기들이 재배한 싸구려 실바네를 낭트산 그로플랑에 몰래 섞어 파는 사람들이었지. 부모는 크라메르의 두 형에게 유산을 몰아주고 크라메르에게는 한 푼도 안 남겼어. 그래도 상속권 박탈은 불법인지라 크라메르에게 다 쓰러져가는 폐가 한 채를 주었지. 정말 착한 사람들이었다니까……"

"크라메르에 대해 자넨 어떻게 생각했는데?"

"정감이 가는 아이였어. 솔직히 말해서 당시에는 정감이 가는 아이였어. 그 뒤로도 어린놈들을 한두 명 담당한 게 아닌데 아직까지 기억하고 있잖아, 특별한 녀석이었다는 거지. 조금 내성적인 아이였어. 바르고 고운 말을 쓰는 녀석이었고…… 사기극을 벌이는 동안 평생 처음으로 자기 자신이 된 것 같다는 말을 했어."

"그러면 당연히 감방에서 나오자마자 또 범죄를 저지르려고 했겠네."

"그게 꼭 그렇지가 않아. 카롤린이 있었거든."

"카롤린?"

"연극 수업을 듣다가 사귀게 된 여자친구야. 크라메르가 출옥하던 날 마중 나온 것도 그 애였고. 긍정적인 영향을 끼치는 아이였지. 크라메르는 카롤린을 가족에게 소개시켰고, 결혼했어. 걔들은 심지어 다 망가진 오두막도 수리했어."

하지만 젊은 크라메르의 핏속에는 사기꾼의 기질이 흘렀다. 다른 사람이 된다는 쾌감은 현기증이 날 만큼 컸다. 그 덕에 두 번째로 체포되었을 때는 서류가 두툼해졌다. 생명보험 사기, 가짜 세무 조사, 포도주 감정 사기, 또다시 부동산 위조 매각…… 이번에는 징역 5년이었다. "아무것도 모자라는 것이 없는 젊은이가 왜 그런 짓을 했는지" 이해할 수가 없었던 재판장이 설명을 요구하자 크라메르는 공손히 대답했다.

"재판장님 말씀이 맞습니다. 이건 바로 교육의 문제입니다. 저는 나무랄 데 없는 환경에서 자랐습니다. 그런 환경에서 배운 것을 실천에 옮겼다고 비난하는 것은 옳지 않지요."

침묵.

이 오밤중에 베트남계 동료 형사의 배 위에 잠들어 있는 아기를 깨우지 않으려고 조용조용한 목소리로 알렉상드르 크라메르의 오래전 사건을 얘기하고 있는 다섯 경찰의 대화에는 이상하게 부드러운 구석이 있다. 우리네 인생이 이렇듯 조곤조곤한 속삭임 같은 것이라면……

하지만 세번째 서류가 있다. 서류가 시멘트 벽돌처럼 묵직하다. 상습범들은 모두들 종국에는 그런 서류를 만나 인생을 끝장내버린다. 물에 뛰어들어 자살할 때 목에 매다는 시멘트 벽돌인 셈이다.

"크라메르는 감옥을 나오자마자 집으로 돌아가서 카롤린과 두 형, 베르나르와 볼프강을 살해했어."

"형들을 죽였다고?"

"두 형은 쌍둥이였어. 카롤린이 쌍둥이와 새 삶을 시작했던 거야. 크라메르는 세 명을 모두 죽이고 집에 불을 지른 다음 자수했어. 딱 왕복 시간밖에 걸리지 않았어."

그렇게 된 것이다.

남자들의 속삭임 아래로 도시의 밤이 숨을 쉬고 있다……

그렇게 된 것이다.

"그래서 징역을 살던 도중에 생티베르의 눈에 띈 거야?"

그랬다. 크라메르는 글을 쓰기 시작했다. 돈 버는 데 천재적인 재능이 있는 사람들의 일생을 다룬 소설이었다. 샹프롱 감옥으로 이감된 뒤 크라메르는 15년간 모범수로 지냈다. 생티베르가 살해될 때까지.

"크라메르는 자기 작품을 도둑맞았다는 것을 알아차렸을 때 왜 스캔들을 폭로하지 않았을까? 생티베르를 죽이는 대신 말이야……"

누군가가 질문을 던졌다.

모두 생각에 잠긴다.

반 티안 형사의 대답.

"누구한테 가서 폭로를 해?"

이어지는 설명.

"크라메르의 입장에서 한번 생각해봐…… 첫 수감 때는 부모가 상속권을 박탈해버렸지…… 두번째 수감 때는 형들이 아내를 가로챘고…… 세번째 수감 때는 그동안 써온 글을 통째로 도둑맞았어. 은인이라는 작자가 15년 동안의 작업을 훔쳐간 거야…… 그런 일을 겪은 사람이 누구한테 가서 하소연을 하겠어? 아니, 누구를 믿을 수 있겠어?"

침묵.

"그런 입장이 되면 보이는 건 죄다 쏴 죽일 생각밖에 하지 않을 거야. 복수를 하는 거지…… 더구나 녀석은 복수로 살인을 해서 종신형을 받은 거잖아, 안 그래?"

"티안, 쏴 죽인다는 얘기가 나와서 말인데, 크라메르는 자네와 공통점이 하나 있네……"

쿠드리에 총경이 눈썹을 찡그리고 세번째 서류를 뒤적인다.

"크라메르도 자네처럼 명사수야. 그의 장인, 그러니까 카롤린의 아버지는 레오뮈르 로路에서 총포상을 했네. 장인은 그를 전국대회에 출전시키려 했지. 잠깐 기다려보게, 그 점에 관해 흥미로운 얘기를 읽었는데……"

하지만 총경은 수많은 정신과 소견서 중 원하는 것을 찾지 못하고 단념한다.

"간단히 말해 크라메르를 진찰한 정신과 의사 하나가 명사수에 관한 흥미로운 이론을 제시했다네…… 최고의 명사수들은 사격하는 순간 일종의 자아분열을 한다는 거야. 그래서 자기가 사수인 동시에 과녁이 되고 이쪽과 저쪽에 동시에 있게 되는 거지. 눈이 예리한 것만으로는 설명할 수 없는 엄청난 정확성은 바로 그 때문이라는 거야…… 티안, 이 이론에 대해 어떻게 생각하나?"

('총을 못 쏘는 사람도 그건 마찬가지죠.' 반 티안 형사는 생각한다. '단지 그런 사람들은 표적을 못 맞힐 뿐이고요.')

"그런 면이 있죠."

결론을 내리는 것은 총경의 몫이다.

"그러니까 여러분은 티안 수준의 명사수를 상대하고 있는 것이오. 게다가 실제로 사람을 여럿 죽여본 자이기도 하고. 탈옥하기 전에 목을 찔러 죽인 동료 죄수까지 치면 다 합쳐서 일곱 명을 죽였으니까."

모임이 끝났다.

모두가 자리에서 일어선다. 아이는 잠들어 반 티안 형사의 가슴에 얼굴을 기대고 있다.

"티안, 자네가 도착하기 전에 알게 된 소식인데 아마 여덟번째 시체가 나올 것 같네."

"쥘리 코랑송요?"

"아니, 탈리옹 출판사 사장이야."

"자보 여왕 말입니까?"

"그래, 자보 여왕. 실종 사흘째야."

41

“꼬박 사흘째야, 등신아.”

(……)

“네가 걱정할까봐 말 안 하려고 했는데……”

(……)

“이렇게 몸에 기계를 주렁주렁 달고 있으니 안 그래도 걱정이 많을 거 아냐.”

(……)

“하지만 이제는 못 버티겠어. 한숨도 못 잤어. 미안해.”

(……)

“줠리가 또 일을 저질렀어.”

(부시 줠리! 루사 형님, 줠리가 아니에요!)

"쥘리가 이자벨을 납치했어."

(부시 쥘리, 젠장!)

"수요일에 이자벨이 나를 사무실로 불렀어. 회사 일 관련해서 얘기하던 중에 이자벨이 그러더라고. 경찰이 쥘리에 대해 잘못 생각하고 있는 거라고."

(타 쉬 더 퉤이! 그 말이 맞아요!)

"쥘리와 통화했고 만날 약속을 했다는 거야."

(나르? 웨이선머? 어디서요? 왜요?)

"어디서 만나는지 왜 만나는지는 얘기를 안 하더라고."

(마더! 젠장!)

"내가 따라간다니까 그것도 못하게 했어."

(……)

"이자벨은 흥분해서 팔짝팔짝 뛰었어. 그녀의 신변 보호를 맡은 형사 두 명에게 미행당하지만 않는다면 아무 위험도 없을 거라고 맹세했어. '형사들을 따돌릴 거야, 루사, 날 알잖아!' 이자벨은 지하조직 시절로 돌아간 것처럼 눈을 반짝였어."

(허우라이! 그래서 어떻게 됐는데요!)

"이자벨이 레지스탕스에서 대단한 활약을 했다는 얘기 이미 했나?"

(허우라이! 허우라이!)

"이자벨은 지하 제지 공장, 지하 인쇄소, 지하 배급망, 지하 서점 등등을 운영하면서 소설, 신문 등 독일놈들이 금지한 것은 무엇이든 찍어냈어."

(……)

"1944년 8월 25일 파리가 해방된 날 저녁에 드골 장군께서 친히 이자벨에게 말씀하셨지. '여사께서는 프랑스 출판계의 명예입니다'……"

(……)

"그랬더니 이자벨이 뭐라고 대답했는지 알아?"

(……)

"이자벨은 이렇게 말했어. '장군님은 요즘 무슨 책을 읽으시나요?'"

(……)

"……"

(……)

"……"

(……)

"한 가지는 분명하게 얘기할 수 있어. 이자벨은…… 이자벨은 책으로 육화한 시대정신이야…… 연금술의 마법이지……"

(……)

"그래, 출판인이지, 등신아, 진정한 출판인! 이자벨은 진정한 출판인이야."

(……)

"……"

(……)

"그러니까 쥘리가 이자벨을 다치게 하면 절대 안 돼."

(부시 쥘리, 씨팔! 루사 형님, 도대체 어떻게 얘기해야 믿을 거예요? 쥘리가 아니라니까요! 범인은 생티베르의 감옥에 있던 금발의 키 큰 죄수예요, 그놈이 진짜 J. L. B.예요, 케카오더 J. L. B., 씨팔! 여백을 조금도 남기지 않고 종이에 새까맣게 글을 쓰는 미치광이 작가라고요, 그 미친 살인자가 쥘리한테 덮어씌운 거예요! 여기서 감상에 젖어 있지 말고 당장 뛰어가서 경찰에 알리란 말이에요! 경찰한테요! 루사 형님, 징차주! 징차주! 경찰요!)

7부

여왕과 나이팅게일

살인자도 여왕 앞에서는 꼼짝 못한다.

42

베르코르 지방의 구름이란 구름은 모두 농가의 지붕 위에 집결해 있다. 깜깜한 밤의 검은 하늘이다. 하지만 여왕의 목소리는 구름이 오기도 전에 폭우를 쏟아냈다. 여왕은 크라메르 앞에 있는 식탁 위에 원고를 던져버리더니 순대처럼 피둥피둥한 손가락을 흔들며 분노를 쏟아냈다.

"크라메르, 이건 당신 얘기예요, 당신 자서전이지 평소에 쓰던 소설의 인물들이 나오는 게 아니란 말이에요, 허구적인 인물이 아니라고! 이걸 전부 1인칭 단수로 다시 써주세요. 지금 J. L. B. 책을 쓰고 있는 게 아니란 말이에요!"

"1인칭으로는 한 번도 글을 써본 적이 없어요."

"그래서? 해보지 않은 일은 무서워서 못하겠다?"

"못하겠어요."

"못하겠다니 말이 돼요? 요즘에는 심지어 기계로도 할 수 있는 일이에요. '그'를 '나'로 바꾸는 거예요. 입력하고 버튼만 누르면 전부 바뀐단 말이에요. 크라메르, 자기가 기계보다 못하다는 거예요? 해도 해도 너무하잖아!"

고함 소리가 쥘리에게까지 날아 올라간다. 여왕의 목소리는 날카롭고, 말은 둔탁하다. 여왕은 뱅자맹이 묘사한 그대로다. 여왕은 무서운 게 없는 사람이다. 쥘리는 아버지의 방에 틀어박혀, 아래층 부엌에서 이 여자가 살인범을 괴롭히는 것을 한마디도 빼놓지 않고 듣고 있다.

"그리고 자기가 저지른 살인을 묘사하면서 영웅적인 분위기는 왜 깔아놓은 거예요, 크라메르? 철부지 고티에의 머리에 총알을 박은 게 그렇게 자랑스러워요?"

대화는 커다란 벽난로 연통을 타고 쥘리에게까지 올라왔다. 그 연통 덕에 총독의 방은 겨울에도 따로 난방을 할 필요가 없었다.

"크라메르, 고티에는 왜 죽였어요?"

크라메르는 말하지 않는다. 주위의 숲이 바람에 흔들리며 울부짖는다.

"이 글이 사실이라면 당신의 인물은 자기가 왜 고티에를 죽였는지 분명히 알 거예요. 당신은 그 인물을 출판사의 착취자들에 맞서 십자군 전쟁을 떠난 병사로 묘사했어요. 이걸 지금 고백이라고 하는 거예요? 크라메르, 현실 세계에 십자군 전쟁 같은 건 없어요, 그냥 살인자들이 있을 뿐이지. 당신도 그중 하나고요. 고티에는 왜 죽였어요?"

쥘리의 베개 밑에는 제식 권총이 잠들어 있다.

"고티에가 샤보트와 한통속이라고 생각해서 죽인 거예요?"

"아뇨."

"아니라고요?"

"그건 아니에요, 그 문제는 더는 중요하지 않았어요."

"중요하지 않다니 그게 무슨 말이에요? 고티에가 당신 책을 훔쳤다고 의심하고 죽인 게 아니란 거예요?"

"예. 그런 게 아니에요. 샤보트도 그래서 죽인 게 아니고요."

크라메르의 목소리는 거짓말하다가 말문이 막히는 바람에 갑자기 진실이 들통 나서 옴짝달싹 못하게 된 초등학생 같았다. 하늘이 무너졌다. 갑자기 비가 내렸다. 아주 높은 곳에서 떨어졌다.

"알았어요, 크라메르, 내 말 잘 들어요. 난 움직이는 건 딱 질색인데도 먼 길을 달려 여기까지 왔어요. 이제는 도 아니면 모예요. 당장 머릿속을 뒤져서 이 연쇄살인의 진정한 이유에 대해 명명백백하게 써요. 안 그러면 나는 짐을 싸서 파리로 돌아가겠어요. 지금 이 빗속에 돌아가겠다고요!"

"그게……"

(하지만 뱅자맹의 말로는, 자보 여왕은 토닥이면서 사람을 구슬리는 데도 능숙하다고 했다.)

"알렉상드르, 이건 확실히 하죠. 당신은 대단한 소설가예요. 잘난 척하는 인간들이 그걸 부인해도 그자들을 죽이지는 마요. 그자들은 계속 젠체하면서 당신의 상투적인 인물들을 비웃게 내버려두고, 당신은 편한 마음으로 글을 계속 써요. 당신은 방을 정리하듯 세상에 질서를 부여하는 소설가예요. 리얼리즘은 당신의 특기가 아니라고요. 당신 소설은 깨끗하게 정돈한 방을 보여줌으로써 독자들의 꿈을 충족시켜주는 거예요. 당신 소설이 성공한 걸 보면 알겠지만 독자들은 당신 작품을 열렬히 원하고 있다고요."

이제 여왕의 목소리는 폭우가 잦아든 하늘 같고 빗물받이 홈통의 속삭임 같다. 여왕의 목소리가 야스미나와 비슷할 때가 있다는 뱅자맹의 말은 사실이었다. 여왕은 크라메르를 씻겨줄 수도 있을 것이다. 구석구석 비누질하고 따뜻한 수건으로 문질러줄 수도 있을 것이다. 살인자도 여왕 앞에서는 꼼짝 못한다.

"문제는 이제 당신이 방을 나올 수밖에 없게 되었다는 거예요, 알렉상드르. 이제는 방이 아니라 세상을 정돈해야 해요. 이 난장판이 된 상황을 직시하고 왜 샤보트를 죽였는지 나한테 얘기를 해야 해요. 고티에도."

창백하고 약간 뻣뻣한 금발의 위대한 살인자(나이가 몇이나 되었을까?)는 결국 입을 열고야 만다.

"생티베르를 위해 복수하고 싶었어요."

여왕은 설득력 있는 목소리로 조심스레 대꾸한다.

"생티베르의 복수를 한다고요? 하지만 생티베르를 죽인 건 당신이잖아요, 알렉상드르……"

그는 입을 다문다.

그리고 말한다.

"그게 좀 복잡해요."

43

그는 16년 전부터 글을 쓰기 시작했다. 카롤린과 쌍둥이 형들을 죽인 뒤였다. 자전적인 내용은 전혀 없었다. 그가 3인칭 단수로 만들어낸 그의 주인공(그의 펜 아래서 너무나 자연스럽게 태어난 인물로 전 세계의 돈벌이 시장에서 서부영화의 주인공처럼 언제나 승리를 거뒀다)은 그 자신과는 정반대되는 인물이었다. 알아볼 게 너무나 많은 완전히 새로운 이방인이었고, 완벽한 감방 룸메이트였다.

알렉상드르는 무기수였다.

그는 전화 받으면서 메모지에 낙서하듯 긴장을 풀고 집중해서 글을 썼다. 통화중인 상대방의 이야기는 점점 귀에 들어오지 않고 그림에 집중하게 되는 것처럼 말이다. 알렉상드르는 글씨

체의 굵기 변화에 주의하면서 차분하고 꼼꼼하게 낙서에 골몰했다.

생티베르는 그 집중력에 반했다.

계속 쌓여가는 원고에 반했다.

생티베르는 호의를 베풀어 그를 샹프롱 감옥으로 이감시켰다.

샹프롱이든 어디든…… 알렉상드르는 계속 글을 썼다.

사실 그의 펜 아래서 태어나는 완벽한 청년들의 모습이 순전히 그의 상상의 산물이라고 할 수는 없었다. 그것은 그의 부친이 즐겨 하던 이야기였다. 똑똑한 아이들…… 크라메르의 아버지는 늘 남의 집 자식들을 부러워했다. 똑똑한 남의 집 자식들을…… "레르미티에 씨네 아들은 서른 살도 안 되어서 석탄공사 사장이 되었어." "뮐레 씨의 차남은 하버드에서 공부하고 있어. 이제 겨우 열일곱인데 말이야, 대단하지 않아?" "메트르시에 씨네 아들 기억나? SLV 인수 합병의 배후에 있는 게 그 녀석이야. 효모업계 세계 1위 기업의 지배주주가 된 거라고…… 고작 스물세 살밖에 안 되었는데!" 크라메르의 부친은 저녁식사 때마다 남의 집 자식 출세한 얘기를 입에 올렸다. 자기 자식들과 은근히 비교하면서. 두 쌍둥이 형은 바칼로레아도 통과하지 못해 개방대학에서 법학 공부를 하면서도 쩔쩔맸고 알렉상드르는 중학교를 마치자마자 공부를 포기했다. 부친은 나름의 방식으로 자위했다. "가방

끈이 대수냐. 페랭 씨네 아들은 공부는 정말 못했지만 지금 얼마나 잘나가는데. 그 녀석이 만든 볼베어링이 얼마나 잘 팔린다고. 얼마 전에는 일본에 공장을 새로 설립했다더라……"

알렉상드르는 글을 썼다.

알렉상드르는 아버지의 망상을 고스란히 글로 옮겼다. 그렇다고 아버지의 말을 기억나는 그대로 옮긴 것은 아니다. 기억에서 재료는 전부 지워버리고 체계적이고 진지하게 상상력을 발휘했다. 알렉상드르의 상상은 얌전했다. 그는 기성 질서를 거스르려 하지 않았다. 그는 당연한 질서에 따라 묘사했다. 주인공이 모든 일에 성공을 거두도록 세계를 정돈하고 배치하면 마음이 편안해졌다. 문장을 고쳐도(항상 자를 대고 취소선을 그었다) 내용을 바꾸기보다는 글씨를 더 예쁘게 쓰려고 그러는 경우가 많았다. 그는 저녁때까지 원고를 직육면체 모양으로 높다랗게 쌓아갔다. 직육면체의 모서리는 완벽한 일직선을 이루었다.

생티베르는 자신의 프로젝트를 추진하던 초기에 알렉상드르를 만났다.

생티베르는 말하곤 했다. "자네가 없었다면 샹프롱은 불가능했을 거야."

"자네가 이 교도소의 창립 멤버라고 생각해도 좋아."

그것은 깡충깡충 뛰면서 돌아다니는 재기발랄하고 확신에 찬

법무부 차관 샤보트가 한 말이었다. 샤보트의 샹프롱 시찰은 교도소의 운영 예산 확보에 결정적인 역할을 했다.

알렉상드르는 글을 썼다.

그의 감방은 원형으로, 알렉상드르는 천창 하나만 남기고 창문을 막아서 방이 책으로 사면을 두른 빛의 우물처럼 보이게 만들었다.

16년간의 행복이었다.

그러던 어느 아침, 마침내 생티베르의 앳된 약혼녀가 천진난만하게 알렉상드르의 책상 위에 J. L. B.의 소설 한 권을 두고 갔다.

크라메르는 거의 두 주가 지나서야 그 책을 펼쳐보았다. 다음날 생티베르의 결혼식이 있을 거라는 공지를 다시 받지 않았다면 그는 아마 평생 그 책을 펼치지 않았을 것이다. 알렉상드르는 소설을 읽지 않았다. 알렉상드르가 읽는 것은 소설 집필에 필요한 자료들뿐이었다. 『크세주 총서』나 백과사전 등이 몽상의 양분이 되었다.

J. L. B.의 책을 읽기 시작했을 때 그는 그것이 자기 글임을 알아보지 못했다. 자기 작품이라는 것을 알아차리지 못했다. 깨끗이 인쇄된 활자, 문단간의 리듬, 여백의 공란, 책 모양으로 묶였다는 사실 자체, 표지의 차가운 감촉 때문에 그는 착각했다. '월스트리트에서의 마지막 키스'라는 제목도 처음 보았다. (그는 글

을 쓰면서 책을 어디서 끝낼지 전혀 걱정하지 않았고 제목을 붙이는 일도 없었다. 전체가 균형을 잡으면 한 권이 끝난 것이고 자기만 아는 친숙한 느낌으로 제목을 대신했다. 그러고 나면 그는 멈추지 않고 그대로 다른 이야기의 도입부를 써내려갔다.) 게다가 완성된 작품을 다시 읽어본 적도 없기에, 자기 책을 읽으면서도 그게 자기 작품이라는 것을 깨닫지 못했다. 인물명은 모두 바뀌었고 지명도 약간 달라져 있었다. 그만의 호흡은 무시한 채 장章이 나뉘어 있었다.

마침내 그는 알아차렸다.

알렉상드르 크라메르가 엉뚱한 옷을 입은 채 눈앞에 있었다.

그는 놀라서 정신을 잃지도 않았고 분노가 끓어오르지도 않았다.

그날 밤 그는 자기 방을 나와 생티베르의 숙소로 갔다. 그는 여러 가지 아주 구체적인 질문을 던질 생각뿐이었다. 궁금증을 풀고 싶은 것 이상은 아니었다. 이 소설을 훔친 게 정말 생티베르일까? 다른 책들도 훔쳤을까? 그렇다면 왜? 이런 유치한 글을 출판해서 돈을 벌 수 있나? 알렉상드르는 바보가 아니었다. 그의 유아적인 서사시는 상업적인 가치라는 면에서 유치원 담장의 낙서보다 나을 게 없었다. 행복한 감옥 생활을 꿈처럼 표현한 것에 불과했다. 그는 단 한순간도 자기가 유배된 소설가라는 식의 생각은 하지 않았다. 자기가 글을 쓰는 것은 자수용 재봉틀로 똑같은 문양을 계속 만들면서 재미있어하는 것과 비슷하다고 생각했다. 그런 종류의 행복감이었다. 생티베르의 다른 재소자들도 마찬가지였다. 화가든 조각가든 음악가든, 그들은 모두 알렉상드르처럼 시간을 잊은 채 살고 있었다. 심지어 베르길리우스를 세르보 크로아트어로 번역하는 일에 매달려 있는 스토질코비치라는 유고슬라비아인은 형기를 두 배로 늘려달라고 상고할 생각도 했다. 그 말에 생티베르는 웃으며 대답했다. "스토질, 그런 사소한 문제는 걱정하지 마세요, 형기가 끝나면 명예회원으로 모시겠습니다."

그렇다. 그날 밤 생티베르의 숙소를 향해 걸어가고 있던 사람은 살인자가 아니었다.

*

"게다가 당신이 왜 생티베르를 죽였는지 잘 이해가 되지 않아요." 베르코르의 분노를 뒤집어쓴 농가에서 여왕이 말했다. "죽일 생각은 조금도 없이 그의 사무실로 가고 있었는데, 도중에 변신을 해서 생티베르의 방문을 두드릴 때는 랭보가 람보가 되어 있었다는 거예요? 당신의 다른 책들의 주인공이 자기 몫을 요구하기라도 했나요? 알렉상드르, 그 말은 믿을 수가 없어요. 도대체 실제로 무슨 일이 있었던 거예요?"

*

실제로? 평소와 다름없이 알렉상드르는 노크를 하지 않고 문을 열었다. 그는 손에 책을 들고 있었다. 생티베르는 거울 앞에 서서 결혼식 예복을 입어보고 있었다. 검은 바지에 흰 셔츠 차림이었다. 생티베르는 고개를 끄덕였다. 생티베르는 몸매가 날씬해서 낡은 트위드 정장 재킷과 벨벳 바지를 걸치고 다니는 게 익숙했다. 하지만 이제 턱시도를 입고 나니 낯설어 보였다. 결혼 케이크의 빙하 위에 박힌 미심쩍은 표정의 펭귄 같았다. 그는 몸을 돌리다가 크라메르의 손에 들린 책을 보았다. 그러자 그는 더욱더 낯선 사람이 되었다. 옷을 쫙 빼입고서 악당의 본색이 들통난 것이다.

"크라메르, 여기서 뭐 하는 거지?"

반응도, 말도, 창백한 얼굴도 평소의 생티베르와는 완전히 딴판이었다. 그의 내면에 있던 교도소장이 튀어나온 것 같았다. 그것도 무장한 죄수에게 잡혀 한밤중에 자기 사무실에 감금된 교도소장이. 그때 크라메르는 자기도 언제나 그런 죄수에 불과했다는 사실을 불현듯 깨달았다. 바깥세상에서와 마찬가지로 여기서도 도둑질당한 것이다. 그리고 예전에 카롤린과 쌍둥이 형들이 한 침대에 누워 있는 것을 발견했던 때와 완전히 똑같은 일이 벌어졌다. 생티베르는 전등 받침에 관자놀이를 맞아 즉사했다.

크라메르는 생티베르의 시신을 난자했다.

차근차근 꼼꼼하게 체계적으로.

범인이 여럿이라고 믿게 하려고.

경찰은 속아 넘어갔다.

다음 날 크라메르는 교도소 마당에 서서 다른 죄수들과 함께 생티베르의 죽음에 눈물을 흘렸다. 그는 몇 주 동안 다른 죄수들과 함께 경찰의 심문에 시달려야 했다. 수사는 지지부진했다. 곧 일상이 돌아왔다. 새 교도소장이 부임했지만 운영 방침은 동일했다. 교도소의 체제는 아무것도 바뀌지 않았다.

알렉상드르는 다시 글을 쓰기 시작했다. 그는 공들여 글씨 쓰는 즐거움을 되찾았으며, 종잇장 가득 앞뒤로 새까맣게 글씨를 채우는 일로 도피할 수 있었다(그는 쪽수를 매기는 법이 없었다). 그가 쓴 글에서는 모든 것이 명확했다. 그는 이번에는 자기 인생을 이야기하기로 했다. 도둑질당하려고 태어난 인생 같았다. 두 형의 살해에서 카롤린의 희생을 거쳐 생티베르를 죽인 것까지 그는 약탈자들을 처형하는 것으로 만족했다. 그는 고백록을 쓰기로 결심했다(하지만 여왕의 말이 옳았다. '고백'이란 말은 정확하지 않았다. 그는 평온한 3인칭으로 그 글을 썼으니까).

그는 수술 이야기로 시작했다.

그 야만적인 수술이 모든 일의 시작이자 끝이었다.

수술받기 전까지 알렉상드르는 생글생글 잘 웃는 아이였고 쌍둥이 형들과 잘 어울려 놀았다. 하지만 가끔씩 호흡곤란으로 발작을 일으켰다. 그것은 고통스러우면서도 달콤한 경험이었다. 허파에 공기가 부족해 물에 빠진 사람처럼 팔을 허우적댔지만 취한 것 같으면서도 정신은 맑았고 세상만물이 너무나 또렷하게 보였다. 그래서 평생을 풍차가 발광한 것처럼 두 팔로 프로펠러 짓을 하며 살게 되더라도 싫지 않을 것 같았다. 하지만 부친과 외과의학은 생각이 달랐다. 하루는 알렉상드르가 깔깔 웃다가 웃음을 멈추지 못하더니 또 곧 죽을 사람처럼 헐떡거리면서 거친 숨을 몰아쉬었다. 그러자 아버지는 어린 아들을 병원으로 데려갔고 엑스레이를 여러 차례 찍은 결과 아이의 흉부에 이상한 것이 있다는 게 밝혀졌다. 의사들은 가슴을 열고 살과 털이 엉긴 덩어리를 끄집어냈다. 그것은 알렉상드르의 쌍둥이 형제였다. 죽은 태아가 알렉상드르의 심장을 휘감고 있었다. 태아가 쌍둥이 형제를 잡아먹는 것은 의학계에 심심찮게 보고되는 일이었다. 하지만 그래도 쉽게 볼 수 있는 일은 아니었기에 인턴과 의 대생들이 환호성을 지르며 소년의 병실로 몰려왔다.

"전형적인 케이스야." 누군가가 말했다. "이 못된 놈이 동생을 잡아먹은 거야."

사람들은 동생을 유리병에 담아 가져갔다. 알렉상드르는 유리병에서 이빨 하나가 반짝이는 것을 본 것 같았다. 사라져가는 웃음의 마지막 외침이었다.

알렉상드르는 전지가위로 게딱지를 연 것 같은 무지막지한 흉터를 달고 집에 돌아왔다.

알렉상드르는 열 살짜리 어린애였다.

자신의 절반을 절단당한 것이었다.

44

여왕은 식사량이 적었다. 자기 말로는 분재盆栽를 키우는 것처럼 날씬한 몸매를 유지한다고 했다. 거대한 볼 사이로 씹고 있는 콩알만 한 음식은 오직 생명을 유지하기 위한 것이었다. 한 숟가락이라도 더 먹었다간 체면 차리지 않고 화장실로 올라가 토해버렸다. 줄리는 요리를 매우 잘했다. 줄리는 여왕이 과식하는 게 자기 탓이라 생각하며 조심하겠다고 다짐했다. 내일 저녁에는 파이를 하지 말아야지. 파이가 있건 없건 다음 날 크라메르의 붕대를 갈고 있으면 여왕이 분재를 가지치기하는 소리가 들렸다. 크라메르의 상처는 아물었다. 손가락이 잘린 자국을 보면 그것도 가지치기 한 것 같았다. 손의 상처 주위로 새살이 돋고 있었다. 늙은 나무의 유상조직 같았다. 손을 보지 않으면 크라메르가

장년의 남자라는 것을 알 수 없었다. 다른 곳은 소년의 모습이 닳지 않고 그대로 남아 있었다.

"항생제는 이제 그만 먹어요." 쥘리가 말했다.

여왕은 신기할 만큼 투실투실한 손으로 나무 난간을 꽉 쥐고 조심스레 계단을 내려왔다.

"이제 생각이 났는데, 뱅자맹의 동생인 제레미 말로센이 우리 회사 창고에 불을 지르기로 했대요." 여왕이 말했다.

그녀는 자리에 앉았다.

"보리수차 한 잔 마실 수 있을까요?"

쥘리는 허브차를 준비했다.

"크라메르, 출판사라는 것이 어떤 것인지, 어떻게 운영되는지 얘기해줄게요. 그러니까 적어도 우리 회사 기준으로요…… 어쨌든 나는 당신의 편집자니까요……"

그들은 아침에 일찍 일어났다. 날씨가 나쁘지 않으면 우선 산책을 했다. 이 계절에 베르코르에서 사람을 만날 염려는 없었다. 여왕은 크라메르의 팔을 잡고 앞장서서 걸었다. 쥘리는 총독의 우비 속으로 권총의 무게를 느끼며 따라갔다. 로상스 계곡에 동이 트고 있었다.

"알렉상드르, 생티베르를 죽이고 나서 왜 바로 탈옥하지 않았어요?"

"조용히 고백록을 쓰고 싶었어요."

"그러면 왜 결국 탈옥한 거예요?"

"그들이 나를 죽이려고 사람을 보냈거든요."

*

피아니스트였다. 피아니스트는 샹프롱의 모든 사람들에게 호감을 얻었다. 피아니스트는 연주회를 했다. 그는 글렌 굴드처럼 흥겹게 웅얼거리면서 악보 없이 연주했다. 죄수들은 좋아했다. 하지만 크라메르는 새로 오는 죄수는 무조건 경계하겠다고 다짐한 뒤였다. 어느 밤 피아니스트가 그를 덮쳐 목을 조르려 하자, 크라메르는 그의 목에 무쇠 자를 20센티미터가량 쑤셔박았다. 크라메르는 돈을 최대한 챙겨 탈옥했다. 3인칭으로 쓰기 시작한 고백록 원고도 가져갔다.

어느 죄수도 나가고 싶어하지 않은 감옥에서 탈옥하는 것은 어려운 일이 아니었다.

반대로 감옥 밖에서 살아가는 것은 쉬운 일이 아니었다.

도시들은 단성생식으로 혼자 번식했다. 16년 사이에 파리는 크라메르가 보지 못한 새로운 도시를 낳았다. 옷도, 차도, 건물도 모양이 변했다. 길거리에서 들리는 소음도 예전과 달랐다. 전철 표는 그대로였지만, 표를 넣는 구멍은 어떻게 작동하는 것인지 알 수가 없었다. 항공사와 여행사들은 저렴한 가격에 다른 대륙으로 탈주할 것을 권유했다. 하지만 시선이 그 벽보들까지 올라가지 않았다. 크라메르는 벽은 다른 광고들이 차지하게 내버려두고 대신 바닥을 뒤덮어버릴 생각을 한 천재적인 젊은 홍보 전문가를 상상하며 놀라움에 빠졌다. 플랫폼, 인도, 활주로 할 것 없이 바닥이란 바닥은 모조리 광고로 도배되어 있었다. 꿈은 모든 이의 발치에 있었다. 크라메르는 자기 이야기를 완성하고 나면 그 홍보 전문가의 이야기를 쓰겠다고 마음먹었다. 그런데 파리의 벽들 중 일부는 크라메르의 이야기를 하고 있었다. 그는 고개를 들어 광고 벽보들을 쳐다보았다. 포스터들이 광고하고 있는 상품 대부분은 크라메르로서는 용도를 알 수 없는 신기한 물건이었다. 하지만 포스터 몇 개는 그의 이야기를 하고 있었다. J. L. B. 혹은 자유주의 리얼리즘—한 남자, 한 가지 확신, 한 권의 작품!—2억 2500만 부의 판매 신화! 그리고 한 남자의 얼굴이 있었다. 그 자신의 얼굴인 셈이었다. 결국 생티베르는 중개업자에 불과했다…… 걸으면 걸을수록 포스터는 점점 많아졌다. 파리는 이제 크라메르에게 그 얘기밖에 하지 않았다. 크라메르는 이 도시에 혼자 있는 게 아니었다. 길거리 모퉁이마다 그의 분신이 그에게 윙크를 했다. 그는 클라라가 두고 간 책을 발견했을 때 느꼈던 즐거움에 가까운 놀라움의 감정을 다시 느꼈다. 분통을 터뜨리고 순식간에 복수에 굶주린 야수로 돌변하는 게 정상이었을 것이다. 하지만 그것은 나중 일이었다. 그가 보인 최초의 반응은 호기심이었다. 어떻게 된 일인지 흥미가 생겼다. 그는 서점을 돌아다니며 물어보았다. "아니, 어떻게 J. L. B.를 몰라요?" 서점 직원마다 놀라움을 감추지 못했다. 세상에 J. L. B.를 모르는 사람이 있단 말이야? 15년 동안 2억 2500만 부가 팔린 작가라고! 2억 2500만 부가 어느 정도인지 짐작은 하는 걸까? 전혀 모르겠지. 직원들은 심지어 J. L. B.의 인세 수입을 계산해주기까지 했다. 거기에 대략적인 영화 판권 액수까지 나왔다. J. L. B.는 제국이었다. 출판사는 어디예요? 바로 그게 탁월한 점이죠. 이름도, 얼굴도, 출판사도 없어요. 시대가 낳은 책인 거죠. 아니, 독자들이 낳은 책이에요. 게다가 '구매 동기'에는 그런 면이 분명히 나타나 있어요. 손님들은 "이 사람 진짜 잘 써요. 나하고 생각이 똑같아요"라는 말을 자주 해요. 정말 대단한 마케팅 전략인 거죠! 사실 판매가 약간 부진했어요. 그래서 J. L. B.의 정체를 밝히겠다는 결정을 한 거겠죠. 신작 『통화의 제왕』의 공개 발표장은 대단한 축제가 될 거예요.

지하철역 통로에서 어린애 하나가 씹고 있던 껌을 J. L. B.의 입가에 붙였다. 크라메르는 별생각 없이 지나다가 놀라서 그 자리에 얼어붙었다. 어린 시절 의사들이 그의 가슴에서 끄집어낸 살과 털이 엉킨 덩어리를 담아 간 유리병에서 반짝이던 그 이빨이었다. 크라메르는 맞은편 벽에 몸을 기대야 했다. 가슴이 진정되자 그는 정성껏 껌을 떼어냈다.

그는 그 얼굴을 바라보기 시작했다. 그는 벽보판 맞은편의 벤치에 몇 시간 동안 앉아 있었다. 포스터 속의 남자는 불룩한 볼, 힘찬 눈썹을 스칠 듯 지나가는 시선, 비웃는 듯하면서도 관능적인 입술, 토실토실한 턱, 이마 가운데서 양쪽으로 나누어 딱 붙인 머리 등이 합쳐지면서 영혼을 팔아 시대를 얻은 창조자인 양 살짝 파우스트 분위기가 났다. 하지만 시간대가 변해 조명이 달라지면 크라메르를 계속 바라보고 있는 두 눈 깊은 곳에서 순진무구한 장난기가 엿보였다. 이제 크라메르는 포스터가 나타나도 놀라지 않았다. 그는 포스터가 언제 나타날까 예상했다. 그것은 그와 그의 분신 사이의 놀이가 되었다. 그는 광고 부착용 기둥 뒤에 숨어 있는 포스터를 기습한 뒤 "이번엔 내가 이겼어" 하고 중얼거렸다. 지나가는 버스에서 분신의 사진이 웃으며 멀어지는 것을 뒤늦게 보고서는 "내가 당했네!" 하고 소리치기도 했다. 그들은 그렇게 장난치며 놀았다.

저녁이 되면 크루스마이어(프랑스어를 더듬더듬 하는 독일인 사업가)라는 이름으로 투숙한 호텔 방에서 하루 동안 받은 인상을 서둘러 적었다. 그것은 때가 되면 그의 고백록에 적절한 자리를 차지할 것이다. 그는 잠자리에 들기 전에 자기 작품을 조금씩 읽어보았다. 서점에서 산 것이었다. 진짜 책이었다. 차가운 표지, 큼직한 제목, 상단에 수수께끼 같은 대문자로 박힌 정복자의 이니셜 J. L. B., 하단에 겸손하게 이탤릭체 소문자로 적힌 동일한 이니셜 *j. l. b.* 등등. 작품 받침돌에 이니셜을 새기는 조각가와 같은 편집자의 세심함이 돋보였다. 그렇게 해서 그는 자기가 작가가 되었다는 사실을 발견했다. 그는 자기 책이 힘 있는 작품이라는 것을 깨달았다. 대지와 같은 단순하고 원초적인 힘이 그의 책들을 벽돌처럼 단단하게 만들어주었다. 그리고 2억 2500만의 독자가 그의 작품에서 자신의 뿌리를, 인생의 의미를 발견했다. 그것은 전혀 놀라운 일이 아니었다. 더구나 그의 성 크라메르Krämer는 독일어로 '가게 주인'이라는 뜻이고, 그의 이름은 정복자 알렉산드로스 대왕이었다. 알렉상드르 크라메르! 게다가 그의 작품은 전 세계를 정복하는 돈벌이의 서사시였다. 즉 금세기 인류의 역사였다. 그는 자기가 어떻게 그 오랜 세월 동안 감옥에서 자기의 작업을 유치한 어린애 장난이라고 생각할 수 있었는지 이해가 되지 않았다. 답은 명백했다. 그를 어린애 상태로 있게 한 것은 생티베르였다. 그와 샹프롱의 동무들 모두를. 동무들이라니…… 그는 초등학생처럼, 막돼먹은 기숙학교 학생처럼,

동료 재소자들을 칭했다.

그는 고백록에서 생티베르의 살인에 관한 부분을 수정했다. 그 부분을 다시 썼다. 변신은 복도에서 일어났다. 크라메르는 몇 미터를 걷는 사이 어른이 되었고, 생티베르를 죽인 것은 파우스트였다. 파우스트는 악마에게 복수를 했다.

그의 작품을 훔쳐 감으로써 그의 가슴을 게딱지 열듯 다시 찢어놓은 J. L. B.도 죽일 것이다.

그는 이제 포스터를 쳐다보지 않았다.

그는 처형을 준비했다.

공개 처형을 원했다.

J. L. B.가 베르시 종합체육관에 모습을 드러냈을 때 죽일 작정이었다. 게다가 J. L. B.는 광고로 희생 날짜와 시간, 장소를 지정해주어 그와 약속을 잡았다. 〈플레이보이〉에 실린 J. L. B.의 인터뷰가 그의 계획을 공고히 해주었다. 바보 같은 답변을 그렇게 거만하게 한 것만으로도 본보기로 벌을 받아 마땅했다.

그는 레오뮈르 로에 있는 장인의 총포상에서 무기를 구했다. 그 집 사람들과 잘 아는 사이였으므로 평범한 손님처럼 가게에 들어갈 수는 없었다. 하지만 장인의 집이 가게와 통했다. 그는 사람들이 전부 교외로 놀러 나가는 어느 화창한 일요일에 작전을 실행했다. 그는 조준경이 달린 22구경 스윈리 총을 골랐고,

스스로를 방어해야 할 상황에 대비해 권총 두 자루를 챙겼다. 그는 장인의 집에서 현찰을 찾아냈다(카롤린의 어머니는 은행을 믿지 못해 침대 시트 사이에 현금을 감춰두었고, 카롤린은 어릴 때부터 매주 조금씩 그 돈을 꺼내 썼다). 샹프롱에서 챙겨 나온 돈이 거의 다 떨어져 마침 필요하던 참이었다.

이제는 사전 탐색을 할 시간이었다.

크라메르는 종합체육관을 둘러본 뒤 큰 조명기기 두 개 사이에 나 있는 철제 가교를 저격 지점으로 낙점했다. 누가 그가 있는 쪽을 올려다보아도 조명이 강해 아무것도 볼 수 없을 것이다.

처형일 저녁, 그는 카빈총을 앞에 놓아둔 채 두 조명기기 사이의 가교에 자리잡았다. 스미스앤웨슨 권총이 바지 벨트에 끼워져 있었다. 다른 권총은 비닐봉지에 싸서 뤽상부르 공원에 묻어두었다. 호텔 방보다는 훨씬 안전한 장소였다.

가교 아래로 장내에 사람들이 들어차고 있었다.

그가 미녀를 처음 본 것은 그때였다.

45

조준경에 미녀가 나타났을 때 그는 충격을 받았다. 그녀는 아름다웠고 남자들이 그녀를 둘러싸고 있었다. 하지만 어느 누구도 자기들의 선망이 만들어낸 원 내부로 들어갈 엄두를 내지 못했다. 그는 미의 역설을 알아보았다. 미녀는 제국을 통치한다. 하지만 그 제국은 갈망 때문에 출입이 폐쇄되어 주민이라곤 그녀뿐이다. 그 역시 같은 경험이 있었다. 그는 어릴 때 너무 잘생겨서 친구가 없었다. 지극히 아름다운 사람들은 별개의 종족이었다. 미녀는 그 종족의 일원이었다. 그가 자기 소설에서 그녀를 얼마나 자주 묘사했던가! 그런데 지금 그녀가 남자들에게 둘러싸인 채로 그의 조준경 앞에 서 있었다!

그가 J. L. B.를 사살하자 미녀는 인파 속에서 속에 있는 것을 게워냈고, 그는 그녀의 몸이 그렇게 폭발하는 것을 세상에서 가장 근사한 사랑 고백으로 받아들였다. 그녀는 그가 죽었다고 믿고 있었다. 그녀는 그에게 화산처럼 성대하게 조의를 표하고 있었다. 그녀는 무대 위에 서 있던 남자가 그가 아니라 그의 조악한 모조품이라는 것을 알지 못했다. 그녀는 좋아하는 작가가 죽었다고 생각하고 있었다. 하지만 그녀의 작가는 바로 그 순간 그녀를 발견한 것이다!

그날 저녁, 그는 이 문장들을 그대로 노트에 쏟아냈다.

그는 인파가 빠져나가기를 기다렸다가 미녀를 몇 걸음 뒤에서 따르면서 체육관을 나왔다. 그는 그녀와 같은 지하철 칸에 탔다. 그는 그녀가 사는 건물까지 그녀를 따라가 층수와 호수를 확인했다. 그는 호텔을 옮겨 그녀의 방 창문과 멀지 않은 곳에 방을 잡았다. 그리고 그날 밤에도 여느 밤처럼 글을 썼다. 그는 피아니스트를, 피아니스트를 죽인 일을 묘사하는 중이었다. 그의 인물인 '그'는 무엇을 해야 할지 완벽히 알고 있었다. '그'는 자신의 정체성을 되찾고 출판사를 찾아내 출판사가 모습을 드러내도록 강요할 작정이었다. 오직 그때에만 미녀에게 자신을 소개할 수 있을 것이다. 그리고 그것은 크라메르 자신의 계획이기도 했다.

하지만 그는 사냥에 나서기 전 그녀를 한 번 더 보고 싶었다. 그녀가 가발을 써도 알아볼 수 있었다. 걸음걸이 덕이었다. 엄청나게 단호한 걸음새였다. 그는 그녀를 떠날 힘이 없었다. 또한 그녀가 왜 가발을 쓴 것인지, 그렇게 단호한 걸음으로 어디를 가는지도 알고 싶었다. 그는 그녀가 렌터카 대리점을 돌아다니는 것을 보았고, 하녀방 여러 곳을 들르는 것을 보았으며, 다양한 가발에도 익숙해졌다. 그는 크루스마이어라는 이름으로 렌트한 소형 르노를 몰았다. 그는 그녀가 퐁프 로路의 한 저택 주변에서 무슨 일인가를 꾸미고 있는 것을 보았다. 렌터카 세 대가 표적을 세모꼴로 에워싸고 있었다. 그녀는 외모와 차를 바꿔가며 저택을 계속 감시했다. 비상시에 빨리 퇴각하기 위해서인지 차 열쇠는 계기판 위에 올려두었다. 그는 이 포위 작전의 목표가 무엇인지 몰랐다. 하지만 샤보트 장관을 본 순간 모든 게 이해가 되었다. 그녀는 샤보트 장관의 배에 권총을 겨눈 다음 조금 전 그녀가 들이받았던 메르세데스에 장관과 함께 탔다. 워낙 순식간에 일어난 일이라 크라메르는 인도에 서 있다가 허를 찔렸다. 그는 그녀가 옆 골목 교차로에 세워둔 BMW로 허겁지겁 달려가 메르세데스를 따라잡으려 했다. 다행히 메르세데스는 위엄 있게 천천히 굴러갔다. 메르세데스가 불로뉴 숲 어귀에 멈추자 그는 가까운 곳에 차를 세우고 덤불 속으로 들어가 그들에게 다가갔다. 정말 샤보트였다. 17년 전 그의 작업에 감탄하던 정력적인 법무부 차관이 맞았다. 나이를 먹었어도 그 인정머리 없는 성질은 그대로였다. 못 알아볼 수가 없었다. 그런데 미녀는 어떻게 샤보트를 아는 것일까? 그녀가 샤보트를 죽이지 않으면 샤보트에게 물어볼 생각이었다. 그녀는 장관을 죽이지 않았다. 그녀는 샤보트를 어둠 속에 내팽개치고는 메르세데스를 몰고 사라졌다. 크라메르는 샤보트를 땅바닥에 쓰러뜨렸다. 샤보트는 덤불 속 이끼에 코를 박고, 크라메르는 장관의 목덜미에 권총을 박았다.

"5분 만에 두 번이라니, 좀 너무하잖아." 장관이 조용히 투덜댔다.

크라메르는 그를 돌려 눕혔다.

"크라메르, 자네였나? 그러면 베르시에서도 자네 짓이었어? 축하하네…… 자네는 희생자보다는 살인자 역할을 맡겼을 때 더 협조적이군."

전혀 무서워하는 기색이 아니었다.

샤보트는 즉시 테이블에 자기 패를 펼쳐 보였다.

그렇다, 샤보트가 그의 작품을 훔쳤다, 이제 어찌할 도리가 없자 샤보트는 실토했다. 하지만 그의 행동에도 칭찬받을 구석은 있었다. 수익의 상당 부분이 샹프롱 교도소 운영비로 쓰인 것이다.

"말이 나왔으니 하는 말인데, 생티베르를 죽인 건 잘못이야. 그 불쌍한 친구는 아무 잘못이 없어. 자기 주머니에는 한 푼도 챙기지 않았다고. 진정한 성인聖人이었지. 하지만 우리가 사는 세상에서는 성인들도 현실감을 가져야 해. 그래, 그렇지 않았다면 샹프롱도 여느 감옥과 다를 바 없었을 거야."

샤보트는 크라메르의 침묵을 오해했다.

"크라메르, 왜? 놀랐어? 뭐야, 설마 샹프롱 교도소가 국가 예산으로 운영되는 줄 알았던 거야? 살인자들더러 예술가 행세를 하라고 국고를 열어줄 나라가 있을 것 같아? 그것도 프랑스 정부가?"

크라메르는 미녀가 누구인지 물었다.

"전혀 아는 바 없어. 무대에서 자네 역할을 하던 놈을 내가 왜 죽였는지 궁금해하더군. 어처구니없지 않아? 하여튼 크라메르, 이제 사업 얘기를 하자고. 내 제안을 들어봐……"

그는 샤보트를 다시 돌려 눕히고 방아쇠를 당겼다.

*

"생티베르의 복수를 하려고 그랬다고요?"

크라메르는 옆에 앉은 슬픈 표정의 여왕에게 그렇다고 고개를 끄덕였다.

"크라메르, 사람 죽인 것에 무슨 핑계가 그렇게 많아요?"

그들은 낮은 목소리로 말했다. 황토색과 갈색이 섞인 기다란 풀뱀 한 마리가 접시꽃 사이를 헤치며 평평한 돌 밑에 쥘리가 놓아둔 우유 컵 받침 쪽으로 움직였다.

"그러면 고티에는요?"

"출판사 직원을 모조리 죽일 생각이었어요."

"왜요?"

"아마 생티베르를 죽이고 나서 제가 진짜 살인자가 된 거겠죠……"

"진짜 살인자라니 그게 무슨 말이에요? 그 정도면 충분히 진짜로 살인한 것 같지 않아요?"

풀뱀은 천천히 전진했다. 하지만 똬리 하나하나는 채찍처럼 빨리 휘감겼다. 힘이 담겨 있었다. 결심이 임박한 것처럼.

"아버지가 살아 계실 때도 같은 자리에 이놈하고 똑같이 생긴 풀뱀이 살았는데……" 쥘리가 자보와 크라메르에게 말했다.

*

고티에를 죽인 것은 〈플레이보이〉에 J. L. B.의 비서 자격으로 실린 사진 때문이었다. 미녀(이번에는 갈색 가발)가 몽수리 공원 옆 가장 로에 고티에를 두고 떠나자, 크라메르는 질문도 하지 않고 곧바로 고티에를 죽였다. 자신의 작품을 훔쳐 감으로써 생티베르의 작품을 파괴한 자들을 모조리 죽일 작정이었다. 그것이 그의 새 결심이었다. 그는 이제 자기 원한을 풀려고 복수하는 게 아니라, 생티베르의 복수를 하고 있었다. 그런데 어찌 된 영문인지 미녀가 그를 목표물로 인도했고, 죄인이 누구인지 알려주었다. 그들은 한 팀이었다. 그녀가 그를 곧 럭비선수처럼 몸이 단단한 남자에게 인도할 거라는 것은 의심할 나위가 없었다. 그 남자는 〈플레이보이〉의 다른 사진에서 유쾌한 얼굴로 J. L. B. 옆에 서 있었다. 미녀는 그의 파일럿피시였다. 그녀는 개인적으로 조사를 진행했는데 그것이 그의 조사와 겹쳤다. 그녀가 샤보트와 고티에를 살려준 것은 그들이 그녀에게 이 사건의 수뇌부를 밝혔기 때문인지도 몰랐다. 그녀는 음모의 정점으로 올라가고 있었고, 크라메르는 그녀가 오르는 길을 따라가다가 도중에 마주치는 사람들을 하나도 살려두지 않았다.

샤보트를 처형하고 흥분에 빠져 있던 중에 근사한 아이디어가 떠올랐다. 미녀를 위험에 빠뜨리자! 수사관들이 미녀를 추적하게 만들자. 이유는 두 가지였다. 그는 번호를 매겼다. 1. 죄인들을 처형할 때 행동이 자유로울 수 있다. 2. 여자가 잡혔을 때 구해줄 수 있다. 그는 이제 그 순간만 기다리며 살았다. 그녀 대신 체포되어 자수할 순간을. 자기 자신이 투항해 그녀의 무죄를 증명할 순간을. 그런 생각을 하다보니 즐거우면서도 정신이 맑아져 바야흐로 쾌활하고 누구도 꺾을 수 없는 살인자가 되었다. 예전에 호흡곤란이 생겼을 때 세상 만물이 명확히 보이던 것처럼 세상이 또렷이 눈에 들어왔다. 그녀를 구할 때 그녀에게 할 말도 준비되어 있었다. 어쩌면 제대로 대면할 틈도 없이 스쳐 지나갈지도 모르지만 그 말을 할 시간은 있을 것이다. 미소 지으며 그녀를 손가락으로 가리키면서 말하리라.

"저기요…… 당신을, 바로 당신을 사랑해요."

그보다 아름다운 사랑 고백은 상상할 수가 없었다.

"바로 당신을 사랑해요."

단어와 단어 사이에 잠시 뜸을 들일지도 모른다.

"바로…… 당신을 사랑해요."

뜸을 들이지 않을지도 모르고.

*

"크라메르가 기절했다가 깨어나서 처음 한 말도 그거였어요."

"뭐가요?"

"그 말요. '바로 당신을 사랑해요.'"

"설마?"

"토씨 하나 틀리지 않고 그렇게 말했다니까요."

여왕과 쥘리는 낮은 목소리로 말했다. 크라메르는 부엌 옆방에서 자고 있었다. 여왕은 살인자를 정말로 침대에 밀어넣었다. 새벽같이 일어나야 했다. 막중한 임무가 그들을 기다리고 있었다. 크라메르의 고백록을 전부 다시 손질해 주어를 모두 1인칭 단수로 바꾸고 영웅이라도 된 것처럼 으스대는 단락을 모조리 다시 써야만 했다. "알렉상드르, 할 수 있겠어요?" 그는 고개를 끄덕였다. "알았어요. 그러면 이제 자요." 여왕은 살인범의 이마에 투실투실한 손을 얹었다. 그녀가 마지막으로 그런 식으로 만졌던 사람은 말로센이었다. 살인자에게 저격당하기 불과 몇 분 전의 일이었다. 여왕의 투실투실한 손길 아래 크라메르는 잠이 들었다.

"상황이 꽤 묘하긴 해요." 여왕이 허브차를 앞에 두고 쥘리에게 말했다. "여자 둘이 베르코르 산골짝에 틀어박혀 살인자의 사회 복귀를 준비하고 있다니…… 감옥으로의 복귀이긴 하지만."

그것이 여왕과 쥘리의 결정이었다. 크라메르의 고백록을 정리해서 쿠드리에 총경에게 전해주어 경찰의 경계를 풀 생각이었다. 그렇지 않으면 크라메르는 파리로 돌아가자마자 사살당할 것이다. 여왕과 여기자는 나이팅게일의 복귀를 위해 애쓰고 있었다. 나이팅게일이 새장의 평화로운 땅으로 돌아가 다시금 글쓰기에 파묻힐 수 있도록.* 여왕은 글이라면 무엇이든 관심을 가졌다.

"그러면 총독님과 함께 이곳에서 어린 시절을 보낸 거예요?"

"네, 저는 이 집에서 태어났어요." 쥘리가 대답했다. "이 부엌에서요."

"대단한 분이셨죠……"

여왕은 차를 조금씩 홀짝거리면서 말했다.

"식민지 총독이 식민지 해방에 앞장섰으니……"

쥘리는 그 말에 동의했다. 쥘리도 아버지가 '대단한' 사람이라고 생각했다.

"아버님에 대한 책을 쓸 생각은 한 번도 안 했어요?"

"절대 안 써요."

"그 얘긴 나중에 다시 해요."

두 여자는 입을 다물었다. 들쥐들이 곳간을 새 식민지로 만들어 야간 무도회를 벌이는 소리가 들렸다.

"그래서 대답했어요?"

"네?"

"크라메르가 사랑을 고백했을 때 대답했냐고요……"

---

* 프랑스어 '나이팅게일'에는 속어로 '퇴물', '잘 팔리지 않는 책' 등의 뜻이 있다.

*

미녀가 나타나자 그는 실신했다. 물론 피를 많이 흘리기도 했지만, 흥분한 게 더 큰 이유였다. 그는 자포자기하듯 정신을 잃었다. 그가 쓰러지면서 작은 서랍장도 같이 넘어갔다. 그 바람에 3인칭으로 써내려간 그의 고백록 원고들이 함께 흩어졌다.

정신이 들었을 때 그는 알몸으로 하녀방의 침대에 누워 있었다. 상처에는 붕대가 감겨 있고 팔에는 수액이 연결되어 있었다. 미녀는 인조 가죽 커버의 사무실용 의자에 앉아 그의 고백록을 읽고 있었다. 터진 인조 가죽 사이로 이끼에 뒤덮인 종양이 불거져 있었다.

"당신……" 그가 말했다.

그녀가 눈을 들었다.

"당신을…… 바로 당신을 사랑해요."

그녀는 즉시 그의 옆에 무릎을 꿇었다. 그녀는 제식 권총의 총신을 그의 관자놀이에 대고 눌렀다.

"한 마디만 더 하면 머리통 날려버린다."

그녀는 위협을 실행에 옮기고도 남았다. 그는 입을 다물었다. 하지만 이런 반응 때문에 슬픔이 밀려오진 않았다. 그랬다면 사랑의 감정을 감안할 때 그 슬픔만으로도 죽었을 것이다. 다시 한

번 호기심이 앞섰다. 조금 전 목숨을 구해줘놓고 갑자기 머리에 총알을 박겠다고 호언하는 이유가 뭘까? 그는 흥미가 생겼다. 조금 뒤 그녀가 진정하고 그에게 나머지 이야기를 들은 다음에야 그는 그 이유를 물을 수 있었다.

"베르시에서 너는 내 애인을 죽였어."

그럴듯하게 옷을 차려입고 종합체육관 무대 위에 서 있던 자가 그녀의 애인이라고? 미녀의 대답은 궁금증만 더해주었다. 크라메르는 그녀의 애인이라는 자가 사이비 문학의 수호성인 축제에서 어릿광대 노릇을 하고 있지 않을 때는 어떤 타입이었을지 궁금했다. 미녀는 간결하게 대답했다.

"내가 좋아하는 타입."

미녀가 덧붙였다.

"정말 독특한 사람이야."

그렇게 사랑스러운 사람이 왜 그렇게 비열한 역할—다른 작가 행세—을 수락했냐고 묻자 그녀가 대번에 대답했다.

"여동생을 위로해주려고 그런 거야. 여동생의 아이에게 지참금을 마련해주려고, 충격에 빠진 가족에게 오락거리를 주려고, 자기도 즐겨보려고. 그 사람은 즐기는 척하지만 결코 정말로 즐기지는 못하고 그러면서도 재미는 있어하는 비극적인 캐릭터였거든…… 결국 살인자가 되지 못해 살해당한 바보이기도 하고."

"그 사람이 내 작품을 훔쳤어요."

"그는 아무것도 훔치지 않았어. 샤보트가 정말 J. L. B.인 줄 알았던 거야."

크라메르는 담담히 생각했다. '그러니까 그날 밤, 난 이미지에 대고 총을 쏜 거구나……'

"그리고 탈리옹 출판사 직원들도 다들 그런 줄로만 알았어, 고티에도 마찬가지고!"

그녀는 분노로 몸을 떨었다. 크라메르는 그녀가 다시 제식 권총을 잡을 거라 생각했다. 하지만 그녀는 권총 대신 입으로 쏘아붙였다.

"아무튼 이제 입 닥치고 있어. 붕대 갈아야 하니까."

그녀는 외과의사처럼 능숙한 솜씨로 난폭하게 붕대를 갈았다.

그가 두 발로 설 수 있게 되자마자 그들은 야음을 틈타 파리를 떠났다. 그녀는 흰색 르노 지붕 위에 파란색 회전등을 부착했다. 그리고 그에게 간호사복을 억지로 입혔다.

"경찰은 부상당한 사람을 찾고 있어, 그러니까 간호사는 의심하지 않겠지."

그들은 새벽녘에 베르코르의 한 농가에 도착했다. 구름, 전나무, 절벽, 접시꽃 천지였다.

"저기서 자."

그녀는 크림색 전나무로 벽을 댄 방에 있는 접이식 소파를 가리켰다. 천장에는 중국식 초롱이 매달려 있었다.

"글은 창문 옆에 있는 저 탁자에서 쓰고."

창문은 어린 떡갈나무 숲을 마주 보고 있었다.

"글이 웬만큼 진전되면 탈리옹 출판사 사장한테 전화할게."

그게 그녀의 계획이었다. 그의 고백록을 출간하겠다는 것이. 정상참작의 사유가 이렇게 많으니 원고가 그를 변호하는 데 도움이 될 것이다. 그녀는 쿠드리에 총경이 원고를 읽기 전까지는 파리로 돌아가지 않을 작정이었다.

"왜 이러는 거예요?"

왜일까? 어찌 되었든 자기는 그녀의 애인을 죽인 사람인데……

"나는 살인자가 아니거든." 그녀가 대답했다. "난 문제를 제거하는 식으로 문제를 해결하지 않아."

그는 왜 그녀가 그의 고백록이 출간되어 서점에 깔리기를 그토록 원하는지도 알고 싶었다.

"진실이 알려져야 해. 그렇게 되면 너를 잊히게 만들거나 감옥으로 사람을 보내 널 죽이지 못할 거야. 상프롱 교도소를 구할 수 있을지도 모르고."

미녀와 함께 지내면서 크라메르는 이제 그녀에게 아무런 감정을 느낄 수 없었다. 매사에 너무 분명한 그녀의 언행에 감각이

마비되었다. 그는 그녀가 자신의 운명을 결정하게 내버려두었다. 어차피 자기 운명 따위 관심 없었다. 늘 그렇듯 이번에도 그는 무슨 일이 생길지 궁금했다. 하지만 정작 그 결과 자기가 어떻게 될지는 관심이 없었다. 샹프롱을 구하든 말든 상관없었다. 그는 쇼를 구경하고 있었다. 미녀가 쇼였다. 크라메르에게 그녀는 그의 펜 아래서 저절로 태어나는 인물들보다 더 현실적인 존재라고 할 수 없었다. 실패를 모르는 이 여자는 대체 어떤 명쾌한 상상력의 산물인 것일까? 그녀는 못하는 게 없었다. 자동차 도색도 하고, 권총도 다루고, 어느 누구로든 그 무엇으로든 변장 위장하고, 손가락 두 개가 잘린 손을 치료할 줄도 알았다…… 그녀는 무엇이든 할 수 있었다. 처방전 없이 항생제를 먹이고, 비밀리에 혈액 3리터를 구해 와 수혈하기도 하고, 원하는 대로 자동차를 바꾸고, 베르코르의 산간벽지에서 폐가를 찾아내기도 했다…… 확실히 그녀는 미녀였다. 하지만 그렇게까지 뚜렷한 미모는…… 이 미녀는 스테레오타입이었다. 자기가 독특하다고 굳게 믿고 있는 이 시대 특유의 스테레오타입이었다.

"근데 제 소설을 어떻게 생각하세요?" 크라메르는 영원과도 같은 두 번의 침묵 사이에 질문을 던졌다.

"쓰레기지."

반면 그는 처음 본 순간부터 여왕에게 애착을 느꼈다. 여왕은 그를 혹독하게 다뤘지만 말하는 것을 들어보면 책을 끼고 사는 사람인 게 표가 났다. 그는 여왕의 권위에 절대 복종하며 열심히 작업했다. 그는 3인칭 단수의 목을 비틀어버리고 실명으로 글을 쓰는 '나'를 발굴했다. 그 과정에서 그는 자기가 생각한 만큼 완벽한 복수자가 아니며(그는 이 복수의 감정을 호의적으로 묘사했었다) 실은 직설법 현재의 명령에만 따르는 충동적인 살인자라는 사실을 깨달았다.

"알렉상드르, 아직도 가끔 생티베르 생각해요? 잘 생각해보고 대답해요. 아직도 이따금 생티베르 생각이 나요?"

"아뇨."

"그러면 샹프롱 감옥에서 지내던 시절 생각은요?"

"아뇨. 그 생각은 정말 한 번도 해본 적 없어요."

"그래도 샹프롱에선 행복했잖아요?"

"그랬던 것 같아요."

"동료 죄수들 걱정은 해요?"

"별로요."

"어떻게 그럴 수가 있을까요?"

"모르겠어요. 지금 저는 여기 있어요. 사장님과 함께요."

"카롤린 생각은 가끔 해요?"

"카롤린요?"

"아내 말이에요, 카롤린……"

"아뇨."

"알렉상드르, 정말로 생티베르를 왜 죽인 거예요?"

"모르겠어요. 갑자기 나 자신이 죄수로 보였던 것 같아요. 생티베르는 교도소장으로 보였고요."

"그러면 샤보트는요?"

"생티베르의 복수를 하려고요."

"교도소장 생티베르요?"

"아뇨, 다른 생티베르요. 샹프롱을 세운 생티베르요."

"하지만 생티베르 생각은 더 안 한다고 했잖아요……"

"샤보트가 생티베르 이야기를 했어요. 생티베르를 비웃더라고요. 괴로웠어요."

"괴로웠다고요?"

"네, 괴로웠어요. 폭언이었어요. 그런 폭언을 견딜 수 없었어요."

"고티에는요?"

"저는 한 사람을 위해 복수해야 했어요. 그리고 그의 꿈을 위해 복수해야 했어요."

"그건 3인칭으로 썼던 내용이잖아요. 하지만 그건 진짜 당신이 아니라 J. L. B.식의 미사여구에 불과해요. 고티에를 왜 죽였어요?"

"그를 죽이기 위해 제가 그 자리에 있는 것 같았어요."

"그걸로는 부족해요."

"……"

"……"

"저는……"

"……"

"저는 쥘리를 위험에 빠뜨리고 싶었어요."

"쥘리가 체포되었을 때 자수해서 그녀를 구해주려고요?"

"네."

"그 얘기를 써요. 그리고 전부 직설법 현재 시제로 고쳐 썼으면 좋겠어요."

여왕은 그가 고백록을 잘 쓸 수 있게 도와주었다. 그는 살인을 저지를 때의 시간이었던 직설법 현재로, 살인자의 인격이었던 1인칭 단수로 다시 썼다. 겨우 100쪽 남짓 썼지만 자기에 관한 첫번째 글이고 처음으로 자기 자신인 글이었다. 여왕은 게의 속을 비우는 게 아니라 게살을 채워 넣고 흉터를 없애주었다.

*

마침내 어느 아침, 여왕과 미녀는 경찰을 만나 알렉상드르의 상황을 설명하기 위해 파리로 돌아갔다. 그는 베르코르의 집에 홀로 남았다.

"우리가 찾으러 올 때까지 꼼짝도 하지 마요."

"알렉상드르, 그때까지 글이나 써요. 길바닥을 광고 포스터로 뒤덮어버릴 생각을 한 홍보 전문가 이야기부터 써봐요. 처음 시작으로는 좋은 아이디어니까."

하지만 베르코르 지방은 그에게 다른 작품의 아이디어를 불어넣었다. 열 살짜리 나무꾼 소년의 이야기였다. 소년은 1944년 7월 21일 바시외 고원에 투입된 SS 특공대가 자신의 가족 모두를 학살하는 것을 목격하고 나중에 그들을 찾아내 하나하나 죽여버리겠다고 맹세한다. 나무꾼 소년은 그 나치 잔당들의 손에 떨어진 아마존 우림을 구해내고 세계 제일의 펄프 생산업자가 되었으며 편집자와 작가들의 친구가 되어 책들이 하늘로 날아오를 수 있게 해주었다.

그는 자동차 문을 닫아주면서 자보 여왕에게 부탁했다.

"돌아오실 때 인쇄술과 제지업계에 관한 자료를 있는 대로 가져다주시면 좋겠어요."

그리고 자동차가 멀어지는 것을 보면서 외쳤다.

"이 책은 1인칭에 직설법 현재로 쓸 거예요!"

8부

애는천사야

"'애는천사야'라고 이름 짓자."

46

"말 돌리지 마, 베르톨드, 굴 파먹은 것처럼 말로센의 속을 싹 비워버렸잖아!"

마르티 교수가 일본에서 돌아왔다. 병원 복도에 쩌렁쩌렁 울리는 말다툼 소리가 그의 귀환을 알렸다.

"마르티, 넌 호흡기 떼지 말라는 말밖에 안 했어!"

베르톨드는 그 긴 다리로도 마르티의 분노를 따라잡지 못했다.

"베르톨드, 네 인생을 고달프게 만들어주겠어…… 말로센이 부러워질 거야!"

베르톨드는 그 말을 믿어 의심치 않았다.

"아니 내가 뭘 잘못했다고 화내는 거야, 젠장. 호흡기는 안 뗐잖아!"

분노한 난쟁이와 불쌍한 키다리가 지나가는 복도마다 싸늘하게 얼어붙었다.

“네가 구제불능이라서 화내는 거야, 베르톨드.”

그들은 말로센의 병실을 향해 돌진하고 있었다.

“아니 왜 난리야, 간을 조금 잘라낸 것밖에 없어!”

“알아. 간경화 간암 환자한테 이식했다가 다음 날 그 환자가 죽었잖아.”

“실험적인 이식 수술이었어, 마르티, 잘될 수도 있었다고.”

“안 될 게 뻔한 거 넌 알고 있었어. 해선 안 될 실험도 있는 거야.”

“환자를 구하려고 그런 거야! 해선 안 될 실험이라니? 그게 의학에 대한 네 생각이야?”

“잘 아네. 내가 조물주였다면 너 같은 실험작을 만들진 않았을 거야, 베르톨드.”

“말조심해!”

“너나 일 똑바로 해.”

“그러면 신장 이식 수술은? 심폐 이식 수술은? 그것도 실패했어? 그건 아니잖아?”

“가족의 동의는 어쩌고?”

“가족? 말로센 가족? 그래, 가족 얘길 해보자. 하루 종일 거치

적거리기나 하는 그 성가신 놈들 말이지! 절반은 아랍인인 그 말로센 가족! 하긴 퍽도 대단한 가족이지. 마르티, 그런 가족은 너나 떠받들라고!"

베르톨드는 의기양양하게 보란 듯이 병실 문을 열었다.

*

모두가 뱅자맹의 병실에 모여 있었다. 테레즈, 클라라, 제레미, 프티, 티안과 베르뎅, 루나, 루나의 남편, 루나 부부의 쌍둥이 딸들, 아마르, 아두슈, 야스미나가 있고 누르딘과 레일라, 특별 외출 허가를 받은 모시족 모와 카빌리아 사람 시몽이 있으며, 견공 쥘리위스가 있고 쥘리가 있으며, 루사 드 카자망스가 있고 자보 여왕이 있고, 심지어 목에 털 달린 항공 점퍼 차림의 경찰과 그의 상관인 쿠드리에 총경도 있었다.

면회객이 스물셋이었다.

마르티까지 치면 스물넷.

말로센 가족이었다.

환자의 부족이었다.

그들은 말로센의 생일파티를 하고 있었다.

"베르톨드, 넌 들어오지 마." 의사 마르티가 명령했다. "이 파티는 너랑 상관없어."

촛불을 붙인 케이크가 있고 모두를 위한 샴페인도 있었다. 선물이라고 가져온 희소식도 잔뜩이었다. 제레미가 뱅자맹의 귀에 그 선물을 하나씩 풀어놓고 있었다.

"형, 쥘리위스가 나았어. 좋은 징조야. 프티는 이제 악몽을 안 꿔. 마르티 선생님도 돌아오셨고, 쥘리 누나는 살인자를 잡았어. 나는 탈리옹 출판사에 불 안 질렀어. 형, 다 잘되고 있어, 이제 터널의 끝이야, 믿어도 돼. 내 말 믿어, 형은 곧 일어날 거야!"

*

제레미, 믿어, 생일을 즐겁게 보내게 해줘서 고마워, 선물들도 다 멋져, 고마워, 쥘리와 마르티가 돌아왔다니, 고맙지, 하지만 내가 부활하는 건 애써도 소용없으니까 포기해, 그래도 고마워, 마음 씀씀이가 중요한 거잖아, 그리고 중요한 건 그게 아냐, 제레미, 가장 기쁜 선물은 다른 데 있어, 다들 그렇게 서서 눈과 귀를 열고 그렇게 멀쩡히 살아 오감이 다 제대로 돌아가는데도 어떻게 모를 수가 있어? 이 똑똑한 시대에 말이야. 왜 모든 걸 즉시 파악하는 게 나여야 해? 거죽만 남은 내가, 세상이 보내는 신호를 무기력하게 수신만 하고 있는 팩시밀리 신세인 내가? 제레미,

클라라의 심장 두 개가 뛰는 소리가 안 들려?

클라라가 애를 낳을 거란 말이야!

쥘리, 아두슈 아저씨, 야스미나 아줌마! 클라라가 애를 낳는다고요!

마르티 선생님! 내 동생 클라라의 아기가 곧 나올 거라고요!

클라라의 배 속에 살고 있는 자그마한 세입자는 지금 겁먹고 있어, 너희가 나처럼 그 녀석의 심장 뛰는 소리를 들을 수 있다면 알 텐데. 열 달 동안 먹여주고 재워주고 산책시켜주고 귀여워해주다가 갑자기 예고도 없이 낙하산도 안 주고 지뢰밭에 떨어뜨리는 거잖아! 관통력 높은 22구경 탄환이 책 읽기에 딱 좋은 눈앞 30센티미터 안으로 들어오는 것처럼 겁나는 일이라고! 베르그송 말이 맞아. 인생에 관한 한 도착하는 자나 내쫓기는 자나 돌이킬 수 없는 심판의 나팔 소리를 듣게 되고 그러면 둘 다 똑같은 두려움에 빠지게 되는 거야. 죽는 거나 태어나는 거나 겪어본 적 없기는 둘 다 마찬가지잖아. 똑같이 두려운 거야. 생활습관이 송두리째 바뀌는 거니까. 인간은 집착의 동물이라고. 전지가위가 자기 목을 자르려고 하는데도 병신같이 그 그늘에서 편히 쉬려 한단 말이지.

마르티 선생님, 우리 가족이 성가신 존재인 건 알아요. 하지만 시간 내서 클라라의 무단 입주자를 맞이해준다면 고맙겠어요.

정말로요. 그 녀석도 선생님이 받아주면 발 셋에 귀 여섯으로 태어나지 않을 거라 안심하고 겁을 덜 먹겠죠. 게다가 자기를 처음 맞이해주는 게 인간이라는 건 인생 초짜의 사기를 북돋워주는 일이잖아요. 바깥세상으로 나가면 인간다운 인간을 그렇게 많이 만나지 못할 테니까요……

*

산모가 조용히 실신하면서 일이 시작되었다. 올라왔다가 도로 내려가는 눈 흰자위. 격한 호흡.

"클라라!"

하지만 쓰러지는 클라라를 항공 점퍼 입은 경찰이 이미 품에 안고 있고, 의사 선생님은 "이쪽으로!"라고 외치고, 스물셋의 부족민이 마르티 선생을 따라 병원 복도를 달리고(쥘리가 뱅자맹 곁에 남았으니 정확히 말하면 스물둘), 복도는 발 맞춰 행진해 분만대에 도착하고, 분만대 위에서 모든 일이 시작되어 클라라는 깨어나고, 의사는 소매를 걷어붙여 새 생명을 찾아 나서고, 부족은 럭비 팀처럼 스크럼을 짜서 빙 둘러서고, 포워드 라인은 모두들 지난 몇 달 동안 클라라와 함께 들이쉬고 참고 힘주고 내쉬는 것을 연습한지라 스크럼을 유지한 채 클라라의 리듬에 맞춰 힘주고 내쉬고를 반복하고, 임신 사실도 몰랐던 사람, 외부인, 인생에 회의적인 사람, 별 상관 없는 사람 등 후방의 백스 라인도 이에 동참해 세상 공기를 모조리 들이마시고, 자보 여왕은("내가 지금 뭘 하는 거야? 어쩜 이렇게 아는 게 없을 수가 있지……") 두 엉덩짝 사이에서 나올 게 책이기라도 한 양 샴페인 머리통*의 뚜껑을 딸 작정으로 힘을 주고, 모시족은 들이쉬고, 카빌리아 사람은 참고, 총경께서는 힘을 주시고("어쩌면 하루 이틀만 있으면 정적이 찾아올지도 모르겠어……"**), 레일라, 누르딘, 제레미, 프티는 오프사이드 따위는 무시하고 스크럼 주위를 돌면서 공이 어디로 나올지 가늠하고, 공이 나오면 제일 먼저 달려들 채비를 하고, 모든 준비가 끝났다……

그런데 공이 사람들 머리 한참 위쪽으로 나온다.

마르티의 의기양양한 손에 들려 흔들린다.

그러자 스크럼은 의사가 경기에 어떤 놈을 투입시키려는 건지 잘 보려고 대형을 벌려 스로인하려는 듯 고개를 젖히고 뒤로 물러난다.

그놈은 평범한 갓난아이와 다를 게 하나 없지만, 언제나처럼

---

* 가스가 찬 것처럼 커다란 자보 여왕의 머리를 샴페인에 비유한 것.

** 23장에 나온 쿠드리에 총경의 말, "어차피 정적주의는 하루 이틀에 풀릴 문제가 아니지"와 이어진다.

평범한 갓난아이와는 전혀 딴판이다.

우선 그놈은 울지 않는다.

그리고 그놈은 쳐다본다. 사람들이 자기를 보겠다고 모여 있는 게 조금 거북하기까지 하다.

그리고 그놈은 겁내는 기색이 전혀 없다.

오히려 생각에 잠겨 있는 듯하다. 럭비선수들이 여기서 떼거리로 뭘 하는 건지 궁금한 눈치다.

그러더니 그들에게 웃어주기로 한다.

갓난아이가 웃는 것은 아주 드문 일이다. 보통은 시간이 조금 지나야 웃는다. 최초의 환상이 만들어질 시간이 필요하다. 그런데 이 녀석은 처음부터 웃는다. 그 미소가 얼굴의 다른 부분과 썩 잘 어울린다. 다른 부분은 클라라 말로센이고 클라랑스 드 생티베르다. 클라랑스의 머리카락에 클라라의 계란형 얼굴이다. 말로센의 지중해* 위에 생티베르의 새하얀 금발이다. 광택 없이 반짝거린다. 막 태어났지만 벌써부터 꼼꼼한 성격인지 아빠 엄마 모두를 만족시키려고 부모의 모습을 반반씩 닮았다…… 하지만 클라라의 꿈꾸는 듯한 집중력과 클라랑스의 사려 깊은 열정이 가장 잘 결합된 것은 바로 그 미소다. 물론 부모와는 다른

* 말로센은 지중해 연안 니스 부근에 소재한 군 이름이기도 하다.

자기만의 특징도 약간은 있다. 입술 한쪽이 다른 쪽보다 살짝 올라가 있고, 너무나 진지하면서도 살짝 쾌활한 기색이 있다. 다들 너무 걱정하지 마…… 잘될 거야…… 두고 봐……라고 생각하는 표정이다.

"얘는 천사야 C'est un ange." 제레미가 탄성을 지른다.

그리고 잠시 생각하더니 말한다.

"이름을 그렇게 짓자."

"천사? 이름을 천사Ange라고 짓자고?"

이름을 짓는 것은 언제나 제레미의 몫이었다.

테레즈는 언제나 반론을 제기했다.

"아니, 그게 아니라," 제레미가 말한다. "'얘는천사야'라고 짓자고."

"한 단어로? '얘는천사야C'Estunange'라고 하자고?"

"아니, 단어 다 살려서, 단어마다 대문자로 시작하고."

"세퇴낭주C'Est Un Ange라고 짓자고?"

"응, 세퇴낭주."

*

그다음에(클라라는 잠들고, 의사 마르티가 세퇴낭주를 요람에 내려놓았을 때) 일어난 일은 반 티안 형사의 인생에 운명적인 계시로 작용한 게 틀림없다. 평생 달고 다닐 이름을 처음 쓰기라도 하듯, 세퇴낭주는 생티베르처럼 우아하게 머릿짓을 하더니 날개를 접은 천사처럼 자기도 잠이 들었다. "천사들은 땅에 내려앉자마자 잠이 드는구나." 제레미가 한마디 했다. 다들 꼼짝 않고 침묵을 지켰다. 경탄에 몸이 굳은 것 같기도 하고 감동에 빠진 것 같기도 했다. 다들 손가락 하나 까딱할 생각이 들지 않았다. 베르됭이 가죽 멜빵 사이에서 팔다리를 바동대기 시작한 것은 바로 그때였다. 티안 영감은 아기가 오래 기다리느라 지루해서 어루만져 달래달라는 것인 줄 알았다. 그런데 베르됭이 형사의 손을 매몰차게 뿌리쳤다. 그러고는 멜빵 가장자리에 굳건히 매달리더니 두 팔꿈치를 놀려 멜빵에서 몸을 완전히 빼냈다. 티안은 베르됭이 바닥에 떨어지기 직전에야 겨우 붙잡았다. 하지만 아이는 그 빈약한 상반신을 비틀어 빠져나가더니 이제 별로 비틀거리지도 않고 단호한 걸음으로 세퇴낭주의 요람에 다가갔다. 베르됭은 작은 침대에 이르러 잠든 아기를 한참 쳐다보더니 좌중을 돌아다보았다. 한 가지는 확실했다. 세상 그 무엇도 베르됭이 이 감시초소를 떠나게 할 수는 없을 것이다. 제레미는 생각했다. '베르됭이 이제 걸을 줄 아는구나. 뱅자맹 형한테 베르됭이 걷는다고 잊지 말고 알려줘야지.' 그사이 반 티안 형사는 소리

없이 물러섰다. 세 걸음 물러서니 병원 복도였다.

이제 그는 출구를 향해 걷기 시작했다. 반 티안 형사가 남몰래 치른 해산은 비할 데 없이 고통스러운 것이었다.

47

직설법 현재 시제는 크라메르에게 아무 쓸모가 없었다. 그는 하룻밤이 지나기도 전에 그 점을 확신하게 되었다. 두 여자가 베르코르의 집을 떠난 뒤, 그는 일하려고 탁자에 앉았지만 말이 떠오르지 않았다. 설상가상으로 말을 찾고 싶은 마음마저 사라졌다. 백지 앞에 머리가 텅 빈 채로 앉아 있었다. 그런 일은 처음이었다.

그 공백 상태가 싫지 않았다. 새로운 일을 겪을 때마다 그랬던 것처럼 흥미가 생겼다. '그러니까 직설법 현재는 나한테 아무 쓸모가 없는 거네.' 하지만 과거 시제로 쓰고 싶은 마음은 없었다. '과거도 마찬가지고.' 그는 탁자에 앉아 날이 저물어 깜깜해지기를 기다렸다. 작은 떡갈나무 숲이 이제 창문을 가리는 불투명한

벽이 되자 그는 잠자리에 들었다. 그런데 침대가 밑으로 꺼지는 것 같았다. '미래야 생각해볼 필요도 없지.' 자기에게도 미래를 가정할 수 있다는 생각에 그는 미친 듯이 웃었고 그 바람에 침대가 더욱 흔들렸다. 그는 추락에 제동을 걸려고 팔을 앞으로 뻗었지만 미끄러져 내려가는 듯한 느낌은 사라지지 않았다. 머리맡의 침대 틀을 손으로 잡아보았지만 거기도 마찬가지로 불안정했다. 그는 침실 마룻바닥에 눕기로 했다. '이놈의 거룻배에서 당장 내려야지.' 좋은 생각이 아니었다. 바닥 역시 달아나고 있었다. '시제 문제도 골친데 땅까지 계속 가라앉네……' 무빙워크를 반대 방향으로 타고 아무리 큰 보폭으로 걸어도 한 걸음도 앞으로 나아가지 못하는 모습이 떠올랐다. 그는 움직이는 침대, 달아나는 탁자 귀퉁이, 도무지 믿음이 안 가는 의자 등받이를 겨우겨우 붙잡고 결국 한쪽 무릎으로 바닥을 디뎌 몸을 일으켜 세웠다. 안정적이었다. '내 발로 서니 괜찮네.' '땅은 수직선이 필요해.'

그는 털 이불을 뒤집어쓰고 집을 나와 부엌 문 앞에 만들어놓은 벤치에 앉았다. 혹독한 날씨에 하얗게 바랜 느릅나무 널판을 평평한 돌 몇 개에 얹어 만든 벤치였다. '됐어. 이만하면 안정적이야.' 그는 건물의 울퉁불퉁한 벽에 등을 기대고, 잠시 자기 머리에 시제 관념을 집어넣어준 자보 여왕을 생각했다. 그러면서 머릿속에 든 다른 것은 전부 비워버렸다. 이제 그에겐 '순간'뿐이었다. '현재가 아니라 순간만 남은 거야. 같은 게 아니지.' 새하얀 반달이 집을 포위하고 있는 접시꽃들에게 후광을 그려주었다. 그는 접시꽃 뒤쪽의 밤 풍경이 궁금했다. 그는 털 이불을 버리고 장작을 쌓아두는 헛간 창틀에 걸려 있던 낫을 가져다가 접시꽃 성벽을 무너뜨리기 시작했다. 미녀의 침대 위에는 흰 제복을 입고 자기보다 키가 큰 무성한 접시꽃 사이에 서 있는 남자의 사진이 있었다. 크라메르는 알몸으로 달빛을 받으며 마침내 총독을 접시꽃들로부터 해방시켰다. 미녀는 총독을 무척 사랑한 듯했다. 접시꽃을 체계적으로 베어나가던 도중, 그는 미녀가 두 남자에게 품었던 너무나 비체계적인 사랑을 자기가 의식하고 있다는 걸 깨달았다. 그녀는 잡초들이 자기 사랑의 숨통을 막아도 내버려두었다. (여왕은 말로센의 침대 주변에는 현대 의학이 만들어낸 구불구불한 칡덩굴이 자라고 있다고 했다……) 접시꽃 성벽을 다 베고 나니 쐐기풀 담장이 서 있었다. 크라메르는 새벽녘까지 계속 베어나갔다. 상반신을 규칙적으로 돌려가며 마지막 남은 풀들을 쓰러뜨리고 있던 크라메르를 갑자기 햇살이 덮쳤다. 그는 알몸으로 '아주 꼿꼿이' 서 있었다. 발과 장딴지가 쐐기풀에 찔려 화상 입은 것처럼 부어올랐지만 그는 고통을 느끼지 못했다.

그는 옷을 입었다. 그는 풀뱀의 컵 받침에 생우유를 가득 따랐다. 그리고 헛간의 들쥐를 잡을 때 쓰는 빨간 쥐약을 우유에 섞었다. 길들여진 동물에게 외로움은 너무 가혹한 형벌이다.

그는 어린 떡갈나무 숲으로 들어가 이웃 농가 근처까지 갔다. 집배원이 우편물을 배달하려고 건물 안으로 들어가자 그는 노란색 우체국 차의 운전석으로 파고들었다.

그르노블에서 그는 파리행 TGV를 탔다.

파리에서 그는 뤽상부르 공원행 전철을 탔다.

*

세 손가락의 사나이가 뤽상부르 공원에서 땅을 파고 있었다.

"보물 찾아요?"

세 손가락의 사나이는 뒤를 돌아보았다. 네 살에서 일곱 살 사이로 보이는 아이 둘—그는 아이들 나이를 짐작하는 일은 젬병이었다—이 놀란 얼굴로 그를 쳐다보고 있었다.

"부활절 달걀을 찾고 있어."

남자아이가 고개를 저었고 여동생도 고개를 저었다.

"부활절 휴가는 지났는데." 남자아이가 말했다.

"종鐘들은 집 정원에 달걀을 두고 가지, 뤽상부르 공원에 두지 않는데요."* 여자아이가 말했다.

"종들은 달걀을 아무 데나 두고 가." 세 손가락의 사나이가 말했다. "그래서 달걀은 사시사철 아무 데서나 찾을 수 있어."

"도와드릴까요?" 삽과 양동이를 들고 있던 여자아이가 말했다.

"그러면 좋지." 세 손가락의 사나이가 말했다.

그는 그곳에서 10미터쯤 떨어진 곳에 있는 동상의 받침돌과 반대쪽에 있는 밤나무를 가리켰다.

"너는 저 나무 밑을 파봐." 그는 여자아이에게 말했다. "너는 동상 밑을 파보고."

아이들은 열심히 땅을 팠지만 달걀을 찾지 못했다. '이럴 줄 알았어.' 아이들은 똑같은 표정으로 생각했다. 아저씨가 틀렸다고 말하려고 보니, 세 손가락의 사나이는 이미 사라진 뒤였다. 그가 있던 자리에 구멍이 하나 있고 구멍 속에는 비닐봉지가 있었다.

"아저씨는 달걀을 찾았나봐." 여자아이가 말했다.

*

---

* 유럽 민간 전설에 따르면 교회의 종이 한밤중에 정원에 부활절 달걀을 두고 간다고 한다.

생루이 병원으로 가는 택시 안에서, 크라메르는 백미러에 보이지 않게 조심하면서 권총을 점검했다. 총은 멀쩡했다. 총은 반짝였다. 카롤린의 아버지가 좋아하던 멋진 총이었다. 크롬 도금한 스미스앤웨슨 권총이었다. 탄창을 넣을 때 털컥 하는 소리가 부드러웠다. 고급 차의 문을 천천히 닫을 때 나는 소리가 생각났다. 비닐봉지는 아주 얇았지만 총을 완벽하게 보호해주었다. "비닐을 프랑스 사람이 발명했다는 거 알아?" 크라메르의 아버지는 그 이야기를 좋아해서 식사중에 여러 번 해주었다. "앙리 프레오라는 프랑스 젊은이가 원리를 발견했어. 북쪽 지방 출신인데 그때 서른 살도 안 되었지. 그런데 나쁜 동업자놈이 미국인들에게 몰래 기술을 팔아넘긴 거야. 프레오는 특허권 분쟁에서 패했어." "서른 살도 안 되었지." 크라메르의 아버지가 꿈꾸는 자식은 항상 그렇게 젊은 나이에 성공했다. 크라메르는 자기가 종합체육관에서 말로센(미녀의 두번째 사랑)을 죽였을 때 그의 나이가 얼마나 되었을까 생각해보았다. 어찌 되었든 그날 이후로 말로센은 나이를 더 먹을 수 없었다. 말로센은 총알이 머리에 박히던 순간에 갇혀 있었다. 혼수상태였다. 여왕은 서글프게 그의 상태를 설명했다. 그러자 미녀는 "이제는 뱅자맹을 보러 갈 수 있어요"라고 대답했다. 크라메르는 병원에 그녀도 있을 거라 확신했다. 그녀는 무엇이든 남들보다 잘했다. 그녀는 그 '순간'의 머리말에서 평생을 보낼 여자였다. 하지만 크라메르는 총독과 풀뱀을 해방시켜준 것처럼 말로센과 미녀를 해방시켜줄 작정이었다. 그리고 자기도 그 영원한 '순간'으로부터, 살과 털이 엉긴 덩어리가 멀어지는 것을 본 순간으로부터, 카롤린, 쌍둥이 형들, 생티베르, 피아니스트, 샤보트, 고티에가 죽는 것을 본 순간으로부터 벗어날 생각이었다. 하지만 그렇다고는 해도 그렇게 펄펄 끓는 찻잔에서 그 자그마한 각설탕이 녹지 않는다는 것은 놀라운 일이었다.*

"의사세요?" 택시 운전사가 물었다.

"간호사예요." 크라메르는 흰 상의를 설명하느라 이렇게 말했다.

"아, 그래요……"

"저기요," 운전사가 택시를 세우고 요금을 알려주자 크라메르가 말했다. "제 책이 2억 2500만 부가 팔렸어요!"

"아, 그래요?" 운전사가 말했다.

"아주 어렸을 때부터 일을 시작했어요." 크라메르는 200프랑짜리 지폐를 건네면서 설명했다.

그리고 말했다.

---

* 여기서는 크라메르가 죽인 사람들의 이름이 나열되지만 살인에 실패한 말로센은 빠져 있다. 따라서 '각설탕'은 누구보다 손쉽게 제거할 수 있을 듯한데 의외로 죽지 않고 끈질기게 버티는 말로센을 암시한다.

"거스름돈은 안 주셔도 돼요."

*

그의 짐작이 옳았다. 미녀도 그곳에 있었다. 그녀는 말로센의 손을 잡고 그의 머리맡에 몸을 쭈그린 채 머리를 말로센의 가슴에 얹고 있었다. 머리칼이 다시 자란 그녀의 아름다운 얼굴이 말로센의 몸과 이어진 촉수들 사이에 엉켜 있었다. 그녀는 크라메르가 병실에 들어오는 소리를 듣지 못했다. 잠든 것 같았다. 다리를 접고 허리를 우아하게 굽힌 채 말로센의 몸에 기대어 있었다.

그는 그녀를 깨우고 싶지 않았다.

그는 소리 내지 않으려 극도로 조심하면서 권총을 장전했다.

48

“크라메르!”

티안은 총을 뽑으려고 베르됭을 안고 다니던 멜빵을 본능적으로 옆으로 밀쳤다. 하지만 아이가 없어서 멜빵이 너무 쉽게 밀렸다. 그 때문에 잠깐 놀란 사이 크라메르가 몸을 돌려 발포했다. 권총 두 자루가 동시에 불을 뿜었다.

그 짧은 순간이 반 티안 형사에게는 영원과도 같았다. 그 순간 반 티안이 느낀 감정은 직업적인 분노(훌륭한 경찰은 이상한 버릇 때문에 발목이 잡혀서는 안 된다), 믿을 수 없다는 감탄(의심할 나위 없이 샤보트 노부인의 예언은 완벽히 실현되었다. 베르됭은 티안을 떠났고 이제 티안은 샤보트의 살인자를 죽이고 있었다), 크라메르에게 고마운 마음(크라메르가 돈을 거슬러 주듯 총알을 되돌려준 덕에 이제 티안은 은퇴라는 끝없는 고통을 피할 수 있게 되었다), 굉장한 안도감(베르뒹을 떠나보내는 슬픔을 겪지 않아도 된다), 찬란한 희망(제르베즈가 수녀가 될 때 가졌던 믿음이 사실이라면 티안은 틀림없이 하늘 위 하느님의 소파에 누운 채로 키다리 자닌의 품에서 깨어날 것이다) 등이 섞인 것이었다. 거기에 때마침 뱅자맹의 병실 앞을 지나고 있었다는 만족감, 뱅자맹이 아흔세 살까지 살 거라는 확신이 더해졌다. 물론 그러려면 너무나 긴박하게 총알이 필요한 크라메르의 머리에 두번째 총알을 박아줄 시간이 있어야 했다.

연이어 터진 세 발의 총성은 종합병원의 온 복도를 울려 말로센 부족의 귀에까지 들렸다. 곧이어 부족의 수많은 머리가 병실 문 앞에 나타났다.

크라메르는 뱅자맹의 침대에 몸을 파묻다시피 한 채 쓰러져 있었다. 티안의 몸은 복도로 튕겨나가 벽을 타고 미끄러졌다가 결국 좌선중인 태국 농부처럼 무릎을 꿇고 발바닥은 하늘을 향해 있었다.

사람들은 몸을 숙여 살펴보았다.

경동맥이었다……

이미 숨이 끊어져 있었다.

"천사들은 땅에 내려앉자마자 잠이 드는구나." 하얀 시트가 날개를 벌려 티안 영감의 몸을 덮자 제레미가 중얼거렸다. 프티가 소리를 지르지 않았다면 제레미는 울음을 터뜨렸을 것이다.

"저거 봐! 뱅자맹 형이 말을 해!"

모두의 눈이 말로센을 향했다. 물론 말로센은 평소와 다름없이 말이 없었다. 쥘리가 보호하려고 자기 몸으로 그를 감싸고 있었지만, 말로센은 남들이 부러워하는 줄도 모르고 여전히 아무렇지도 않은 듯 누워 있었다.

"아니, 저기! 쥘리 누나, 저길 봐!"

쥘리는 마침내 고개를 들어 프티가 가리키는 방향에서 모두가 찾고 있던 것을 발견했다. 쥘리 자신도 한데 엉켜 있는 반투명의 칡덩굴 더미 밑에서 뇌파 측정기가 천천히 진동하고 있었다. 숲 속 빈터에 한 줄기 햇살이 뚫고 들어온 것 같았다. 뱅자맹의 뇌가 난폭하게 요동치면서 그 빈터를 가로지르고 있었다.

"맙소사." 누군가가 말했다.

"설마, 합선 아냐?"

베르톨드는 성큼성큼 세 걸음 만에 병실을 가로질러 와, 몸에 튜브와 전선을 잔뜩 달고 있는 환자에게 몸을 던지다니 정신이 있는 거냐고 투덜대면서 허리를 숙여 기계를 살펴보았다. 베르톨드는 청진하고 버튼을 좌우로 돌려보고 작은 전구들을 이것저것 눌러보았다…… 하지만 아무 소용 없었다. 뱅자맹은 여전히 화면을 가득 메우고 있었다.

"이거 화면이 왜 이래요?" 제레미가 물었다.

아무도 대답이 없었다.

"화면이 왜 이러냐고요?" 제레미가 다시 말했다.

이제 베르톨드는 기계를 치고 있었다. 처음에는 손바닥으로, 다음에는 주먹으로 쳤다. 뇌가 재생했다는 신호 앞에서 그는 성흔聖痕을 조사하는 교황청 전문가보다 회의적이었다.

"이 기계가 왜 이러는 건지 말 못해요?"

제레미는 마르티에게 직접 물었다.

마르티는 조금 전 테레즈와 시선이 마주쳤다.

바랄 걸 바라야지. 테레즈는 테레즈였다. 놀란 기색이 전혀 없었다.

"말 못하겠다는 거예요?" 제레미가 끈질기게 물고 늘어졌다.

베르톨드는 양손으로 기계를 잡고 흔들었다.

"정말 이놈의 말로센 가족은……"

고개를 숙이고 있는 것을 보니 부활한 뱅자맹은 그리 좋은 기분이 아닌 듯했다. 화면은 이제 분노로 새카매졌다.

"씨팔, 이게, 이 화면이 도대체 왜 이러는 거냐고요!" 제레미는 울부짖었다. "설명 못하겠다는 거예요? 그래요? 형이 나은 거죠, 그렇죠? 이 기계가 분명히 형의 몸이 나았다고 하는 거죠?

이제 이 튜브들을 다 뽑고 집으로 데려가도 된다는 거죠? 마르티 선생님, 왜 사람 말을 못 들은 척하세요? 형이 나았다고 말해주실 수 있어요, 없어요? '예' '아니요'라고 말할 줄 아는 의사가 세상에 한 명도 없어요?"

제레미의 언성이 마침내 놀라움의 구름에 싸여 있던 마르티를 깨우기에 충분한 고도에 도달했다. 마르티는 제레미가 익히 아는 눈빛으로 물었다.

"제레미, 따귀가 그렇게 또 맞고 싶어? 맞기 싫으면 가만있어."

그러더니 말했다.

"다 나가요."

좀 더 부드럽게 말했다.

"모두 나가주세요."

그러더니 입맛을 다시면서 말했다.

"베르톨드 의사하고 할 얘기가 있어요……"

9부

나/그

"나사로, 이쪽이야, 밖으로 나와!"
그러자 세상 사람들 모두가 무덤에서 나왔지.

49

“물병이 비었잖아, 목이 마르단 말이야! 이놈의 물병에 물을 채워줄 하인은 없는 거야?”

하인은 없었지만 대여섯 명의 학생이 베르톨드 교수의 연단으로 뛰어들더니 서로 출세해보겠다고 물병 쟁탈전을 벌였다.

“선생님!” 기자 한 명이 마이크에 대고 소리쳤다.

“교수님이라고 하세요!” 베르톨드가 고쳐주었다. “호칭은 제대로 해요!”

“교수님, 수술은 몇 시간이나 걸렸습니까?”

“다른 사람이었다면 기자분께서 은퇴할 때까지도 못 끝냈을 겁니다. 하지만 외과의학이란 조속한 처치를 필요로 하는 분야죠.”

프랑스 의학협회에서 매년 ‘비샤 회의’라는 이름으로 주관하는 대규모 행사를 맞이해, 피티에살페트리에르 대학병원에서는 베르톨드 교수의 믿어지지 않는 업적을 찬양하는 시간을 갖고 있었다. 몇 달째 혼수상태에 빠져 있던 환자의 신장-췌장-심장-폐의 사중 이식수술이 놀라운 성공을 거두어, 거부반응도 전혀 없이 환자는 수술 후 10여 일 만에 신체의 모든 기능을 회복해, 귀가는 물론이고 회사 출근까지 할 정도가 되었다. 죽은 자를 부활시킨 것이나 다름없었다.

"기술적인 역량과 제반 분과에 대한 해박한 이해 덕에 여덟 시간 내리 수술을 할 수 있었습니다." 베르톨드 교수는 목소리를 높였다. "또한 수술중 감염 문제를 완전히 차단하기 위해 층류層流* 를 깔고 집도했습니다. 또 과감히 흉골 개복을 시도해 모든 전투를 정면에서 진행할 작업 공간을 확보했습니다."

"다른 의사들도 수술에 동참했나요?" 여기자 하나가 환한 표정으로 질문했다. 그녀는 마이크, 수첩, 펜, 홍분을 동시에 다루느라 애를 먹었다.

"이런 수술에서 조수들의 역할은 무시해도 좋을 정도입니다." 베르톨드 교수는 잘라 말했다. "한 명의 지휘 아래 일사분란하게

* 유체들이 평행한 층을 이루며 흘러 진행 방향의 수직으로는 서로 섞이지 않는 현상을 이르는 말. 층류 경계면이 먼지나 세균의 침투를 차단해 흔히 청정실(또는 무균실) 설비의 기본 원리가 된다.

손을 빌려주는 것에 불과하죠. 그 점에서 수술은 고급 패션업계와 비슷합니다."

"어떤 순서로 진행하셨나요?"

"심폐 단위부터 시작했습니다. 하지만 췌장은 채취 후 최대 다섯 시간 안에 이식해야 해서 서둘러야 했습니다."

"그러면 신장이 맨 마지막이었겠군요?"

"신장은 누워서 떡 먹기입니다. 눈 감고도 할 수 있는 게 신장 이식이죠!…… 사실 다른 것도 그렇게 어렵지 않았습니다…… 물론 저니까 쉬웠지만요…… 혈관 연결은 대부분 자동 겸자로 했습니다…… 시대 변화에 발을 맞춰야죠."

"피이식자가 거부반응이 전혀 없었던 것은 어떻게 설명하시겠습니까?"

"저만의 비결이 있습니다."

*

회복기가 얼마나 달콤한지에 대해서는 사람들이 너무 많이 이야기했다. 인생의 새 시트에서 몸이 깨어나고, 되찾은 자기 자신에 대한 익숙함과 놀라움을 동시에 느끼고, 하루하루 조금씩 본래 모습에 가까워지고, 몸이 너무 새것 같아서 제품 설명서 주의

사항에 신경 쓰면서 살살 다루고…… 아, 처음 입에 넣는 으깬 감자와 어금니로 조심스레 씹어보는 햄 입자는 얼마나 감미로운지…… 아, 시험 삼아 나선 동네 산책의 첫 걸음은 얼마나 상쾌한지…… 그리고 허파에 갑자기 벨빌의 공기가 밀려들 때의 기분이란…… 아직 몸이 무겁지 않았다면 하늘로 날아올랐을 텐데…… 아, 첫 외출에서 돌아와 기진맥진한 몸을 뉘는 침대는 또 얼마나 폭신한지…… 당신을 침대에 누이는 가족들의 미소는…… 도자기라도 만지는 듯 조심스럽게…… 잠 위에 드리운 어둠의 커튼은…… 회복기의 긴 잠은…… 아, 아침 햇살은!

회복기가 얼마나 달콤한지에 대해서는 사람들이 너무 많이 이야기했다.

하지만 부활에 대해서는……

베르톨드가 나를 부활시켰다, 정말이다. 물론 마르티의 협박에 못 이겨 한 일이긴 해도 베르톨드가 나를 부활시킨 것은 사실이다. 크라메르의 몸을 잘라 장기를 있는 대로 채취해 내 몸에 이식하고 꿰매서 나를 부활시켰다. 베르톨드가 살인자와 살해당한 자를 합체시켰다…… 베르톨드는 부활이라는 주제에 대해 할 말이 많을 것이다. 먼저 이것. 환자가 부활할 거라고 누구보다 굳게 믿는 자들도 실은 부활을 믿지 않는다. 내가 눈을 떴을 때 클라라나 제레미 같은 애들이 얼마나 놀란 표정이었는지! 심지어 테레즈조차! 확실하지는 않지만 내가 처음 두 발로 섰을 때 테레즈의 눈에 놀란 기색이 스쳐 지나간 듯했다. 아이들이 어찌나 새로운 눈으로 나를 쳐다보던지…… 부활한 건 바로 그 애들인 것 같았다! 아, 오래전 나와 같은 일을 겪었던 베다니아의 나사로여! 무엇보다 놀라운 건 그게 아니겠어? 우리를 소생시킴으로써 그들은 인생을 부활시켰으니까! 물 위를 걷는 분께서 당신을 위해 마르타와 마리아를 다시 창조해준 거야! 심지어 그게 다가 아냐, 당신을 위해 유대 전체를 부활시켰다고, 오직 당신을 위해 유대가 생명을 되찾은 거지! "나사로, 이쪽이야, 밖으로 나와!" 그러자 세상 사람들 모두가 무덤에서 나왔어, 너무 익숙하면서도 너무 새로운 모습으로 말이야, 그게 진짜 기적인 거야! 다시는 볼 수 없을 거라 생각했던 이들이 눈앞에 있는 거지, 갓 태어났지만 예전 감정은 그대로 간직한 채로 말이야. 쥘리, 클라라, 테레즈, 쥘리위스, 제레미, 프티, 루나, 베르됭, 아두슈, 아마르, 야스미나가…… 아, 그 이름들을 다시 부르는 게 얼마나 달콤한지…… 루사, 칼리냐크, 자보, 마르티, 쿠드리에…… 아, 단체로 부활한 자들의 이름이여…… 그리고 부활한 자들은 꿈인지 생시인지 확인하려고 자기 볼을 꼬집듯이 내 이름을 계속 되뇌는 거야…… 뱅자맹! 뱅자맹!

*

그렇다. 그리고 내가 퇴원해 두 주 동안 회복기의 달콤함을 만끽한 뒤, 탈리옹 출판사에서 나의 이승 귀환을 축하하기 위해 칼리냐크의 넓은 사무실에 마련한 파티장은 여전히 이 놀라운 부활의 분위기에 휩싸여 있다. 샴페인이 터진다. 모두들 반가운 얼굴이다. 사람들의 시선은 창문 사이 벽 앞에 놓인 텔레비전의 떨리는 화면에 쏠려 있다. 텔레비전에서는 마법의 칼을 든 전사 베르톨드가 13시 뉴스를 독차지하고 있다. 베르톨드는 대통령 선거 유세라도 나온 것처럼 손짓 발짓 해가면서 모든 질문에 동시에 대답한다. 베르톨드는 세상의 모든 명예를 게걸스레 집어삼키고 있다.

질문 이런 수술을 할 때 겪는 애로 사항으로는 어떤 게 있을까요?

베르톨드 동료들의 편견, 귀찮게 구는 환자 가족, 장기 기증자의 미온적인 태도, 노후된 장비, 간호사들의 집단이기주의, 그리고 이름은 밝히지 않겠지만 저보다 키가 작은 한 동료 의사의 끈질긴 증오심이 있었습니다. 하지만 외과의학은 애인의 전적인 헌신을 요구하는 사도직이란 말입니다!

“씨팔, 저 자식……” 제레미가 목구멍으로 분노를 삼키며 으르렁거린다.

“사도의 애인이라, 대담한 비유인데.” 언어에는 언제나 예민한 자보 여왕이 이죽거린다.

마르티는 거품 이는 잔을 손에 들고 은근히 즐거워하며 말한다.

“뱅자맹, 사람들을 그렇게 행복하게 만들어주는 비결이 도대체 뭐예요?”

질문 교수님, 장기 기증자의 신원에 대해 다른 정보를 주실 수 있겠습니까?

베르톨드 마흔 살의 죄수였습니다. 하지만 주로 곡물을 섭취한 덕분에 몸 상태는 완벽했습니다. 신장은 열 살짜리 어린애처럼 생생하고, 혈관은 고지혈증의 흔적이 전무하고, 혈전 농도도 제로였습니다…… 그런데도 아직도 프랑스의 교도소 급식을 비판하는 사람들이 있다니 정신이 있는 겁니까?

모두가 뉴스를 보는 시간이다. 카메라와 인공위성이 베르톨드 교수의 업적을 전 세계로 전하는 동안—베르톨드 교수에 비하면 하느님 아버지는 시골 접골사에 불과한 것 같다—나는 슬쩍 마르티의 팔짱을 낀다.

"선생님, 질문 하나 해도 될까요?"

그리고 그에게 선택할 틈을 주지 않는다.

"거부반응 문제 말인데요…… 제 몸이 크라메르의 장기를 어떻게 이렇게 아무 문제 없이 받아들인 걸까요?"

마르티는 프티가 견공 쥘리위스에게 샴페인 한 잔을 주는 것을 바라보며 잠시 생각에 잠긴다.

"전문적인 답변을 원하세요?"

"제가 이해하는 척이라도 할 수 있게 말해주세요."

쥘리위스의 주둥이가 샴페인 거품의 습격을 받더니 털이 후두두 떨린다.

"크라메르와 당신은 조직 적합성이 완벽히 일치해요."

"그게 무슨 뜻이죠?"

조심스레 혀를 내밀어 할짝할짝 맛을 본다.

"크라메르와 조직 항원이 동일하다는 거죠."

"그게 흔한 일인가요?"

"아뇨. 일란성 쌍둥이를 제외하면 그런 일은 전혀 없죠."

"그런데도 별로 놀라지 않으시는 것 같네요."

쥘리위스는 이제 샴페인에 완전히 넘어갔다. 혀를 한 바퀴 돌리자 프티의 손에 들린 잔이 깨끗이 비었다. 프티는 한 잔 더 갖다 주려고 뛰어간다.

"선생님이나 선생님 가족에 관한 일을 가지고 놀라 법석을 떨어봤자 시간 낭비니까요." 이욱고 의사가 대답한다. "그런데 저 개 말이에요, 꼴이 좀 이상한데…… 샴페인을 마셔서 저렇게 된 건가요?"

"간질 발작의 후유증이에요. 목하고 앞발이 약간 뻣뻣해졌죠…… 근데 선생님, 그럼 제 뇌는요? 뇌가 갑자기 재생된 건 어떻게 된 거죠?"

"잠깐 봅시다." 마르티는 술맛을 보고 있는 개 옆으로 간다. "쥘리위스, 발 좀 내밀어볼래?"

쥘리위스는 정중한 부탁을 이기지 못하고 의사에게 팔랑헤* 당원이 경례하듯 뻣뻣한 앞발을 내민다.

"그럼 그렇지." 의사는 무릎을 꿇으며 중얼거린다. "이번엔 앉아봐."

쥘리위스는 큼지막한 궁둥이를 깔고 철퍼덕 주저앉는다. 마비된 두 발이 땅바닥을 떠나 마르티의 얼굴을 포위한다.

"그렇지." 의사가 촉진하면서 말한다.

"그럼 그렇지……"

---

* 에스파냐의 독재자 프랑코 체제 아래 있던 파시스트 정당.

"수의사 말로는 별수 없다더라고요." 눈과 귀를 마르티에게서 떼지 않고 있던 제레미가 끼어든다. 마르티는 제레미의 영웅이자 신이다. 제레미의 최신 장래 희망도 마르티가 모델이다.("나 크면 마르티 선생님처럼 의사가 될래!" "그래? 의사가 되겠다고?" "응, 베르톨드 같은 놈들을 밟아줘야지!")

"그래요." 마르티가 몸을 일으키며 말한다. "텔레비전에 나온 작자한테 줄리위스를 맡기도록 하죠. 배관공사라면 따라올 자가 없으니까요. 게다가 내 부탁은 무엇이든 거절 못하죠."

'최고의 배관공'은 아직도 화면을 차지하고 있다. 이제 그는 신의 심판을 내리겠다는 듯 부활한 환자의 배은망덕한 태도에 분통을 터뜨리고 있다. 그 환자는 "이 방송에 저와 함께 나와서 현대 의학에 마땅히 경의를 표해야" 했다!

베르톨드, 그게 바로 신들의 운명이야. 신들은 다들 오쟁이 지거든. 피조물들은 다른 데로 신 나게 놀러 다닌다고. 피할 수 없는 일이야……

"뇌의 재생은 말이죠……" 마르티가 생각에 잠겨 중얼거린다. "현재까지 뇌에 대해 알려진 지식을 감안하면……"

마르티가 곁눈질한다.

"테레즈한테 물어보는 게 나을 것 같네요."

50

그 조언을 듣고 깊은 생각에 잠겨 있는데 루사와 칼리냐크의 목소리가 나를 깨운다.

"등신아, 네 사무실에 누가 와 있어." 루사가 말한다.

"어떤 부류의 사람인데요?"

"자네 사무실에서 자넬 기다리는 부류의 사람이지." 칼리냐크가 킬킬거린다. "외골수에 참을성 없는 사람."

부활은 이걸 뜻하기도 한다, 업무 복귀.

부활하기 전에 미리 생각했어야 했는데……

*

"말로센 씨, 안녕하세요!"

처음에는 그를 알아보지 못했다. 하지만 부활한 내 오감에 이상한 느낌이 온다. 이 사람 본 적이 있는데, 저 양복도 본 적이 있는데, 근데 이 사람이 저 양복을 입은 건 한 번도 본 적이 없다. 텍사스 사람들이 쓰는 저 두툼한 서류 가방도 본 적이 없고. 정말이다, 내 목을 걸어도 좋다.

"어때요, 놀랐죠?" 흥분한 남자가 악수를 너무 세게 해서 내 손가락 관절이 으스러진다.

나들이 복장을 한 바오밥나무를 연상시키는 이 붉은 얼굴의 거한은 입에서 나오는 한마디 한마디가 재미난 수수께끼 같다.

"사람이 이렇게 달라질 수 있나 하고 깜짝 놀라셨죠? 부인해도 소용없어요, 눈에 다 쓰여 있으니까."

나는 포옹을 겨우 피해 책상 뒤로 달아난다. 진지로 복귀! 방어 위치로!

인생을 살다보면 얌전해지는 법을 배우게 된다. 죽음도 그 점을 인정한다.

"그럼 이렇게 하면 절 알아보시겠어요?"

그가 자기와 나 사이에 가로놓인 양탄자를 한 걸음에 삼켜버리더니 내 책상 위로 거대한 몸뚱이를 숙여 내 의자 팔걸이를 잡고는 우리 둘을, 그러니까 나와 내 의자를 한꺼번에 번쩍 들어 책상에 올려놓는다. 과연 기억의 전구에 불이 켜진다. 그 미친 거인이잖아! 맙소사, 그 절망에 빠진 거인이야! 내 사무실을 박살 냈던 인간이라고! 하지만 그는 식인귀처럼 희희낙락하고 체펠린 비행선처럼 바람이 잔뜩 들어 골격이라곤 전혀 보이지 않는 뚱보가 되어 있다. 그가 웃음을 터뜨리자 여왕의 책들이 모두 바닥으로 떨어질 지경이다. 그런데 그 돼지털 같은 머리카락은 어떻게 한 거야? 왜 이렇게 기분이 좋은 거야? 그리고 사창가 포주의 양심처럼 단정한 저 양복은 왜 이렇게 눈에 익지?

"말로센 씨, 용건이 두 가지 있는데요."

웃음이 뚝 그쳤다.

"두 가지요."

내 자그마한 코 밑에 나타난 거대한 손가락 두 개가 용건이 두 가지라는 것을 확인시켜준다.

"첫째……"

그는 서류 가방을 열더니 내가 예전에 준 원고를 꺼내 내 무릎 위에 던진다.

"선생님이 쓴 글을 읽어봤어요. 미안한 얘긴데 소질이 전혀 없으시네요. 글 쓰는 건 당장 그만둬요. 계속해봐야 나중에 환상이 깨질 때 더 괴롭기만 해요."

(죽이는데! 나도 이렇게 간단히 일을 처리하는 법을 배워야겠

어!)

"둘째……"

내 어깨에 손을 얹고 눈을 바라보며 당연히 잠시 뜸을 들이더니 입을 연다.

"말로센 씨, J. L. B. 사건에 관심 있으세요?"

(어이구, 그러니까……)

"조금은요."

"그걸로는 충분하지 않아요. 저는 굉장히 관심이 많아요. J. L. B. 책을 읽어본 적 있어요?"

(정확히 말하면 '읽어봤다'고 할 순 없다……)

"안 읽으셨죠? 그렇죠? 저도 얼마 전 그 사건이 터지기 전까지는 안 읽었어요…… 우리같이 고상한 사람들이 읽기에는 너무 천박하잖아요, 안 그래요?"

그는 침묵한다.

정말 하려는 말이 이제 곧 나올 거라는 걸 알려주려고 말을 멈춘다. 남이 떠들 때는 아무 때나 말을 끊어도 되지만 이런 식의 침묵은 끊으면 안 된다.

"말로센 씨, 우리는 철이 없는 거예요…… 어린애처럼 철이 없어요……"

마지막으로 생각할 시간을 갖는다. 챔피언이 링에 오르기 전 마지막으로 준비운동을 한다.

"작가가 수많은 대중 앞에서 신작 소설을 소개하다가 살해당했는데 그 책을 읽어주는 게 예의 아니겠어요? 그래서 저는 그 책을 읽었어요, 말로센 씨. 『통화의 제왕』을 읽었어요. 그리고 모든 걸 이해했죠."

슬프지만 나도 이제 모든 걸 이해했다! 이해가 되는 것 같다…… 그의 말이 무엇을 암시하는지, 그의 말에서 은근히 느껴지는 뜨거운 흥분감의 정체가 무엇인지. 보일러실에서 열심히 불을 때고 있는 거다. 다시금 흥분이 치솟아 그의 신경에 압력을 가한다. 그의 심장이 부글부글 끓고 있다. 근육이 팽팽해지고 주먹에 힘이 들어가고 뺨이 달궈진 철판처럼 벌게진다. 그리고 순간 나는 그의 양복을 알아본다. J. L. B.의 양복이다. 치수는 좀 크지만 내가 종합체육관에서 입었던 그 양복이다. 그는 헤어스타일도 J. L. B.를 따랐다. 정복자의 주둥이를 내민 거대한 콩코르드기처럼 양쪽으로 딱 붙여 넘긴 J. L. B.의 머리다. 이제 그가 무슨 말을 할지 알겠다. 과연 그는 그 말을 한다. 그는 교대 시간이 되었음을 알린다. 그는 새로운 J. L. B.다. 그는 전임자의 수법을 모조리 파악했고, 이제 그 수법을 적용해 세계 문학 시장에서 대박을 터뜨릴 작정이다. 바로 그 얘기다. 다른 게 아니다. 그는 자유주의 리얼리즘을 격찬한다. 그는 "프랑스 문학의 자기침잠적 주관주의"(그대로 인용했음)를 비방한다. 그는 소설이 주식시장에 상장되는 그날을 위해 투쟁할 것이며 어느 무엇도 그를 막을 수 없다. 왜냐하면 "말로센 씨, 원한다는 것은 자기가 원하는 게 무엇인지 정확히 아는 것이니까요!"

그는 그렇게 말하면서 거대한 주먹으로 벨이 막 울리기 시작한 전화기를 내리친다.

원고를 퇴짜 맞은 작가를 덮치는 슬픔의 물결을 의자(책상 위에 얹힌 의자)에 앉아서 막는 것은 가능한 일이고 나는 실제로 해낸 적이 있다. 하지만 자기가 곧 대박을 칠 거라 확신하는 작가가 소용돌이치며 토네이도를 일으킨다면…… 당장 몸을 피하라! 환상이 불어나서—환상이란 우리에게 꼭 필요한 것이긴 하지만—댐이 터졌을 때는 그 무엇도 막을 수 없다. 그 물살 앞에 버티고 서면 안 된다. 힘을 아끼고 얌전히 앉아 있어야 한다…… 위안의 시간이 돌아올 때까지 기다려야 한다.

나는 그렇게 했다.

나는 거인이 목이 터져라 자유주의 리얼리즘의 구호를 외치도록 내버려두었다. "저의 유일한 장점은 기업가 정신이고 유일한 결점은 매번 성공하지 못한다는 거예요!" 나는 부끄러웠다. 그는 J. L. B.의 인터뷰를 달달 외우고 있었다. "말로센 씨, 저는 많은 전투에서 패배했어요. 하지만 언제나 그로부터 교훈을 얻어 최후의 승리를 거뒀다고요!"

한마디 할 때마다 그의 조끼 단추가 하나씩 튕겨나갔다. 그렇게 엄청난 환희를 담기에는 옷이 너무 꽉 조였다.

"말로센 씨, 글을 쓴다는 건, 계산하는 거예요! 돈 계산요!"

그는 벽에서 탈레랑페리고르(부동산 재벌)의 초상화를 떼어 미친 듯이 키스를 퍼붓더니 초상화를 팔에 끼고 말했다.

"우리는 어마어마한, 어마어마한, 어마어마한 돈을 벌 거예요!"

그의 머리 위로 콩코르드 깃털들이 곤두서고 셔츠 자락이 제멋대로 살아 움직였다.

"책을 읽지 않는 사람들이 읽는 작가는 단 한 명밖에 없어요, 말로센 씨, 그리고 제가 바로 그 작가가 될 거예요!"

그는 환희의 눈물을 흘렸다. 그는 다시금 지저분한 멧돼지의 모습으로 돌아갔다.

그리고 나는……

옥좌에 앉아……

부끄러운 왕처럼……

승천이라고 착각하고 있는 난파를 바라보았다.

51

"하이찌먼 예 안, 난만 쉐이.(잘 자, 애들아.)"

"만만 쉐이바, 오빠.(오빠도 잘 자.)"

그렇다. 중국어 수업이 끝나자 아이들은 침대로 기어들어간다. 제레미의 생각이었다. "형, 이야기를 해주지 말고 루사 아저씨한테 배운 중국어를 가르쳐줘." 클라라도 심오한 생각을 내놓았다. "외국어는 그 자체로 흥미로운 이야기책이잖아." 어제까지만 해도 양의 머리가 행인을 쳐다보던 벨빌의 쇼윈도*에 북경오리가 걸려 있으니 중국어를 배워두는 것도 좋은 일이다. 루사의 말이 맞았다. 벨빌은 중국인 동네가 되고 있다. 자보 여왕의

* 벨빌에 아랍 식당이 많았다는 뜻.

생각이 옳았다. 중국인들이 파리에 정착했고 중국 책이 '야생초' 서점에 중국인들을 위한 영혼의 둥지를 만들어주었다. 벨빌에서는 '지리학'이 '역사'에 밀려났다. 벨빌은 향수鄕愁 공장이 되었다…… 그리고 뱅자맹 말로센은 티안 영감의 등받이 없는 의자에 앉아 동생들에게 이 새로운 망향가의 성조를 가르친다. 아이들은 듣고 따라 하고 외운다. 오늘 저녁에는 수업이 딱 한 번 끊겼다. 다들 수업에 열중해 있는데 테레즈가 갑자기 세워졌다. 스스로 일어난 게 아니라 오벨리스크를 세우듯 꼿꼿한 몸 그대로 세워졌다. 받침이 위태롭게 흔들리고 두 눈이 머리를 세 바퀴 돌더니 겨우 균형을 잡은 뒤 이럴 때 으레 그렇듯 억양 없는 목소리로 말했다.

"티안 삼촌이 잘 도착했다고 전해달래."

그 말에 제레미가 참견한다.

"두 주나 걸렸어? 꽤 걸렸네!"

테레즈가 말했다.

"만날 사람들이 있었대."

그리고 말을 맺는다.

"키다리 자닌과 티안 삼촌이 사랑한다고 전해달래."

*

그렇다. 세퇴낭주는 이름처럼 천사같이 잠들어 있다. 그 애는 미래가 보장되어 있고 밤을 무서워할 이유가 없다. 베르뒹은 잠을 자면서도 순찰을 돌고 있고, 견공 쥘리위스는 다른 애들 때도 그랬던 것처럼 잠자리를 요람 밑으로 옮겼다.

*

쥘리와 나는 아이들 침실 문을 닫고 서로에 대한 욕망에 뛰어들었다. 두 주 전부터 매일같이 반복되는 일이지만 우리는 6층의 우리 방에 도착하기도 전에 참지 못하고 몸이 뒤엉켰다.(부활의 부작용이다.)

*

"반 비안 티안半邊天!"* 프티가 오늘 밤의 첫 꿈을 꾸면서 소리를 질렀다.

* '하늘의 반쪽'이라는 뜻으로 능력 있는 현대적 여성을 가리킨다. 이 말은 '반 티안' 형사의 이름을 상기시킨다.

"반 비안 티안!" 프티의 목소리가 건물 마당에 울려퍼졌다. "반 비안 티안! 여자들이 하늘의 절반을 지고 있어!" 이유는 모르겠지만 나는 자보 여왕을 생각했다. 그녀가 그 거인을 쫓아낸 수법을 생각했다.("선생님이 새로운 J. L. B.라고요? 정말요? 어디 얘기해보세요……") 엄청나게 덩치 큰 햇병아리가 여왕의 솜털에 싸여 있었다.("소설의 소재가 있다고요? 그것도 여러 개요? 열 개는 된다고요? 대단한데요!") 높은 곳으로 이동!("제 사무실에서 얘기하는 게 더 편할 것 같네요……") 책이라고는 한 권도 없는 사장실로!("유쾌한 시간이 될 것 같네요.") 여왕은 이제 누구의 꿈이든 깨뜨리지 않고 소중히 품어주었다……

그리고 문틈 사이로 내게 말했다.

"말로센, 이젠 그렇게 안 할 거야, 누가 어떤 꿈을 가지고 있든 말리지 않을 거야. 히틀러가 미술 장학금을 받았다면 정치 같은 걸 했겠어?"

*

그렇다. 쥘리도 잠이 들었다. 그녀는 온기를 둥글게 말고 있다. 그 누구도 웅크린 자세가 이토록 포근할 수는 없다. 그 곡선은 온전히 내 것이다. 나는 밤마다 첼로 케이스에 기어들어가는 기분이다. 그리고 따끈따끈하고 보드라운 그녀의 살갗에 몸을 기댄다. 그 순간 나는 내 가슴속에서 뛰고 있는 내 살인범의 심장이 쥘리의 귀에 세상에서 가장 아름다운 사랑 고백을 속삭이게 내버려두었다.

나는 말했다.

"쥘리……"

……

"쥘리, 바로 너를 사랑해."

추신.

인생은 소설이 아니라는 걸 잘 안다. 하지만 오직 소설적인 것만이 인생을 살 만하게 만들어줄 수 있다. 이 이야기를 하는 동안 내 친구 딘코 스탐박이 죽었다. 그는 말로센 가족의 친구인 스토질 영감의 모델이었다. 실제 삶에서 그는 시와 같은 존재였고 소설적인 것의 정수였다. 그는 내게 인생을 살아갈 즐거운 이유를 주는 사람이었다. 글을 쓰는 이유이기도 했고, 그를 묘사할 이유이기도 했다.

이 책이 그 친구에게까지 날아갔으면 좋겠다. 그가 읽을 수 있기를 바라며 조급한 마음으로 쓴 책이니.

D. P.

옮긴이의 말

옮긴이의 말

『산문팔이 소녀』(1989)는 『식인귀의 행복을 위하여』(1985)와 『기병총 요정』(1987)의 뒤를 잇는 말로센 가족 연대기의 세번째 작품이다. 추리소설의 외양을 하고 있으면서도 주인공이 매번 누명을 뒤집어쓰고 사태를 악화시키만 하는 동안 정작 사건은 다른 사람들이 해결해준다는 이색적인 설정의 이 스릴러-코믹-가족-판타지 시리즈는 이미 여러 편이 국내에 출간된 바 있는데, 본작 『산문팔이 소녀』는 손에 땀을 쥐게 하는 긴박한 사건 진행과, 그 누구도 흉내낼 수 없는 독특한 구성 등으로 전작 『기병총 요정』과 함께 이 시리즈의 대표작으로 인정받고 있다.

작가의 전작 『기병총 요정』은 장르소설로서는 드물게 평단과 독자의 찬사를 동시에 받으며 무명의 추리작가였던 다니엘 페낙을 일약 프랑스 문단의 기대주로 만들어준 출세작이었다. 갈리마르 출판사에서는 이 '하드보일드 소설'을 20세기 프랑스 고급문학을 대표하는 '블랑슈 총서' 로 재간하기까지 했는데, 대중문학이나 장르문학에 대해 '준문학paralittérature'이라는 경멸적 호칭이 버젓이 통용되는 프랑스 문단의 보수적인 풍토를 감안하면 이는 무척 이례적인 일로, 당시 페낙이 얼마나 높은 평가를 받고 있었는지 알 수 있다.

이런 성공 뒤에 나온 작품인 만큼 『산문팔이 소녀』가 전작에 몇 차례 윙크를 하는 것도 이상하지 않다(전편을 읽은 독자라면 "파스토르는 그녀가 끌어내지 못한 자백을 얻어냈다" 같은 문장을 무심히 넘기지 못할 것이다). 하지만 플롯 차원에서 보면 『산문팔이 소녀』가 전작과 맺는 관련성은 그다지 크지 않다. 전작과의 관계에서 주목해야 할 점은 오히려 이 소설을 낳은 작품 외적 상황일 것이다. 『기병총 요정』으로 인해 작가가 겪은 갑작스러운 성공이 이 작품의 줄거리에 그대로 반영되어 있기 때문이다. 이 소설은 베스트셀러 소설가 J. L. B. 라는 인물을 중심으로 문학의 상업화, 출판사의 탐욕, 과도한 비중의 마케팅, 미디어 조작, 그 속에서 소외되고 해체되는 작가의 정체성 등의 테마를 엮어낸다. 여기서 중심인물로 격상되어 책에 제목까지 제공한 '산문팔이 소녀' 자보의 캐릭터에 당시 갈리마르 출판사의 부사장이었던 프랑수아즈 베르니Françoise Verny의 모습이 투영되어 있다는 사실은 이러한 해석에 설득력을 더해준다(전설적인 워커홀릭이며 무자비한 권력욕을 과시한 인물이었다는 점을 차치하더라도 베르니의 사진을 보면 왜 그녀가 자보 여왕의 모델인지 단번에 알 수 있다. 자보의 머리통이 얼마나 크기에 말로센이 그렇게 놀려댔는지 궁금한 독자라면 당장 구글 이미지 검색을 활용해보길). 실제로 페낙은 한 인터뷰에서 이 작품의 주제가 문학 자체임을 분명히 밝힌 바 있다.

> 『식인귀의 행복을 위하여』에서 저는 유년기에 대해, 아이들이 꾸는 예지몽에 대해 이야기했습니다. 『기병총 요정』에서는 노화가 주제였죠. 사람이 늙는 것뿐 아니라 감정, 제도, 사상, 유행의 노화를 다뤘으니까요. 『산문팔이 소녀』에서는 글쓰기 속의 정체성이 문제였습니다. 작가는 자신이 현실과 종잇장 사이의 퓨즈에 불과한 것 같은 인상을 받을 때가 있거든요.
>
> (〈라 프레스〉, 1995년 9월 13일자)

*

위의 인터뷰에서 밝혔듯이, 『산문팔이 소녀』의 또다른 핵심 테마는 정체성의 불안이다. 페레이라 키사파울루가 창시한 문학 사조인 '정체성주의', 확고한 자기 정체성을 신조로 삼는 세대인 쥘리의 독립적 성향, 반 티안이 어릴 때 겪은 정체성 혼란 등의 이야기를 통해 이미 작품은 이 문제를 여러 차례 직접적으로 언급한다. 하지만 무엇보다 중심에 있는 것은 희생양 말로센의 정체성과 J. L. B.로 대표되는 작가의 정체성 문제다. 뱅자맹 말로센의 정체성은 타인의 자리를 차지하는 것, 타인을 대신하는 것이다. 집에서는 배다른 동생들의 아버지와 늘 부재하는 어머니의 역할을 대신하고, 직장에서는 자기가 저지르지 않은 잘못을 떠안는 희생양 역할을 수행하며, 더 심각하게는 파리에서 범죄 사건이 벌어질 때마다 모든 혐의를 뒤집어쓴다.

그런데 『산문팔이 소녀』는 이 '남을 대신하기'라는 테마를 희생양 역할 이상으로 확장시킨다. 우리는 문학이 상업화되면서 작가의 정체성이 사라지는 현실을 우의적으로 보여주기 위해 페낙이 어떤 수단을 선택했는지 알고 있다. 뱅자맹은 J. L. B.의 대역을 맡으면서 남의 잘못을 뒤집어쓰는 수준이 아니라 문자 그대로 타인이 된다(이 연극 자체도 뱅자맹을 희생양으로 삼으려는 샤보트의 계략이다). 그리고 진짜 J. L. B.인 크라메르의 등장으로 정체성 대체 놀이는 더욱 복잡해진다. 샤보트는 크라메르인 척하고 뱅자맹은 샤보트인 척하며 크라메르는 자기의 대역 뱅자맹을 죽이고 그의 애인을 가로채려 한다. 뱅자맹은 베르톨드의 장기 도둑질로 신체적인 정체성을 상실하고, 다시 크라메르의 장기를 이식받아 자기가 대신하려던 자의 신체를 취한다. 이렇게 우스꽝스러울 만큼 비현실적인 사건 전개는 두말할 나위 없이 이 테마의 극단적인 변주에 불과하다. 여기에 탈리옹 출판사에 드나드는 "오직 유명한 3인칭 단수가 되고 싶은 마음에서 글을 쓰는 1인칭 단수들"이라든지, 3인칭에서 1인칭으로 넘어가지 못해 애를 먹는 알렉상드르의 일화 등이 겹치면서 글을 쓰는 작가의 자아 상실이라는 주제는 선명하게 부각되고 마침내 독자는 책 앞에 실린 "나는 타자다. 하지만 그것은 내가 한 말이 아니다(Je est un autre, mais ce n'est pas de moi)"라는 수수께끼 같은 명구의 의미를 깨닫게 된다. 랭보의 유명한 명제에 내재한 거짓말쟁이의 역설을 지적하고 있는 이 장난스러운 패러디('나는 타자다'라는 명제가 사실이라면 이 명제의 발화자는 그 자신이 아닌 다른 사람이며 따라서 발화자의 입장에서 볼 때 이 말은 자기가 한 말이 아닌 게 된다)를 작품의 중심 주제인 문학 · 소설에 적용할 경우, 우리는 모리스 블랑쇼 식의 결론에 근접하게 된다. 설사 자기 이야기를 할 때라도 언어는 발화 주체와 발화 내용 사이에 건널 수 없는 균열을 만들어내므로 '나'는 글로 쓰면 타자가 된다. 이런 맥락에서 보면 글이란 작가의 내면을 표현하는 수단이 아니고 그렇게 될 수도 없다. 오히려 글을 쓰는 와중에 작가의 자아는 상실되고 작가의 정체성은 해체된다. 따라서 일단 글을 쓰고 나면 '나는' '내가' 쓴 말의 발화 주체가 아니다. 완성된 텍스트는 저자를 추방하고, 저자는 그 텍스트에 어떤 권리도 행사할 수 없으며, 구조주의식으로 말하면 저자는 텍스트의 '의미'의 최종적인 보증인이 아니다. 크라메르가 자기 작품의 저작권을 박탈당할 뿐 아니라 심지어 자기 책을 알아보지도 못하는 것도 무리는 아니다.

*

문학 자체는 『기병총 요정』에서도 이미 중요한 테마였다. 하지만 전작이 이 테마를 소재 차원에서 활용하는 데 그쳤다면 『산문팔이 소녀』는 문학에 대한 다양한 입장을 대비시키면서 작가, 책, 출판이라는 보다 광범위한 주제를 전면적으로 공략한다(페낙은 작품 초반부터 "미소의 초판본" "사랑의 초고" 등 책과 관련된 비유를 사용하며 이 주제를 예고하고 있다). 크라메르가 타인의 욕망에 의해, 타인의 욕망을 위해 3인칭으로 글을 쓰는 데 반해 페레이라 키사파울루는 작가의 정체성에 집중해 자기 얘기만 하고, 이 '정체성주의자'는 글 도둑들(브라질의 표절 작가들,

남의 원고를 훔치는 샤보트)에게 조롱받으며, 책의 물질성에 무관심한 알렉상드르(그는 장 구분도 하지 않고 제목도 달지 않는다)의 소설을 출판하는 사람은 오로지 책의 물질성(촉감, 냄새, 종이, 장정 등)만 사랑하는 '산문팔이 소녀'이고, 페레이라 키사파울루가 자기 재산을 탕진해가며 공짜로 책을 나눠줄 때 편집자 자보는 상업성의 화신이 된다. 그리고 이 추잡한 부조리에는 사회 밑바닥의 넝마주이 패거리부터 전직 장관 같은 고위층 인사에 이르기까지, 탈리옹 출판사 직원들부터 말로센 가족과 벨빌의 친구들까지 연루되지 않은 사람이 없다.

페낙이 이 작품에서 상투적이고 뻔뻔한 상업적 대중문학의 전형으로 제시하는 J. L. B.의 소설은 중간중간 발췌된 부분만 봐도 알 수 있듯, 사건과 플롯에만 집중하는 질서정연하고("당신 소설은 깨끗하게 정돈한 방을 보여줌으로써 독자들의 꿈을 충족시켜주는 거예요.") 일직선적인("정말 직선적인 문장 아냐?") 서술 양식이 특징이다. 한마디로 시간 순서에 따라 앞만 보고 달리는 속도감 있는 서술이다. 그런데 이것은 페낙의 소설들, 특히 『산문팔이 소녀』와는 정반대다. 작가의 능란한 솜씨 덕에 눈치 못 채기 쉽지만 『산문팔이 소녀』는 초반부터 같은 사건이 서너 번씩 다른 관점에서 다시 서술되고 플래시백이 끊임없이 사용되며 그로 인해 사건이 벌어진 순서와 그 사건이 서술되는 순서가 혼재되어 있고 플롯은 지그재그로만 진행된다. 물론 이것은 페낙만의 특징이 아니라 소설 서술, 아니 서사물 일반의 속성이라고 보는 게 옳을 것이다. 하지만 어느 소설에서나 흔히 찾아볼 수 있는 통상적인 지연 전략만으로는 『산문팔이 소녀』의 현기증 나게 복잡한 서술 방식을 설명하기에 부족하다. 확실히 시리즈의 첫 두 권에 비해 이 작품에서부터 페낙은 스릴러 장르의 주요 덕목인 꼼꼼한 구성과 경제성에 얽매이지 않고 이야기꾼의 떠드는 즐거움을 발산하고, 대책 없는 수다를 풀어놓는다. 그리고 이는 페낙의 작품이 관습적 추리소설과 구별되면서 독자적인 개성을 탄생시키는 지점이 된다.

결국 이런 곁가지 이야기들은 작품의 재미를 떨어뜨리는 것이 아니라 오히려 인물과 사건에 깊이와 두께를 더하여 독자로 하여금 더욱 작품에 몰입하게 만들고 있다. 그래서 이 작품에서 가장 흥미진진한 '소설적' 파트는 역설적이게도 공식적으로 '여담'이라고 명명되는 「산문팔이 소녀—그녀의 친구 카자망스의 깜둥이가 들려주는 자보 여왕의 이야기(여담)」이다. 요컨대 일견 미스터리와 사건 해결이라는 추리소설의 본령과는 무관한 이질적인 요소들의 능수능란한 혼합은 장르소설의 매력을 잃지 않으면서도 문학적 관점에서 작품을 풍요롭게 만들고 있다. 정신이 없을 만큼 재미있으면서도 고급스러운 추리소설, 페낙은 『산문팔이 소녀』를 통해 이러한 신대륙을 답사해냈다.

*

고마운 분들이 있다. 프랑스어와 문화적인 맥락에 대한 옮긴이의 질문을 수없이 받아준 두 친구 알렉상드르 마르티나조와 알리스 바르텔레미가 없었다면 이 작품의 번역은 불가능했을 것이다. 마찬가지로 초고의 초반부를 읽어준 '구어체와 비속어의 뮤즈' 윤국희 씨에게도 빚을 졌다. 무엇보다 역자가 페낙과 인연을 맺도록 해준 문학동네에도 감사드린다.

페낙은 번역자에게 의역과 직역의 경계라는 고전적인 질문을 끊임없이 던지게 하는 작가다. 『기병총 요정』에 멋모르고 덤볐다가 호되게 당한 탓인지, 이번 작품은 잘하지는 못해도 정확하게만이라도 하자는 수세적인 마음으로 번역을 시작했다. 그렇다고 해서 고생스러운 시간이었던 것만은 아니다. 이 책을 번역하던 도중 평범한 단어 하나의 용례를 확인하려고 불불사전(프티 로베르)을 찾아보니 그 단어의 용법을 설명하는 예문이 단 하나 실려 있었는데, 역자가 번역하려던 바로 그 문장이었다. 프루스트 같은 고전을 읽다보면 종종 겪는 일이지만 이 작품이 비교적 최근의 것이고 딱히 고급 단어가 아니었다는 점을 감안하면 약간은 이례적인 일이었다. 프랑스에서 페낙의 위치가 만만치 않다는 것을 다시 한번 확인할 수 있는 즐거운 우연이었다.

번역자의 입장에서 작업이 끝난 뒤에도 흥분이 가시지 않아 작품 속 문장과 상황이 오랫동안 머릿속을 맴도는 것은 흔한 일이 아니다. 역자가 맛본 즐거움이 독자들에게도 전해지기를 바란다.

2012년 봄

이충민

덧붙임. 책의 출간을 앞둔 시점에서 말로센 시리즈의 첫 권 『식인귀의 행복을 위하여』가 프랑스에서 영화화된다는 소식이 들려왔다. 같은 유고 출신인 에밀 쿠스트리차가 스토질코비치의 역을 맡았다는 것만으로도 기대할 이유는 충분할 듯하다.

지은이 **다니엘 페낙**
1944년 모로코 카사블랑카에서 태어나 아프리카, 동남아시아 등지에서 유년기를 보냈다. 대학에서 문학을 전공하고 1969년 파리 근교 수아송에 있는 중학교에서 교편을 잡았다. 대표작으로는 『식인귀의 행복을 위하여』(1985)와 『기병총 요정』(1987)으로 시작되는 총 여섯 편의 말로센 시리즈를 비롯해 『마법의 숙제』(1997) 『독재자와 해먹』(2003) 『학교의 슬픔』(2007, 르노도상 수상작) 등이 있다. 말로센 시리즈는 프랑스에서만 편당 100만 부 이상 판매되었으며 전 세계 20개국에 번역 출간되었다.

옮긴이 **이충민**
서강대학교 불어불문학과와 같은 학교 대학원(석사)을 졸업했다. 프랑스 파리8대학에서 박사준비과정을 마치고 현재 서강대학교에 출강중이다. 『기병총 요정』 『프루스트와 기호들』(공역) 『담화의 놀이들』 등을 우리말로 옮겼다.

문학동네 세계문학
산문팔이 소녀

1판 1쇄 2012년 4월 30일 | 1판 2쇄 2014년 12월 24일

지은이 다니엘 페낙 | 옮긴이 이충민 | 펴낸이 강병선
책임편집 김미혜 | 편집 신선영 이은현 | 독자모니터 조현준
디자인 김현우 이원경 강혜림 | 저작권 한문숙 박혜연 김지영
마케팅 정민호 이미진 김은지 양서연 | 온라인마케팅 김희숙 김상만 한수진 이천희
제작 강신은 김동욱 임현식 | 제작처 미광원색사(인쇄) 경일제책사(제본)

펴낸곳 (주)문학동네
출판등록 1993년 10월 22일 제406-2003-000045호
주소 413-120 경기도 파주시 회동길 210
전자우편 editor@munhak.com | 대표전화 031) 955-8888 | 팩스 031) 955-8855
문의전화 031) 955-1927(마케팅) 031) 955-2691(편집)
문학동네카페 http://cafe.naver.com/mhdn | 트위터 @munhakdongne

ISBN 978-89-546-1761-1 03860

www.munhak.com